GABRIELE JARIC

# Die Liebenden von der Île de Ré



atb aufbau taschenbuch

Gabriele Jaric, geboren und aufgewachsen im Rheinland, lebte nach ihrem Studium lange in den USA, Israel und in Frankreich, wo sie die Einzigartigkeit der französischen Atlantikküste kennen und lieben lernte. Heute arbeitet sie als freie Übersetzerin in Berlin, doch mindestens einmal im Jahr zieht es sie nach Frankreich, ans Meer.

Nachdem ihr Freund Jackson sie vor die Tür gesetzt hat, kehrt Charlotte zutiefst enttäuscht aus Amerika zurück. Geblieben ist ihr nur die Liebe zu Julie, Jacksons neunjähriger Tochter. Dann erbt Charlotte das heruntergekommene Gehöft ihrer Mutter im Norden der Île de Ré, einer malerischen Insel an der französischen Atlantikküste. Sie beschließt, einen Neuanfang zu wagen und das Haus in ein Hotel umzubauen. Dabei trifft sie nicht nur ihre Jugendliebe Rafaël wieder, sondern stößt auch auf eine Serie von Gemälden, die vom Unfalltod ihres kleinen Bruders und von einem jahrzehntealten Zerwürfnis ihrer Familie zu berichten scheinen. Mit Rafaëls Hilfe gelingt es Charlotte, das Geheimnis zu lüften. Doch dann erwachen ihre Gefühle für ihn wieder, und sie weiß nicht, ob sie überhaupt noch an die Liebe glauben kann …

Gabriele Jaric

# Die Liebenden von der Île de Ré

Roman

atb aufbau taschenbuch

MIX
Papier aus verantwortungsvollen Quellen
FSC® C083411
www.fsc.org

ISBN 978-3-7466-3171-4

Aufbau Taschenbuch ist eine Marke der Aufbau Verlag GmbH & Co. KG

1. Auflage 2015

Umschlaggestaltung www.buerosued.de, München
unter Verwendung eines Motivs von
Jean-Pierre De Mann / © Getty Images
Gesetzt in der Garamond Premier Pro
durch Greiner & Reichel, Köln
Druck und Binden CPI books GmbH, Leck, Germany
Printed in Germany

www.aufbau-verlag.de

*Meiner Mutter*
*und der Erinnerung an meinen Vater*
*gewidmet*

# Eins

An dem Tag, als Jackson mich bat, meine Koffer zu packen, gab ich mich geschlagen. Was blieb mir auch anderes übrig? Er hatte alles gesagt, ich konnte mir jedes weitere Wort schenken, hysterisch werden wollte ich nicht, und zum Betrinken war es noch zu früh. Abgesehen davon, war ich selbst ziemlich bedient – von ihm, von uns, warum sich also noch länger Illusionen machen? Es war Zeit, den Rückzug anzutreten.

Vor meinem Abgang gab es jedoch noch einiges zu erledigen. Als Erstes stieg ich die Treppe hoch in mein Zimmer und buchte meinen Flug nach Frankfurt am Main. Danach rief ich meine Großeltern in Deutschland an. Mein Großvater Paul nahm den Hörer ab.

»Ich komme zurück«, sagte ich ohne Begrüßung.

»Sieh an«, sagte er.

»Genau. Sonntagmorgen um halb acht lande ich in Frankfurt und bleibe ein, zwei Tage.«

»Aha.«

»Falls es euch recht ist.«

»Ist uns recht.«

»Mehr fällt dir nicht ein?«

»Doch«, antwortete mein Großvater. »Aber das behalte ich für mich.«

»Wahrscheinlich will ich es auch gar nicht hören.«

»Nein, wahrscheinlich nicht.«

»Gut, dann bis Sonntag.«

Mein Großvater räusperte sich. »Möchtest du mit Katharina sprechen?«

Katharina war meine Großmutter, eine Frau, die grundsätzlich kein Blatt vor den Mund nahm. Auf ihre Meinung konnte ich erst recht verzichten, sie hatte die Sache mit Jackson ohnehin für eine Schnapsidee gehalten. Wahrscheinlich würde sie »kein Wunder, Dummheit rächt sich« sagen.

»Das fehlt mir gerade noch.«

»Verstehe«, sagte mein Großvater. »Du bist am Boden.«

»Oder knapp davor. Bis Sonntag.«

»Küsschen.« Mein Großvater machte zwei Kussgeräusche. Die machte ich an der Stelle sonst auch immer, doch diesmal legte ich einfach auf.

Als Nächstes klappte ich meinen Laptop auf und kündigte mich bei meinen französischen Großeltern per Mail für den folgenden Dienstag oder Mittwoch an. Bei meinem letzten Besuch hatte ich ihnen versprochen, irgendwann aus Amerika auf Stippvisite zu kommen. Da ging ich noch davon aus, dass das mit Jackson und mir für länger wäre, jedenfalls nicht für die sechs Monate, die es gedauert und von denen er mich fünf Monate lang mehr oder weniger geduldet hatte.

Aus dem Elsass kam postwendend Antwort. *Siehst du*, schrieb mein Großvater Jean-Pierre. *Du hast Heimweh.*

*Kein Heimweh*, schrieb ich zurück. *Es ist Schluss.* Gleich darauf summte mein Handy. Ich schaute auf das Display. Jean-Pierre. Mit ihm wollte ich auch nicht sprechen, im Moment stand mir der Sinn nicht nach tröstenden Worten. Ich schaltete das Handy aus, machte mich ans Packen und dachte voller Selbstverdruss, dass ich für diesen Reinfall meine Freunde in Frankreich, meinen Job und meine Wohnung aufgegeben hatte. Dafür war ich von einer Stadt wie Paris und einer Insel wie Ré nach Medford in Massachusetts gezogen. Ich musste verrückt gewesen sein.

»Es ist besser, einen Schlussstrich zu ziehen«, hatte Jackson zuletzt gesagt. Auf diesen Satz konzentrierte ich mich, während ich das Gästezimmer aufräumte, meine Sachen aus den Schränken zerrte und in meine Koffer warf. Alles kreuz und quer, Bücher, Schuhe, Kleidung, die ertrödelten silbernen Kerzenleuchter aus Boston, die Schneekugel mit dem Walfänger aus Salem. Ich wollte das Ganze so rasch wie möglich hinter mich bringen, als könnte ich meine Zeit in Amerika auf die Weise ungeschehen machen. Dann lief ich nach unten, klopfte an die Tür von Jacksons Arbeitszimmer und trat ein. Er saß am Schreibtisch, drehte sich zu mir um und runzelte die Stirn.

»Folgendes«, sagte ich. »Ich möchte Julie erklären, warum ich abreise. Deswegen fahre ich mit ihr nachher nach Gloucester ins Ocean Inn, und dazu brauche ich deinen Wagen. Am Samstagmorgen kommen wir zurück.«

Sein Stirnrunzeln verstärkte sich. »Morgen ist Freitag.«

»Ja, und?«

»Das ist ein Schultag.«

»Dann schreib ihr eine Entschuldigung. Bitte, Jackson, ich muss mit ihr reden.«

Bevor er noch etwas sagen konnte, machte ich kehrt und eilte in das Zimmer seiner Tochter. Dort packte ich ihre Reisetasche. Sie war pink mit einem Muster aus kleinen Glitzerhasen. Vor einem halben Jahr hatte ich die Tasche in Frankfurt gekauft, als Mitbringsel und in der Hoffnung, Jacksons kleiner Tochter damit eine Freude zu machen. Ihr geliebtes rosafarbenes Kleid mit dem kurzen Tüllrock legte ich über meinen Arm. Dann trug ich die Hasentasche ins Gästezimmer und stopfte auch noch meine Sachen hinein. Gleich darauf hörte ich Jacksons Schritte auf der Treppe. Einen Moment später stand er im Türrahmen, die Verkörperung rechtschaffener Entrüstung, und sagte: »Tut mir leid, Charlotte, aber das finde ich nicht gut.«

»Ach nein?« Ich fuhr zu ihm herum. »Soll ich dir aufzählen, was ich alles nicht gut finde?«

Seine Miene verhärtete sich. »Wird das jetzt eine Szene?«

»Dazu habe ich keine Zeit.« Ich griff nach meiner Handtasche und kramte darin. »Ich glaube, ich habe alles«, sagte ich wie zu mir selbst, schnappte mir Julies Kleid und die Reisetasche und hastete an ihm vorbei. »Wo ist der Autoschlüssel?«, rief ich über die Schulter zurück.

Jackson folgte mir die Treppe hinunter. »Ich möchte nicht, dass meine Tochter die Schule schwänzt.«

Ich machte einen Abstecher in die Küche und packte zwei kleine Flaschen Wasser ein. Als ich wieder im Flur war, streckte ich die Hand aus. »Komm, gib mir den Schlüssel, du brauchst den Wagen doch nicht.«

»Nein.«

»Bitte, sonst mache ich eine Szene, die sich gewaschen hat.«

Jackson musterte mich. »Seit wann bist du so herrisch? Das kenne ich nicht von dir.«

Ich stieß einen Seufzer aus. »Du kennst so einiges nicht von mir. Gib mir jetzt den Schlüssel.«

Um seinen Mund deutete sich ein Lächeln an. »Ach ja, was kenne ich denn nicht?« Er trat einen Schritt auf mich zu und streckte die Hand nach mir aus.

Noch vor kurzem wäre ich daraufhin in seine Arme gesunken und mit ihm auf dem Teppich, dem Sofa oder in seinem Bett gelandet. Aber das war jetzt vorbei, in meinen Ohren hallten noch seine vor wenigen Stunden gesprochenen Worte wider. Was dachte er sich eigentlich?

»Komm her«, sagte er.

Eine Sekunde lang geriet ich ins Wanken, doch dann entdeckte ich den Wagenschlüssel an einem Garderobenhaken und nahm ihn herunter.

»Meine Koffer sind gepackt«, erklärte ich. »Am Samstagmorgen bringe ich Julie zurück und fahre von hier mit dem

Taxi zum Flughafen. Bist du dann da, oder sollen wir uns jetzt schon verabschieden?«

Er zuckte mit den Schultern, warf mir einen frostigen Blick zu und kehrte in sein Arbeitszimmer zurück.

»Verstehst du nicht, dass ich deiner Tochter erklären muss, warum ich fortgehe?«, rief ich ihm nach.

Er schüttelte den Kopf.

»Du weißt doch, dass ich sie liebe.«

»Du liebst schnell, Charlotte.« Er schloss die Tür hinter sich.

Für einen Moment stand ich regungslos da und fragte mich, ob ich mich jetzt für meine Gefühle rechtfertigen und mich bei ihm erkundigen sollte, in welchem Tempo man sich seiner Meinung nach zu verlieben hatte. Doch was sollte das noch? Ich verließ das Haus und stieg in seinen Wagen.

Auf dem Weg zur Schule legte ich mir meine Worte zurecht, um Julie meine Abreise möglichst schonend beizubringen. Währenddessen streifte mein Blick zum letzten Mal über die Umgebung – brachliegende braune Wintergärten, kahle Äste an den Bäumen, helle Schindelhäuser, die von den nassen Sturmwinden der letzten Tage grau besprüht waren. Hier und da ragte eines der typischen Backsteingebäude auf, einige hoch und schmal, andere niedrig und gedrungen, allesamt streng und abweisend. Meine Gedanken kehrten zu Julie zurück, diesem einsamen kleinen Mädchen, das ich vom ersten Moment an ins Herz geschlossen hatte. »Hallo, Julie«, sagte ich damals, als sie am Tag meiner Ankunft vor mir stand. »Ich heiße Charlie.«

»Hi«, antwortete sie kaum hörbar und schaute zu Boden. Ich sah das strähnige blonde Haar, die Hände, die nervös über ein zu enges T-Shirt fuhren und Stoff über Speckfalten zupften, ihre ausgebeulten Jeans und abgetragenen Turnschuhe. Ein halbes Jahr lang hatte ich für sie gesundes, fettarmes Essen gekocht und ihr das ständige Naschen abgewöhnt, was weiß Gott nicht einfach gewesen war. Ich dachte daran, wie wir uns auf den Weg gemacht hatten, um ihr neue Sachen zu kaufen und sie von den Kleidungsstücken, die ihr weder standen noch passten, zu erlösen. Doch Julie strich nur schüchtern durch die Läden, ohne etwas anzurühren, ohne zu wissen, was sie wollte. Wenn ich sie fragte, wie es mit diesem oder jenem Teil wäre, nickte sie oder zog verlegen die Schultern hoch, ganz gleich, was es war. Zu guter Letzt achtete ich darauf, was die Mädchen in ihrer Klasse trugen, und suchte die gleichen Jeans für sie aus, T-Shirts mit witzigen Motiven oder Aufschriften, bunte Sneakers. Doch bei allem fragte sie: »Charlie, bin ich darin so cool wie die anderen?« – »Ja, mein Schatz«, versprach ich ihr. »Die Coolste von allen.« Mich hatten die Jungen früher in der Schule »Surfbrett« genannt, denn das einzig Vorstehende an mir war meine Nase. Ich wusste, was es hieß, nicht cool zu sein und nie die richtige Kleidung zu tragen. Ebenso wusste ich, was es bedeutete, in einer Familie herumgereicht zu werden. Julie war drei Jahre alt, als ihre Eltern sich scheiden ließen und ihre Mutter sie mit nach Iowa nahm. Zwei Jahre lang ging es mit den beiden gut, bis ihre Mutter wieder heiratete und Julie zum fünften Rad am Wagen wurde. Bald darauf wurde sie zu Jacksons Eltern nach Kalifornien verfrachtet. Die wiederum hatten sich zur Ruhe gesetzt und wollten reisen, vorzugsweise ohne Enkelkind. Also landete sie in Massachusetts bei ihrem Vater. Doch zu Jackson hätte vielleicht ein Hamster gepasst, aber bestimmt kein Kind. Erst seit ich bei ihm wohnte, war jemand da, wenn seine Tochter aus der Schule kam, denn ihr Vater hatte zu tun. Jackson war Historiker und hatte eine Stelle als Assistenzprofessor, so dass er über seine Zeit relativ frei verfügen konnte, aber er »musste« schon am frühen Morgen zur Uni, »musste« dort bis abends lesen, schreiben und korrigieren. Ebenso »musste« er jeden zweiten Tag Golf oder

Tennis spielen. Selbst an dem Tag, als ich ankam, ging er wenig später zum Golfplatz, angeblich um Julie und mir Zeit zu lassen, uns aneinander zu gewöhnen.

Vor der Schule parkten schon die ersten Wagen. Ich erkannte die Mütter, mit denen ich, wenn ich Julie abholte, ab und zu ein paar Worte gewechselt hatte. Ich winkte ihnen. Fröhlich, als wäre es ein Tag wie jeder andere.

Die Schulpforte öffnete sich. Die ersten Jugendlichen schlenderten heraus, dann kam eine Horde kreischender Kinder. Julie erschien als eine der Letzten, begleitet von zwei anderen Mädchen, Shelley und Suzy, Schwestern, die mal ihre Freundinnen waren, mal nicht. Ich rief Julies Namen. Die drei blieben stehen und sahen mich an, mit gekrauster Stirn, als hätte ich sie bei etwas Wichtigem unterbrochen. Ich ging zu ihnen, begrüßte Shelley und Suzy und nahm Julies Hand. »Julie und ich haben etwas vor«, sagte ich.

»Ohne uns?«, fragte Suzy.

»Leider ja.«

»Macht ihr was Schönes?«, fragte Shelley.

Suzy stieß sie an. »Wir haben auch was vor.«

Julie ließ die Schultern hängen und betrachtete die beiden sehnsüchtig. Ich nickte den Schwestern zu und führte Julie zum Wagen.

»Jetzt machen sie wieder was ohne mich«, sagte sie trübselig.

Ich öffnete ihr die Wagentür. »Los, spring rein, wir fahren ans Meer.«

»Seit wann das denn?« Mit mürrischer Miene ließ sie sich auf dem Beifahrersitz nieder, warf ihren Rucksack auf den Rücksitz und zog die Tür zu.

Ich setzte mich ans Steuer und startete den Motor.

Julie zupfte am Ärmel meines Pullovers. »Wieso fahren wir ans Meer?«

Ich fädelte den Wagen in den Verkehr ein und versuchte, mich zu erinnern, wie man von Medford aus auf die A 128 gelangte. »Warum denn nicht? Es ist doch ein schöner Tag.«

Sie fasste meinen Arm. »Charlie, sag mir, was los ist.«

»Sobald ich das Schild für die A 128 entdeckt habe. Ich will nicht, dass wir stundenlang im Kreis fahren.«

Sie kicherte. »Weißt du noch, wie wir nach Plymouth wollten? Und du immer gesagt hast, bald sind wir da.«

»Na, irgendwann waren wir ja auch da.«

Julie prustete los. »Nach viereinhalb Stunden.« Sie zeigte geradeaus. »Da ist das Schild.«

»Gott sei Dank.«

Eine Zeitlang war sie abgelenkt und zählte mir die Male auf, die ich mich mit ihr verfahren hatte, und erinnerte mich daran, wie ich einmal ihren Dad angerufen und gesagt hatte, ich wisse nicht mehr, wo wir seien. Und wie ihr Dad gesagt hatte, er auch nicht, es interessiere ihn auch nicht. Wieder brach sie in Gelächter aus. Dann wurde sie ernst. »Aber das war nicht nett von ihm, oder?«

»Nicht besonders.«

»Aber du magst ihn trotzdem?«

Ich ließ mir Zeit, ehe ich »nicht immer« antwortete.

Julie schwieg. Als ich sie von der Seite anschaute, hatte sie die Stirn in Falten gelegt und sah ihrem Vater noch ähnlicher als sonst. Sie sagte: »Ich mag ihn auch nicht immer.« Dann wurde sie wieder munter, drehte sich zum Rücksitz um und fragte: »Ist in der Hasentasche was zu essen?«

»Schau nach vorn.«

»Warum?« Sie setzte sich gerade hin.

Ich deutete auf ein großes gelbes M, das am Horizont zu erkennen war. »Was siehst du da?«

»Mann«, sagte sie. »Darf ich wirklich dahin?«

»Ausnahmsweise.«

Sie schwieg und versuchte offenbar, sich einen Reim auf die Ausnahmen des Tages zu machen. Ich dachte an die ersten Wochen mit ihr. Wie ängstlich sie gewesen war, wie sehr darauf bedacht, nichts Falsches zu sagen und nirgendwo anzuecken, stets voller Sorge, sie könnte erneut weggeschickt werden. Und wie oft ich zu ihr gesagt hatte: »Du darfst ruhig zeigen, was in dir vorgeht, andere Leute tun das doch auch.« Im Lauf der Zeit hatten meine Worte angefangen zu wirken, und sie war mutiger geworden. Inzwischen schaffte sie es sogar, sich hier und da zu behaupten oder Erklärungen zu verlangen, statt still jeder Anordnung zu folgen. Und jetzt war ich im Begriff, ihr dieses erste Stückchen festen Boden unter den Füßen wieder wegzuziehen. Bei dem Gedanken fühlte ich mich noch elender als zuvor.

»Ist was passiert?«, fragte sie.

Ich bog auf den Parkplatz von McDonald's ein, fuhr in eine Parkbucht und stellte den Motor aus. Wir verließen den Wagen. Ich legte meine Hand auf ihre Schulter, doch sie schüttelte sie ab. Wir betraten das Schnellrestaurant, das bis auf einige Jugendliche in einer Ecke leer war. Ich dirigierte Julie zu einem Tisch. »Ich besorge uns was zu essen.«

Sie sah mich böse an. »Ich scheiß auf das Essen.«

»Na, wenn das keine Meinung ist«, sagte ich. »Ich hole uns trotzdem was.« Ich ging zur Theke und bestellte das, was Julie und ich am liebsten aßen: Pommes, Chicken McNuggets, jede Menge Soßen und für jede eine Cola.

Als ich zurückkam, hing sie wie ein gelangweilter Teenager auf dem Stuhl und hatte die Daumen in die Gürtelschlaufen ihrer Jeans eingehakt. Ich stellte das Tablett vor sie.

»Sitzt du bequem?«, fragte ich und ließ mich ihr gegenüber nieder.

Ihr Gesichtsausdruck war unglaublich rührend, eine Mischung aus Aufbegehren und verschämtem Grinsen, als wollte sie sagen: So kann ich auch sein, ich weiß nur noch nicht richtig, wie es geht.

Ich beugte mich zu ihr vor und flüsterte: »Fang an, sonst esse ich dir alles weg.«

»Typisch.« Julie verdrehte die Augen, dies war neu, das hatte sie sich bei irgendjemandem abgeschaut. Doch sie setzte sich vernünftig hin, schob sich ein Kartoffelstäbchen in den Mund, besah sich die Soßentütchen und riss das erste auf. Als die Hälfte der Pommes unter roten und gelben Glibberschichten verschwunden war, kam die Cola an die Reihe, die sie zuerst mit dem Strohhalm sprudeln ließ und dann geräuschvoll aufsog. Ich sagte dazu nichts. In dem Alter hatten meine Freundin Lana und ich Speichelfäden in unsere Cola tropfen lassen und uns darüber halb totgelacht. Ich aß und wartete. Die Gnadenfrist würde bald vorüber sein, und sie würde wieder fragen, warum wir wie aus heiterem Himmel mitten in der Woche ans Meer fuhren. Aber es kam nichts. Julie aß mit den Fingern, manschte herum und wirkte zufrieden. Als ihr Teller leer war, versuchte sie, die verschmierten Finger mit einer Papierserviette sauber zu reiben.

»Wasch dir die Hände auf der Toilette«, sagte ich.

»Weiß nicht, wo die ist«, antwortete sie und sah mich herausfordernd an.

»Soll ich mit dir gehen?«

»Kann ich allein.« Mit einem gequälten Seufzer stemmte sie sich hoch und lief zur Damentoilette. Fünf Minuten vergingen. Zehn. Nach einer Viertelstunde folgte ich ihr. Julie stand am Waschbecken, Gesicht, Hände und die Vorderseite des T-Shirts tropfnass, und zitterte wie Espenlaub. Sie drehte sich zu mir um. »Mir ist schlecht.« In der Luft lag der Geruch von Erbrochenem.

Ich zog Papiertücher aus dem Spender an der Wand und tupfte ihr Gesicht ab. »Hast du alles rausgespuckt?«

Sie nickte.

»Meinst du, du kannst das Fahren vertragen, oder sollen wir lieber ein paar Schritte gehen?«

»Gehen.«

Draußen am Wagen holte ich ihre Strickjacke aus der Reisetasche und reichte ihr ein trockenes T-Shirt. Sie zog sich auf dem Beifahrersitz um, geduckt und mit verstohlenem Blick über den menschenleeren Parkplatz. Niemand außer mir durfte auch nur das kleinste Stück Haut unterhalb ihres Halses sehen. Ich streifte ihr die Jacke über. »Komm, wir laufen über die Wiese dahinten.«

»Ich hab Durst.«

Ich kramte ein Wasserfläschchen aus der Reisetasche. »Trink langsam«, sagte ich. »Dein Magen muss sich noch beruhigen.«

Julie trank wie eine Verdurstende.

Wir stiegen über die Eisenplanke, die den Parkplatz von der Wiese trennte, und folgten einem regenfeuchten Pfad, der zwischen verschlammten Wiesen und Feldern hindurch zu einem Wald führte. Der März neigte sich langsam dem Ende zu, und es war der erste warme Tag in diesem Jahr. Die Pfützen auf dem Weg glänzten in der Sonne, und über uns ließen die Vögel sich in Windwiegen schaukeln oder staksten auf den Feldern umher und suchten den aufgeweichten Boden nach Würmern ab.

Julie ging vor mir her. Plötzlich krümmte sie sich und begann zu würgen. Ich hielt ihren Kopf, während das hastig getrunkene Wasser in einem Schwall aus ihr herausschoss. Hinterher lehnte sie sich an mich, schluckte mehrmals und trank die letzten Tropfen aus der Flasche. »Charlie«, flüsterte sie. »Bitte, sag mir, was passiert ist.«

»Mein Gott.« Ich ging in die Hocke und zog sie an mich. »Ist dir deshalb übel?«

Sie nickte und presste eine Hand auf ihren Mund. In ihren Wimpern hingen Tränen.

»Kommt noch mehr?«, fragte ich und hätte heulen können. Wie konnte ich dieses kluge und empfindsame Mädchen zwingen, bei irgendetwas mitzuspielen, das es nicht verstand?

Julie atmete zittrig ein und aus. »Wenn du es mir sagst, kotze ich nicht mehr.«

Ich nahm ihre Hand. »Wir setzen uns wieder in den Wagen. Es ist auch gar nicht so schlimm, weißt du, ich hätte es dir eigentlich sofort sagen können, statt ein Riesengeheimnis daraus zu machen.«

Hand in Hand kehrten wir zum Wagen zurück. Sie kletterte auf ihren Platz, faltete die Hände auf dem Schoß und drehte sich zu mir um.

Ich beschloss, ihr und mir jedes weitere Drumherum zu ersparen. »Also – dein Dad möchte, dass ich abreise. Und deshalb werde ich das auch tun. Man kann nicht bei jemandem bleiben, der einen nicht bei sich haben will. Das ist für beide unangenehm. Das kannst du sicherlich verstehen.«

Sie sah mich starr an. Zwischen ihren Brauen bildete sich eine Furche, dann fing ihr Kinn an zu beben. Gleich darauf flossen die ersten Tränen. Ich streckte die Arme nach ihr aus. Julie krabbelte in sie hinein. Ich hielt den Kinderkörper umschlungen und befahl mir, Haltung zu bewahren. »Hör mir zu«, flüsterte ich in ihre Haare. Sie schüttelte den Kopf. »Doch, denn ich verspreche dir gleich etwas mit großem Ehrenwort. Hörst du mir jetzt zu?« Keine Reaktion, aber ich spürte, wie sie wartete. »In zwei Monaten kommst du mich in Frankreich besuchen, und wir verbringen den ganzen Sommer zusammen. Was hältst du davon?«

Sie löste sich von mir und sah mich mit tränennassem Gesicht an. »Warum bleibst du denn nicht, weil ich dich bei mir haben will?«

Sie kroch auf ihren Platz zurück und wischte sich Augen und Nase mit der Hand ab. Ich holte ihr eine Packung Taschentücher aus dem Handschuhfach. Sie stieß das Päckchen weg und zog die Nase hoch.

Ich startete den Wagen, fuhr zurück auf die A 128 und überlegte, wie ich ihr erklären konnte, dass ihre Wünsche in dem Zusammenhang noch nicht zählten. »Stell dir vor, wie das wäre …«, begann ich schließlich. »Wie es für mich wäre, wenn ich bei euch wohne, obwohl dein Dad mich nicht mehr sehen möchte und will, dass ich verschwinde.«

Ihre Miene wurde trotzig. »Soll er doch verschwinden.«

»Und dann?«

»Dann wohnen wir zusammen. Irgendwo nur für uns. Wir könnten Tiere haben. Zwei Meerschweinchen und einen Hund.«

»Und wovon würden wir leben?«

»Na, du würdest arbeiten gehen.« Sie legte den Kopf zur Seite, als dächte sie über meine Einsatzmöglichkeiten nach, denn in dem halben Jahr bei ihrem Vater hatte ich außer Einkaufen, Kochen und Putzen nicht viel getan. »Das kannst du doch, oder?«

»Julie«, sagte ich so sanft wie möglich. »Denk nach. Man schickt Väter nicht einfach weg. Abgesehen davon, würde es deinen Dad verletzen. Du bist sein einziges Kind, und er liebt dich, auch wenn er manchmal nicht weiß, wie er es ausdrücken soll.« Das war zwar nur die halbe Wahrheit, denn ob Jackson seine Tochter liebte, hatte ich nie herausgefunden, aber irgendwie musste ich dieses Thema zu Ende bringen.

»Hm«, machte Julie und überließ sich ihren Gedanken.

Ich begann, nach Hinweisschildern für Gloucester Ausschau zu halten, und wurde nervös, als ich feststellte, dass die Namen der Orte auf den Straßenschildern mir nicht das Geringste sagten. Mein Orientierungssinn war so gut wie nicht vorhanden, es hätte mich nicht gewundert, wenn auf dem nächsten Schild der Name einer Stadt mitten in Pennsylvania gestanden hätte. Doch dann fiel mein Blick auf den dunstigen blassblauen Himmel am Horizont, und ich wusste, dass das Meer nicht mehr weit war.

»Hilf mir«, bat ich Julie. »Wir suchen ein Schild, das uns nach Gloucester führt. Im Ocean Inn reden wir weiter.«

»Wir fahren ins Ocean Inn?« Ihr Gesicht leuchtete auf. »Cool!« Was wir dort weiter bereden würden, schien vergessen, denn in diesem Hotel hatten sie und ich im Januar ihr Geburtstagswochenende verbracht, und für Julie stand es für alles, was schön und eindrucksvoll war. Sie beugte sich vor und spähte durch die Windschutzscheibe. »Gloucester«, sagte sie triumphierend, als das nächste Hinweisschild in Sicht kam. »Gleich musst du abbiegen.«

Ich folgte ihrer Anweisung. Wir fuhren eine einsame Straße entlang, die zu einem löcherigen Schotterweg wurde und dann zu einem sandigen Pfad, der vor den ersten Ausläufern der Dünen endete. »Und jetzt?«, fragte ich.

Julie grinste. »Ich bin neun Jahre alt, woher soll ich das wissen?«

»Mann«, sagte ich. »Wir sind vielleicht Heldinnen.«

»Ruf Dad an.« Julie kicherte in sich hinein. »Sag ihm, vor uns wären so komische Sandhügel und wir hätten uns gedacht, dass er sicher weiß, wo wir sind.« Sie schielte mich von der Seite an. »Wenn ich im Sommer zu dir auf deine Insel komme, ist es da dann so wie hier?«

In dem Moment fühlte ich mich wie in einer Achterbahn und fragte mich, ob wir die schlimmste Kurve schon hinter uns hatten oder nach der nächsten Geraden eine neue auf uns wartete. »Im Norden von Ré ist es fast genauso wie hier.« Ich setzte den Wagen zurück. Am anderen Ende der Dünenkette hatte ich die weißen Gebäude des Ocean Inn erkannt.

Im Hotel bekamen wir ein Eckzimmer im Parterre, wo die Glastüren zu einer kleinen Terrasse und zum Strand hinausgingen. Wir holten die Sachen aus dem Wagen. Mit rosigen Wangen trug Julie ihr Tüllkleid wie eine geweihte Gabe vor sich her, ein Anblick, der mir die Brust zuschnürte.

»Hast du meine rosa Schuhe eingepackt?«, fragte sie im Zimmer.

»Wenn nicht, fahre ich zurück und hole sie.«

»Tust du nicht.« Sie legte ihr Kleid behutsam auf das Doppelbett, griff nach der Reisetasche und suchte darin ihre Schuhe. »Da sind sie«, sagte sie erleichtert und drehte sich zu mir um. »Was ziehst du denn an, wenn ich das Kleid trage?«

»Schwarzen Rock, weißes T-Shirt und schwarze Schuhe. Ich werde die graue Maus an deiner Seite sein.«

Die Vorstellung schien ihr zu gefallen. »Gehen wir jetzt ans Meer?«

»Sicher.« Ich verstaute unsere Kleidungsstücke im Schrank.

»Muss ich morgen in die Schule?«

»Nein, dein Dad wird dir eine Entschuldigung schreiben. Aber du darfst niemandem sagen, dass du am Meer warst.«

Julie warf sich in die Brust. »Hätte ich nie gemacht.« Sie strich über den Tüllrock und lächelte verträumt. Ich sah ihr zu und erinnerte mich an den Tag, als ich ihr das Kleid bei Bloomingdale's gekauft hatte. Julie war dort noch nie gewesen. Als sie das Kleid entdeckte, nahm sie meine Hand und ging auf Zehenspitzen darauf zu, in den Augen Glanzlichter. »Darf ich das anfassen?«, flüsterte sie.

»Natürlich«, sagte ich. »Wenn du magst, darfst du es auch anprobieren.«

Sie schluckte aufgeregt und sah zu mir hoch. »Das ist bestimmt teuer.«

»Es wird sogar schweineteuer sein«, antwortete ich. »Aber wenn es dir steht und du es magst und mir schwörst, deinem

Dad nie, nie zu verraten, was es gekostet hat, kaufe ich es mit Freude.«

»Echt?«

»Echt.«

Am Abend führte sie das Kleid ihrem Vater vor und drehte sich im Kreis. »Schönes Kleid«, sagte Jackson. Als sie aus dem Zimmer rannte, zischte er mich an: »Bist du von allen guten Geistern verlassen? Du verdirbst meine ganze Erziehung.«

»Wann erziehst du Julie denn?«, fragte ich. »Du bist doch nie da.« Er warf mir einen verärgerten Blick zu, setzte sich von mir fort und stellte den Fernseher an.

»Charlie«, sagte Julie. »Kann ich das Kleid schon anziehen?«

»Wenn wir ans Meer gehen?«

»Ja.«

»Na schön.« In einem halben Jahr würde sie aus dem Kleid herausgewachsen sein und bis dahin kaum Gelegenheit haben, es zu tragen. Warum sollte sie es also nicht jetzt bei unserem Spaziergang über den Strand anhaben?

Sie packte das Kleid und wieselte damit ins Bad.

Wenig später hüpfte sie mit einem dicken Pullover über dem Kleid neben mir den Strand entlang. Die erste Wegstrecke über den festen Sand legten wir schweigend zurück, außer der tosenden Brandung, den krächzenden Möwen und dem Geräusch unserer Schritte war nichts zu hören. Der Himmel mochte wissen, was Julie durch den Kopf ging, denn ihr leichtherziges Hüpfen nahm ich ihr nicht recht ab. Prompt blieb sie stehen, schaute über den langen hellen Strand zum Meer hinüber und fragte wie nebenbei: »Wann reist du denn ab?«

»Am Samstagmittag fliege ich nach New York und von dort aus weiter nach Frankfurt.«

Sie erstarrte. »Diesen Samstag?«

»Ja.«

Julie umklammerte meinen Arm. »Nein, Charlie, bitte nicht.«

Ich strich über ihre Hand und lotste sie zu einer windgeschützten Kuhle am Fuß der Dünen, breitete meine Strickjacke über den Sand und klopfte einladend darauf. Wir setzten uns. Sie lehnte sich an mich. Ich nahm den nächsten Anlauf. »Denk immer daran, dass du mich besuchen kommst, Julie. Das mache ich auch, und dann tut es nicht mehr so weh. Außerdem wirst du nicht nur in diesem Sommer bei mir sein, sondern auch in denen danach, wenn du möchtest. Wir bleiben für immer beste Freundinnen, das verspreche ich dir.«

»Ich will aber nicht wieder allein sein.«

Ich drückte sie an mich. »Du weißt doch noch, was ich dir über mein Leben erzählt habe, oder? Über die erste Zeit in Deutschland, in der ich als Kind allein war?«

Julie schmiegte sich an mich. »Erzähl es noch mal.«

Also erzählte ich ihr zum ungefähr tausendsten Mal die Geschichte meiner Kindheit. Wie meine Mutter mich, als ich wenige Monate alt war, bei ihren Eltern in Deutschland abgegeben hatte und verschwunden war. Dass mein Vater noch vor meiner Geburt gestorben war, so dass ich ihn nie kennengelernt hatte.

»Deine Mom war nicht verschwunden«, verbesserte Julie mich. »Sie war in Frankreich und hat da gemalt.«

»Ja, aber für mich war sie verschwunden. Und dann habe ich drei Jahre lang bei meinen Großeltern gelebt. Aber die habe ich kaum gesehen, denn sie haben von morgens bis abends gearbeitet. Ich war auch allein.«

»Das stimmt nicht. Du hattest Alma.« Julie sah mich vorwurfsvoll an. »Sie hat sich um dich gekümmert und mit dir gespielt.«

Ich wuschelte ihr durch die Haare. Julie liebte diese Geschichte, wahrscheinlich hätte sie jeden Satz im Schlaf herunterbeten können. Irgendetwas daran tröstete sie, vielleicht war es das Gefühl, dass es ihr vergleichsweise gutging, doch das gönnte ich ihr von Herzen.

Sie setzte eine bekümmerte Miene auf. »Und dann ist deine Mom zurückgekommen, hat dich geholt und mit nach Frankreich genommen. Und bei ihr war es schrecklich.«

»Ziemlich schrecklich.«

»Aber dann kam dein Onkel Jo und hat dich ihr wieder weggenommen und gerettet. Und bei ihm wohnst du immer noch.«

»Ja, aber manchmal arbeite ich auch bei ihm. In seinem Hotel. Wo du mich besuchen wirst.«

»Du bist ein Waisenkind«, sagte Julie mitleidig. »Denn deine Mom ist vor zwei Jahren gestorben.«

»So ist es.«

Sie seufzte betrübt. »Du hast ein schlimmes Leben gehabt.«

Das traf zwar nicht zu, aber ich nahm es hin. Alles war mir recht, solange es ihr Auftrieb gab. »Und trotzdem bin ich ganz in Ordnung, oder?«

Sie strahlte mich an. »Schwer in Ordnung.« Sie sprang auf. »Gehen wir jetzt essen? Es wird ja schon dunkel.«

Im Hotelrestaurant waren wir außer zwei älteren Paaren die einzigen Gäste. Julie warf einen Blick über die Tische, die mit schneeweißen Tischdecken, Gläsern und Silberbesteck gedeckt waren, und sagte: »Hier ist es vornehm.« Sie deutete auf die Speisekarte. »Können wir auch was Vornehmes essen?«

Ich bestellte uns Seezungenfilets mit Safranreis und Broccoli. Von dem Kind, das im McDonald's eine Riesenschweinerei veranstaltet hatte, war nichts mehr zu erkennen. Julie aß wie eine Eins, so eifrig bemüht, sich der feinen Umgebung anzupassen, dass sie jeden Krümel, der ihr vom Teller gefallen war, mit Daumen und Zeigefinger aufpickte und sorgfältig zurücklegte. Es rührte mich so sehr, dass ich meinen Blick abwenden musste; ich wollte nicht, dass sie mich gegen die Tränen kämpfen sah.

Nach dem Essen gingen wir auf unser Zimmer und sahen uns im Pyjama einen Film über die Wüstentiere dieser Welt auf dem Discovery Channel an, bei dem Julie einschlief. Ich deckte sie zu, stellte den Fernseher aus, zog mir einen Pullover über und trat hinaus auf die Terrasse. Dort setzte ich mich auf einen Liegestuhl. Ich lauschte der Brandung und schaute auf die Dünenkämme, die sich schwarz vor dem nachtgrauen Himmel abhoben. Mir ging durch den Sinn, dass jetzt eigentlich der Moment gekommen wäre, in dem ich hätte anfangen können, meine gescheiterte Liebesbeziehung zu beklagen, doch offenbar war meine Entlassung aus Jacksons Leben noch nicht ganz zu mir durchgedrungen. Stattdessen war es wie immer, wenn ich das Meer hörte oder sah: Alles Schwere fiel von mir ab, und ich überließ mich dem steten Rauschen der Wellen. Erst als die Kälte an mir hochkroch, kehrte ich ins Zimmer zurück. Ich legte mich zu Julie und schlief ein.

Der nächste Tag war wieder sonnig und noch wärmer als der vorherige. Julie und ich suchten am Strand Muscheln, schrieben unsere Namen groß mit einem Stück Treibholz in den Sand, malten Herzen darum und steckten die gesammelten Muscheln in die Rillen. Dabei sprach sie über alles Mögliche, die Schule, die Lehrer, das, was Shelley oder Suzy gesagt hatte, Stücke, die sie auf der Geige spielen konnte, ein Lied, das sie im Gesangsunterricht gelernt hatte, eine Abenteuerserie im Fernsehen, die sie in epischer Breite nacherzählte – ein ununterbrochener Fluss, der kaum Antworten verlangte. Doch in gewissen Abständen hielt sie inne und fragte ohne Übergang: »Könntest du nicht doch bleiben?« Oder: »Sollen wir noch mal mit Dad reden?« Bis hin zu: »Weißt du was, inzwischen hat er es sich bestimmt wieder anders überlegt.« Ich redete ihr jede Möglichkeit mit wohldurchdachten Worten aus, bis es aussah, als hätte sie das Unausweichliche meiner Abreise erfasst.

Am frühen Nachmittag fuhren wir in den Ort und aßen im »Haus der hundert Saftsorten« Scones, zu denen wir einen naturbelassenen Apfelsaft tranken, so sauer, dass Julie nach jedem Schluck die Augen aufriss, »Huch« sagte und an ihren Hals fasste.

Wir machten einen Einkaufsbummel. Ich verdrängte sämtliche Gedanken an meinen Kontostand und kaufte für meine Freundin Lana in Frankreich einen Rock mit passendem Pulli und dann für mich das Gleiche noch mal in anderen Farben.

»Du darfst dir auch etwas aussuchen«, sagte ich und ging mit Julie in ein Kindergeschäft. Nach einigem Hin und Her entdeckte sie eine grellrote Umhängetasche, über und über mit goldgelbem Glitzerstaub bedeckt. Auf dem Verschluss befand sich ein dunkelrotes Herz aus Samt. »Darf ich die haben?«, fragte sie.

»Unbedingt«, sagte ich. »Sollen wir noch etwas zum Hineinstecken kaufen?«

Julie nahm die Tasche, strich andächtig darüber und schüttelte den Kopf. »Dazu ist sie zu fein.«

Als ich die Tasche bezahlt hatte, drückte sie ihren rot-goldenen Schatz mit geschlossenen Augen an sich, und es brach mir fast das Herz.

Auch später am Abend, als sie die Tasche mit ins Bett nahm, musste ich mich mit aller Macht zur Ruhe zwingen. Allerdings verspürte ich da erstmals so etwas wie blanke Wut auf Jackson. Nicht meinetwegen, an dem Punkt war ich noch nicht, sondern vielmehr, weil er nicht imstande war, das sanfte Wesen und den Liebreiz seiner Tochter zu erkennen, und Julie stattdessen entweder übersah oder mit Vorhaltungen drangsalierte. Ich dachte an die unzähligen Male, die er beim Essen das Besteck hatte sinken lassen. »Sitz gerade, Julie, iss mit geschlossenem Mund, kleckere nicht auf dem Tisch herum, trink leise, nimm den Ellbogen vom Tisch.« Das ging so lange, bis sie ihn bei jedem Bissen ängstlich ansah. Es hatte mich rasend gemacht und immer im Streit zwischen ihm und mir geendet.

Auf der Rückfahrt am Samstagmorgen versank Julie in Schweigen und hielt ihre Tasche fest. Als ich ihre Wange streichelte, schlug sie meine Hand weg und sagte: »Lass mich.« Also lenkte ich ihre Gedanken auf die Sommerferien, schilderte ihr die Insel Ré, auf der ich wieder leben würde, das Strandhotel meines Onkels, die dort arbeitenden Menschen, die ich als lustig bezeichnete, und meine Freundin Lana, die sich mit schwererziehbaren Kindern beschäftigte und von der ich Julie versprach, dass sie auch ihre Freundin werden würde. Julie schob die Unterlippe vor und schaute stur geradeaus. Doch dann schien etwas bei ihr anzukommen, und sie drehte den Kopf zu mir um. »Aber was soll ich mit denen reden? Die sprechen doch alle Französisch.«

»Und Englisch. Und wer weiß, vielleicht lernst du ja sogar ein bisschen Französisch?«

»Nein.«

»Was glaubst du, wie Shelley und Suzy staunen, wenn sie hören, dass du nach Frankreich fliegst und dich dort mit Franzosen unterhalten wirst.«

»Oh.« Julie lebte auf. »Sag mal was auf Französisch.«

»*Je t'aime.*«

»Und was heißt das?«

»Ich liebe dich. Sag du es auch mal.«

Julie grinste verlegen und schüttelte den Kopf.

»Kannst du es dir denn merken?«

»Klar, ist doch ganz einfach.«

Ich warf einen Blick zu ihr hinüber. Ihre Lippen bewegten sich lautlos. Dann überwand sie sich und brachte zögernd etwas zustande, das man mit gutem Willen als *Je t'aime* auslegen konnte.

»Perfekt«, sagte ich. »Ich liebe dich auch, mein Schatz. Für immer und ewig.« Diesmal durfte ich ihre Wange streicheln.

Bei Jacksons Haus angekommen, parkte ich den Wagen und wandte mich zu Julie um. »So«, sagte ich beherzt. »Ich muss nur noch die Koffer aus meinem Zimmer holen. Das Taxi zum Flughafen habe ich schon bestellt. Wenn ich in Deutschland bin, rufe ich dich an oder schicke dir eine E-Mail.« Ich schrieb ihr die Telefonnummer meiner deutschen Großeltern auf. »Aber du darfst mich auch anrufen. Falls du mich auf dem Handy nicht erreichst und sich mein Großvater oder meine Großmutter unter dieser Nummer meldet, sagst du einfach auf Englisch, dass du mich sprechen möchtest, und dann holen sie mich an den Apparat, okay?«

Julie nahm den Zettel entgegen und schaute darauf. »Ich weiß nicht, ob ich das schon kann.«

Ich strich über ihre Haare und wappnete mich, denn jetzt stand uns der endgültige Abschied bevor und ich wollte es ihr nicht noch schwerer machen, indem ich ihr das Ausmaß meines Kummers zeigte. »Na, dazu gehört ja auch einiges«, erklärte ich. »Aber ich verrate dir, wie man das schafft.«

»Wie?« Sie faltete den Zettel klitzeklein und steckte ihn mit wichtiger Miene in die rot-goldene Tasche.

»Zuerst nimmt man all seinen Mut zusammen, und dann schaut man auf den Zettel, drückt eine Telefontaste nach der anderen und denkt sich einfach nichts dabei. Und am nächsten Tag kann man Mädchen wie Suzy und Shelley erzählen, dass man schon Überseegespräche führen kann.«

»Überseegespräche«, murmelte sie. »Cool.«

Ich gab ihr rasch einen Kuss.

Als wir ausstiegen, wurde mir das Herz unendlich schwer. Allerdings stellte ich fest, dass meine Gefühle nur etwas mit der Trennung von Julie und noch immer nichts mit Jackson zu tun hatten.

Im Haus schien Julie vergessen zu haben, dass ich in Kürze verschwinden würde. Sie rannte über den Flur und rief: »Daddy, wir sind wieder da, und ich habe eine neue Tasche.« Jackson kam nicht zum Vorschein. Julie stürzte in sein Arbeitszimmer. Ich hörte, wie er sagte: »He, da seid ihr ja endlich«, als hätte er seine geliebten Familienmitglieder vermisst.

Ich nahm die Treppe nach oben, ging ins Bad und dann ins Gästezimmer, wo ich meine Sachen aus der Hasentasche in meine Koffer packte. Ich verharrte kurz auf dem Bett und dachte, dass es das war. Dann schulterte ich meine Handtasche und die Tasche mit dem Laptop, griff nach den beiden Koffern und trug mein Gepäck nach unten.

Julie stand an der Eingangstür, blass und mit zusammengepressten Lippen. Ihre Stimmung war umgeschlagen, und sie fing an zu weinen. Ich stellte meine Koffer ab und nahm sie in die Arme. »Nicht weinen«, sagte ich mit erstickter Stimme. »Sonst muss ich auch weinen, und das will ich nicht.«

»Warum nicht?« Sie schluchzte.

»Ich will nicht, dass dein Dad mich weinen sieht.«

Das war ihr zu hoch, das erkannte ich an ihrem verständnislosen Blick. Doch sie versuchte, die Tränen hinunterzuschlucken, so verzweifelt, dass ich mich hätte ohrfeigen können. »Also gut«, sagte ich. »Wir weinen. Du jetzt und ich später auf dem Weg nach Deutschland. Ist das ein Wort?«

Sie schlang die Arme um meine Taille.

Ich beugte mich zu ihr hinab. »Du musst nicht warten, bis das Taxi kommt«, flüsterte ich ihr ins Ohr.

»Ich will dir doch winken«, flüsterte sie zurück.

Jackson kam aus seinem Arbeitszimmer, mit dem Handy am Ohr. »Warte«, sagte er. »Ich kann dich zum Flughafen fahren.«

Ich gab ihm keine Antwort.

Sein Blick wanderte von mir zu Julie. Er schüttelte den Kopf, sagte: »Mach's gut«, wandte sich ab und telefonierte weiter. Die Tür des Arbeitszimmers fiel hinter ihm zu.

Die nächsten Bilder kamen mir wie Schnappschüsse vor, als zeigte mir ein Fremder Aufnahmen aus seinem Leben, auf denen merkwürdigerweise ich zu sehen war. Das vorfahrende Taxi. Der Fahrer, der mein Gepäck einlud. Ich, wie ich auf den Rücksitz stieg. Julie, die im Türrahmen stand und zaghaft winkte. Ich deutete auf mein Herz und dann auf sie. »Ich hab dich lieb«, formte ich mit den Lippen.

»Ich dich auch«, rief sie. »Warum bleibst du denn nicht?«

Das Taxi fuhr an. Ich schaute durch das Seitenfenster, dann durch die Heckscheibe. Julie stand noch da, weinte mit hängenden Schultern und den Händen auf ihrer bebenden Brust, winkte wieder und wurde kleiner und kleiner.

Das Taxi bog um eine Ecke. Ich drehte mich um und atmete tief durch.

# Zwei

Von Boston aus flog ich nach New York. Am Flughafen JFK herrschte ein einziges Chaos, was mir jedoch ganz recht war; es lenkte mich von den Gedanken ab, die jetzt langsam, aber sicher um Jackson und mich zu kreisen begannen. Doch ich hatte anderes zu tun, praktische Dinge, wie in dem Gewirr von Menschen, Schildern und Informationen den Lufthansa-Schalter zu suchen, mein Gepäck aufzugeben und meinen Flugsteig zu finden, was alles eine Weile dauerte, denn ich verlief mich zigmal. Als ich die Kontrollen hinter mir hatte, schlug ich im Duty-free-Shop Zeit tot, klapperte die Regale ab und las die Etiketten auf Parfüm- und Whiskeyflaschen, als hätte ich so etwas in meinem Leben noch nicht gesehen. Dann ließ ich mich im Wartebereich nieder und studierte die erstandenen Modezeitschriften.

Am späten Nachmittag sank ich in der Maschine nach Frankfurt auf meinen Platz am Fenster und schnallte mich an. Stumm beobachtete ich die hereinströmenden Fluggäste, lauschte ihren deutschen oder amerikanischen Satzbrocken, den zuschlagenden Klappen der Gepäckfächer, den Stimmen, die langsam zu Gemurmel verebbten. Dann heulten die Triebwerke auf, und wenig später waren wir in der Luft. Die Außenbezirke von New York versanken im Dunst. Kurz darauf drangen die letzten Sonnenstrahlen durch die Fenster, und unter mir erstreckte sich ein weißer, aufgeplusterter Wolkenteppich. Fedrige Schollen schoben sich übereinander, türmten sich und zerfielen, wurden blassblau, dann rauchgrau, dann grau. Zum Schluss ergoss sich tintenblaue Farbe über das Bild, verschluckte die letzten Schaumkronen und wurde zu dem dunklen Hintergrund, vor dem ich mein Gesicht in der Fensterscheibe erkannte. Ich wandte den Kopf ab und betrachtete das Miniaturflugzeug auf dem Bildschirm vor mir. Es zeigte reglos nach Nordosten. Um mich herum wurde gekramt, geredet, in den Gepäckfächern gewühlt, wurden Lämpchen angeknipst. Mein Sitznachbar hatte mir zur Begrüßung zugenickt, ich hatte zurückgenickt und mich weggedreht. Seitdem schloss er sich meinem Schweigen an. Ich zog meine Zeitschriften hervor und legte sie auf meinen Schoß. Dann lehnte ich mich zurück, stierte vor mich hin und wartete auf das Abendessen, das mich nicht interessierte.

Als danach Ruhe einkehrte, war es mit allen Ablenkungen vorbei, und mich holte der Gedanke ein, wie dämlich ich gewesen war. Mit ihm kam die Scham, heiß und übelkeiterregend. Wie gelähmt saß ich da, unfähig zu begreifen, warum ich so durch und durch hirnverbrannt gewesen war.

Die Erinnerungen an das Gespräch mit Jackson kehrten zurück. »Tut mir leid, Charlotte, aber es hat keinen Zweck. Wir brechen das jetzt ab, alles andere wäre sinnlos. Ich liebe dich nicht, und deshalb ist es besser, das Ganze zu beenden.« Um sie zu übertönen, konzentrierte ich mich auf das Brummen der Triebwerke und schaute aus meinem Fenster in die pechschwarze Nacht. Doch nach einer Weile meldete sich eine kleine Stimme in meinem Kopf: »Warum bist du denn nicht früher gegangen? Du wusstest doch, dass er dich nicht liebt.« Das hatte ich mich mehr als einmal gefragt und keine Antwort darauf gefunden. Ich drückte mein Kissen auf die Kopfstütze und schloss die Augen. Was soll das alles?, sagte ich mir. So ist das nun mal. Dann hat er dich eben weggeschickt, hat dich nie geliebt. Gibt Schlimmeres. Halte es aus, bald geht's dir wieder besser. Ich zwinkerte die Tränen fort und riss mich zusammen. Kassensturz machen, befahl ich mir, nachsehen, was noch übrig ist, und zusehen, dass daraus wieder mehr wird.

Aber in meiner Kasse war nichts übrig – alles investiert und nichts dabei herumgekommen. Die Geschichte war von Anfang an ein Irrtum gewesen, so jedenfalls hatte Jackson es zum Schluss genannt, ein Gedanke, der mir auch schon gekommen war. Also eine Fehlinvestition auf der ganzen Linie. Ich öffnete die Augen, holte die Plastiktüte aus dem Duty-free-Shop unter meinem Sitz hervor und zog die Flasche Jack Daniel's heraus. Dann goss ich den vom Abendessen gebunkerten Plastikbecher halbvoll und dachte, dass jemand doch nicht komplett am Ende sein konnte, wenn er es noch schaffte, einen Becher und eine Flasche Bourbon zu organisieren. Ich wickelte meine Wolldecke um mich und nippte an meinem Drink. Danach an einem zweiten – und dritten.

Als ich die Augen aufschlug, dämmerte der Morgen, und ich fühlte mich wie durch den Wolf gedreht. Ringsum wurden Sitzlehnen hochgestellt und Tischchen heruntergeklappt. Meine Armbanduhr zeigte halb eins in der Nacht an. Ich stellte sie sechs Stunden weiter und richtete mich auf. Ein paar Reihen vor mir standen zwei Stewards mit dem Frühstückswagen und teilten Tabletts und Getränke aus. Ich leckte über meine ausgetrockneten Lippen und entdeckte den leeren Becher, eingeklemmt zwischen meinem Sitz und der Kabinenwand. Die Flasche steckte daneben. Wundervoll – es sah aus, als hätte meine Mutter in ihrer Hochzeit hier gesessen. Noch eine Erinnerung, auf die ich hätte verzichten können. Meine Mutter gehörte zu den immer wiederkehrenden Gespenstern in meinem Leben, dabei hatten wir früher nicht einmal viel miteinander zu tun gehabt.

Nach der zweiten Tasse Kaffee und einem Glas Orangensaft verschwand der Whiskeygeschmack aus meinem Mund, und auch im Kopf wurde ich wieder klar, so sehr, dass ich erneut Jacksons Stimme hörte, in all ihren Nuancen der Ablehnung, angefangen vom mühsam beherrschten Argumentieren bis hin zum ungeduldig scharfen »Begreif es endlich, ich liebe dich nicht«.

Als die Maschine durch die Wolkendecke brach, blickte ich auf die blassgrünen Wiesen und braunen Felder, die dunkelgrünen Nadelwaldflecken und Dörfer inmitten kleiner Hügelkränze, umgeben von dunkelgrauen Straßen und hellgrauen Flüssen. Dann erschienen die Wohnblocks und Autobahnen und schließlich das Flughafengebäude, von dem ich vor sechs Monaten mit vor Glück überschäumendem Herzen aufgebrochen war. Und jetzt kam ich zurück, aus einer verlorenen Schlacht, eine Versehrte, die sich fragte, welche aberwitzigen Phantasien sie überhaupt fortgetrieben hatten. Ich verließ die Maschine als eine der Letzten und trottete den anderen hinterher.

Draußen, hinter dem Gate, drängte ich mich an den Wartenden vorbei und lud meine Koffer auf einen Gepäckwagen. Eine Hand legte sich auf meine Schulter, und hinter mir fragte jemand: »Sag mal, bist du in Amerika taub geworden? Wie oft soll ich denn noch deinen Namen rufen?« Ich drehte mich um. Meine Großmutter Katharina stand da und breitete die Arme aus. Ich wollte etwas sagen, doch ich sank nur an ihre Brust. Sie wiegte mich in den Armen und sagte: »Na, na, das wird schon wieder.« Als ich mich von ihr löste, musterte sie mich und sagte: »Mein Gott, wie siehst du denn aus.«

Ich wischte mir über die Augen und putzte mir die Nase. »Mir geht es nicht gut, und ich habe einen langen Flug hinter mir, wie soll ich denn da aussehen?«

»Das habe ich nicht gemeint. Na schön, jetzt fahren wir erst mal heim.« Sie begutachtete mich noch einmal, schüttelte den Kopf und deutete nach links. »Da lang.«

Ich schob den Gepäckwagen hinter ihr her. Meine Großmutter war neunundsiebzig Jahre alt, hielt sich kerzengerade und hatte einen Verstand, so scharf wie eh und je. Auch ihr

Blick war der einer jüngeren Frau, ihr Körper schlank, ihre Bewegungen wirkten geschmeidig. Als kleines Zugeständnis an ihr Alter trug sie seit einigen Jahren flache Schuhe statt Pumps, doch sonst lehnte sie es ab, sich »wie eine alte Frau« zu kleiden, und regte sich auf, wenn jemand sie fragte, ob ihre dunklen Haare gefärbt seien. »Großmama« durfte man sie nicht nennen, das hatte sie früher schon abgelehnt, »Oma« oder »Omi« kamen erst recht nicht in Frage. In der ganzen Familie sprachen wir uns mit Vor- oder Kosenamen an, selten mit Verwandtschaftsbezeichnungen.

Den Weg zum Parkhaus legte Katharina im Eilschritt zurück. Ich folgte ihr langsamer.

Nach einer Weile drehte sie sich zu mir um und fragte: »Wird das heute noch was, oder schläfst du im Stehen?«

»Jetzt ist es aber gut«, sagte ich. »Jemand, der leidet, kann nicht hetzen.«

Sie setzte sich wieder in Bewegung. »Dass ich nicht lache«, sagte sie. »Du weißt doch noch gar nicht, was Leiden ist.«

Dieser Meinung war ich zwar nicht, aber ich war zu erledigt, um ihr zu widersprechen.

Auf der Fahrt über die vom Nieselregen verhangene Autobahn sah ich stumm aus dem Fenster. Meine Großmutter konzentrierte sich auf den Verkehr und schwieg ebenso.

»Möchtest du Musik hören?«, fragte sie dann.

»Ich möchte gar nichts.«

Sie tätschelte mein Knie. »Mach bitte kein Drama daraus, Charlotte. Du bist enttäuscht worden, aber das ist nicht das Ende der Welt.«

Ich warf ihr einen missmutigen Blick zu. »Enttäuscht? Enttäuscht bin ich, wenn ich zwei Stücke Kuchen essen wollte und nur noch eins da ist. Oder wenn ich einen Spaziergang machen will und es nach drei Schritten anfängt zu schütten. Oder wenn ich …«

»Ich hab's verstanden.« Katharina seufzte. »Wie soll ich es denn deiner Meinung nach nennen?«

»Weiß ich nicht. Und sag jetzt nicht, du hättest mich gewarnt.«

Sie zog die Brauen zusammen, betätigte die Lichthupe ihres BMW und jagte einen Kombi von der Überholspur. »Ich sage es nicht, aber es liegt mir auf der Zunge.« Wir rasten an dem Kombi vorbei. Der Fahrer zeigte uns den Mittelfinger.

»Ja, mach nur, du Idiot«, sagte Katharina. »Hauptsache, du bist weg.«

Als wir uns dem Rhein näherten, hörte der Regen auf und der Himmel wurde heller. Dann drang die Sonne durch die Wolken und ließ den Fluss in der Ferne aufblitzen. Eine halbe Stunde später fuhren wir am Ufer entlang.

»Nach dem Krieg hat mein Vater wochenlang Tag für Tag am Rheinufer gesessen und auf den Fluss geschaut«, sagte Katharina. »Das kannst du auch tun, wenn du Lust dazu hast.« Sie setzte den Blinker und fuhr den Hang zum Haus hinauf.

»Hat es ihm geholfen?«

Sie zuckte mit den Schultern.

Ich erkannte die hohe Buchsbaumhecke, die das Grundstück meiner Großeltern von der Straße trennte, das weitgeöffnete schmiedeeiserne Tor und die aufragenden Pappeln. Dann sagte Katharina: »Sitz da nicht wie angenagelt, wir sind da.«

An der Tür wartete mein Großvater Paul, hochgewachsen, aber hagerer und gebeugter, als ich ihn in Erinnerung hatte. Er winkte wie verrückt, und ich lief zu ihm und umschlang ihn.

Er küsste mich auf beide Wangen und hielt mich in den Armen. »Schön, dass du wieder da bist. Komm rein, mein Schatz, ruh dich aus.« Er führte mich über den Flur nach hinten in die Küche. »Möchtest du etwas trinken? Ein Wasser, etwas Stärkeres?«

Katharina war uns gefolgt. »Lass sie. Komm, hilf mir bei den Koffern.«

Die beiden verschwanden. Ich setzte mich an den Küchentisch und betrachtete die Sonnenstrahlen, die durch die Fenster hereinfielen.

Als meine Großmutter zurückkam, fragte sie: »Was möchtest du jetzt am liebsten machen?«

Am liebsten, dachte ich, das gab es zurzeit nicht mehr. Es sei denn, man ging am liebsten ins Bett und schlief. Oder saß am liebsten auf einem Küchenstuhl, starrte vor sich hin oder zählte die Staubkörner, die in der Sonne tanzten.

Ich hörte Paul auf der Treppe mit meinen Koffern nach oben poltern, auf dem Weg in mein altes Kinderzimmer, wo ich nach meiner Expedition in Sachen Liebe wieder gelandet war.

»Bist du noch zu retten?«, rief Katharina ihm hinterher. »Trag zuerst den einen und dann den anderen Koffer hoch.«

»Reg dich ab«, rief Paul zurück.

Mein Großvater war achtundsiebzig Jahre alt und wollte ebenso wenig wie seine Frau auf sein Alter angesprochen werden. Bei ihr waren die gefärbten Haare der wunde Punkt, bei ihm war es seine schwindende körperliche Kraft.

»Dem Mann ist nicht zu helfen.« Katharina setzte sich zu mir. »Du könntest eine Zeitlang bei uns bleiben«, schlug sie vor. »Wir dachten, ehe du wieder zu Jo fährst, könntest du dich hier ein bisschen erholen. Mir im Garten helfen, wenn du magst.«

»Ich bleibe nur ein, zwei Tage. Morgen oder am Dienstag fahre ich weiter nach Frankreich.«

Katharinas Blick wurde kalt. »Etwa mit Station im Elsass?«

»Auch. Und dann nach Ré.«

»Ach«, sagte sie. »Das ist ja lustig.«

Ich griff nach ihrer Hand. »Bitte, Katharina, jetzt sei doch nicht so. Valérie und Jean-Pierre sind genauso meine Großeltern wie ihr, ob dir das nun passt oder nicht.«

»Das hat mir noch nie gepasst, Charlotte.« Katharina entzog mir ihre Hand und stand auf. »Ich will mich nicht aufregen. Schon gar nicht über diese beiden Franzosen. Wenn du etwas trinken möchtest, weißt du ja, wo alles steht. Falls du mich brauchst, ich bin draußen im Garten.« Und schon war sie fort.

Ich schaute auf die Küchenuhr. Halb elf. Fünfzehn Minuten hatte ich gebraucht, um nach meiner Ankunft hier ins Fettnäpfchen zu treten. Das war ein Rekord, sonst dauerte es mindestens einen halben Tag. Der Grund war immer der gleiche: Ich hatte deutsche und französische Großeltern, zwei Paare, die einander aus tiefster Seele verachteten. Wenn ich bei den einen über die anderen sprach, sank die Stimmung im Handumdrehen auf null. Warum, hatte ich nie herausgefunden. Manchmal dachte ich, die vier wussten es vielleicht selbst nicht mehr und die Gefühle waren ihnen schlichtweg zur Gewohnheit geworden, so was sollte es ja geben.

Ich stützte die Ellbogen auf den Tisch, den Kopf auf die Hände. So könnte ich bleiben, dachte ich. Dasitzen und zuhören, wie die Küchenuhr tickt. Ich ließ meinen Blick schweifen. Alles war noch so wie vor einem halben Jahr: der lange Kieferntisch, die weißlackierten Stühle und blanken Arbeitsflächen, der alte Herd, die weißen Holzschränke, die Anrichte, der in die Jahre gekommene Kühlschrank. Auf den Fensterbänken standen die verwitterten Blumenkästen mit Küchenkräutern.

Ich raffte mich auf und holte mir eine Flasche Wasser und ein Glas. Meine Gedanken wanderten von Paul und Katharina hier in dem Haus zu meinen Großeltern im Elsass, nur wenige Fahrstunden entfernt. Wie schon so oft wunderte ich mich, dass aus seit Generationen befreundeten Familien und ehemals besten Freunden diese erbitterten Feinde geworden waren. Es hatte Zeiten gegeben, da hatte ich den Grund auf Biegen und Brechen erfahren wollen. Doch jedes Mal, wenn ich meine Großeltern darauf angesprochen hatte, waren die einen wie die anderen entweder ausgewichen oder hatten mich mit dem vagen Hinweis auf ein Zerwürfnis kurz nach dem Krieg abgespeist. Um Geld sei es gegangen, sagten Paul und Katharina eines Tages, Geld, das mein französischer Großvater Jean-Pierre zu Kriegsbeginn für meine deutschen Urgroßeltern in die Schweiz geschafft und an dem er sich bereichert habe. Auf der französischen Seite hieß es irgendwann, Katharina habe versucht, eins der Gemälde zu unterschlagen, die meine elsässischen Urgroßeltern ihr kurz vor dem Einmarsch der Deutschen in Verwahrung gegeben hatten. Als Kind hatten die Geschichten jener Nacht- und Nebelaktionen mich fasziniert, obwohl beide Seiten jede Schuld hohnlachend von sich wiesen. Später – ich war vielleicht zwölf oder dreizehn – fing ich an nachzurechnen. Jean-Pierre war bei Kriegsende siebzehn Jahre alt, Katharina gerade mal sechzehn geworden. Dass er im Jahr 1939 schon ein Konto in der Schweiz eröffnet und sie mit elf oder zwölf Jahren Gemälde gehütet und versucht hatte, eins davon zu behalten, wollte mir nicht einleuchten. Ich bohrte noch einmal nach und wurde wieder abgewimmelt. Das letzte Wort auf beiden Seiten lautete, in den Kriegsjahren habe man sich eben entzweit, es seien nun mal feindliche Fronten und die Differenzen zu groß gewesen. Von veruntreutem Geld und unterschlagenen Bildern war nicht mehr die Rede. Wie ich denn darauf käme?, hieß es da plötzlich. Die Sache mit den Bildern beziehungsweise Geldern habe doch nur die jeweiligen Urgroßeltern betroffen, und Unregelmäßigkeiten habe es nicht gegeben, wie ich denn so was annehmen könne? Das wäre ja noch schöner gewesen. Daraufhin wurde ich das Thema selbst leid und stellte meine Nachfragen ein.

Doch dann kam der Tag, an dem ich oben auf dem Dachboden meiner deutschen Großeltern, unter ausrangierten Möbeln und anderem Gerümpel, die verstaubten Schuhkartons mit alten Schulzeugnissen und Kinderzeichnungen meiner Mutter, meiner Tante und meiner beiden Onkel fand. Darunter verbarg sich ein Stapel Fotos. Laut den sorgfältig auf den Rückseiten notierten Jahreszahlen stammten sie aus der Zeit von 1948 bis 1976. Auf ihnen sah man meine französischen und deutschen Großeltern, in jungen Jahren zu viert, später mit ihren Kindern. Auch die Orte und Anlässe ihrer Zusammenkünfte waren auf den Rückseiten festgehalten: *Wanderung in den Vogesen, Beim Hotel von Jean-Pierre, Wochenende am Luganer See, Tanz in den Mai, Nach einem Jeu in Baden-Baden, Picknick im Grünen.* Das Foto aus Baden-Baden zeigte meine Großväter Paul und Jean-Pierre vor dem Casino mit übertrieben herabgezogenen Mundwinkeln und Hosentaschen, aus denen das leere Futter heraushing. Meine Großmutter Valérie stand in ihrer Mitte und bog sich vor Lachen. Von Entzweiung und Zerwürfnissen war nichts zu sehen. Im Gegenteil – die Bilder sprachen von gemeinsamem Spaß, Lebensfreude und reiner Idylle. Ich liebte diese Fotos, konnte mich stundenlang in sie vertiefen und versteckte sie in meinem Zimmer, in einem Karton unter meinem Briefpapier. Den Karton mit den Fotos gab es nach wie vor, inzwischen stand er jedoch in Frankreich, in einem anderen Zimmer von mir. Falls Katharina oder Paul die Fotos je vermisst hatten, ließen sie darüber kein Wort verlauten. Und mir hatte meine kleine Stimme im Ohr geraten, dass es vielleicht klüger wäre, den Fund zu verschweigen.

Ich hob meine Handtasche vom Fußboden auf und kramte die Brieftasche hervor, um mir das Foto anzuschauen, das ich immer bei mir trug. Es war mein liebstes und zeigte beide Familien im Sommer 1967 hinter dem Haus hier, in dem Garten, den Pauls Mutter vor Urzeiten am Hang angelegt hatte. Dort saßen sie alle einträchtig vereint, umrahmt von weißblühenden Sträuchern, rosafarbenen Lupinen und tiefblau leuchtendem Rittersporn. Die Sonne fiel auf meine Großmütter, auf Valérie und Katharina, aneinandergelehnt im Hintergrund, in weiten weißen Sommerkleidern und mit Kränzen aus Margeriten im Haar. Ihre Ehemänner lagerten zu ihren Füßen, beide mit nacktem, gebräuntem Oberkörper. Paul hatte eine Zigarette im Mundwinkel, Jean-Pierre eine Flasche Wein in der Hand. Auf der karierten Wolldecke vor ihnen waren ihre Kinder zu sehen. Sie trugen Badekleidung und hatten sich, um allesamt ins Bild zu passen, wie Sardinen hintereinandergelegt. Die drei Mädchen vorn schienen Tränen zu lachen, mit weitgeöffneten Mündern und Augen wie Schlitze, die drei Jungen grinsten von einem Ohr zum anderen. Mein Onkel Jo, der Letzte in der Reihe, hielt ein angebissenes Stück Marmorkuchen in die Luft.

»Du siehst dir hoffentlich kein Foto von diesem Jackson an.«

Mein Kopf flog hoch. Paul stand im Türrahmen.

»Nein.« Hastig steckte ich das Foto zurück, klappte die Brieftasche zu und verstaute sie wieder in der Handtasche.

»Lügst du auch nicht?« Paul trat an die Fenster und sah hinaus.

»Nein.«

Er drehte sich halb um. »Und warum bist du dann so rot geworden?«

»Vor Schreck wahrscheinlich. Ich habe dich nicht kommen hören.«

Er deutete hinaus in den Garten. »Weißt du, was Katharina hat?«

»Nein, warum?«

»Weil sie Unkraut ausreißt, als hätte es ihr was getan.«

Ich reckte den Hals und warf einen Blick nach draußen. Katharina, im dunkelroten Overall, kniete auf der Wiese und stach Löwenzahn aus. Die Büschel flogen mit Wurzeln und Erdbrocken im hohen Bogen nach rechts und links.

»Ich habe ihr gesagt, dass ich auf dem Weg nach Ré im Elsass haltmache. Vielleicht liegt es daran.«

»Ach so.« Mein Großvater seufzte. »Die alte Geschichte.« Er wandte sich vom Fenster ab, griff nach der Flasche Rotwein auf der Anrichte und hielt sie ins Licht. »Da sind noch zwei Gläser drin. Möchtest du auch eins?«

»Ja, aber nur ein kleines.«

»Umso besser.« Er nahm zwei Gläser aus dem Schrank, goss eins halbvoll und reichte mir die Flasche und ein Glas. »Bedien dich.« Dann ließ er sich auf dem Stuhl mir gegenüber nieder, trank einen Schluck und drehte sein Glas zwischen den Fingern. »Soll ich dir mal was sagen?« Mit einem Mal wirkte sein Gesicht so schmerzerfüllt, dass mein Magen sich furchtsam zusammenzog.

»Was?«, fragte ich gepresst und rechnete schon mit einem bedrückenden Bekenntnis, etwas, das mit seinem Alter zusammenhing, einem Hinweis auf eine schwere Krankheit oder die Mühsal des Lebens – Themen, mit denen ich nicht gut umgehen konnte.

»Es bleibt aber unter uns. Versprich es mir.«

Ich schluckte nervös und nickte.

Er trank noch einmal. Dann schaute er auf sein Glas. »Ich vermisse ihn. Ich meine Jean-Pierre, als Freund. Schon seit Jahren. Und je älter ich werde, desto schlimmer wird es.« Er hob den Kopf. »Wie geht es ihm denn?«

Für einen Moment fehlten mir die Worte. Seit ich denken konnte, waren Valérie, Jean-Pierre und ihre Kinder hier Tabuthemen gewesen. Katharina musste sich überwinden, überhaupt nur ihre Namen auszusprechen. Ich schenkte mir einen Schluck Wein ein, trank und starrte Paul an.

Mein Großvater lachte. »Wenn du dein Gesicht sehen könntest.«

Ich räusperte mich. »Na, das kam ja auch wie aus dem Nichts. Soll ich ihm etwas ausrichten?«

»Nein, so weit bin ich noch nicht. Ich möchte nur wissen, ob es ihm gutgeht.«

Ich studierte seine Miene. Er hielt meinem Blick stand, mit einem Ausdruck, in dem sich Hoffnung und Kummer mischten. Der Zorn, den ich sonst immer entdeckt hatte, wenn einer der verpönten Namen fiel, war nicht zu erkennen. »Es geht ihm einigermaßen«, sagte ich langsam. »Nicht so gut wie dir. Im August wird er achtzig. Du könntest ...«

»Das weiß ich noch nicht«, fiel Paul mir ins Wort. »Aber – ich könnte. Vielleicht.«

Ich nahm seine Hand und drückte sie an meine Wange. »Bitte, Paul. Ich glaube, es würde ihn glücklich machen. Und mich auch.«

Er befreite seine Hand und strich über seinen kahlen Schädel. »Wie ich ihn kenne, hat er noch alle Haare.«

»Nicht alle.« Im Geist sah ich die spärliche Haarpracht meines französischen Großvaters und musste lachen. »Aber ein paar, die er zu einem kleinen weißen Kranz frisiert.«

Paul wandte das Gesicht ab. »Ein kleiner weißer Haarkranz.« Er langte nach einer Serviette, wischte sich über die Augen und schnäuzte sich. »Man wird so sentimental im Alter«, sagte er. »Aber so einen wie ihn hat es nicht mehr gegeben. Trotzdem – ich muss noch ein bisschen nachdenken, weißt du. Führt er noch sein Hotel?«

»Nein. Schon seit vielen Jahren nicht mehr.« Ich beschloss, es nach langer Zeit noch einmal zu versuchen. »Paul – erzählst du mir irgendwann einmal, warum ihr euch zerstritten habt?«

Er zuckte zurück. Dann sah er über mich hinweg auf einen

Punkt, der weit entfernt schien, ehe er kaum merklich den Kopf schüttelte.

»Warum denn nicht?«, fragte ich. »Was passiert ist, liegt doch schon lange zurück. Dreißig oder vierzig Jahre.«

Sein Blick kehrte zu mir zurück. Dann lächelte er. »Dreißig oder vierzig Jahre? Nicht länger? Ich bin zwar ein alter Mann, Charlie, aber noch nicht senil. Versuch nicht, mich aufs Kreuz zu legen.«

Ich ließ mir seine Antwort durch den Kopf gehen. Ich konnte es zwar nicht beweisen, hatte jedoch den Eindruck, dass er gerade etwas zugegeben hatte.

»Okay«, sagte ich. »Eines Tages komme ich darauf zurück. Im Moment habe ich sowieso andere Probleme.«

Paul atmete sichtlich auf. »Richtig. Weißt du eigentlich, dass ich diesen Jackson nie mochte?«

Ich verdrehte die Augen. »Jetzt sag doch nicht schon wieder ›dieser‹ Jackson. Das klingt, als wäre er irgendein dahergelaufener Ganove. Seine Eltern sind einmal deine Geschäftsfreunde gewesen, ihr seid noch in Kontakt mit ihnen. Wir haben mit ihnen zusammen Ferien gemacht, erinnerst du dich?« Wie seltsam, fuhr es mir durch den Sinn, dass ich Jackson noch verteidigte.

»Entschuldige«, sagte Paul belustigt. »Ich wusste nicht, dass er noch Heldenstatus genießt. Ich dachte, inzwischen könnte ich ihn nennen, wie ich wollte.«

In dem Augenblick kam Katharina in die Küche. Sie hatte sich offensichtlich beruhigt. »Ich habe nur den letzten Satz mitgekriegt«, sagte sie. »Über wen redet ihr?«

»Über einen wunderbaren Menschen namens Jackson Fye.« Paul lachte und biss sich auf die Lippe.

Katharina schaute von ihm zu mir und wieder zu ihrem Mann. »Ach, Jacky«, sagte sie und trat an den Kühlschrank. »Der war schon als Kind ein Holzkopf.«

Ich gab es auf. Gegen die beiden kam man nicht an. Ich sammelte meine Sachen ein. »Ich gehe hoch und dusche«, erklärte ich auf dem Weg in den Flur.

»Zieh dich danach bitte um«, rief Katharina mir nach. »Diesen Yoga-Anzug, oder was du da trägst, möchte ich nicht mehr sehen.«

»Du kannst mich mal«, murmelte ich vor mich hin.

»Ich weiß, was du gemurmelt hast«, schallte es mir hinterher.

Bevor ich nach oben ging, warf ich einen Blick in den Raum, den Katharina als »Salon« bezeichnete. Paul nannte ihn »Fernsehzimmer«. Der Fernseher war verschwunden. Demnach hatte Katharina sich durchgesetzt, denn sie sah bestenfalls die Abendnachrichten, den Rest lehnte sie als »Kokolores« ab. Als ich die Tür zu Pauls Bibliothek und ehemaligem Arbeitszimmer aufstieß, entdeckte ich ein funkelnagelneues Gerät mit Flachbildschirm. Also hatten sie einen Kompromiss geschlossen, aber alles andere hätte mich auch gewundert. Die beiden führten eine ausgeglichene, nein, eine großartige Ehe, jedenfalls soweit ich das beurteilen konnte.

In dem letzten Zimmer unten, dem Esszimmer mit den Glastüren zum Garten, hatte sich nichts geändert. Der Raum wurde ohnehin nur selten benutzt. Der Freundeskreis meiner Großeltern war mit den Jahren geschrumpft, und die großen Familienessen, zu denen Katharina früher eingeladen hatte, fanden nicht mehr statt. Sie hatte die Lust am Kochen verloren, und die Mahlzeiten für die beiden bereitete Paul inzwischen zu. Ich dachte an die Zusammenkünfte, die ich dort erlebt hatte, wenn ich aus Frankreich kam, an meinen Onkel Freddy und meine Tante Susanna, die zuerst mit ihren Freundinnen und Freunden, später mit ihren Ehepartnern hier gesessen hatten, an ihre Cousins und Cousinen, an meine Großonkel und Großtanten und an Katharina und Paul, die jeweils an einem Ende des Tisches präsidiert hatten. Im Geist sah ich die reich gedeckte Tafel, die Platten und Terrinen mit den schweren Mittagsmahlzeiten, die Torten am Nachmittag, die Likörgläschen, Cognacschwenker und Stunden später die Weingläser und -flaschen, die sich langsam leerten. Ich hörte die Stimmen, die zunehmend lauter wurden, und die Lachsalven, die mit dem Zigarrenrauch in die Küche gezogen kamen, wo ich am Abend beim Abwasch half. Ganz früher hatte es in einer Ecke des Esszimmers noch einen niedrigen runden Kindertisch gegeben, an dem ich mit meinen Cousins und Cousinen ersten und zweiten Grades gesessen hatte, überwacht von meiner Tante Susanna. Wenn wir uns benahmen, schnitt sie aus unseren Papierservietten nach dem Kaffee die wundervollsten Spitzendeckchen und verteilte sie an uns. Ich hatte nie verstanden, nach welchem Prinzip sie entschied, wer das schönste und wer das am wenigsten gelungene erhielt, nur jedes Mal enttäuscht festgestellt, dass ich im unteren Gunstbereich rangierte und diejenigen bekam, die schon vorher zerknüllt und eingerissen gewesen waren. Als ich Paul einmal nach dem Grund fragte, lachte er und antwortete, es läge vermutlich an meiner französischen Hälfte, die stünde bei manchen hier nicht hoch im Kurs. Er hatte es leicht dahingesagt, mich aber, als ich zu weinen anfing, erschrocken in die Arme genommen, sich für seine Gedankenlosigkeit entschuldigt und immer wieder betont, an mir sei nichts falsch, dass ich für ihn, Katharina und Jo sogar zu den liebsten Menschen auf dieser Welt gehöre und alle anderen Meinungen nicht zählten. Trotzdem hatte es eine Weile gedauert, bis ich mich beruhigte, und noch länger, bis ich mir sagte, dass der Makel, den ich für Susanna hatte, wahrscheinlich mit dem Bruch zwischen meiner deutschen und meiner französischen Familie zusammenhing.

Ich wusste auch noch, dass für uns Kinder mit dem Mokkaservice gedeckt wurde und wir nachmittags vor den Erwachsenen Gedichte aufsagten oder Lieder sangen, bis sie unser leid wurden und uns zum Spielen hinaus in den Garten oder in die Küche jagten. Und wie mir dann das Herz in die Hose sackte, denn dabei war ich erst recht die Außenseiterin, die nicht einmal die einfachsten Spielregeln kannte. Ich hatte die ersten fünf Jahre meines Lebens unter Erwachsenen verbracht und später französische Spiele gelernt; hier stand ich nur dumm herum und fand mich damit ab, bei jedem Spiel zu verlieren.

Bei meinem ersten Besuch hier kannte ich nicht einmal ein deutsches Gedicht oder Lied, was ich im Jahr darauf wettmachen wollte. Damals lebte ich schon bei meinem Onkel Jo auf Ré und dürfte sieben oder acht Jahre alt gewesen sein. Kurz vor meiner Abreise aus Frankreich hatte ich ihn bekniet, mir ein deutsches Lied oder Gedicht beizubringen oder lieber noch beides. Wir hatten uns auf ein Lied geeinigt, auf »Bruder Jakob«. Ich wollte es zuerst auf Deutsch singen und dann, um zu zeigen, wie überlegen ich den anderen Kindern wenigstens sprachlich war, auf Französisch. Als ich endlich an die Reihe kam, hatte ich mich nach der ersten Zeile vor Aufregung übergeben. Selbst das Kleid, das ich damals trug, hatte ich noch vor Augen, hellblau mit weißen Punkten. Es war mir zu groß. Wie immer hatte Jo mir etwas zum »Reinwachsen« gekauft.

In der Ecke stand schon seit langem kein Kindertisch mehr. Bis vor wenigen Jahren hatte mein Großvater dort am Tag vor Heiligabend eine Tanne aufgestellt. Ganz früher hatte es auch eine alte Krippe gegeben, doch ihre holzgeschnitzten Bewohner hatten mit der Zeit Schaden genommen: Maria und Josef fehlten die ehemals betenden Hände, die Schafe und Esel hatten ein Bein oder den Schwanz verloren, und die Heiligen Drei Könige sahen in ihren verblassten, splittrigen Gewändern wie Bettler aus. Als dem Jesuskind der kugelrunde Kopf abfiel, sagte Katharina: »Jetzt reicht's mir mit dem Krüppelverein«, und die Krippe wurde entsorgt.

Ich ging die gerahmten Familienfotos an den Wänden ab und blieb vor dem meines Bruders stehen. Louis war im Alter von drei Jahren bei einem Autounfall ums Leben gekommen. Mein Vater hatte am Steuer gesessen, doch nach dem, was man mir erzählt hatte, war er dabei unverletzt geblieben. Das war noch vor meiner Geburt passiert, deshalb wusste ich nicht viel über meinen Bruder. Ich hatte lediglich gehört, dass er ein lieber, aufgeweckter Junge gewesen sei. Früher hatte ich manchmal versucht, meine Großeltern nach ihm auszufragen, nur um ihn mir besser vorstellen zu können, denn außer ihm hatte ich keine Geschwister. Aber auch da waren die Antworten ausweichend gewesen, und schließlich sagte ich mir, dass meine Neugier anscheinend unpassend sei und sein Tod offenbar zu groß und schwer wog, um sein Leben in kleinen Geschichten und Anekdoten zu erzählen. Auf dem Foto saß er hier hinter dem Haus unter einem breit wuchernden Japanischen Ahorn und spielte selbstvergessen mit Matchbox-Autos. Ein zarter, dunkelhaariger Junge in grün-blau karierten Shorts und weißem T-Shirt. Daneben war ein Foto meiner Mutter, auf dem sie vielleicht neunzehn oder zwanzig gewesen war, eine sorglos strahlende junge Frau im grasgrünen Minikleid, auf einer Bank unten an der Rheinpromenade, die schlanken Beine übereinandergeschlagen, in der Hand einen weißen Glockenhut. An ihrer Seite hing ein vergilbtes Foto von meinen Großeltern in jungen Jahren auf einem Motorrad. Danach kam mein Foto. Es war schon auf Ré entstanden. Ich erinnerte mich sogar noch an den Tag, an dem Jo es aufgenommen hatte. Ich war gerade bei ihm angekommen, und es war eins der ersten Bilder, die es von mir gab. Es zeigte mich mit schweren Gummistiefeln und einer Strickjacke, die über meine Knie zum Rand der Stiefel reichte. Die Bündchen der Ärmel waren so oft umgeschlagen, dass sie auf meinen dünnen Handgelenken wie Wülste wirkten. Mit ernster Miene hielt ich den Eimer, in dem Jo und ich Austern gesammelt hatten. Einmal, vor vielen Jahren, hatte ich das Foto mit dem von Paul und Katharina getauscht, um ebenso wie mein Bruder an der Seite meiner Mutter zu hängen. Wenig später hatte jemand den Tausch wieder rückgängig gemacht, als gäbe es eine Reihenfolge, die so und nicht anders zu sein hatte, oder als gehörte ich vor allem zu meinen Großeltern, was vielleicht sogar Sinn ergab, denn die Beziehung zwischen mir und meiner Mutter war lieblos gewesen. In zweiter Reihe hingen die Hochzeitsfotos von meiner Tante Susanna und meinem Onkel Freddy. Von Jo und meiner Mutter gab es keine. Bei Jo war der Fall klar, er hatte nie geheiratet. Hätte man ihn stattdessen mit den Frauen in seinem Leben abgebildet, hätten die Wände nicht ausgereicht. Meine Mutter wiederum hatte Richard geheiratet, den Sohn meiner französischen Großeltern. Ihre Hochzeit, hieß es, sei heimlich vonstattengegangen, doch ganz gleich, wie es abgelaufen war, ihr Hochzeitsfoto verbot sich von selbst. Dementsprechend waren hier auch keine Fotos meines Vaters zu finden, die konnte ich nur in meiner geheimen Sammlung und im Haus meiner französischen Großeltern betrachten. Oder ich schaute das Bild an, das ich als Vierzehnjährige aus Jos Schreibtischschublade herausgefischt und in meinem Zimmer an die Wand gepinnt hatte. Mein Onkel war darauf elf, mein Vater zwölf Jahre alt. Beide trugen kurze Hosen, T-Shirts und Baskenmützen, jeder breit grinsend und mit einem Arm um die Schultern des anderen. Auf der Rückseite stand unter der Jahreszahl *Jo und Richard, zwei wie Pech und Schwefel.* Als Jo es in meinem Zimmer entdeckte, erstarrte er für einen Moment, sagte jedoch nichts. Er weigerte sich ebenso stur wie die anderen, über das alte Zerwürfnis zu reden.

Auf dem Weg zur Treppe hörte ich Paul und Katharina in der Küche tuscheln. Ich versuchte lautlos weiterzugehen und spitzte die Ohren. Die beiden verstummten.

»Hast du dir das Lauschen immer noch nicht abgewöhnt, Charlotte?«, fragte meine Großmutter aus der Küche. »Wenn du es wissen willst, wir reden über diesen Jackson.«

»Danke, Katharina«, erwiderte ich. »Ich hatte mich gerade von ihm abgelenkt.« Ich griff nach dem Geländer und zog mich mitsamt meinem Kummer die Treppe hoch.

»Möchtest du etwas essen?«, rief Paul mir nach.

»Ich habe keinen Hunger«, rief ich zurück.

Jackson, dachte ich im Weitergehen. Früher Jack oder Jacky. Der Mann, den ich bis vor ein paar Monaten für meine große Liebe gehalten hatte. Als Jack oder Jacky war er noch nett – ein harmloser, pummliger Junge aus Amerika, der mit seinen Eltern in Europa unterwegs war. Als ich ihn kennenlernte, war ich zwölf und hatte die Sommerferien bei Paul und Katharina verbracht. Sonst verreisten sie nie in dieser Zeit, aber es war ein so kalter, verregneter Sommer, dass sie im August erklärten, das schlechte Wetter sei für normale Menschen nicht mehr auszuhalten. Wenig später fuhren wir für eine Woche in den Süden, zu italienischen Freunden von ihnen, die an der Mittelmeerküste ein Strandhotel besaßen. Jacksons Eltern stießen mit ihrem Sohn einen Tag nach unserer Ankunft zu uns. Ich mochte die Eltern, dieses rundliche, joviale Paar aus Kalifornien, das meine englischen Satzbrocken lobte, nur ihr Junge interessierte mich nicht. Doch damals lief er mir hinterher, auf Schritt und Tritt. »Spiel doch mit mir«, bettelte er. »Komm mit mir an den Strand. Schwimmst du mit mir? Sollen wir Muscheln suchen? Magst du mit mir Burgen bauen?« Aber ich hatte anderes im Kopf, als mich mit einem gleichaltrigen Jungen und seinem Kinderkram abzugeben. Wenn ich mich recht erinnerte, war es der erste Sommer, in dem ich vor jedem Spiegel haltmachte und mich auf den Straßen unauffällig in den Schaufensterscheiben beäugte. Aber die längste Zeit verbrachte ich vor dem Spiegel in meinem Hotelzimmer.

Während ich mich darin studierte, versuchte ich zu erahnen, ob ich später einmal den Jungen gefallen würde, die mir gefielen. Dass das noch nicht der Fall war, merkte ich jeden Tag am Strand. Jackson zählte dabei nicht, er zog morgens noch mit bunten Eimern, Sieb und Schaufeln los.

Katharina weigerte sich damals, mit mir pausenlos über mein Äußeres zu reden. Inzwischen konnte ich das nachvollziehen, und doch fand ich, sie hätte es mir leichter machen können, statt mich mit einem »Gibt es im Leben nichts Interessanteres?« abzufertigen. Ich hatte ja sonst niemanden, mit dem ich über meine Nöte sprechen konnte. Meine Mutter kam dafür nicht in Frage. Bei unseren seltenen Begegnungen war sie entweder betrunken oder malte wie im Rausch. Mein Onkel Jo hörte mir zwar zu, wenn ich ihm die Sorgen über mein Aussehen anvertraute, doch ganz gleich, wie feinfühlig er sonst alles erfasste, in diesem Punkt kam er nicht mit. Zum Schluss fragte ich Paul in jener Ferienwoche, ob er mich schön finde. Da hatten wir uns gerade einen Strandplatz gesucht, und er war dabei, den Sonnenschirm über seinem Liegestuhl zu justieren. »Klar«, sagte er im Setzen, griff nach seinem Buch und blätterte zu einer Seite vor. »Wir sind doch alle schön.« Vor Frustration schlug ich ihm das Buch aus der Hand.

Erst viele Jahre später wurde mir bewusst, was er und Katharina in jener Zeit ertragen hatten, denn mit Beginn der Pubertät verlor ich einen großen Teil jener Scheu und ängstlichen Höflichkeit, die mir bis dahin eigen gewesen waren. Stattdessen wurde ich mürrisch, aufsässig, rücksichtslos und, was Jackson betraf, geradezu herzlos. Ich dachte an den rotverbrannten Jungen, dessen Badehose zwischen den dicken Schenkeln hochkrabbelte und der vor sich hin murmelnd auf allen vieren am Strand ganze Festungsanlagen errichtete. Wenn Katharina mich nachdrücklich zu ihm schickte, setzte ich mich mehrere

Meter von ihm entfernt in den Sand und schwieg verdrossen oder zischte »Hau ab«, wenn er seine Mauern und Gräben vorsichtig in meine Richtung zog. Falls Jackson sich heute noch daran erinnern sollte, konnte er sich allerdings trösten, inzwischen hatte er das Konto mehr als ausgeglichen.

Im ersten Stock kam ich an den Zimmern von Katharina und Paul vorbei. Die Türen standen halb offen, aber ich ging in keines hinein. Wahrscheinlich würden sie nicht einmal Anstoß daran nehmen, sollte ich es tun, aber in meiner Kinder- und Jugendzeit waren diese Zimmer ausdrücklich privat gewesen. Man durfte sie nur nach Aufforderung betreten. Daran hielt ich mich noch immer, zumindest wenn die beiden im Haus oder im Garten waren. Früher einmal hatte es Zeiten gegeben, in denen ich hineinschlüpfte, wenn außer mir niemand da war. Und doch schlich ich jedes Mal nur leise darin herum, wie auf der Suche nach etwas, das mich hier verankern konnte, vielleicht auch nur, um selbst eine Spur zu hinterlassen. Manchmal setzte ich mich auf einen Sessel oder eine Bettkante, atmete die Gerüche ein oder strich mit den Fingern an den Vitrinen entlang, die in den Zimmern standen, und starrte durch das dicke alte Bleiglas der Türen ins Innere. In Katharinas Vitrine befand sich ihre Vasensammlung, die in zartem Grün, Blau, Rot, Violett und Weiß schimmerte. Paul dagegen verstaute in seiner all die Dinge, die seine Frau nirgendwo sehen wollte, vorrangig die Geschenke, die seine Kinder und Enkelkinder für ihn gebastelt hatten.

Mein altes Kinderzimmer befand sich unter dem Dach. Im Zimmer nebenan hatte Alma gewohnt, die Haushaltshilfe meiner Großeltern und meine erste beste Freundin. Sie war im Sommer vor zwei Jahren gestorben, nur wenige Wochen nach meiner Mutter. Beide waren auf dem Friedhof unten im Ort bestattet worden. Bei Almas Begräbnis hatte ich geweint, bei dem meiner Mutter Paul gestützt und Katharinas haltsuchenden Händedruck gespürt, aber meine Augen waren trocken geblieben.

Als ich die Tür zu meinem alten Kinderzimmer aufdrückte, fielen mir als Erstes meine Koffer ins Auge, ein Mahnmal für meine geplatzten Träume. Als hätten alle gewusst, dass ich über kurz oder lang wieder erscheine, hatte sich auch hier nichts geändert: dieselben weißen Einbauschränke und gelben Wände, an einer Wand das Aquarell, das meine Mutter vor langen Jahren gemalt hatte. Darauf sah man zwei junge Frauen in Badeanzügen, die Gesichter nur angedeutet. Sie standen im seichten Meerwasser, die eine mit ausgestrecktem Arm, als wolle sie nach der anderen greifen, die andere vorgebeugt, als betrachte sie ihre leeren Hände. Die mit den leeren Händen stelle meine Mutter dar, hatte Alma mir vor ewigen Zeiten einmal erklärt. »Und wer ist die andere?«, fragte ich. Darauf erhielt ich keine Antwort, sah aber die sich ausbreitende Röte auf Almas Hals und Gesicht und erfasste, dass sie sich verplappert hatte.

Ich schaute auf die Koffer und dachte daran, wie ich sie vor einem halben Jahr gepackt hatte. Voller Hoffnung und Freude. Wie unbedacht ich gewesen war, wie kurzsichtig in meiner Verblendung. Jetzt saß ich hier wie angespült. Ich öffnete das Fenster und lehnte mich hinaus. Mein Blick wanderte den Hang hinab. Tief unter mir lag der Rhein im Licht der Märzsonne, ein graues Band mit silbrigen Streifen, das sich nach Norden hin im Dunst verlor. Im Süden wand es sich durch das enge Tal, verschwand hinter einer Hügelreihe und tauchte weit in der Ferne als blass glänzender Strich wieder auf. Ich sah Frachtkähne, die mit der schweren Strömung des Flusses irgendeinem Ziel entgegenzogen, und die kleinen Ruderboote, die an ihnen vorüberglitten. Vom Fürstenhof, dem Hotel unten an der Uferstraße, das Katharina bis zu ihrem achtundsechzigsten Geburtstag geführt hatte, konnte man nur das Dach erkennen. Mitte der fünfziger Jahre hatte sie es übernommen. Vorher war es im Besitz ihrer Eltern und nach dem Krieg für kurze Zeit als Unterkunft und Casino in der Hand französischer Besatzungsoffiziere gewesen. Inzwischen war mein Onkel Freddy der Chef.

Ich hörte, dass unten die Terrassentür aufging, und sah Katharina um die Ecke biegen. Für einen Moment stand sie da und schien die warmen Sonnenstrahlen zu genießen, im nächsten bückte sie sich und rupfte Unkraut zwischen den Steinplatten aus. Als hätte sie meinen Blick gespürt, richtete sie sich auf und sah zu mir hoch. »Was machst du da?«

»Ich schaue aus dem Fenster.«

»Das sehe ich. Ich dachte, du wolltest duschen – und dich umziehen.«

»Gleich.«

»Sollen wir am Nachmittag zum Rhein runtergehen?«

»Heute nicht. Morgen vielleicht.«

»Na schön. Aber du isst doch mit uns zu Abend, oder?«

»Natürlich.«

»Wenn du willst, kannst du uns danach dein Herz ausschütten.«

»Oh, toll, darauf freue ich mich schon.«

Katharina lachte und schaute um sich. Es dauerte nicht lange, bis sie wieder etwas entdeckte, das ihren Unwillen erregte. Diesmal war es der Rhododendron, der sich in einer Ecke des Gartens breitgemacht hatte. Sie schüttelte die Zweige und begann, die abgestorbenen Blätter abzuzupfen und aufzulesen.

Ich schloss das Fenster und fing an auszupacken.

# Drei

Kurz nach eins hörte ich Katharina die Treppe hochkommen und die Tür ihres Zimmers hinter sich schließen. Wenig später erklangen Pauls schwerere Schritte auf der Treppe. Es war die Zeit ihrer Mittagsruhe. Zuvor wurden die Telefonstecker aus den Steckdosen gezogen, die alte Standuhr unten im Flur, die jede volle Stunde schlug, wurde angehalten und die Klingel an der Eingangstür ausgestellt, denn laut Paul und Katharina gab es nichts Gesünderes, als nach dem Mittagessen für ein, zwei Stunden ungestört »die Beine hochzulegen«. Im Haus wurde es still. Ich streckte mich auf meinem Bett aus und starrte an die Zimmerdecke. Ich wollte nicht denken, weder an Jackson noch sonst etwas, sondern nur daliegen und darauf warten, dass mein aufgebrachtes Herz sich beruhigte und die schlimmsten Erinnerungen an die letzten Wochen verklangen. Ich streifte die Leggings und den Pullover ab, kroch tief unter die Daunendecke, ließ mich von der Wärme umfangen und schlief ein.

Zwei Stunden später trat ich in die Dusche und stellte das Wasser so heiß, wie ich es ertragen konnte. Zu duschen galt in diesem Haus nämlich ebenfalls als Heilmittel, kalt, warm oder beides im Wechsel, je nach Verfassung und Bedarf. Als ich die Dusche verließ, hatte das heiße Wasser mich dermaßen geschafft, dass ich kaum noch die Füße heben konnte. Der Wandspiegel war beschlagen. Ich schrieb *Charlotte hasst Jackson* darauf, hüllte mich in ein Badetuch und tappte zurück in mein Zimmer.

Während ich noch unschlüssig in den Kleiderschrank schaute, klopfte es an der Tür. Katharina trat ein und sagte:

»Wir fahren runter ins Hotel und schwimmen eine Runde. Kommst du mit?«

»Hm. Ich weiß nicht. Ich wollte …« Ja, was eigentlich?

Katharina sah mich abwartend an. »Kommt da noch was?«

Ich zuckte mit den Schultern. »Anscheinend nicht. Also gut, in einer Viertelstunde bin ich unten.«

»Wie wär's mit fünf Minuten?« Sie war schon wieder halb aus der Tür. »Paul sitzt im Auto und will los.«

Zehn Minuten später lief ich nach unten, hatte unter Jeans und Pullover meinen Badeanzug an und frische Unterwäsche in die Taschen meiner Jeans gestopft. Die Eingangstür stand sperrangelweit offen. Vor der Treppe parkte Pauls alter Mercedes, ein graues Monstrum mit Dieselmotor, mit dem nur noch kurze Strecken gefahren wurden. Paul wartete am Steuer, während Katharina dabei war, ein paar Gräser aus dem Kiesweg zu zupfen. »Mach die Haustür zu«, rief sie und richtete sich auf. »Wo sind deine Badesachen?«

»Hab ich an.«

»Ja, und hinterher?«

Ich zeigte auf meine Hosentaschen.

»Wie bei den Hottentotten.« Katharina legte die Gräser auf die Eingangstreppe, klopfte sich die Hände sauber und stieg in den Wagen. Ich kletterte auf den Rücksitz zu der riesigen Badetasche der beiden. Als Paul anfuhr, hielt ich die Tasche fest und fragte: »Was habt ihr denn alles mitgenommen?«

»Zeug«, antwortete Katharina. »Und für Paul zwei Bücher. Beide pornografisch. Jo hat sie ihm empfohlen.«

Ich lachte. »Philippe Djian, habe ich recht? Jos Lieblingsautor.«

»Richtig«, sagte Paul. »Katharina weiß nicht, was Pornografie ist.«

»Fordere mich nicht heraus«, sagte meine Großmutter.

Ich blickte den terrassenförmigen Hang hinab, der, von

Weinbergen umgeben, in sanft geschwungenen Stufen bis zu der schmalen Uferstraße abfiel. Bei den verstreut liegenden Häusern handelte es sich meist um Bungalows aus den späten fünfziger oder frühen sechziger Jahren. Nur wenige waren mehrstöckig und stammten wie das Haus meiner Großeltern aus den Anfängen des letzten Jahrhunderts, doch an allen rankten sich Kletterpflanzen hoch zum Dach. Die gewellten Rasenflächen, auf denen an sonnenbeschienenen Stellen schon die ersten Gartenstühle standen, wurden von hohen alten Bäumen gesäumt, zwischen denen Büschel dunkelblauer Krokusse und gelber Narzissen blühten. Es war eine Gegend der Ruhe und des Behagens, als zögen die Belange der Welt auf dem Fluss unten vorbei.

Katharina winkte einer braungebrannten Nachbarin, die mit einer Heckenschere an den Büschen vor ihrem Haus schnippelte. Die Frau dürfte in Katharinas Alter gewesen sein. Sie winkte mit der Schere zurück, bückte sich und spähte interessiert in meine Richtung. In dem Moment fiel mir ihr Name wieder ein: Anna Morell. Ihr und ihrem Mann hatten in Mainz zwei Apotheken gehört. Als Kind hatte ich manchmal bei den beiden vorbeigeschaut. Nach einer halben Stunde des Herumlungerns trollte ich mich meistens wieder, jedes Mal mit den Taschen voller Süßigkeiten. Ich erinnerte mich an die Nachmittage, an denen Alma keine Zeit für mich hatte. Da hatte ich mich am Hang herumgedrückt und nach Leuten gesucht, die mir Gesellschaft leisten konnten, denn Kinder in meinem Alter waren hier vor zwanzig Jahren kaum zu finden und Paul kam erst gegen sieben oder acht Uhr abends nach Hause. Katharina sah ich an manchen Tagen gar nicht.

»Anna und Albert verbringen die Winter in Spanien«, sagte Katharina. »In einer Art Kolonie. Anna hat uns die Fotos gezeigt. Eigentlich ganz schön. Ihr Haus liegt direkt am Meer.«

»Albert findet es dort schrecklich«, sagte Paul.

»Wie kommst du denn darauf?«, fragte Katharina.

»Ich komme nicht darauf, er hat es mir gesagt.« Paul bog in die belebte Uferstraße ein.

»Weiß Anna das auch?«

»Wahrscheinlich nicht. Er hat es mir im Vertrauen gesagt. Er möchte dort unten nicht sterben, sondern hier in seinem Bett.«

»Du liebe Zeit, der Mann hat vielleicht Sorgen. – Ach, schaut mal«, Katharina deutete geradeaus, »da vorn läuft Susanna.« Sie drehte sich halb zu mir um. »Susanna trainiert für irgendeinen Marathon.«

Ich fragte: »Hat sie mit Pauls Weinhandel, ihrem Mann und ihren zwei Kindern nicht genug zu tun?« Meine Tante Susanna hatte vor fünf Jahren die Leitung von Pauls Firma übernommen, einem Weinimport und -export. Zuvor hatte sie zwanzig Jahre lang in dem Unternehmen gearbeitet und davon fünfzehn Jahre lang darauf gewartet, dass mein Großvater sie an der Geschäftsführung beteiligte.

»Erwähn das bloß nicht.« Katharina wandte sich wieder nach vorn. »Außerdem sind die Kinder schon aus dem Haus. Trotzdem, ich weiß auch nicht, wem sie was beweisen will.«

»Sich selbst«, antwortete Paul. »Susanna ist unzufrieden. Mit ihrem Mann, ihren Kindern, vielleicht auch mit dem Weinhandel. Andere nehmen sich bei so etwas einen Liebhaber. Susanna rennt durch die Landschaft.«

»Was mir offen gestanden lieber ist«, sagte Katharina. »Halt bei ihr an.«

Paul überholte Susanna, fuhr an den Straßenrand und bremste. Katharina kurbelte das Seitenfenster herunter und winkte Susanna zu sich.

»Ich kann nicht stehen bleiben«, sagte meine Tante, lief auf der Stelle und war nicht im mindesten außer Atem. Wäre ich die Uferstrecke gelaufen, müsste man mich wahrscheinlich mit dem Rollstuhl abholen.

»Hallo, Susanna«, meldete ich mich von hinten.

Sie tat, als hätte sie nichts gehört und sähe mich nicht. Mir auch recht, dachte ich, unsere Gefühle beruhten auf Gegenseitigkeit. Früher hatte sie mich nur als »das französische Kind« bezeichnet und, wie jetzt auch, übersehen. Für mich war sie von jeher eine unfreundliche Frau gewesen.

»Lauf doch zum Hotel und schwimm mit uns«, schlug Katharina vor. »Ich habe zwei Badeanzüge dabei.«

»Vielleicht.« Susanna spurtete wieder los.

Ich beugte mich zum offenen Seitenfenster vor und rief: »War nett, mit dir zu plaudern, Susanna.«

Sie stockte, dann lief sie weiter.

»Herrgott.« Katharina kurbelte das Fenster hoch. »Susanna ist so dünn, dass ich mir Sorgen mache, und jetzt auch noch diese blöde Lauferei.«

»Vielleicht finden wir ja jemanden für sie«, sagte Paul.

»Sei bloß still«, antwortete Katharina. »Meinst du, ich möchte, dass sie jeden zweiten Abend kommt und reden will? Möchtest du das?«

»Also, wenn du so fragst«, sagte Paul. »Nein.«

In Freddys Hotelpool war außer uns niemand. Nur die schwüle Luft und die leise Klimpermusik aus den Stereoboxen hießen uns willkommen. »Gott sei Dank«, sagte Katharina und hängte ihre Jacke über eine der hohen Terrakotta-Amphoren, die die geöffneten Glastüren zum Wintergarten flankierten. »Nirgendwo ein Kind in Sicht.« Sie warf einen kritischen Blick in die Runde. Ich trat zu ihr und schaute in den Wintergarten. Am anderen Ende hatte Freddy eine neue chromglänzende Bar eingerichtet. Hinter der Theke war niemand, aber irgendjemand hatte Gläser und Glaskaraffen mit Säften bereitgestellt. Barhocker gab es nicht, nur Rohrsessel an runden schmiedeeisernen Tischchen mit Marmorplatten, umringt von Fächerpalmen, von denen einige bis unter das gewölbte Glasdach reichten. Ich war beeindruckt. Katharina bückte sich, fuhr mit dem Zeigefinger über die Platte des ersten Tischchens und besah sich den Finger. »Nichts«, sagte sie und wirkte enttäuscht.

»Kommst du?«, rief Paul.

»Ja, ja.« Katharina schaute sich um. »Wenn jemand auftaucht, hältst du die Jacke vor mich«, sagte sie zu mir und begann, sich auszuziehen. Als sie nackt war, fragte sie: »Wo ist die Tasche?«

»Die hat Paul mitgenommen.«

»Mist.«

Paul kam aus dem Umkleideraum für Herren. Ohne Tasche. »Suchst du was?«, fragte er Katharina mit Unschuldsmiene. Katharina nahm die Jacke von der Amphore, hängte sie sich über die Schultern und lief wortlos in den Umkleideraum, den er gerade verlassen hatte. Als sie im Badeanzug und mit der Tasche zurückkam, fragte ich: »Was hättest du gemacht, wenn da drinnen ein Mann gewesen wäre?«

Katharina stellte die Tasche auf eine Liege und ging zu den halbrunden Steinstufen, die in das Wasserbecken führten. »Ich hätte ›guten Tag‹ gesagt.«

Sie und Paul hatten sich offenbar ein Pensum vorgenommen, denn sowie sie im Wasser waren, schwammen sie zügig eine Bahn nach der anderen. Ich paddelte am Rand des Beckens entlang und ließ meinen Blick schweifen. Freddy hatte seine Sache gut gemacht, daran war nicht zu rütteln. Er und Susanna waren die Kinder der Familie, die in der Spur geblieben waren.

Eine Weile ließ ich mich auf dem Rücken treiben, schlug mit den Beinen leichte Wellen und beobachtete, wie sie sich als helltanzende Flecken an der weißen Decke spiegelten. Als meine Großeltern nach einer halben Stunde aus dem Wasser stiegen, lag ich schon in eins von Freddys Badetüchern gewickelt auf einer Liege. Katharina holte zwei Bademäntel, Handtücher und Wollsocken aus der Riesentasche, reichte die Hälfte Paul und sagte: »Das kleine Handtuch ist für deinen Kopf.« Paul rieb sich damit über den Schädel. Katharina schlang sich ihr Handtuch als Turban um die nassen Haare. »Die Socken brauche ich nicht«, erklärte Paul und legte sich im Bademantel auf die Liege an meiner Seite. Katharina streifte ihm die Socken über. Er wühlte ein Buch aus der Tasche hervor, legte es aufgeklappt auf seine Brust und machte die Augen zu. »Hat Jo eigentlich auch einen Pool?«, fragte er mich schläfrig.

»Nein, wozu?«, antwortete ich. »Sein Hotel steht ja am Meer. Vielleicht kommt ihr ja mal und schaut es euch an.«

»Da ist Freddy«, sagte Katharina und setzte sich auf die freie Liege neben mir.

Ich wandte den Kopf um und hob grüßend die Hand. Mein Onkel machte wortlos kehrt und verschwand. Ich schaute ihm verdutzt nach. Freddy war zwar von jeher still und zurückhaltend gewesen, aber abweisend hatte er sich mir gegenüber bisher nie verhalten. Ich stemmte mich hoch und drehte mich zu Katharina um. »Hast du das mitgekriegt? Er hat mich gesehen und die Kurve gekratzt.«

Sie seufzte. »Vielleicht hat er zu tun.«

»Deshalb kann er doch guten Tag sagen, oder nicht? Zuerst tut Susanna, als wäre ich Luft, und jetzt ergreift Freddy bei meinem Anblick die Flucht? Gibt es dafür eine Erklärung?«

»Lass mich ein bisschen dösen«, bat Paul. »Ich erzähl es dir beim Abendessen.«

Ich schaute Katharina fragend an. Sie hob die Schultern. Im nächsten Moment brach die Hintergrundmusik ab. Katharina stutzte.

»Vielleicht macht er auch noch das Licht aus«, sagte ich. »Lässt das Wasser ab und schickt einen, der uns von den Liegen kippt.«

»Nicht zu fassen.« Meine Großmutter stand auf. »Ich werde mal ein Wörtchen mit ihm reden.«

Paul lachte mit geschlossenen Augen. »Freddy hasst es, wenn sie im Bademantel und auf Socken durch sein Hotel rauscht.«

Ich nahm das Buch von seiner Brust. Es war Djians *Pas de deux*. »Das ist Jos Lieblingsbuch.«

»Das wundert mich nicht«, murmelte Paul. »Es passt zu ihm.«

»Warum liest du es nicht auf Französisch?«

»Zu anstrengend.« Paul streckte die Hand nach dem Buch aus und legte es wie zuvor aufgeklappt auf seine Brust. Ich ließ mich zurücksinken. Kurz darauf hörten wir erneut Musik. Ich grinste in mich hinein. Weder Freddy noch Susanna waren ihren Eltern gewachsen. Das waren nur Jo und früher einmal womöglich auch meine Mutter, bevor ihr außer ihrer Malerei und ihrem Alkoholvorrat alles egal wurde.

Als Katharina nach einer Weile wiederkam, verlor sie über ihre Begegnung mit Freddy kein Wort. Aber sie sah grimmig aus. »Wollen wir?«, fragte sie und stupste Pauls Fuß an.

Paul rappelte sich auf. »Hast du ihn zusammengestaucht?«

»Er kommt später noch mal zu uns hoch.«

»Auch das noch«, sagte Paul.

Wieder im Haus, lief ich nach oben in mein Zimmer und zog das helle Wollkleid an, das ich in den ersten Wochen in Amerika gekauft hatte. Ich fand, es machte mich blass, und deshalb hatte ich es nur selten getragen. Das feuchte Haar band ich im Nacken zusammen, doch meinen Großeltern zuliebe steckte ich die goldenen Kreolen an, die Katharina mir vor Jahren geschenkt hatte. Die beiden legten Wert darauf, dass man »manierlich« zum Abendessen erschien.

Als ich nach unten kam, waren Paul und Katharina in der Küche. »Setz dich in den Salon«, sagte Katharina. »Und mach dir was zu trinken.« Die beiden standen am Herd, Paul mit einem Küchentuch im Hosenbund. Katharina rührte in einem Topf.

»Und was ist mit euch?«

»Ich muss die Soße retten«, sagte Katharina.

Paul sah mich an und formte »muss sie nicht« mit den Lippen.

Ich zwinkerte ihm zu.

»Ich weiß genau, was ihr hinter meinem Rücken treibt«, sagte Katharina.

Ich lachte, ging in den Salon, begutachtete die Flaschen in dem schmalen Marmorregal an der Wand und entschied mich für ein Glas Sherry. Damit trat ich in den Erker und schaute durch das Fenster auf den noch leeren Springbrunnen, in dessen Mitte zwei moosbewachsene Steinputten standen. Die eine hielt einen Tonkrug hoch, die kleinere eine Tonschale unter ihn. Ich hatte die ersten drei Jahre meines Lebens in diesem Haus verbracht, eine Zeit, an die ich mich kaum erinnern konnte. Doch ein Bild hatte ich noch im Gedächtnis, es könnte meine erste Erinnerung überhaupt gewesen sein. Ich trug einen Badeanzug, stand in dem Springbrunnen und versuchte, das aus dem Tonkrug fließende Wasser zu trinken. Dann kam meine Mutter aus dem Haus gestürzt, in einem feuerroten Kleid, packte meine Schultern und riss mich grob zurück, ehe sie mich so fest an sich drückte, dass es schmerzte. Mehr wusste ich nicht mehr, ein Bild ohne Worte, das lange Zeit von einem Angstgefühl begleitet wurde, als hätte ich mich einer unaussprechlichen Tat schuldig gemacht. Als ich Katharina später einmal darauf ansprach, erfuhr ich, dass ich mich getäuscht haben musste. Wie es hieß, war meine Mutter in jenen Jahren nie hier, es müsse ein Bild meiner Phantasie sein, eine Märchengeschichte, die ich mit einer realen Begebenheit verwechselte. Oder Susanna habe mir das Trinken des Springbrunnenwassers verboten. Ich wusste, dass es sich weder um Susanna noch einen Phantasiestreich handelte, sondern war sicher, dass es meine Mutter gewesen war.

Ich wandte mich von dem Springbrunnen ab und setzte mich mit meinem Glas aufs Sofa. Im Grunde waren meine ersten Lebensjahre wie ein Kaleidoskop, in dem sich Räume und Gesichter drehten: Großmutter, Großvater, Onkel, Tante, Alma, meine Mutter, ihre Freunde, das Haus hier in buntschillernden Farben, das Bild meiner Mutter in kleinen dunklen Splittern. Am Ende formten sich daraus zwei ruhige Glasvierecke, eins hellblau, eins weiß, das Meer und ein Haus. Auch die vielen Gesichter verschmolzen zu einem. Da war ich fünf Jahre alt, und mein Onkel Jo nahm mich bei sich auf.

»Was träumst du da vor dich hin?«, fragte Katharina und setzte sich mir gegenüber, in der Hand ein Glas Weißweinschorle.

»Ich habe an früher gedacht, an die Zeit, als ich bei euch gelebt habe. Erinnerst du dich noch an den Tag, als meine Mutter hier zu Besuch war?«

Katharina runzelte kurz die Stirn, nahm einen Schluck und schüttelte den Kopf. »Ich erinnere mich, dass du das als Kind immer behauptet hast. Aber sie war in der Zeit nicht hier. Nicht ein einziges Mal.«

»Doch. Sie hatte ein rotes Kleid an. Ich stand im Springbrunnen und wollte das Wasser trinken. Sie kam aus dem Haus. Wie ein Feuerwirbel.«

Katharina legte den Kopf schief und sah mich an. »Darauf muss ich aber nicht mehr eingehen, oder?« Sie stellte ihr Glas auf den Tisch zwischen uns, hielt einen Moment lang inne und sagte dann: »Lass uns über etwas anderes reden, ja? Mir fällt es immer noch schwer, über Marianne zu sprechen. Und Paul kann es noch viel weniger. Wenn ich mich mit ihm über sie oder etwas aus ihrem Leben unterhalten will, dauert es nicht lange, und er fängt an zu weinen. Ich weiß nicht, ob du das verstehst, Charlotte, aber ihn in seinem Alter weinen zu sehen, ist für mich das Schlimmste, was es gibt.«

Ich verstand es, so gut, dass ich selbst einen Kloß im Hals spürte.

Katharina räusperte sich, strich ihren Rock glatt und sagte: »So viel also dazu.« Dann betrachtete sie mich. »Das Kleid macht dich blass, aber sonst siehst du schon sehr viel besser aus. Hast du am Mittag ein bisschen geschlafen?«

»Ja.«

»Und wie fühlst du dich?«

»Ich wünschte, ich wäre schon wie du neunundsiebzig.«

Katharina lächelte. »Weil du ihn dann vergessen hättest?«

»Genau.«

»Ich glaube, so lange musst du darauf nicht warten. Ach übrigens, kurz vor unserem Aufbruch vorhin hat ein Kind für dich angerufen, aber ich wollte dich nicht stören.«

Ich sah sie verwundert an. »Was für ein Kind?«

»Julia? Kann das sein? Sie hat Englisch gesprochen.«

»Julie etwa?« Ich sprang auf.

»Wer ist Julie?«

»Jacksons Tochter.« Hektisch wandte ich mich zur Tür. »Ich muss sie sofort anrufen.«

»Setz dich wieder«, sagte Katharina. »Sie ist heute nicht mehr zu erreichen. Das lässt sie dir ausrichten. Und überhaupt, seit wann hat Jackson eine Tochter?«

»Seit neun Jahren. Sie ist seine Tochter aus erster Ehe, ich meine, aus seiner einzigen Ehe. Nein, sogar noch aus der Zeit vor dieser Ehe. Das muss ich dir doch geschrieben haben. Er hat ihre Mutter erst später geheiratet. Inzwischen ist er geschieden, wusstest du das nicht?«

»Nein«, entgegnete Katharina. »Ich gehöre nicht zu den Leuten, vor denen Jacky sein Leben ausbreitet. Was mir aber nur recht ist, denn ich finde ihn einfach …«

»Bitte nicht«, fiel ich ein und ließ mich wieder auf meinen Sitz sinken. »Ich will es nicht hören.«

»… langweilig«, beendete Katharina ihren Satz vergnügt. »So, und jetzt mache ich uns ein bisschen Musik.« Sie stand auf und öffnete die Tür des Eckschranks, in dem meine Großeltern ihre CD-Sammlung aufbewahrten. »Ich bringe ihn um«, murmelte sie. »Immer schmeißt er alles durcheinander.« Dann hatte sie eine CD hervorgekramt, schob sie in die Stereoanlage und setzte sich wieder. Als die ersten Klavierklänge ertönten, fragte sie: »Wie bist du denn mit dieser Tochter zurechtgekommen?«

Ich lauschte den Klängen und versuchte vergebens, das Stück zu erkennen. »Besser als mit dem Vater.«

»Das dürfte kein großes Kunststück gewesen sein. Sag mal ehrlich, Charlotte, hat dieser Mann in dem halben Jahr, das du bei ihm warst, irgendwann einmal etwas Interessantes von sich gegeben?«

Ich schnaubte. »Worauf du dich verlassen kannst. Vor allem in der letzten Zeit. Du hättest deinen Ohren nicht getraut.«

»Sehr gut«, sagte Katharina. »Sei wütend auf ihn. Ah – hör mal, da kommt das kleine Andante.« Sie lehnte sich zurück und schloss die Augen.

Ich dachte an Julie und sah die Bilder der letzten Tage vor mir: wie ich ihr beim Abschied die Tränen trocknete, wie sie in Gloucester in ihrem Tüllkleid über den Strand tänzelte, wie wir in der Abendsonne auf dem Sand saßen. Ich erinnerte mich, mit welch beflissenem Gesichtsausdruck sie den Zettel mit der deutschen Telefonnummer eingesteckt hatte. Wie musste ihr Herz geklopft haben, als sie ihren Mut zusammengenommen hatte, die lange Ziffernreihe in die Tastatur des

Telefons eingab und gleich darauf ein ihr unbekanntes Freizeichen hörte. Aber sie hatte es geschafft, und Shelley und Suzy würden Bauklötze staunen.

Katharina schlug die Augen auf. »War das nicht wundervoll?«

»Doch.«

»Du bist und bleibst ein Banause«, sagte sie. »Und dabei kommst du aus einer so musikalischen Familie.«

»Vielleicht habe ich mein Banausentum von meinem Vater.«

Katharina verzog das Gesicht. »Ja, es kommt sicher von den Franzosen.« Sie reckte sich nach hinten zur Stereoanlage und stellte die Musik lauter.

Meine Gedanken kehrten zu Julie zurück, zu dem Tag, als ich feststellte, wie sehr sie jemanden wie mich brauchte, denn Jackson hatte sich seine Vaterrolle leichtgemacht. Unter anderem hatte er Julie beigebracht, sich morgens allein für die Schule anzukleiden und ihr Frühstück selbst zuzubereiten. Als ich an einem der ersten Morgen in die Küche kam, saß Julie ungekämmt und in einem zu klein gewordenen Sommerkleid unter einem dicken Pullover am Tisch und aß zu einem Becher kalter Milch ebenso kalte Wiener Würstchen aus dem Glas. Von da an legte ich ihr abends die Kleidung für den nächsten Tag zurecht und half ihr morgens beim Fertigmachen. Anschließend frühstückten wir zusammen. Julies Aufgabe bestand darin, den Tisch mit Löffel und Müslischale zu decken. Anfangs tat sie es lediglich für sich, doch eines Morgens war auch für mich alles vorbereitet, und auf meinem Teller lag ein Zettel, auf dem *Für meine Freundin Charlie* stand.

Paul kam in den Salon, sah uns an, stellte die Musik aus und setzte sich auf Katharinas Armlehne. »Meine Lieblingszeit«, sagte er mit einem Blick zum Fenster. »Die blaue Stunde.«

»Was hast du gegen die Musik?«, fragte Katharina.

»Nichts«, erwiderte Paul. »Aber ich kann nicht gleichzeitig Musik hören und mich unterhalten.«

»Wir unterhalten uns nicht. Charlotte sitzt nur da und grübelt.«

»Ich habe nicht gegrübelt«, wehrte ich mich. »Ich habe an Julie gedacht.«

»Wer ist Julie?«, fragte Paul.

»Jacksons Tochter. Sie ist neun. Im Sommer kommt sie zu mir.«

»Ach.« Katharina richtete sich auf. »Und was versprichst du dir davon?«

»Nicht das, was du denkst. Das mit Jackson und mir ist aus und vorbei.«

»Fein«, sagte Paul. »Ich mach mir einen Drink, und dann stoßen wir darauf an.« Er trat an das Marmorregal, besah sich die Flaschen, brummelte vor sich hin und lief zurück in die Küche. Gleich darauf wurde die Kühlschranktür mit einem Knall zugeworfen.

Katharina schüttelte den Kopf. »Im Mai feiern wir unseren fünfundfünfzigsten Hochzeitstag. Meinst du, ich hätte ihm in all den langen Ehejahren beibringen können, die Türen leise zu schließen?«

»Habt ihr für den Tag etwas geplant?«

Paul kehrte mit einem Longdrink zurück und setzte sich neben Katharina. »Für wann?«, fragte er.

»Für euren Hochzeitstag.«

»Nein. Wir wissen nur, dass wir an dem Tag nicht hier sein wollen.«

»Dann kommt zu uns, zu Jo und mir. Bitte.« Schon bei der Vorstellung wurde ich aufgeregt, denn die beiden hatten uns noch nie besucht. »Ihr könnt in Jos Hotel wohnen oder, wenn euch das nicht gut genug ist, im Grande Plage. Wir laden euch ein, im Mai ist es auf Ré meistens sonnig und klar. Ihr könnt bis La Rochelle fliegen oder den TGV nehmen. Wir können Fahrrad fahren und am Strand spazieren gehen und …«

»Charlotte«, unterbrach mich Katharina. »Jetzt dreh doch nicht gleich so auf. Wir haben selbst schon daran gedacht. Unsere Idee war, dass wir sogar vorher kommen und deinen Geburtstag mit dir feiern, wenn es dir recht ist. Dann machen wir alles in einem. Was meinst du?« Aber sie war auch aufgeregt, denn beim Sprechen hatten sich auf ihren Wangen rote Flecken gebildet.

»Weiß Jo das schon?«, fragte ich und dachte an diesen eigenwilligen Mann, dessen rebellisches Herz erst nach langen Wanderjahren auf Ré zur Ruhe gekommen war.

»Jo ist einverstanden«, antwortete Paul, nahm einen großen Schluck aus seinem Glas und ließ die Eiswürfel kreisen. »Wir werden in seinem Hotel unterkommen – falls wir fahren.«

»Wir fahren«, entschied Katharina und drehte sich zu ihm um. »Aber willst du tatsächlich bei all den Seglern und Surfern wohnen?«

Paul trank sein Glas halb leer und atmete geräuschvoll aus. »Es ist unser Hochzeitstag, verdammt noch mal. Da möchte ich mich so verrückt fühlen wie vor fünfundfünfzig Jahren. Die Segler und Surfer kommen mir gerade recht.«

»Oh«, sagte Katharina mit glänzenden Augen. »Und tanzen wir abends auch?«

»Und wie«, entgegnete Paul mit verwegenem Lächeln. »Du bist doch mein Mädchen.«

Sie neigte sich zu ihm und küsste ihn auf den Mund.

»Ihr werdet beobachtet«, sagte ich.

Die beiden sahen mich an. Paul fragte: »Dürfen wir uns nicht mehr küssen?« Ich zeigte auf das Erkerfenster. Freddy stand draußen, schaute zu uns herein und fuchtelte mit den Armen. Er wirkte verstimmt. »Die Tür«, rief er.

Paul schlug sich an die Stirn. »Ich habe vergessen, die Klingel wieder anzustellen.« Er ging hinaus.

Kurz danach kehrte er mit meinem Onkel zurück. Freddy ließ sich in einen Sessel fallen und musterte mich. »Da bist du also wieder. Obwohl das ja nicht anders zu erwarten war.«

Ich hielt den Mund, ich wollte mich nicht mit ihm anlegen. Abgesehen davon hatte er recht.

»Weshalb bist du schon so früh gekommen?«, fragte Katharina. »Möchtest du mit uns zu Abend essen?«

»Keine Zeit.« Freddy begann, mit einem Bein zu wippen.

»Lass das.« Katharina zeigte auf das Bein. »Du weißt, dass ich das nicht leiden kann.«

Freddy wurde rot und warf ihr einen trotzigen Blick zu, doch er hielt seine Knie ruhig. »Susanna ist auch auf dem Weg hierher. Wir wollten über das Haus sprechen.«

Paul, der sich gerade wieder niedergelassen hatte, schnellte hoch. »Dazu ist alles gesagt, Freddy. Wenn Susanna deshalb kommt, hätte sie sich den Weg sparen können. Und du dir deinen auch. War das alles, oder hattest du sonst noch etwas auf dem Herzen?«

Freddy fuhr zu ihm herum. »Das Haus gehört uns allen. Ihr habt vier Enkelkinder, nicht nur eins.« Er deutete auf mich. »Es ist unfair – und falsch. Ich dachte immer, wir geben nichts in französische Hände.«

Paul trat einen Schritt auf ihn zu, doch dann machte er kehrt und stürmte aus dem Raum. Wir hörten seine Schritte auf der Treppe. Kurz danach flog oben eine Tür krachend ins Schloss.

»Freddy«, sagte Katharina. »Du benimmst dich unmöglich. Das Thema ist erledigt, und du wirst Paul nicht noch einmal damit behelligen. Auch Charlotte nicht.« Sie erhob sich langsam. »Vielleicht ist es besser, wenn du jetzt gehst.« Ohne ihm noch einen Blick zu schenken, ging sie hinaus und die Treppe hoch. Diesmal wurde die Tür oben leise geschlossen.

»Pah.« Freddy beugte sich vor, nahm Pauls Glas und trank es aus. »Wie dich das freuen muss«, sagte er zu mir, drehte sich nach dem Regal mit den Flaschen um, schnappte sich den erstbesten Cognac und goss einen Schluck in das Glas. »Sollen wir darauf anstoßen?«, fragte er höhnisch. »Jetzt reden sie da oben über mich. Wie Freddy sich wieder mal aufgeführt hat, wie er Paul aufgeregt hat, wie er Katharina enttäuscht hat, der gefühllose, peinliche Freddy, der den Hals nicht vollkriegen kann.« Er stürzte den Cognac hinunter, sah mich abfällig an und schenkte sich noch einmal nach. »Was guckst du so? Für dich läuft doch alles bestens. Du musst dir keinen Zwang antun. Lach ruhig und reib dir die Hände.«

Ich betrachtete sein gerötetes Gesicht, das schütter werdende blonde Haar. Als er das Glas wieder zum Mund hob, zitterte seine Hand.

»Freddy«, sagte ich. »Es tut mir leid, dass du so außer dir bist. Dabei weiß ich nicht einmal, worum es hier überhaupt geht.«

Freddy lachte auf. »Ach herrje. Unser armes, unbedarftes Mädchen, das die Familiengeschichte nicht kennt.« Er stellte sein Glas ab und sah mir ins Gesicht, nicht mehr wütend, nicht einmal unfreundlich, abwägend vielleicht. »Das ist dein Problem, nicht wahr? Man hat dir nie was gesagt. Ist aber nicht meine Schuld, Charlie, wenn es nach mir ginge, wüsstest du Bescheid.« Er schraubte die Cognacflasche zu, stellte sie zurück und raffte sich auf. »Ist wohl tatsächlich klüger, wenn ich gehe. Hat ja doch keinen Zweck.« Er warf einen Blick auf seine Armbanduhr. »Susanna rufe ich auf dem Handy an. Nur eins noch, Charlie: Wenn du wieder bei Jo bist, richte ihm meine herzlichsten Grüße aus und sag ihm, dass ich ihn für den größten Blindgänger und Armleuchter aller Zeiten halte. Er wird wissen, was ich meine.« Dann nickte er mir zu und verschwand. Diesmal knallte die Haustür zu. Gleich darauf wurde draußen ein Wagen angelassen, der mit aufheulendem Motor und quietschenden Reifen davonjagte.

Eine Zeitlang saß ich reglos da und versuchte, mir auf das Ganze einen Reim zu machen. Als mir das nicht gelang, ging ich in die Küche und deckte den Tisch fürs Abendessen.

Nach einer Weile kam Katharina in die Küche, auf der Stirn eine steile Falte. »Paul hat sich erregt. Das ist nicht gut für ihn.« Sie trat an den Herd, stellte den Backofen geistesabwesend an und wieder aus. »Er hat Moussaka gemacht. Die isst du doch, oder?«

»Ich esse alles.«

»Das stimmt nicht.« Katharina drehte sich zu mir um. »Soll ich dir die Gerichte aufzählen, die du nicht isst? Obwohl du dich gebessert hast, als Kind hast du nur Nudeln gegessen.« Sie setzte sich an den Tisch. »Machst du den Salat fertig? Er steht schon in der Speisekammer.«

Ich holte die Holzschüssel mit dem buntgemischten Blattsalat aus der Speisekammer und das Schraubglas mit der Soße daneben.

»Freddy ist eine Nervensäge«, fuhr Katharina fort. »Er ist einundfünfzig, verheiratet, hat ein Kind und führt das beste Hotel weit und breit. Ein Hotel, das ich ihm überlassen habe. Und jetzt kommt er seit einiger Zeit zu Paul und mir, um uns zu erzählen, wir hätten ihn nie geliebt. Ich weiß gar nicht, was ich dazu sagen soll, ich kann es ja nicht einmal ernst nehmen.« Sie zog die Brauen zusammen und schnippte einen einsamen Krümel vom Tisch. »Ach, was soll's. Susanna ist übrigens nicht viel besser. Wenn wir bei den beiden etwas falsch gemacht haben – was wir bestimmt getan haben –, dann kann ich es jetzt auch nicht mehr ändern. Ich finde es nur albern, wegen so etwas im Alter von fünfzig plötzlich verbittert zu sein.«

Ich nahm das Salatbesteck aus der Tischschublade und drehte das Schraubglas auf. »Für mich ist das nicht plötzlich. Ich habe die beiden genau so in Erinnerung – nie fröhlich.«

»Sie waren einmal die fröhlichsten Kinder, die man sich denken konnte«, sagte Katharina versonnen. »Alle vier. Irgendjemand muss sie also geliebt haben, und ich glaube nicht, dass es nur Alma war.«

Ich träufelte die Soße über den Salat. »Nein, es war nicht nur Alma.« Ich war mir sicher, dass sowohl Paul als auch Katharina ihre Kinder geliebt oder zumindest gemocht hatten, aber nicht alle vier im gleichen Maß. Mein Onkel Jo und meine Mutter waren die Kinder ihres Herzens gewesen, so viel hatte ich dank zahlloser kleiner Bemerkungen erfasst.

»Hör mal einen Moment lang auf zu hantieren«, sagte Katharina und sah mich an. »Fühlst du dich auch ungeliebt? Ich meine, von Paul und mir?«

»Nein.«

»Gut.« Katharina lächelte sanft. »Dann kannst du jetzt wieder rühren.«

»Was ist denn mit den Kindern der beiden? Kommen sie hierher?«

Katharina faltete die Stoffservietten, die sie von oben mitgebracht hatte, und verteilte sie auf den Tellern. »Sie erscheinen an Weihnachten und wenn sie Geburtstag hatten. Vorher geben meine Tochter oder meine Schwiegertochter uns die jeweiligen Wünsche bekannt. Was mir nur lieb ist, dann muss ich mir nichts ausdenken, aber Paul widert es an. Er empfindet es als Bettelei. Du hast das nie getan, weißt du, und Jo wäre es nicht im Traum eingefallen, hier anzurufen und Geschenke für dich einzuklagen, dazu wart ihr beide zu stolz.«

»Ich war zu schüchtern, Katharina, nicht zu stolz.« Ich schob die Salatschüssel zur Seite und setzte mich. »Soll ich noch irgendetwas tun?«

»Stell den Backofen an, wenn Paul herunterkommt. Die Moussaka steht schon drin.« Sie schaute aus dem Fenster. »Schüchtern? Ja, vielleicht. Aber auch stolz. Deshalb hat es mich ja so gewundert, dass du diesem – dass du Jackson Fye nachgelaufen bist.« Ihr Blick richtete sich wieder auf mich. »Ich bin froh, dass es nicht funktioniert hat, bitte, sei mir nicht böse, wenn ich das so offen sage, aber meiner Meinung nach hat er nicht zu dir gepasst.«

»Der Meinung ist er auch«, entgegnete ich. »Nein, anders. Er findet, dass ich nicht zu ihm gepasst habe.«

Katharina zuckte mit den Schultern. »Läuft auf dasselbe hinaus.«

»Ist aber nicht dasselbe. Auch wenn es keine Rolle mehr spielt.« Beschämt wandte ich den Kopf ab und betrachtete die Sträucher draußen vor den Fenstern, an denen die ersten Knospen sprossen. »Er hat mich für dumm gehalten.«

Katharina lachte abschätzig. »Ausgerechnet der. Ich hoffe, das hast du nicht ernst genommen.« Sie stand auf. »Von uns ist keiner dumm, auch du nicht. Du kannst mir übrigens in die Augen sehen, Charlotte, selbst wenn die Sache schmerzt. Ich habe schon ganz andere Dinge erlebt.« Sie holte eine geöffnete Flasche Wein von der Anrichte. »Möchtest du auch einen Schluck? Das ist ein sehr feiner Merlot aus Südafrika. Paul war im Dezember dort und hat ein Dutzend Kisten kommen lassen.« Sie setzte sich wieder und schenkte Wein in die bereitstehenden Gläser.

»Okay«, sagte ich. »Botschaft angekommen. Ich bin nicht dumm.«

»Du hast in einem der besten Hotels von London gelernt«, sagte Katharina, noch immer mit einem Unterton leiser Entrüstung. »Dort hat man dich nicht nur mir zuliebe genommen, Charlotte. Selbst jetzt könntest du dort jederzeit wieder anfangen, das hat Rob Macmillan mir neulich noch am

Telefon gesagt. Mit Handkuss würde er dich nehmen, und das kann weiß Gott nicht jeder von sich sagen.«

»Braucht er eine Klofrau?« Ich stellte das Schraubglas in den Geschirrspüler und erinnerte mich schaudernd an das Hotel am Trafalgar Square und meine Lehrzeit dort, die ich Katharinas Empfehlung verdankt hatte. Als ich mit neunzehn Jahren dort ankam, dachte ich, ich hätte alles, was man im Hotel können musste, von Jo gelernt, was sich als Irrtum herausstellte. Eine Frau namens Rose Stanley war damals die Hausdame des Hotels, eine dünne, streng gekleidete Fünfzigjährige. Schon am zweiten Tag zählte sie mir meine Mängel auf: Meine Körpersprache sei vulgär, mein Lippenstift war zu grell, ich redete und lachte zu laut, meine Haare seien zu lang, die bunten Strähnen darin abstoßend, meine Fingernägel ein Trauerspiel. Nach drei Wochen flehte ich Jo am Telefon an, mich abzuholen oder wenigstens zurückkommen zu lassen. Er fragte: »Du willst jetzt schon das Handtuch werfen? Ist das dein Ernst?« – »Ja«, antwortete ich, wurde jedoch unsicher. Nach längerem Schweigen sagte er: »Gut finde ich das nicht, aber wenn du glaubst, du hältst es nicht aus, meinetwegen. Aber du rufst Katharina an und erklärst es ihr.« Mehr musste er nicht sagen. Ich blieb. Aber das erste halbe Jahr war die Hölle. Danach ergatterte ich dann und wann ein seltenes Lächeln von Mrs Stanley. Nach drei Jahren brachte sie mich persönlich zum Flughafen. »Du bist also doch noch eine Dame geworden«, sagte sie zum Abschied. »Katharina wird mit dir zufrieden sein.« Sie tätschelte meine Wange. »Und Gott sei Dank auch mit mir.« Ich knickste zum letzten Mal und antwortete: »Vielen Dank, Madam.« Am Gate für den Flug nach Frankfurt stürzte ich in die Damentoilette, löste meinen Nackenknoten, schüttelte die Haare aus, zog meine Lippen mit einem knallroten Lippenstift nach und war froh.

»Sei nicht so ungerecht«, sagte Katharina mit gehobenen

Brauen. »Rob sucht einen Bankettchef.« Als das Telefon ging, stöhnte sie und machte eine ungeduldige Handbewegung. Ich brachte ihr den Apparat. »Ja, bitte«, meldete sie sich. Dann folgte: »Was soll das denn heißen?« Gleich darauf fragte sie: »Wie bitte?« Als Nächstes hörte ich: »Schlag dir das aus dem Kopf« und »Das würde ich mir an deiner Stelle sehr gut überlegen«. Anschließend lauschte sie mit gereizter Miene. Ich erkannte Susannas überkippende Stimme am anderen Ende und hörte meinen Namen in ihrem Redeschwall heraus. »Jetzt pass mal auf«, sagte Katharina schroff. »Nein, lass mich ausreden. Du mischst dich da nicht ein, und ...« Susanna legte wieder los. »Tut mir leid, Susanna«, fiel Katharina ihr ins Wort. »Aber das wird mir jetzt wirklich zu bunt.« Sie beendete das Gespräch, erhob sich mit gerunzelter Stirn und legte das Telefon auf die Anrichte zurück. »Die ist ja nicht mehr bei Trost«, murmelte sie und setzte sich wieder.

»Willst du mir nicht sagen, um was es geht?«, fragte ich.

»Es ist ein bisschen verzwickt.« Katharina zeigte nach oben. »Da kommt Paul. Er wird es dir beim Abendessen erklären.«

Paul wartete bis nach dem Abendessen. Während Katharina den Tisch abräumte, bedeutete er mir mit einem Wink, ihm ins »ehemalige Fernsehzimmer« zu folgen. Dort legte er auf drei winzige Porzellanteller je zwei Pralinen, goss in drei Cognacschwenker je einen kleinen Schluck Cognac und setzte sich mir gegenüber. »Gleich«, sagte er. »Ich möchte auf Katharina warten.«

Ich verschlang meine beiden Pralinen. Er stellte mir den geöffneten Karton hin.

»Also«, begann er, als Katharina sich an seiner Seite niedergelassen hatte. »Mariannes Haus auf Ré gehört dir.«

Ich hatte meine Hand gerade nach einem Cremehütchen ausgestreckt. »Was hast du gesagt?«

»Du hast mich gehört, Charlie. Es war unser Haus. Wir haben es an Jo weitergegeben. Er hat es dir überschrieben. Ganz einfach.«

»Jo hat …?«

»Ja, hat er.« Die beiden tauschten einen Blick.

»Wir hatten es gehofft«, sagte Katharina. »Aber es war seine Idee, seine Entscheidung.«

Sie sahen mich an und wirkten überaus zufrieden.

Ich griff nach meinem Cognacglas. »Mann«, sagte ich verwirrt. »Aber wieso? Und vielen Dank, ich meine, euch vielen Dank. Dafür, dass ihr es Jo geschenkt habt. Aber das …«

»Was aber?«, fragte Katharina.

»Sie glaubt, dass Jo das Haus braucht«, bemerkte Paul. »Oder?« Er biss eine Praline an, betrachtete die Füllung nachdenklich und legte den Rest zurück.

Ich schüttelte den Kopf. »Nein, das nicht. Jo hat eigentlich alles, was er braucht. Und mehr. Ich verstehe es nicht – das ist zu viel.« Meine Augen füllten sich mit Tränen. Ich stellte das Glas ab. »Wie kommt er denn dazu?«

Paul griff in seine Hosentasche und reichte mir ein blütenweißes, ordentlich gefaltetes Stofftaschentuch.

»Wie früher.« Katharina setzte sich zu mir aufs Sofa, legte einen Arm um meine Schultern und drückte mich an sich. »Weißt du, wie viele von Pauls Taschentüchern du in deinem Leben schon nassgeweint hast?«

»Aber warum?«, fragte ich.

»Warum Jo es getan hat?«

Ich nickte.

»Könnte es nicht sein, dass er dich liebt?«

»Außerdem gibt es ein paar kleine Bedingungen«, ergänzte Paul.

Ich putzte mir die Nase und schob das Taschentuch in meinen Ärmel.

»Wie meine Mutter«, sagte Katharina. »Immer hatte sie die Ärmel voller gebrauchter Taschentücher. Das ist eklig.« Sie zog das Taschentuch aus meinem Ärmel und stopfte es in den Ritz zwischen Sofapolster und Armlehne.

»Wenn du bei uns mal ein nichtekliges, gebrauchtes Taschentuch suchst«, sagte Paul, »dann musst du nur in die Sofaritze greifen.«

»Was für Bedingungen?«, fragte ich und war beinahe erleichtert. Mit Bedingungen konnte ich umgehen, bloß an Großzügigkeit in diesem Ausmaß war ich nicht gewöhnt.

»Wir bekommen die Bilder von Marianne, die noch auf Ré sind. Als Erinnerung. Jo hat sie hoffentlich schon zusammengepackt. Und du kannst das Haus nicht verkaufen. Anfangs war es für uns nur eine Investition, die mehrere Zwecke erfüllt hat. Jetzt wünschen wir, dass es in der Familie bleibt. In unserer Familie, Charlotte, ohne französische Beteiligung. Wenn du das Haus nicht haben möchtest, jetzt oder später einmal, geht es nicht in fremde oder von uns unerwünschte Hände.«

»Ich möchte es haben«, sagte ich. »Ich kann es nur noch nicht glauben.« Ich drehte mich zu Katharina um. »Und ihr habt ihn wirklich nicht dazu überredet?«

»Fragst du das im Ernst?« Katharina drückte mich noch einmal an sich. Dann stand sie auf und nahm ihren Platz neben Paul wieder ein. »Jo hat sich noch nie zu etwas überreden lassen, das weißt du ebenso gut wie wir.« Sie griff nach Pauls Hand.

»Jo hat Format«, sagte Paul.

»Deshalb also sind Freddy und Susanna sauer«, sagte ich.

Katharina lachte. »Genau deshalb.«

Paul machte eine ungeduldige Geste. »Die Gefühle der beiden sind nicht unser Problem. Das klingt vielleicht hart, aber ich bin ihren Neid und ihr Gejammer leid. Sie haben sehr viel mehr als Jo von uns bekommen, doch es ist anscheinend nie genug, und das empfinde ich als störend.«

»Sei nicht so vornehm.« Katharina verschränkte ihre Finger mit seinen. »Sag ruhig, es kotzt dich an.«

»Es kotzt mich an.« Paul drückte einen Kuss auf Katharinas Handrücken.

Ich klaubte mein Cremehütchen aus dem Karton und steckte es in den Mund. Dabei schaute ich die Erzverbündeten mir gegenüber an und bedauerte alle, die ihnen jemals in die Quere gekommen waren oder noch kommen würden.

# Vier

Am Dienstagmorgen nahm Paul Katharinas BMW, den er »das Protzmobil« nannte, fuhr mich nach Mannheim und wartete mit mir auf den Zug nach Baden-Baden. Dort würde ich umsteigen und weiter nach Straßburg fahren. Als der Zug einlief, sagte ich: »In Straßburg wird Jean-Pierre am Bahnsteig stehen und mich abholen. Wie einfach es wäre, wenn du mit mir fahren würdest. Nur um ihn kurz zu sehen. Am Abend könntest du wieder zurück sein.«

»Nur, dass es nicht ›einfach‹ wäre.« Paul umarmte mich. »Steig ein, der Zug hält hier nicht lange.«

An der Waggontür stellte ich die Koffer ab und drehte mich noch einmal zu ihm um. »Soll ich ihm wirklich nichts ausrichten?«

Paul schüttelte den Kopf und trat zurück. »Erinnere Jo daran, uns die Bilder zu schicken. Du weißt, wie er ist.«

Vor mir schlug die Waggontür zu. Ich nickte Paul durch das kleine Fenster zu und winkte. Er warf mir eine Kusshand zu, lief ein paar Schritte neben dem anfahrenden Zug und blieb stehen. Unsere Blicke trafen sich ein letztes Mal, ehe ich meine Koffer hochwuchtete und sie mit brennenden Augen über den Gang in das Gepäckfach hievte. Die Abschiede von Paul und Katharina fielen mir immer am schwersten, obwohl ich in der Regel nicht gut Abschied nehmen konnte. Ich ließ mich auf meinem Platz in dem fast leeren Wagen nieder und schluckte die Tränen hinunter. Ich wollte nicht schon wieder weinen, das hatte ich in den letzten Wochen zur Genüge getan. Nein, eigentlich schon in den letzten Monaten, nur vor Jackson nicht, dieser letzte Rest Stolz war mir geblieben. Stattdessen weinte ich drüben während meiner langen, einsamen Spaziergänge. Ich lief durch einen Wald, an Wiesen vorüber, einen Hang hinab, dachte nichts Bestimmtes, und doch flossen mit einem Mal meine Tränen, ohne dass ich hätte sagen können, warum. Selbst zu Anfang, als ich noch annahm, dass es mit Jackson klappen würde, ging das schon so. Es war eine stille Angelegenheit, ohne Schluchzer, nur stete Rinnsale, als würde ich innerlich überlaufen. Wenn ich nach den Gründen suchte, glaubte ich, dass meine Gefühle für Jackson mehr waren, als meine Brust fassen konnte. Dann wieder hielt ich die Tränen für den Ausdruck eines sich anbahnenden Glücks, als säße jemand in mir, der meine Zukunft besser kannte als ich. Der Gedanke, dass dort jemand sitzen könnte, der die ganze Misere schon ahnte, kam mir nicht.

Nach ein paar tiefen Atemzügen holte ich meinen Laptop aus der Tasche und schaltete ihn an. Und mit einem Mal durchzuckte mich der Gedanke, Jackson könnte mir eine E-Mail geschickt haben. Natürlich würde er mich nicht zurückbitten, so weit ging meine Vorstellung nicht; aber vielleicht wollte er wenigstens wissen, ob ich gut angekommen war. Ich klickte meine Mails an. Nein, das wollte er nicht wissen, nicht einmal aus Höflichkeit.

Stattdessen hatte Lana sich gemeldet, die Frau, die nach Alma zu meiner zweiten besten Freundin geworden war. *Tut mir leid, dass nur ich es bin*, schrieb sie. *Jo sagt, Du sitzt jetzt wahrscheinlich im Zug nach Straßburg und heulst. Wie war das drüben zum Schluss? Ruf mich an, wenn Du Dich ausgeheult hast. Küsschen, Lana.*

*Okay,* mailte ich zurück und lächelte. Leere Floskeln machten Lana wahnsinnig. Prompt kam ihre Reaktion.

*Spinnst Du? Was heißt hier ›okay‹?*

*Ciao, Lana. Muss weiterheulen.*

*Fuck you.*

Ich ließ sie schmoren, mir war nicht danach, den »Schluss« zu erzählen. Stattdessen las ich noch einmal die Mails, die Julie mir seit meiner Abreise aus Amerika geschickt hatte. Ich war noch in New York, da hatte sie sich schon gemeldet. Ein unsicheres *Hallo, Charlie, liest Du das hier?* Wenig später war *Charlie, wie geht es Dir?* gekommen. Stunden später fragte sie: *Charlie, bist Du mir böse?* Von dieser Frage folgten mehrere Variationen, sogar jetzt beim Wiederlesen versetzte jede mir einen Stich. Ich hatte ihr erst spät am Sonntagabend eine Mail geschrieben. Selbst da war ich mit den Gedanken noch bei dem mir vermachten Haus und hatte es nicht geschafft, ihr mehr als *Julie, ich liebe Dich, später mehr.* zu schicken. Ihre Antwort kam umgehend. *Charlie, darf ich im Juni wirklich zu Dir kommen? Dad hat gesagt, ich darf, wenn Du willst. – Ich will,* schrieb ich. Zur Antwort erhielt ich zwei lange Reihen *XO*. Am Montag hatte Julie erneut von sich hören lassen. *Charlie*, stand dort. *Warum bist Du nicht mehr hier? Jetzt ist Jennifer wieder da. Sie haben mich in mein Zimmer geschickt und sitzen unten und reden. Ich soll fernsehen oder was lesen. Charlie, ich vermisse Dich so.* Als ich den Inhalt dieser Zeilen in seiner ganzen Tragweite erfasst hatte, begann der Boden unter meinen Füßen zu schwanken. Die liebe kleine Jenni, dachte ich, im Hauptberuf Sportlehrerin, nebenher Jacksons On-off-Beziehung. Jennifer Marsted mit den stämmigen Beinen und dem ausladenden Hinterteil, immer in Bermuda-Shorts und Polohemd, selbst an kalten Tagen. Anfangs hatte ich sie als nichtssagend abgetan. Später, wenn sie kam, um »Jay-Jay« zum Tennis oder Golf abzuholen, war mir ihre hohe piepsige Stimme aufgefallen, die einsetzte, wenn man ihr die Haustür öffnete, und abbrach, wenn sich die Haustür nach ihrem Abschied wieder schloss. Nach ein paar Wochen hatte ich das »nichtssagend« im Geist gestrichen und durch »unwichtig« ersetzt. Aber jetzt war sie anscheinend wieder »on«, als hätten die beiden nur auf den

Startschuss gewartet. Jenni und Jay-Jay. Wie erleichtert sie sich nach meiner Abreise in die Arme gesunken sein und sich geschworen haben mussten, künftig nie mehr »off« zu sein. Ich löschte Julies Mail und dachte mir, dass sie meinen Segen hatten. Mein erstes Jackson-Waterloo kam mir in den Sinn. Es war im letzten Herbst an Thanksgiving in Miami, einen Monat nach meiner Ankunft. Jackson hatte an einer Konferenz in Florida teilgenommen, und wir verbrachten den Feiertag mit Julie am Strand. Julie hüpfte in den Wellen auf und ab und trug den geblümten Badeanzug, den ich ihr gekauft hatte. Sie sah herzzerreißend niedlich aus. »Charlie, komm ins Wasser«, rief sie. »Es ist noch ganz warm.« Jackson und ich lagen auf einer Decke. Er beugte sich über mich. Ich dachte, er wollte mich küssen, nicht leidenschaftlich, das tat er in Julies Beisein nie, sondern einfach so, kurz und liebevoll. Ich schloss die Augen und wartete. Nichts. Nach einer Weile öffnete ich die Augen wieder. Jackson hatte sich meine Zeitung genommen und las. Er sagte: »Ich dachte, du wärst eingeschlafen. Heute Abend muss ich mit dir über etwas reden.«

»Warum nicht jetzt?«

Er zeigte auf Julie. »Wenn wir allein sind.«

Ich setzte mich auf. »Sag es jetzt. Du machst mich ganz nervös.«

Seine Miene wurde verschlossen. »Später, Charlie.«

Ich nahm es hin, ging zu Julie ins Meer und fragte mich, ob ich irgendetwas falsch gemacht hatte.

Alles hatte ich falsch gemacht, wie sich dann herausstellte. Jackson liebte mich nicht. Er brachte es mir schonend bei, bei diesem ersten Mal jedenfalls. »Ich liebe dich nicht so, wie du es vielleicht erwartest.«

»Ach«, sagte ich, noch halbwegs gefasst. »Du weißt also, was ich erwarte.« Im nächsten Augenblick wurde mir übel, gleichzeitig schoss glühende Hitze in mein Gesicht.

»Ja, ich denke schon, dass ich es weiß. Zumindest, wie sehr du mich liebst. Das hast du mir oft genug erklärt.« Was sollte ich darauf antworten – ich habe es aber nicht so gemeint? Das hätte er mir erstens nicht geglaubt, zweitens hatte ich es so gemeint. »Wie dem auch sei«, fuhr er fort. »Ich mag dich, Charlie, sogar sehr, aber mehr wird daraus nicht werden. Es hat keinen Sinn, sich Illusionen zu machen.«

Ich lief ins Bad und übergab mich. Als ich zurückkam, saß er wie ein Fels auf seinem Sessel, selbst sein Gesicht wirkte steinern. Wahrscheinlich rechnete er nach meiner Reaktion mit einem Gefühlsausbruch, etwas, das er nicht ausstehen konnte.

»Soll ich abreisen?«

Er rüttelte sich auf. »Wie? Was hast du gesagt?«

»Willst du, dass ich abreise?«

Für einen Moment ging er mit sich zu Rate, während alles in mir schrie: »Sag nein.«

»Das musst du entscheiden, Charlie.«

Ich entschied mich zu bleiben. Nicht für zwei oder drei weitere Wochen, so lange wie eine vernünftige Frau gebraucht hätte, um ihren Fehler zu begreifen, sondern ganze fünf Monate.

»Ich will nicht, dass du mich hasst«, hatte er vor ein paar Tagen gesagt. »Das täte mir leid.« Als wäre mein Hass nicht mehr als ein bedauerlicher Fettfleck auf seinem Hemd. Anschließend zuckte er mit den Schultern und seufzte. »Schade, dass es so gekommen ist. Arme Julie, du wirst ihr sehr fehlen.«

Ich klappte den Laptop zu. Eine Zeitlang schaute ich aus dem Fenster auf die vorbeifliegende hellgrüne Landschaft und die weißen Wattewolken, die im Sonnenlicht über den blassblauen Himmel zogen. Nach einer Weile kam mir der Gedanke, dass mir die Tochter ebenfalls mehr als der Vater fehlen würde. Was sollte ich denn bei ihm vermissen? Wir hatten kaum Gemeinsamkeiten, und außer bei unseren Begegnungen auf dem Teppich, dem Sofa oder im Bett gab es keine Vertrautheit zwischen uns. Noch nicht einmal gemeinsame Unternehmungen. Dann und wann waren wir im Kino, ausnahmslos in Filmen, die Jackson sehen wollte, und einmal flogen wir nach Washington, weil er im Smithsonian zu tun hatte. Die Nacht verbrachten wir in einem Fünfsternehotel, wahrscheinlich als kleiner Trost für mich, für die Stunden, die ich allein durch die Stadt gelaufen war. Na schön, der Sex mit ihm würde mir vielleicht fehlen, aber auch nicht sehr. Nicht einmal sein Körper hatte mir richtig gefallen, ich fand seine Arme zu muskulös, die Schenkel zu schwer, die Hüften waren mir zu breit. Doch er fühlte sich wohl in dem Körper, war trotz seiner Masse agil und – turnte jetzt auf Jennifer herum. Ich ließ die Gedanken los, sie führten dahin, wo kein Mensch sein wollte.

Mein Handy klingelte, es war Paul. »Charlie«, sagte er. »Katharina macht mir hier die Hölle heiß. Ich habe vergessen, dich zu fragen, wie viel Geld du brauchst.«

»Wofür?«

»Na, für das, was du mit dem Haus vorhast. Es muss ja sicher einiges renoviert werden. – Warte, Katharina will mit dir reden.«

»Wie viel brauchst du?«, fragte Katharina, ohne jede Vorrede.

»Das weiß ich nicht, darüber habe ich mir noch keine Gedanken gemacht. Aber ich glaube, ich habe genug.«

Stille. Dann: »Woher? Doch wohl nicht von deinem Hoteljob in Paris. Wenn da etwas übrig geblieben ist, hast du das doch in Amerika ausgegeben. – Ach so«, ergänzte sie, während ich fieberhaft nach einer passenden Erwiderung suchte. »Du hast von den Franzosen Geld bekommen.«

»Also … na ja, manchmal.«

Ihre Stimme wurde leiser, als sie zu Paul sagte: »Ihre anderen Großeltern haben sie schon versorgt.« Dann wieder lauter zu mir: »Ich will nicht, dass du deren Geld in unser Haus steckst.«

Ich presste das Handy kurz auf meine Brust und zwang mich zur Ruhe. Dann fragte ich so sanft wie möglich: »Warum bist du so stur? Es ist jetzt mein Geld und …«

»… dein Haus, sprich es ruhig aus. Ich will es trotzdem nicht.«

»Sie meint es nicht so.« Das war wieder Paul.

»Sie meint es doch so«, erklang es im Hintergrund von Katharina.

»Ich muss gleich umsteigen«, sagte ich. »Können wir später darüber reden?«

»Wenn du bei Jo bist«, entgegnete Paul. »Küsschen.«

Ich schaltete das Handy aus, sammelte mein Gepäck ein und schleppte alles zur Tür. Während ich in Baden-Baden auf dem überfüllten Bahnsteig auf den Anschlusszug wartete, musste ich an die zahllosen Male denken, die ich hier mit Alma gestanden hatte. Sie hatte sich für jede dieser Fahrten herausgeputzt, samt ihrem Capot-Hut, der für mich als Kind der »Kompotthut« war. Paul nannte seine Hüte heute noch so. »Wir müssen uns gut benehmen«, hatte Alma jedes Mal gesagt. »Wir fahren erster Klasse.« Ich sah sie wieder vor mir, wie sie aufrecht und steif an meiner Seite saß, die Handtasche auf dem Schoß, die Fahrkarten schon in der Hand, lange bevor der Schaffner kam. Wenn er weg war, steckte sie die Fahrkarten sorgfältig ein und umklammerte in der Handtasche ihr Portemonnaie. Als Kind hatte ich immer ihre freie Hand gehalten, mich an sie geschmiegt und von unseren gemeinsamen Erlebnissen erzählt. Selbst wenn ich über Begebenheiten sprach, die erst zwei Tage zurücklagen, begann ich meine Sätze mit »Weißt du noch, wie …«. Und Alma drückte mich an sich und antwortete: »Sicher weiß ich das noch.«

Mein Zug fuhr ein. Ich kämpfte mich durch die Menschentrauben, stolperte mit meinem Gepäck zu meinem reservierten Platz und ließ mich nieder. Eine halbe Stunde später waren die ersten Häuser von Straßburg zu sehen. Als wir in den Bahnhof einfuhren, hielt ich in der Menschenmenge auf dem Bahnsteig nach meinem Großvater Jean-Pierre Ausschau, oder vielmehr nach seinem Spazierstock, den er, wenn ich ankam, jedes Mal hoch in der Luft schwenkte.

Der Zug hielt an, die Waggontür glitt auf. Ich stieg aus und schaute mich suchend nach einem hocherhobenen Stock um. »Bonjour, Charlotte.« Ich fuhr herum und sah meine Tante Sophie, schön und elegant wie immer.

»Sophie, hallo, was tust du hier? Wo ist dein Vater?«

»Zu Hause.«

Ich wollte sie umarmen, doch sie mich offenbar nicht, denn sie packte einen Koffergriff und machte sich auf den Weg Richtung Ausgang, so zügig, dass ich kaum mit ihr Schritt halten konnte. Aber so kannte ich Sophie, immer eilig und kurz angebunden und, was mich betraf, immer distanziert.

»Warum ist er denn nicht gekommen?«, fragte ich beim Einsteigen in ihren Wagen.

»Er wollte meine Mutter nicht allein lassen. In der letzten Woche war sie im Krankenhaus und ist erst gestern Morgen entlassen worden.«

Sofort verkrampfte sich mein Magen. »Warum?«, fragte ich. »Was fehlt ihr denn? Warum hat mir keiner was gesagt?«

»Wie denn?«, sagte sie mit indignierter Miene. »Wie sollen wir dich denn erreichen, wenn du in Deutschland bist?«

»Auf meinem Handy, ich darf dort durchaus telefonieren. Was ist mit Valérie?«

Sophie zuckte mit den Schultern. »Das weiß niemand. Sie leidet an Schwindelanfällen und wurde zur Beobachtung aufgenommen.«

»Und wie geht es ihr jetzt? Ist sie denn wieder auf den Beinen?«

Sophie war schon dabei, den Zündschlüssel zu drehen, doch dann hielt sie inne. »Sie soll sich ausruhen und schonen. Wenn du magst, kannst du entweder mit zu mir kommen, oder du bleibst im Haus deiner Großeltern. Jean-Pierre möchte, dass du tust, was dir am liebsten ist.« Sie streckte die Hand nach mir aus, erkannte meine Verwirrung angesichts der unerwarteten Geste und ließ die Hand sinken. Dann sagte sie: »Ich hätte mich gefreut, wenn du zu mir gekommen wärst, aber du wirkst nicht gerade begeistert.«

Ich sah sie erstaunt an. Auf so eine Einladung hatte ich lange gewartet und nie verstanden, warum sie ausgeblieben war, aber jetzt wollte ich zu meinen Großeltern. »Ich war doch noch nie bei dir.«

Sophie wandte sich ab. »Na und? Es gibt immer ein erstes Mal.«

Ich ließ mir die Möglichkeiten durch den Kopf gehen. Seit dem Tod meines Vaters war Sophie das einzige Kind von Jean-Pierre und Valérie, eine Frau, die ich bisher eher aus der Ferne bewundert hatte, denn begegnet war ich ihr nur selten. Wenn wir uns sahen, war sie zwar nie abweisend gewesen, hatte jedoch stets kühl auf mich gewirkt und mir den Eindruck vermittelt, dass ich ihren Vorstellungen nicht entsprach. In den letzten Jahren hatte ich sie überhaupt nicht mehr getroffen. »Ich bleibe bei Valérie und Jean-Pierre«, entschied ich.

Sie startete den Motor. »Vielleicht magst du ja heute Abend mit mir essen gehen. Ich würde dich abholen. So gegen halb acht, wenn dir das passt.«

»Falls das auch den beiden passt, meinetwegen«, erwiderte ich unhöflicher als nötig, aber die Nachricht, dass meine Großmutter im Krankenhaus gewesen war, hatte mich aus dem Lot gebracht.

Auf der Fahrt nach Sélestat sprachen wir nur wenig. Ich schaute aus dem Fenster und fragte mich wie schon zigmal zuvor, warum ich trotz der Ähnlichkeit zwischen dem Elsass und dem Badischen wusste, dass ich in Frankreich war.

»Hast du mal herausgefunden, woran man eigentlich merkt, dass man nicht mehr in Deutschland, sondern in Frankreich ist?«, fragte ich Sophie.

»Nein.« Sie schaute starr geradeaus. »Muss man das wissen?«

Erst kurz vor dem Haus meiner Großeltern sagte sie nach einem Seitenblick: »Ich habe dich seit so langer Zeit nicht mehr gesehen, du bist hübsch geworden, Charlotte, weißt du das?«

»Danke«, sagte ich verwundert, etwas so Nettes hatte sie noch nie von sich gegeben. »Ich weiß, dass ich meinen Großvätern ähnele. Das haben sie mir schon hundertmal erklärt.«

Sophie lachte auf. »Natürlich, wem sonst?«

»Na, Marianne zum Beispiel.«

»Der ganz bestimmt nicht.« Sophie hielt den Wagen an. »Salut, Charlotte, wir sehen uns später.«

Ich wollte die Ähnlichkeit mit meiner Mutter noch einmal betonen, denn äußerlich glich ich ihr durchaus, doch für Sophie war das Thema offenbar erledigt. »Bis dann«, verabschiedete ich mich und stieg aus dem Wagen. Der Kofferraum sprang auf, und ich nahm meine Koffer heraus. Ich hatte die Haube kaum zugedrückt, da schoss der Wagen davon.

Ich stand auf dem Bürgersteig und sah zu, wie er in den verwinkelten Gassen verschwand. Dann hörte ich ein Feuerzeug klicken und drehte mich um. Jean-Pierre trat zwischen den Bäumen und Rosensträuchern hervor, die das alte Fachwerkhaus meiner französischen Großeltern säumten, und zog an einer Zigarette.

»Rauchst du etwa wieder?«, fragte ich zur Begrüßung.

»Ja, und es ist mir scheißegal.«

Ich küsste ihn auf beide Wangen. »Wie geht es dir? Und wie fühlt sich Valérie?«

»Mir geht es miserabel.« Er inhalierte tief, betrachtete die Zigarette angeekelt, warf sie auf den Boden und trat sie aus. »Valérie tut, als wäre sie kerngesund. Sie läuft schon wieder im Haus herum.«

»Und was haben die Ärzte gesagt?«

»Die haben nur mit dem Kopf gewackelt.« Er sah mich schwermütig an. »Das war vielleicht ein Schock. Am letzten Dienstag ist sie einfach umgefallen. Morgens. Kommt mit der Kaffeekanne, wird kreideweiß und fällt um. Ich kann mich kaum mehr erinnern, wie ich den Krankenwagen gerufen habe, aber als sie aus dem Haus getragen wurde, dachte ich, ich würde verrückt.«

Ich legte einen Arm um ihn und zog ihn an mich. Mein Großvater tätschelte meine Hand und seufzte. »Alt zu werden ist kein Spaß.«

Ich ließ ihn los und bückte mich nach meinen Koffern, doch er schob mich beiseite. »Die trage ich.«

Ich hielt ihn fest. »Nein, die trage ich.«

Von der Haustür her ertönte Valéries Stimme: »Kommt ihr heute noch rein, oder wie ist das gedacht?« Sie trat auf die oberste Treppenstufe und sah sich um. »Wo ist Sophie?«

Ich winkte ihr. »Sie musste weiter. Und wir können uns nicht einigen, wer die Koffer trägt.«

»Ach so.« Sie kehrte ins Haus zurück.

»Also«, sagte ich zu Jean-Pierre. »Jeder nimmt einen?«

Er nickte. »Sag ihr nichts von der Zigarette.«

Im Hausflur schloss meine Großmutter mich in die Arme.

Ich drückte sie fest an mich, spürte, wie zart sie geworden war, und lockerte meine Umklammerung. Valérie war von jeher zierlich gewesen, doch jetzt wirkte sie auf mich geradezu zerbrechlich. Sie schnupperte. »Aha«, sagte sie. »Jean-Pierre hat wieder hinter den Bäumen gestanden und geraucht.«

»Unsinn«, erwiderte mein Großvater. »Ich doch nicht.«

»Lügner.« Valérie zeigte auf die Koffer. »Die lässt du da stehen. – Kommt, wir setzen uns in die Küche. Da sieht's zwar ziemlich wüst aus, aber dafür ist es gemütlich.«

In der Küche ging es tatsächlich drunter und drüber, aber im Grunde war das in allen Zimmern der Fall, das Haus meiner deutschen Großeltern war entschieden ordentlicher. Ich hob Arturo, den betagten Kater, von einem Küchenstuhl, setzte ihn auf dem Fußboden ab, wischte die Katzenhaare vom Sitz und ließ mich nieder. Arturo sprang auf meinen Schoß und drehte sich zweimal um die eigene Achse, bevor er sich hinlegte und die Augen schloss. Valérie feudelte locker mit einem Küchentuch über den Tisch voller Krümel, alter Wasserglaskränze und Messerschnitte. Jean-Pierre kochte für mich Kaffee; er und Valérie tranken Kräutertee. Mein Großvater nahm dazu einen Birnenschnaps mit der Begründung, Kräutertee allein mache dumm. Ich sah zu, wie meine Großmutter mit einem Glas Saft mehrere Tabletten schluckte, doch eigentlich sah sie aus wie immer, eine zarte, dezent geschminkte alte Dame, mit kurzgeschnittenem schneeweißen Haar.

»Guck mich nicht so an«, sagte sie. »Ich bin fit.«

»Was sind das für Tabletten?«, erkundigte ich mich.

»Mein Blutdruck ist ein bisschen niedrig«, antwortete sie. »Bei dem Rest handelt es sich um Vitamine. Und jetzt Schluss damit – also, was war mit diesem Typen in Amerika?«

Ich erzählte den beiden die Kurzfassung, die lautete, es habe nicht geklappt.

»Das war's?« Valérie runzelte die Stirn. »Hat er dir weh getan?«

Ich betrachtete die Holzmaserung der Tischplatte und entdeckte eine Form, die einer züngelnden Flamme glich. Ich zog sie mit dem Fingernagel nach. Arturo maunzte mich an, rutschte von meinem Schoß und verschwand in seinem Katzenkorb.

Valérie nahm meine Hand und strich mit dem Daumen darüber. »Also hat er dir weh getan.«

Ich nickte. »Es war meine eigene Schuld. Ich hätte nach einem Monat abreisen sollen. Da war eigentlich schon alles klar.« Ich schaute meine Großmutter hilfesuchend an. »Warum macht man so was? Warum war ich so kraftlos? Ich wusste doch, dass daraus nichts wird.«

»Aber du hast es gehofft, oder?«

Ich nickte und spürte schon wieder Schamröte im Gesicht.

»So was passiert doch jedem mal«, sagte Valérie fest. »Wer steht denn schon auf und sagt: ›Ich glaube, das hier läuft nicht, das hatte ich mir anders vorgestellt, ciao, man sieht sich.‹?«

Ich sah sie dankbar an. »Ich wünschte aber, ich hätte es getan.«

Sie lachte. »Ja, später wünscht man sich das, aber wenn man mittendrin steckt und die Hoffnung nicht aufgibt, geht man bis zum bitteren Ende.«

»Interessant«, sagte Jean-Pierre. »Woher weißt du das?«

»Na, von meinen zahllosen Liebesabenteuern natürlich«, entgegnete Valérie und deutete auf die Flasche Birnengeist. »Gieß mir auch einen ein.«

»Schwörst du mir dann auch ewige Treue?« Jean-Pierre schob ihr sein Glas hin. »Prost«, sagte er. »Auf die Verflossenen.«

Valérie spitzte die Lippen und blies ihm zwei Küsse zu.

Während ich meinen Kaffee trank, ging mir durch den Kopf, wie ähnlich meine beiden Großelternpaare sich waren. Sie stammten alle vier aus Familien, die mit dem Weinhandel und mit Hotels zu Geld gekommen waren, jeder Einzelne von ihnen war unorthodox bis hin zur Exzentrik, humorvoll, gescheit und, wenn er oder sie wollte, liebevoll und zärtlich.

Mit einer Ausnahme: Valéries und Jean-Pierres Stimmung war unbeständig, was ich von Paul und Katharina nicht kannte. Die beiden waren ausgeglichen, wohingegen ich hier schon »schwarze Tage« erlebt hatte, wie Jean-Pierre es nannte. Diese Zeiten hatten mich als Kind verstört, wenn meine Großmutter morgens bei geschlossenen Fensterläden und Vorhängen im Bett blieb und erst gegen Mittag mit bleichem Gesicht erschien und kaum etwas sagte. Anfangs hatte ich geglaubt, es läge an mir, und war kreuzunglücklich durchs Haus geschlichen. Später, als Teenager, hatte ich es als Unwohlsein hingenommen und noch später bestürzt erkannt, dass es sich um Depressionen handelte, deren Gründe sich mir nie erschlossen hatten und nach denen ich auch nicht mehr fragte. Denn jedes Mal, wenn ich es tat, waren meiner Großmutter Tränen in die Augen getreten und sie hatte ihr Gesicht mit den Händen bedeckt. Jean-Pierres schwarze Tage machten ihn wortkarg; er blieb zwar nicht im Bett, zog sich jedoch zurück. Am schlimmsten wurde es um den Todestag meines Vaters im Januar. Er war ein Jahr nach meinem Bruder ums Leben gekommen, ebenfalls durch einen Autounfall, vier Monate vor meiner Geburt. Sonst wurde auch hier kaum über ihn gesprochen, nur mein Großvater Paul hatte mir eines Tages und nach langem Widerstand erklärt, er habe gehört, die genauen Umstände des Unfalls seien nie ganz geklärt worden, Richard sei wohl allein von einer Party gekommen und auf offener Landstraße gegen einen Baum gerast, und ja, soweit er wisse, sei auch Alkohol im Spiel gewesen, oder vielleicht ... Doch daran wolle er lieber nicht denken, denn so etwas hätte Richard seinen Eltern hoffentlich nie angetan. Und mehr könne er dazu nicht sagen. Weil ich so wenig über meinen Vater wusste, hatte ich lange Zeit versucht, mir sein Wesen anhand alter Fotos zu entschlüsseln. Es war mir nie gelungen. Ich wusste nur, dass er feine Gesichtszüge, dunkles Haar, braune Augen und einen Mund mit einer schmalen Oberlippe und vollen Unterlippe gehabt hatte. Als junges Mädchen hätte ich ihm gern geähnelt, doch ich hatte die hellblauen Augen meiner deutschen Verwandtschaft geerbt, ebenso das bei ihnen vorherrschende mittelblonde Haar und die breiten Wangenknochen. Von der französischen Seite hatte ich nur Jean-Pierres Nase, obwohl sie bei mir weniger groß und der Höcker nicht so ausgeprägt war.

»Anderes Thema«, entschied mein Großvater. »Weißt du schon, wie lange du bleibst?«

»Eigentlich nur bis morgen Abend«, gestand ich betreten und schaute meine Großeltern unsicher an. »Aber wenn ihr mich braucht, wenn ich irgendetwas für euch tun kann, bleibe ich länger.«

Valérie wedelte mit der Hand durch die Luft. »Ich muss nicht gepflegt werden, falls du das meinst. Du siehst doch, dass es mir gutgeht.«

Jean-Pierre schnaubte.

»Außerdem hast du jetzt ein Haus und Pläne«, ergänzte sie. »Du musst hier doch wie auf heißen Kohlen sitzen.«

Ich sah sie verblüfft an. Woher wusste sie das?

»Mein armer Engel«, sagte mein Großvater. »Deine Familien haben es dir wirklich nicht leichtgemacht, aber das ist nicht nur unserer Seite zuzuschreiben. Jo hat gestern angerufen und uns alles erzählt.« Er zwinkerte mir zu. »Na, möchtest du auch ein stärkendes Schlückchen?«

»Nein, lieber nicht.« Am helllichten Tag vertrug ich keinen Schnaps, ein Schluck, und ich wäre neben der Spur. »Jo ruft bei euch an?«

»Ja, natürlich«, antwortete Valérie. »Auf den Jungen ist Verlass.« Sie und Jean-Pierre wechselten einen Blick. Er nickte. »Seit du fünf warst, hat er uns über dich auf dem Laufenden gehalten«, fuhr sie fort. »Und dafür gesorgt, dass du zu uns kamst. Du bist unser einziges Enkelkind, meinst du denn, wir hätten uns an das Besuchsverbot deiner deutschen Großeltern halten wollen?«

»Na, wenn das so ist«, begann ich, ohne die beiden aus den Augen zu lassen, »dann könntet ihr mir doch eigentlich auch erzählen, warum ihr euch mit ihnen so überworfen habt.«

Sie schwiegen. Valérie betrachtete den Tisch und spielte mit dem Schnapsglas. Jean-Pierre wischte Krümel vom Tisch in seine Hand und ließ sie auf den Boden fallen. Arturo kam aus seinem Katzenkorb heraus, streckte sich und leckte die Krümel auf. Jean-Pierre seufzte. »Das geht leider nicht, Charlotte.«

»Das können wir nicht allein entscheiden«, kam es von Valérie. »Lass es also gut sein.«

»Wie eh und je«, entgegnete ich schmollend. »Obwohl ich euch immer alles erzähle. Fair ist das nicht.«

»Richtig«, sagte Valérie. »Aber es ist nicht zu ändern. Im Moment jedenfalls nicht. Im Moment kann ich dir nur eins versprechen: Du erfährst es von mir, bevor ich sterbe.«

Ich gab nach. »Vergiss, dass ich überhaupt danach gefragt habe.«

»Gehst du heute Abend mit Sophie essen?«, fragte Jean-Pierre.

Ich betrachtete die beiden kopfschüttelnd. »Das wisst ihr also auch schon. Kommt ihr denn mit? Ich kenne Sophie doch kaum.«

»Dann wird es vielleicht Zeit, sie kennenzulernen.« Jean-Pierre stand auf, öffnete den Küchenschrank, holte eine Schachtel Konfekt heraus und verschwand. Die Pralinen würde er auf meinen Nachttisch stellen, zu dem Lämpchen mit dem rosafarbenen Schirm, auf dem wie Scherenschnitte Gänseliesel und ihre Gänse zu sehen waren. Wenn man zweimal auf den Schalter drückte, fing der Schirm an sich zu drehen. Als Kind war ich hier jeden Abend beim Anblick der langsam kreisenden Figuren eingeschlafen.

»Tja, und ich sollte vielleicht mal ein bisschen aufräumen«, sagte Valérie. Sie faltete eine Tageszeitung zusammen und platzierte sie auf dem schiefen Stapel aus Zeitungen und Zeitschriften am anderen Ende des Tisches. »Hilfst du mir, die Wäsche in den Keller zu tragen?«

Wenig später hatte sie mir einen Wäschekorb in die Hände gedrückt, und wir stiegen in den Keller zur Waschmaschine. »Bitte, geh mit Sophie essen, Charlotte.«

Ich lud die Wäsche ein. »Warum denn eigentlich? Und seit wann interessiert sie sich überhaupt für mich? Ich war ihr doch nie gut genug.«

Valérie schloss die Tür der Waschmaschine. »Das kommt dir nur so vor.« Sie stellte die Maschine an. »Falls Sophie sich zurückgehalten hat, kannst du dich dafür bei deiner deutschen Verwandtschaft bedanken.«

Ich seufzte. »Natürlich, sie sind ja immer an allem schuld. Trotzdem, es wäre mir lieber, wenn wir zu viert gingen.«

»Mal sehen.«

Sophie rief gegen sieben Uhr abends an. »Ich kann in zehn Minuten da sein«, sagte sie. »Es sei denn, du möchtest nicht mit mir zu Abend essen.«

Meine Großeltern hatten beschlossen, uns nicht zu begleiten, und erklärt, für Valérie könne das zu anstrengend werden.

»Doch, geht klar«, sagte ich zu Sophie. »Ich möchte nur kein Sterne-Restaurant. Such etwas aus, wo man in normaler Kleidung erscheinen kann.«

»Wie du willst.« Sie legte auf. Eine Dreiviertelstunde später klimperte das Glockenspiel an der Eingangstür. Jean-Pierre ging nach draußen.

»Hat ein bisschen gedauert«, sagte Sophie, als sie hinter ihm die Küche betrat. »Ich musste mich noch mal umziehen.« Sie strich über den Pullover, den sie zu einer Jeans trug, und sah mich an. »Ist das normal genug?«

Valérie riss die Augen auf. »So habe ich dich ja schon seit dreißig Jahren nicht mehr gesehen.« Sie reckte sich auf die Zehenspitzen und küsste Sophie.

Ich sagte nichts. Sophie sah immer großartig aus, ganz gleich, was sie trug. »Wohin gehen wir?«

Sophie lächelte flüchtig. »Ich dachte an den Italiener unten an der Ecke.«

»Zu Anselmo? In dieses Loch?«, fragte Jean-Pierre. »Warum hast du denn nichts Vernünftiges gebucht?«

»Das hatte ich«, erwiderte Sophie. »Aber Charlotte wünscht sich kein Sterne-Restaurant.«

Valérie gluckste. »Wollt ihr Pizza mit Sauerkraut essen?«

Ich warf einen sehnsüchtigen Blick auf die kleinen, mit Ragout gefüllten Pasteten, die sie in den Backofen schob, und auf die Flasche Fendant, die Jean-Pierre entkorkte. »Vielleicht trinke ich da nur etwas.« Unter einer Strickjacke trug ich wieder mein Wollkleid, wickelte mir im Flur einen von Jean-Pierres Schals um den Hals und steckte einen Hausschlüssel ein. »Ich habe mir einen von Jean-Pierres Schals genommen«, rief ich in die Küche.

»Behalte ihn, wenn er dir gefällt«, rief mein Großvater zurück.

Auf der Straße musterte Sophie mich von der Seite. »Schickes Kleid«, sagte sie und hakte sich bei mir unter. »Schicke Frau.« Als wären wir plötzlich dicke Freundinnen geworden. Es machte mich so befangen, dass ich kaum noch wusste, wie ich den Arm halten sollte, an dem sie sich eingehängt hatte, und mir nicht ein einziges Wort einfiel.

Anselmos Restaurant war keinesfalls ein Loch, wie ich beim Betreten des Lokals feststellte, sondern lediglich ein typischer, zudem gutbesuchter Italiener, mit karierten Tischdecken, Tropfkerzen, schummrigem Licht und einem Wandgemälde von Pompeji, jedenfalls nahm ich das angesichts der zahlreichen geborstenen Säulen und des rauchenden Vulkans im Hintergrund an.

Sophie hatte einen Zweiertisch reservieren lassen. Als der Kellner kam, entschied ich mich für eine Pizza mit allem.

»Isst du die ganz?«, fragte Sophie.

»Ja, hatte ich eigentlich vor. Warum, möchtest du auch etwas davon?«

»Ich dachte, wir könnten uns eine teilen.«

»Lieber nicht, ich komme um vor Hunger.«

Sophie bestellte für sich eine kleine Pizza mit Tomaten, dazu eine große Flasche Wasser und eine kleine Karaffe Wein.

Als die Getränke gebracht wurden, schenkte sie sich Wasser und mir Wein ein. »Trinkst du keinen Wein?«, fragte ich.

»Ich trinke überhaupt keinen Alkohol.«

Ich sagte dazu nichts. Mir war jemand lieber, der nichts trank, als jemand wie meine Mutter, die bei einem Abendessen problemlos zwei Gläser Cognac hinunterkippen und mit einer Flasche Wein nachspülen konnte.

Während wir auf unsere Pizzen warteten, sagte Sophie keinen Ton. Auch mir kam kein passendes Gesprächsthema in den Sinn. Wir schauten uns an, lächelten bemüht, betrachteten die Umgebung. Schließlich lehnte Sophie sich zurück und schabte mit dem Daumennagel zerstreut am Rand der Tischdecke entlang. »Wie geht es dir denn so?«, fragte sie dann, wischte über die Tischdecke und faltete die Hände. »Wie war es in Amerika?«

»Nicht so toll. Haben deine Eltern dir das nicht erzählt?«

»Doch. Entschuldige. Wir können auch über etwas anderes reden.«

In dem Moment wurden die Pizzen vor uns gestellt. Ich zückte Messer und Gabel.

Sophie drehte ihre Pizza hin und her. Dann begann sie, mit dem Messer die Kruste rundum abzutrennen. Als ich ein Viertel meiner Pizza gegessen hatte, wurde mir unser stilles Kauen unangenehm. Ich legte mein Besteck ab und nahm einen großen Schluck Wein. »Wie geht es dir denn so?«, fragte ich.

Sophie schluckte den winzigen Bissen, den sie sich in den Mund geschoben hatte, hinunter. »Gut. Viel Arbeit. Gott sei Dank.«

Ich gab mir einen Ruck. »Kann ich dich auch etwas Persönliches fragen?«

Sophie schnitt sich den nächsten Quadratzentimeter Pizza ab. »Nur zu.«

Ich holte Luft. »Warum hast du eigentlich nie geheiratet? Ich meine, das tun doch die meisten, auch in unserer Familie, und ...« Ich brach ab. »Okay, Jo nicht. Aber Jo hätte heiraten können, wenn er es gewollt hätte. Bestimmt zehnmal.«

Irgendetwas flackerte in ihrem Blick auf und erlosch sofort wieder. »Ich habe es ebenfalls nicht gewollt.«

»Aber du hättest es tun können, oder? Es hat doch sicherlich viele gegeben, die dich heiraten wollten – denke ich mir jedenfalls. War denn nie einer darunter, der dir gefallen hat?«

Ihre Miene wurde so bitter, dass ich einen Schreck bekam und beschloss, schleunigst das Thema zu wechseln. »Entschuldige, Sophie, ich wollte dir nicht zu nahe treten.«

Sie hatte sich wieder gefasst. »Schon gut, kein Problem.«

Den Eindruck hatte ich zwar nicht, aber sei's drum. Ich schnitt mir das nächste Stück Pizza ab und nahm einen neuen Anlauf. »Warum sitzen wir hier eigentlich?«

Sophie hatte ihre Pizza fortgeschoben, nippte an ihrem Wasserglas und stellte es zurück. »Du meinst, warum ich dich eingeladen habe?«

»Genau.«

»Na, ich dachte, du könntest mir ein bisschen von dir erzählen. Über deine Pläne und so weiter.« Dann lachte sie und sagte: »Entschuldige, ich bin heute Abend keine gute Gesellschaft.«

Sie musste irgendetwas haben. »Tja«, antwortete ich. »Ich bin auch nicht gerade in Topform.«

Sie lachte schon wieder. »Vergiss ihn, Charlotte.« Dann griff sie nach ihrer Handtasche, sah hinein und machte sie wieder zu.

»Suchst du was?«

»Nein, warum?« Sie legte die Handtasche zurück und begutachtete ihre Hände. »Ich wollte mit dir reden.«

Ich wartete.

»Vielleicht besuche ich dich mal auf Ré. Wäre dir das recht?«

»Natürlich«, sagte ich und versuchte, mir Sophie in Jos Strandhotel unter den Seglern und Surfern vorzustellen, was mir nicht gelang. Sie war einfach ein ganz anderer Typ als die weiblichen Gäste in Jos Hotel. »Worüber wolltest du denn reden?«

Ihr Blick wanderte über mich hinweg. »Nichts Besonderes. Du möchtest also ein Hotel aufmachen.«

»Ja, das war schon immer mein Traum«, erwiderte ich hölzern wie ein Kind, das man gefragt hatte, was es einmal werden wollte. Mit einem Mal sehnte ich mich nach Jo. Und nach Lana, doch vor allem nach Jo, der selten herumdruckste, sondern die Dinge in der Regel freiheraus sagte, meist sogar freier heraus als mir lieb war. Ich trank meinen Wein aus und warf einen unauffälligen Blick auf meine Armbanduhr. »Hat Jean-Pierre dir das erzählt?«

»Nein, meine Mutter.«

So ging es weiter, Frage, Antwort, Satz für Satz, es war qualvoll. Als Sophie endlich die Rechnung beglich, war mir, als hätten wir fünf Stunden dagesessen, tatsächlich waren nicht einmal zwei vergangen. Wir verabschiedeten uns mit stummem Handschlag, unser abendliches Wortarsenal hatte sich erschöpft.

Bevor ich zu meinen Großeltern zurückkehrte, lief ich in den alten Ortskern von Sélestat hinein und hörte meine Schritte in den leeren Straßen widerhallen. In den Zeiten, in denen keine Touristenströme durch die Gassen zogen, war es dort wie ausgestorben. Ich betrachtete die malerischen Fachwerkhäuschen, in denen hier und da Licht hinter den geschlossenen Fensterläden brannte, warf einen Blick auf die angestrahlte Kirche und drehte eine Runde über den verlassenen Marktplatz. Es war ein hübscher Ort, und doch hätte ich hier nicht leben wollen. Aber vielleicht war das Elsass mir auch nur fremd geblieben, ich war ja nie länger als jeweils für zwei Wochen hier gewesen. Außerdem kam ich erst im Alter von sechs zum ersten Mal hierher, und das nach einem Riesenaufstand am Rhein. Zwar wusste ich seinerzeit nicht genau, worum sich alles gedreht und wer außer Jo noch dahinter gesteckt hatte, aber ich begriff, dass Paul und Katharina gegen meine Reise ins Elsass waren, und war mir daher nicht sicher, ob ich mich darauf freuen durfte. Jo holte mich damals am Rhein ab. Valérie und Jean-Pierre weinten, als ich vor ihnen stand, und betasteten mein Gesicht, als könnten sie ihren Augen nicht trauen. »Das sind deine französischen Großeltern«, sagte Jo. »Mach mir keine Schande, wenn ich weg bin.« Nach seinem Aufbruch saßen Valérie, Jean-Pierre und ich uns im Salon gegenüber. Sie hatten die Hände im Schoß gefaltet und sahen mich an, als trüge ich einen Heiligenschein. Es dauerte eine Weile, bis ich mich an diese neuen Großeltern gewöhnte, obwohl die beiden mich vom ersten Tag an mit Liebe überschütteten – mit Liebe und Geschenken und den ersten schönen Kleidungsstücken in meinem Leben, die mir auch noch allesamt passten, von den Geldsummen, die sie seit meinem sechsten Lebensjahr monatlich für mich auf ein Konto überwiesen, ganz zu schweigen.

Als ich das im Dunkeln liegende Haus meiner Großeltern betrat, herrschte dort Stille, doch durch die Türritzen des Salons sickerte noch Licht. Ich legte Jean-Pierres Schal ab und öffnete die Salontür. Valérie und Jean-Pierre saßen sich, von einer Stehlampe beschienen, in Sesseln gegenüber, jeder mit einem Zeitungsteil in den Händen und den Füßen auf dem Sessel des anderen. Arturo lag eingerollt auf einem Kissen im Ohrensessel am Fenster und schlief. »Nanu«, sagte Jean-Pierre. »Schon zurück?«

Ich trat ein und ließ mich aufs Sofa sinken. »Ja.«

Valérie stellte ihre Füße auf den Boden. »Wie war es mit Sophie?«

»Schwierig.«

Jean-Pierre nahm Valérie ihre Zeitungshälfte ab, packte sie zu seiner und ließ den Stapel neben seinem Sessel fallen. »Inwiefern?«, fragte er.

Ich riet mir, vorsichtig zu sein. Sophie war immerhin ihre Tochter, das vergötterte Wunderkind der Familie, die Erste in meinen französischen Sippen Aspach und Villiers, die studiert und promoviert hatte, und das nicht mit Hängen und Würgen, wie es bei mir wahrscheinlich gewesen wäre, sondern mit links, wie es hieß. Eine Frau, die ihr Jurastudium in Paris als Beste ihres Jahrgangs abgeschlossen und wenig später an einer Grande École ein Wirtschaftsstudium angehängt hatte. Sämtliche Türen hatten ihr danach offen gestanden, wie meine Großeltern bei jeder passenden Gelegenheit betonten. Ich kannte mich in solchen Dingen nicht genug aus, um zu wissen, welche Türen das im Einzelnen hätten gewesen sein sollen, mir schien bloß, dass Sophie keine von ihnen durchschritten hatte. Nach ihrer Zeit in Paris war sie jedenfalls nach Straßburg zurückgekehrt, wo sie inzwischen eine Kanzlei besaß, die allerdings hervorragend lief, auch das erzählten Valérie und Jean-Pierre jedem, der es hören wollte oder nicht. Ebenso schwärmten sie von Sophies Eigentumswohnungen, die eine in Straßburg, die andere in der Remise eines umgebauten Bauernhauses außerhalb von Sélestat, oder lobten ihren Einsatz in wohltätigen und kulturellen Institutionen.

»Inwiefern?«, wiederholte Jean-Pierre.

Ich zuckte mit den Schultern. »Sie war irgendwie sonderbar. Aber wahrscheinlich wussten wir einfach nichts mit uns anzufangen.«

Meine Großmutter sah mich an, als hätte ich in der Küche in das Weihwasserbecken gespuckt. Mein Großvater verließ den Salon. Gleich darauf kehrte er mit seiner Flasche Birnengeist zurück, stellte sie auf den Couchtisch und holte drei Gläschen aus dem Schrank. »Schwamm drüber«, sagte er und begann einzuschenken.

»Für mich nicht«, sagte Valérie.

»Für dich auch.« Er reichte ihr ein halbgefülltes Glas. »Nur ein Schlückchen.«

Ich nippte an meinem Schnaps. »Warum komme ich mir vor, als hätte ich etwas verbrochen? Vielleicht wäre es anders gelaufen, wenn sie mit der Sprache herausgerückt wäre und gesagt hätte, was sie von mir wollte.«

»Muss sie denn etwas bezweckt haben?«, fragte Valérie mit vorwurfsvollem Blick. »Ist es nicht genug, dass sie dich sehen wollte?«

»Valérie.« Jean-Pierre stellte sein Glas mit einem Knall auf einen Beistelltisch. »Es reicht.«

Valérie zog eine Schnute, doch nach einem mahnenden Blick von Jean-Pierre riss sie sich zusammen und legte einen inneren Schalter um. »Also gut, vorbei und vergessen. Erzähl uns, wie du dir dein Hotel vorstellst, mein Schatz.«

Ich brauchte noch einen Moment, um umzuschwenken. Eines Tages, da war ich mir sicher, würden diese Anspielungen, Andeutungen, diese heimlichen Blicke und stillen Vereinbarungen, diese ganze Leisetreterei um Begebenheiten und Gefühle, die auf jeder der beiden Rheinseiten eine mir unbekannte Rolle spielten, dieses ständige Gegen-eine-Wand-Laufen meinerseits mich noch um den Verstand bringen. Ich zählte stumm bis zehn. Dann schilderte ich ihnen, was mich auf Ré erwartete, sprach von der Zeit, dem Geld und der Arbeit, die ich investieren wollte, um das heruntergekommene Gehöft meiner Mutter in ein anständiges Hotel umzuwandeln.

»Wir greifen dir finanziell unter die Arme«, erklärte Jean-Pierre und reckte sich nach seinem Glas auf dem Tisch.

»Vielen Dank«, sagte ich. »Aber, ich glaube, das muss nicht sein. In den ganzen Jahren habt ihr mir schon Unsummen überwiesen.«

»Das kleine bisschen«, entgegnete Valérie mit einer wegwerfenden Handbewegung.

Jean-Pierre verschluckte sich fast an seinem Schnaps.

»Was hast du?«, fragte Valérie, ehe sie rosig anlief und »Ach so – das meinst du« hinzusetzte.

Zwei Stunden später lag ich in dem kleinen, mit Möbeln und Nippes überladenen Gästezimmer unter einer schweren Bettdecke, sah zu, wie sich Gänseliesel und die Gänse drehten, und konnte es kaum erwarten, bei Jo zu sein.

# Fünf

Die Strecke von Straßburg nach La Rochelle legte ich in der Nacht von Mittwoch auf Donnerstag im Schlafwagen zurück. Meine Ankunftszeit am Donnerstagmorgen hatte ich sowohl Jo als auch Lana per SMS mitgeteilt und geschrieben, sie sollten entscheiden, wer mich in Empfang nehmen würde. Anscheinend hatte weder der eine noch der andere eine Entscheidung getroffen, denn als ich aus dem Zug stieg, stand niemand von ihnen am Bahngleis. Auch vor dem Bahnhofsgebäude war nichts von ihnen zu sehen. Ich wartete, bis die Ankommenden sich verlaufen hatten und außer ein paar Jungen mit Rucksäcken und zigarettenrauchenden Busfahrern ringsum kein Mensch mehr war. Fünf Minuten später holte ich mein Handy hervor, unterdrückte die Nummer und rief Jo an.

»Jo Brinckmann«, meldete er sich und klang gehetzt.

Ich verstellte meine Stimme und ahmte Katharina nach. »Jonathan«, sagte ich. »Gib mir mal Charlotte.«

»Wie denn?«, fragte er. »Sie ist doch noch gar nicht da.«

»Ach«, sagte ich spitz, »das wundert mich jetzt aber sehr. Mir hat sie gesagt, dass sie um die Zeit schon in La Rochelle sein wird. Wann rechnest du denn mit ihr?«

Schweigen am anderen Ende. Dann ein leises Lachen. »Du kleines Aas«, sagte er. »Setz dich in das Bahnhofscafé. In einer halben Stunde bin ich da.«

»Kein Café«, entgegnete ich. »Ich bleibe vor dem Bahnhof auf meinen Koffern sitzen. Alle Welt soll sehen, dass kein Schwein gekommen ist, um mich abzuholen.«

»Ja, reicht denn dazu eine halbe Stunde?«, fragte er. »Ich kann auch erst in zwei Stunden kommen.«

»Jo!«

Er lachte und legte auf.

Ich setzte mich auf meine Koffer, hielt mein Gesicht in die Frühlingssonne, atmete die feuchte, salzig schmeckende Luft ein und schaute blinzelnd den Möwen nach, die über dem Meer aufstiegen. »Wolltest du Ré tatsächlich aufgeben?«, hatte Jo mich am Montag gefragt, als ich ihn anrief, um zu erklären, dass ich nicht wisse, wie ich mich für das Haus bedanken solle, denn einfach »vielen Dank« könne man in so einem Fall ja schlecht sagen. Der Meinung war er zwar auch, fand jedoch, zwischen uns sei kein weiteres Trara notwendig. »Mach was daraus«, schloss er. »Mehr will ich nicht, mehr wollen Katharina und Paul nicht.« Und dann, nach einer kurzen Pause: »Wir sind heilfroh, dass du dich gefangen hast und zurückgekommen bist. Also, Haken dran.«

Ich schloss die Augen, lauschte den wilden Möwenschreien, die vom Hafen zu mir drangen, und spürte die Sonne auf meiner Haut.

Nach einer Weile kamen von hinten zwei Hände und legten sich auf meine Augen. »Rate, wer hier ist.«

Ich fing an zu kichern. »Der kleine Busfahrer von da hinten? Der mit dem Bierbauch unter dem aufgeknöpften Hemd?«

Jo gab mir einen Kuss auf den Kopf. »Steh auf, du verrückte Nudel.«

Ich sprang auf und warf mich in seine Arme. Als er sich von mir befreien wollte, hob ich die Füße an und umklammerte seinen Hals noch fester.

»Du hast mir auch gefehlt«, raunte er mir ins Ohr. »Aber du drückst mir die Luft ab.«

Ich setzte meine Füße auf und ließ ihn los. Er nahm einen Koffer, ich den anderen.

»Von wegen gefehlt«, sagte ich auf dem Weg zu seinem Geländewagen. »Eine einzige kleine E-Mail alle vierzehn Tage.

Ein einziges Telefonat in einem halben Jahr. Ich habe gelitten.«

Wir waren an seinem Wagen. Jo warf die Koffer auf die Ladefläche hinter den Vordersitzen. »Aber nicht meinetwegen.«

»Auch.«

Er schwang sich auf den Fahrersitz. Ich kletterte auf den Beifahrersitz und betrachtete ihn von der Seite. Jo sah immer gut aus, doch jetzt, nach dem halben Jahr ohne ihn, fand ich ihn schöner denn je. Er war bereits leicht gebräunt und trug ein verwaschenes Polohemd über einer weich fallenden Hose, an den Füßen wulstige Segelschuhe, ohne Socken, versteht sich. Das volle Haar fiel in seinen Nacken. »Du kriegst graue Haare«, sagte ich.

»Die kriegst du eines Tages auch.« Er startete den Motor, setzte rückwärts aus der Parklücke und fuhr los.

Selbst seine Art zu fahren hatte ich vermisst, locker vorgebeugt, als dächte er über etwas nach, eine Hand am Lenkrad, die andere lose auf dem Schenkel. Als ich meinen Führerschein machte, hatte ich ihn auf die Vorschrift, immer mit beiden Händen zu steuern, hingewiesen. »Geht aber nicht immer«, sagte er. »Die eine Hand brauche ich dann und wann für was anderes.« Was das andere war, ließ er offen; ich nahm an, es handelte sich um weibliche Schenkel oder Knie, und fragte nicht weiter nach.

»Gibt es eine Neue?«, erkundigte ich mich.

»Nicht, dass ich wüsste.«

»Na ja«, sagte ich. »Wir hatten schließlich Winter.«

Er warf mir einen amüsierten Seitenblick zu. »Was du nicht sagst. Abgesehen davon halte ich verständliche Kommentare auch für überschätzt.«

»Du weißt, was ich meine. Die deprimierten Pariserinnen waren nicht hier, sondern sind irgendwo Ski gefahren.« Jos

Frauenverschleiß war legendär, auch wenn er es nie so nennen würde. Er betonte, die Ehefrauen aus Paris, die den Sommer auf Ré verbrachten, seien einsam und »deprimiert« und suchten jemanden, der ihnen zuhöre.

»Charlie«, sagte Jo. »Denk an meine grauen Haare. Ich brauche den Winter, ich werde nicht jünger.« Er verließ die rechte Fahrspur und drückte aufs Gas.

Vor uns tauchte die Brücke nach Ré auf. Ich geriet völlig aus dem Häuschen und rief: »Die Brücke, da ist die Brücke.«

»Wie kann das sein?«, sagte Jo. »Die war doch eben noch nicht da.«

»Sei nicht gemein.«

Während wir das Meer überquerten, schwieg ich andächtig und ließ mich von dem langen, eleganten Bauwerk über die weite Wasserfläche tragen. In Rivedoux, dem ersten Ort auf Ré, saßen wie immer alte Männer auf den Bänken am sonst noch leeren Strand und schauten auf das in der Sonne glitzernde Meer. Hier und da steckten Angeln im seichten Wasser. Auf der kleinen Mole stand ein noch kleinerer Leuchtturm, als hätte man für seinen Bau gesammelt, aber nur eine Miniatur zusammengebracht.

»Wie war's im Elsass und am Rhein?«, fragte Jo.

»Schön. Ach, ich soll dich von Freddy grüßen.«

»Nanu. Das ist ja mal was ganz Neues.«

»Er sagt, du seist der größte Blindgänger und Armleuchter aller Zeiten. Und dass du wüsstest, was er damit meint.«

Jo zog die Brauen zusammen. »Der soll sich um seinen eigenen Kram kümmern.«

»Und was meint er damit?«

»Erzähle ich dir ein andermal.«

Am dünnen Strich seines Mundes erkannte ich seine Verstimmung und bohrte nicht nach. Sein Ärger war ohnehin nie mehr als ein kurzer Aprilsturm, kaum begonnen, schon vorbei.

»Freddy ist wütend«, sagte ich. »Wegen des Hauses, das Paul und Katharina dir vermacht haben. Susanna übrigens auch.«

Jo seufzte. »Wenn du wüsstest, wie egal mir das ist.«

Ich schaute auf die kleinen weißen Häuser mit den orangeroten Ziegeldächern und grünen Fensterläden, an denen wir entlangfuhren. »Sie möchten nicht, dass ich es bekomme. Wahrscheinlich denken sie, dass ich nicht richtig zu den Brinckmanns gehöre. Dass ich zu französisch bin.«

Jo schlug mit der Hand aufs Lenkrad. »Herrgott, hört dieser Unsinn denn nie auf?«

»Freddy hat es ziemlich deutlich gesagt. Und Susanna hat sich deswegen mit Katharina am Telefon gestritten.«

Ich hatte den Eindruck, als versuchte er zu entscheiden, ob er mir mehr sagen sollte, etwas über die alte Geschichte, aber wahrscheinlich war es nicht der richtige Moment – falls es jemals dazu käme.

Er fluchte und überholte den angejahrten Peugeot, der vor uns über die Straße gekrochen war. »Susanna war schon immer eine Giftspritze. Freddy nicht, der ist eigentlich nur ein armer Sack.«

»Der wäre ich in Amerika beinahe auch geworden«, sagte ich voller Mitleid für Freddy und mich.

Jo strich mir über die Wange. »Aber nur beinahe. Weißt du, dass Lana im Hotel auf dich wartet?«

»Nein, woher denn?« Ich beugte mich vor und schaute aufgeregt durch die Windschutzscheibe, auf die vereinzelten Schäfchenwolken, die wie aufgemalt am vergissmeinnichtblauen Himmel standen, die Wiesen und Wälle mit den vom Wind zerrupften Sträuchern, die Schilder, die auf Austernzuchten und Segelschulen verwiesen, die Pinien, Kiefern und Zypressen und die Frühlingsblumen am Straßenrand. In nur wenigen Minuten würde ich die ersten Häuser von La Flotte erkennen.

»Sie brennt förmlich darauf, dich zu sehen«, fuhr Jo fort. »Hat schon die tollsten Pläne geschmiedet.«

»Wann tut sie das nicht?« Ich beugte mich vor. »Da kommt La Flotte.«

»Jetzt krieg dich doch mal ein. Ach, und noch was. Rafi wird wohl auch da sein.« Rafi, mit vollem Namen Rafaël, war der Bruder meiner Freundin Lana – ein Mann, dem ich eine weitere schiefgelaufene Liebesgeschichte verdankte.

»Bitte, Jo, verdirb mir diesen Moment nicht.« Ich entdeckte die verwitterte Statue der Jungfrau Maria, die den Ortseingang des alten La Flotte markierte.

»Wie alt bist du, Charlotte?«

»Hundert.«

Jo bog in die Straße ein, die an einer langgezogenen, von Korkeichen bestandenen Mittelinsel vorbei zum Hintereingang seines Hotels führte. »Das beruhigt mich, ich dachte, du wärst wieder zehn.«

Er steuerte seinen Parkplatz an. Als er bremste, hüpfte ich aus seinem Wagen und stürmte durch den Hintereingang ins »Vents et Marées«, Jos Hotel, das ich mehr liebte als jeden anderen Ort der Welt.

Von der Hintertür führte ein schnurgerader Flur an mehreren Räumen vorbei zum Haupteingang des verschachtelten Eckgebäudes. Wenn man dort herauskam, blickte man hinaus auf das Meer. Hinter der hohen türkisblauen Holzpforte standen auf einer Terrasse ab März Tische, Stühle und bepflanzte Blumenkübel. Lief man noch ein paar Schritte weiter, gelangte man über einen schmalen Weg zu einer niedrigen Mauer. Bei Flut schlugen die Wellen dagegen, bei Ebbe stieg man über die Brüstung oder eine Treppe hinunter zum Strand.

Ich rannte durch den Flur. Die Flügel der Pforte standen weit offen. Auf dem Vorplatz drehte sich eine Gestalt um, die ich nur als dunkle Silhouette erkennen konnte. Sie hob eine Hand, zeigte zum Himmel und sagte: »*The sun's not yellow …*«

»Dylan!« Dylan war schon hier gewesen, als Jo mich damals zu sich geholt hatte.

Er drückte mich an sich. »Sag den Rest. *The sun's not yellow …*«

Ich küsste ihn auf beide Wangen. »*… it's chicken.*«

Dylan war Australier, hieß eigentlich George und fungierte im Hotel als Kompagnon und Stellvertreter meines Onkels. Jo hatte ihn irgendwo auf seinen langen Wanderjahren kennengelernt, die er vor meiner Geburt begonnen und vor dreiundzwanzig Jahren beendet hatte. Dylan wiederum war noch länger unterwegs gewesen und hatte in seinem Leben vermutlich mehr Drogen ausprobiert als den meisten Menschen bekannt waren. Doch geschadet hatte es ihm offenbar nicht, ihm höchstens ein gewisses Etwas verliehen, eine leichte Müdigkeit angesichts der Welt. Seinen Spitznamen verdankte er den musikalischen Auftritten, mit denen er sich während seiner Reisen über Wasser gehalten hatte, hauptsächlich den Bob-Dylan-Songs, die er immer noch vortragen konnte und wahllos zitierte, wenn er nicht wusste, wie er seine Gefühle sonst ausdrücken sollte.

Ich lief wieder ins Hotel. In der Küche unten werkelte jemand. Als ich den Kopf durch den Türspalt steckte, saß Jo dort an dem langen Arbeitstisch und schälte Kartoffeln.

»Ah, *Mademoiselle*«, sagte er bei meinem Anblick. »Ihr Butler hat Ihnen sämtliche Koffer und Taschen hoch in Ihr Zimmer getragen.«

»Danke. Wo ist Lana?«

»Irgendwo im Haus.«

Ich drehte mich um und rief hoch ins Treppenhaus: »Lana?« Nichts.

»Soll das ein Witz sein?«, wandte ich mich an Jo.

»Logisch«, erwiderte er. »Selten so gelacht.«

»Lana ist schon wieder weg«, sagte Dylan, der mir gefolgt war.

»Wohin?«

Er hob die Schultern.

»Hast du Gäste?«, fragte ich Jo.

Er nahm zwei Kartoffeln und fing an, mit ihnen zu jonglieren. Dylan verdrehte die Augen, setzte sich zu ihm und nahm ein zweites Schälmesser vom Tisch.

»Der zweite Stock ist noch halb leer«, sagte Jo. »Verdammt.« Er bückte sich nach einer heruntergefallenen Kartoffel. »Die Zimmer eins bis vierzehn sind belegt.«

Ich trat ein paar Schritte in die Küche und fragte leise: »Was für Leute sind das?«

»Deutsche«, sagte Jo. »Und Schweizer. Vogelkundige und Wandervögel. Die Schweizer wollten heute nach Les Portes marschieren. Und wieder zurück.«

Ich lachte. Ré war zwar eine kleine Insel, aber selbst im Sturmschritt hätte kein Mensch diese Strecke an einem Tag geschafft. »Warum hast du ihnen keine Fahrräder gegeben?«

»Weil sie dann nicht gewandert wären.« Jo warf eine Kartoffel hoch. Dylan spießte sie in der Luft mit der Messerspitze auf.

»Perfekt«, sagte Jo und grinste. »Jetzt mal mit zwei Kartoffeln. Nimm mein Messer.«

»Ihr seid vielleicht Clowns«, sagte ich und machte mich auf meine Wiedersehenstour durchs Haus.

Jo hatte sein Hotel Anfang der 1980er Jahre gekauft. Mit welchem Geld, war mir nicht bekannt, aber ich hatte immer den Eindruck, es sei sein Kapital und zu einem kleineren Teil auch das von Dylan gewesen, jedenfalls nicht irgendwelche Hilfssummen von Paul und Katharina. Zuvor war er jahrelang durch die Welt gezogen und hatte gejobbt, hatte angenommen, was sich bot, wie er gern betonte, auf Frachtschiffen, Bauernhöfen, in Kneipen und Tankstellen. Wie viel er in diesen Sturm- und Drangjahren verdient und gespart hatte, wusste niemand außer ihm selbst. »Dein Onkel war bestimmt mal Drogenhändler«, hatte Lana zu dem Thema früher stets voller Ehrfurcht gesagt, aber ich hatte das nie angenommen. Jo war zwar jemand, der gegen den Strom schwamm, trotzdem konnte er extrem moralisch sein. Doch Lana wäre nicht Lana gewesen, wenn sie nicht eines Tages, da waren wir vielleicht dreizehn, gefragt hätte: »Monsieur Brinckmann, waren Sie mal so etwas wie ein Drogenbaron?«

Lana und ich erledigten ein paar Schularbeiten an einem Tisch in Jos Arbeitszimmer, Jo saß mit dem Rücken zu uns an seinem Schreibtisch. Er drehte sich um, betrachtete Lana eine Zeitlang und schwieg nachdenklich. »War ich mal so etwas wie ein Drogenbaron?«, antwortete er schließlich. »Lass mich überlegen. Hm, also, soweit ich weiß, nicht. Aber wie kommst du darauf?« Lanas Augen funkelten. »Rafi hat geschworen, dass Sie mal einer waren.«

»Erstaunlich«, sagte Jo. »Dann sei so nett und schick deinen Bruder morgen mal bei mir vorbei.«

Zwei Tage später zog Lanas Bruder uns auf dem Schulhof zur Seite und zischte: »Lana, du blöde Kuh, was erzählst du für eine Scheiße.« Er packte sie an den Schultern und schüttelte sie. »Ich respektiere Jo Brinckmann, kapiert?«

»Ja, Mann«, murmelte Lana und schaute zu Boden. Rafi warf ihr einen verächtlichen Blick zu, ließ sie nach einem letzten Schubs los und ging davon. Lana und ich standen noch ein bisschen herum, Lana weiterhin mit gesenkten Lidern.

Schließlich fragte ich: »Was hat Rafi eigentlich gesagt?«

Lana hob den Kopf und sah mich niedergeschlagen an. »Dass ich mich bei deinem Onkel entschuldigen muss und dass er nie ein Drogenbaron war.«

Ich trat in den Speisesaal. Anders als in den meisten Hotels gab es dort keine kleinen Tische, sondern einen langgezogenen Tisch, um den herum dunkelgraue, blaue und schwarze Holzstühle standen, von denen einige zusammenpassten, andere nicht. Über der Anrichte hing die Wand voller Bilder, die meine Mutter gemalt hatte, große, kleine, rechteckige und quadratische, Aquarelle und Bleistiftskizzen, allesamt mit Meerlandschaften und Inselmotiven, einschließlich einem Aquarell, dessen Motiv dem in meinem Kinderzimmer am Rhein glich. Wieder handelte es sich um zwei Frauen, die sich im Meer gegenüberstanden, diesmal jedoch mit herabhängenden Armen und weggedrehten Köpfen, den Blick in die Ferne gerichtet, als warteten sie auf etwas, das sie aus ihrer Erstarrung erlöste.

Ich langte in eine Schale auf der Anrichte und angelte mir ein paar getrocknete Früchte heraus, die vom Frühstück übrig geblieben waren. Während ich sie aß, überflog ich auf dem dicken Block mit Tagesdatum die Namen der Gäste, die sich zum Abendessen eingetragen hatten. Vierzehn Namen. Die Wanderer auf dem Weg nach Les Portes mussten die reinsten Optimisten sein. Beim Hinausgehen rief ich in die Küche: »Jo, hast du Mariannes Bilder schon zu Paul und Katharina geschickt?«

»Nein, die sind noch in ihrem – in deinem Haus. Warum?«

»Hast du sie wenigstens zusammengepackt?«

Im Flur hörte ich, wie er zu Dylan sagte: »Kaum ist sie hier, nervt sie schon.«

Dylan antwortete: »Mensch, jetzt hör doch mal auf, mit den Kartoffeln zu spielen.«

»Ich dachte, ich mache mich nützlich«, sagte Jo.

»Mach dich woanders nützlich«, erwiderte Dylan.

Ich warf einen Blick in die Gesellschaftsräume, das kleine Fernsehzimmer und die Lounge mit den gerahmten Fotos von

Ré aus früheren Zeiten, den Sesseln und Beistelltischen, die jeder Gast sich nach Wunsch zurechtrücken konnte. An einer Wand stand ein Holzregal, in dem die Gäste für andere ihre Bücher hinterlassen konnten, doch hinsichtlich der Sammlung machte sich Jos autoritäre Ader bemerkbar, auch wenn er sie nicht wahrhaben wollte, aber in manchen Dingen war er nun einmal ganz der Sohn seiner Mutter. »Schund« wurde von ihm aussortiert und in den Papierverbrenner geworfen. Schund beinhaltete alles, was er als nationalistisch verwarf, ebenso wie blutrünstige Thriller und schwülstige Liebesromane. Als Teenager hatte ich deshalb gelernt, ihm entweder zuvorzukommen oder auf einen unbeobachteten Moment zu warten, in dem ich im Papierbrenner nach den zensierten Liebesromanen graben konnte.

Auf der Flurseite gegenüber lag neben der Küche Jos Arbeitszimmer, das ebenso wie die Küche als Empfang fungierte, und am Ende des Ganges, zur Straße hin, Dylans Wohnung. Ich stieg die Treppe hoch. Irgendwo im ersten Stock hörte ich die Zimmermädchen rumoren und lachen.

Wie am Rhein, lag mein Zimmer auch hier unter dem Dach. Zwar gab es unten in Jos Wohnung noch einen Raum, der in meiner Kindheit meiner gewesen war, doch als ich elf war, hatte Jo mich nach oben verlegt, mit den Worten, er könne nicht mehr mit ansehen, wie mich eine Laune nach der anderen plage, und habe auch keine Lust mehr, ständig durch meinen Müll zu waten. »Du hast es vielleicht gut«, sagte Lana, als sie mich in meinem neuen Zimmer zum ersten Mal besuchte. »Zwei Fenster zum Meer und ein eigenes kleines Bad. Kann ich bei dir duschen?« – »Immer«, antwortete ich verlegen und dachte an ihre Schlafecke in der Küche ihrer Familie, an die zwei Brüder, die sich ein Zimmer teilten, die Eltern, die nachts im Wohnzimmer auf einer Ausziehcouch schliefen, an das Gedränge morgens im Bad und in der Küche. Am Abend jenes Tages ging ich zu Jo in seine Wohnung, um ihn zu fragen, ob Lana zu uns ziehen könne. Jo saß zurückgelehnt in seinem Ledersessel, die Füße auf dem alten Überseekoffer, der ihm als Tisch diente, ein Glas Wein in den gefalteten Händen auf der Brust. Abschaltmodus.

»Möchte Lana zu uns ziehen?«, fragte er.

»Weiß ich nicht.«

»Hat es bei ihr zu Hause Ärger gegeben?«

»Nein.«

»Warum soll sie dann hier wohnen?«

An dem Punkt brach alles aus mir heraus: die engen Verhältnisse, der Schlafplatz, die dunklen Zimmer, das penibel abgezählte Geld, das Lana von ihrer Mutter zum Einkaufen von Lebensmitteln bekam, das winzig kleine Taschengeld, mit dem sie sich in der Woche nicht mehr als eine kleine Cola und zwei Eiskugeln leisten konnte.

Jo stand auf, trat ans Fenster und schaute in die Abenddämmerung am Strand hinaus. Ich hockte mich auf seinen Sessel und wartete. Als er sich wieder zu mir umdrehte, hatte seine Stirn sich in Falten gelegt. »Es ist also die Armut der Familie, die dir zu schaffen macht.«

Ich fing an zu weinen und sagte: »Sie tun mir so leid.«

»Sie haben wenig Geld, weiter nichts«, entgegnete er. »Die Belloumis sind zu fünft und leben von dem, was Lanas Mutter als Putzfrau verdient, denn die Schneiderei von dem Vater wirft nicht viel ab. Trotzdem kommen sie zurecht, oder findest du nicht?«

Ich wischte meine Tränen ab. »Ich will, dass sie mehr haben.«

Jo ging darüber hinweg. »Die Belloumis sind eine stolze Familie. Stimmst du mir da zu?«

Ich rang mir ein Ja ab.

Jo kam und beugte sich zu mir herab. »Glaubst du, Lana

möchte hier aus Barmherzigkeit aufgenommen werden? Glaubst du, sie möchte sich dafür bei mir bedanken müssen? Oder kannst du dir vorstellen, dass ihre Eltern kommen und sich bedanken, weil Lana bei uns wohnen darf und von mir Taschengeld für zehn Eiskugeln und fünf Flaschen Cola bekommt oder womöglich sogar noch ein paar Lebensmittel für den Rest der Familie?«

Ich dachte nach, schüttelte den Kopf.

»Na also.« Jo richtete sich auf und strich mir über die Haare. »Lana kann so oft zu uns kommen, wie sie möchte – oder wie ihr beide es möchtet. Und Rafi schneit bekanntlich bei uns herein, wie und wann ihm der Sinn danach steht. Wie der Zufall so spielt, landet er immer in der Küche.« Er lächelte in sich hinein.

»Es ist so ungerecht«, sagte ich.

»Das ist es«, antwortete Jo. »Und wenn ich wüsste, wie ich so etwas ändern könnte, würde ich es tun. Da ich es aber nicht weiß, behandeln wir die Belloumis wie alle anderen anständigen Menschen auch und nicht irgendwie anders, nur weil sie knapp bei Kasse sind. Ist das für dich akzeptabel?«

»Es ist nicht richtig.«

Jo drückte mich kurz an sich. »Nein, ist es nicht, und jetzt geh und löchere mich nicht mehr.«

So war Jo. Er erklärte etwas, und dann musste man sich das durch den Kopf gehenlassen. Falls man es danach immer noch nicht begriff, durfte man noch mal wiederkommen, aber er war kein Typ, der stundenlang diskutierte.

Neben meinem Zimmer oben lag ein weiteres, das eher eine Kammer mit Waschbecken, Bett, Schrank, Kommode, Tisch und Stuhl war. Manchmal, wenn das Hotel ausgebucht war und Jo überraschend Besuch von einem alten Freund bekam, wurde derjenige dort einquartiert. Alte Freundinnen logierten jeweils unten in meinem früheren Kinderzimmer, nur für den

Fall, dass aus einer alten kurzfristig eine neue Affäre wurde. Am Ende des Flurs befand sich die Tür zum Dachboden.

Ich öffnete die Tür zu meinem Zimmer. »Mein liebes Zimmer«, sagte ich voller Wiedersehensfreude, setzte mich auf die Bettkante, strich über die Tagesdecke und klopfte auf die dicken Samtkissen, die ich vor einigen Jahren erstanden hatte. Wie oft ich diesen Raum, je nach Alter und Geschmack, umgemodelt und neu gestrichen hatte, bis er seine weißen Wände und hellgrauen Einbauschränke bekommen hatte, und die diversen Poster zwei kleinen Meerlandschaften gewichen waren, ebenfalls von meiner Mutter gemalt. Es waren Ölgemälde, mit dick aufgetragenen braunen, schwarzen und grauen Strichen, die ein tosendes Meer unter einem Sturmhimmel darstellten. Es hatte lange gedauert, bis ich auf dem einen in den übereinandergeschichteten Farben die Gestalten entdeckt hatte, das heißt, eigentlich waren es nur zwei Hinterköpfe, die man in der Ferne sah, jeder leicht von dem anderen versetzt, als seien die dazugehörigen Menschen dabei, trotz des schweren Seegangs hinauszuschwimmen. Es gab Tage, an denen ich dieses Bild beklemmend fand, trotzdem war es mir unmöglich, mich von ihm zu trennen. Und wer weiß, vielleicht waren es ja auch gar keine Köpfe, denn weder Jo noch Lana konnten welche erkennen; die beiden hätten bestenfalls auf Bojen oder schwarze Kleckse getippt.

Mein Blick fiel auf die beiden Koffer. Auch diesmal durchfuhr mich bei ihrem Anblick der Kummer, aber er war schon nicht mehr so heftig wie noch vor wenigen Tagen. Im Grunde, sagte ich mir, war ich doch noch mit heiler Haut davongekommen, selbst wenn es bedauerlicherweise nicht mir zu verdanken war.

Ich war gerade im Begriff, die letzten Kleidungsstücke in den Schränken zu verstauen, als die Kammertür nebenan leise geschlossen wurde. Danach erklangen auf dem Flur ebenso leise Schritte. Ich ließ die Hände sinken und lauschte. Das war nicht Jo. Jo schlich nicht herum, und was die Türen anging, war er wie sein Vater und machte sie geräuschvoll zu. Auf Zehenspitzen durchquerte ich mein Zimmer, drückte die Tür lautlos auf – und sah Lanas Bruder Rafi zur Treppe gehen. Für einen Moment stand ich stocksteif da. Rafi verharrte ebenfalls. Ich hielt die Luft an. Als ich achtzehn war, hatte ich mir geschworen, nie mehr ein Wort mit ihm zu wechseln, und sehr viele waren es seither auch nicht gewesen, aber die Tür jetzt einfach wieder zu schließen, erschien mir dann doch zu dumm. Es war ohnehin zu spät, denn Rafi wandte den Kopf und sagte: »Verdammt, ich dachte, ich käme ungeschoren davon.«

»Bist du deshalb so geschlichen?«

»Ich wollte nicht, dass du bei meinem Anblick einen Schreikrampf kriegst.«

»Gott, bist du witzig.« Ich musterte ihn und stellte widerwillig fest, dass er noch besser aussah, als er es als Jugendlicher getan hatte. In den Schultern war er kräftiger geworden, aber die Hüften waren immer noch schmal, das Gesicht nach wie vor hager und faszinierend, jedenfalls für Frauen wie mich, die auf schwarzgelocktes Haar und dunkle Augen unter schweren Lidern standen, von den aufgeworfenen Lippen und den hohen Wangenknochen gar nicht erst zu reden. Doch irgendetwas an ihm war anders – fast kam es mir vor, als wirke er ruhiger als früher, nicht mehr so wüst und draufgängerisch, wahrscheinlich hatte er sich in den letzten zehn Jahren bis zur Besinnungslosigkeit ausgetobt. Nachdem wir uns eine Zeitlang begutachtet hatten, sagte ich: »Du hast dasselbe wie Jo an.«

Rafi nahm ein paar Stufen nach unten. »Höchstens etwas Ähnliches«, sagte er. »Du solltest dich präziser ausdrücken.«

»Und du bist immer noch derselbe Besserwisser.« Als er aus meinem Blickfeld verschwand, lief ich zum Treppengeländer und rief: »Was tust du hier?«

Er sah zu mir hoch, kurz und mit undurchdringlicher Miene. »Ich wohne hier. Aber nicht mehr lange, keine Sorge.« Dann war er fort.

Ich kehrte in mein Zimmer zurück und spähte durch ein Fenster auf den Vorplatz hinunter. Dylan saß auf der Mauer. Rafi ging zu ihm und sagte irgendetwas. Dylan zuckte mit den Schultern. Rafi schaute abrupt zu meinem Fenster hoch. Um ein Haar wäre ich zurückgesprungen, aber den Gefallen wollte ich ihm nicht tun. Stattdessen winkte ich ihm, als hätte ich ihn rein zufällig wahrgenommen. Rafi lächelte und schlenderte über den Strandweg in Richtung Hafen, locker und die Hände in den Hosentaschen, als hätte er keine Sorge auf der Welt und finge gleich an zu pfeifen.

Ich ging nach unten, um Jo zu suchen und ihm klarzumachen, was ich von Rafis Anwesenheit in seinem Hotel hielt. Ich fand ihn in seinem Arbeitszimmer an seinem Schreibtisch. »Eine Frage«, begann ich. »Was hat …«

»… Rafi Belloumi hier zu suchen«, beendete er meinen Satz, ohne von seinem Computerbildschirm aufzuschauen.

»Danke.« Ich lehnte mich an den Türpfosten und verschränkte die Arme vor der Brust. »Also?«

Jo tippte noch ein, zwei Zahlen in die Spalte, die ich auf dem Bildschirm erkennen konnte, legte den Kopf zurück und sagte: »Herr, gib mir Kraft.« Dann drehte er sich zu mir um. »Erstens betrachte ich ihn als Freund. Zweitens braucht er eine Bleibe, denn bei Lana möchte er nicht wohnen. Und drittens liegt deine Geschichte mit ihm schon Jahre zurück. Selbst Frauen, die nachtragend wie Elefanten sind, sollten irgendwann einmal in der Lage sein, einen Schlussstrich zu ziehen.«

»Der Elefant bin dann wohl ich«, sagte ich eingeschnappt.

»Wenn du meinst«, antwortete Jo. »Lass den Jungen in Ruhe, Charlie. – Mensch, jetzt guck doch nicht so beleidigt. Rafi ist ein netter Kerl und …«

»Und warum muss der nette Kerl ausgerechnet im Zimmer neben meinem wohnen?«, warf ich ein. »Du hättest ihm doch auch mein altes hinten in deiner Wohnung geben können.«

Jo konzentrierte sich wieder auf seine Zahlen. »Das brauche ich in nächster Zeit vielleicht für jemand anderen. Abgesehen davon ist Rafi tausendmal mehr wert als dein Holzklotz aus Amerika. Apropos – irgendwann musst du mir wirklich mal erzählen, was du die ganze Zeit in dem Typ gesehen hast.«

»Das wird alles sehr übelgenommen«, versprach ich ihm auf dem Weg durch die Tür. Noch auf dem Flur hörte ich ihn lachen.

Ich kehrte in mein Zimmer zurück, streifte mir eine Segeltuchjacke über das, was Katharina als »Yoga-Anzug« bezeichnet hatte, und lief durch die Eingangspforte hinaus.

Vor dem Haus schlug ich den Weg in Richtung Saint-Martin ein. Ich wollte mich wieder akklimatisieren. Dazu wählte ich eine meiner Lieblingsstrecken, die rechter Hand am Meer entlangführte. Wenn man die Segelschule am Ortsausgang von La Flotte hinter sich gelassen hatte, traf man dort außerhalb der Saison kaum eine Menschenseele. Ich ließ meinen Blick über die schmalen weißen Häuser zu meiner Linken wandern. Einige waren verwittert, andere frisch verputzt, doch jetzt, Ende März, waren die Fensterläden allesamt noch geschlossen, die Blumenkästen und die kleinen Terrassen hinter den Buchsbaumhecken leer. Ab Mai würden die Pariser Familien kommen, denen die Häuser hier am Strand gehörten, teilweise schon seit Generationen. Ich kannte jede von ihnen und mochte sie. Es waren unaufdringliche Leute, liebenswürdig, ruhig und vorwiegend mit sich selbst beschäftigt. Ich schaute zum Meer hinüber, das zurückgewichen war und in dem sich der blassblaue Himmel spiegelte. Im Schlick lagen Segelboote, andere dümpelten im Wasser und wiegten sich im Gleichklang mit den wellenschaukelnden Möwen. Weit hinten am Horizont konnte ich die schwachen Konturen eines Hochseedampfers ausmachen.

Dann hatte ich die Häuser hinter mir gelassen. Zu meiner Linken erstreckten sich Felder und Wiesen, auf denen das hohe Gras sich im Winterregen gebeugt und seine eigene Wellenlandschaft geformt hatte, durchsetzt von dürrem Buschwerk, das wie mit Bleistift hingekritzelt schien.

Ich wanderte bis zum Ortseingang von Saint-Martin. Dort machte ich kehrt, setzte mich auf eine Bank am Meeresufer und genoss den Blick auf die Bucht von La Flotte, die Mole, die wie ein gekrümmter Finger ins Meer stach, die weißen Häuser, die sich an der Bucht entlangzogen, das Hafenbecken, die Cafés, Läden, Galerien und Restaurants auf der anderen Hafenseite, die niedrigen Fischerhäuser, die nächste Bucht mit dem breiten Strand, die Kiefern und Korkeichen oben am Ufer. Der Ort Les Portes im Norden der Insel, wo sich das Haus meiner Mutter – oder vielmehr mein Haus – befand, war kleiner als La Flotte, allerdings gab es dort noch mehr Galerien, Boutiquen und Antiquitätenläden. Trotzdem, Ré war nicht die Côte d'Azur, sondern immer noch eine raue Atlantikinsel, auf der Salz gewonnen und Seife hergestellt wurde, Felder bebaut und Bauernhöfe bewirtschaftet wurden und wo an einigen Stränden mit Graffiti besprühte Bunker des Atlantikwalls schief im Sand versanken. Mein Großvater Paul hatte die Insel in den sechziger Jahren auf einer Reise von Bordeaux nach Paris entdeckt und sich in sie verliebt. In den Jahren danach hatte er sich jeden Sommer zwei Wochen lang von seiner Firma losgeeist, war mit Freddy und Jo nach Ré gefahren und hatte seinen beiden Söhnen das Segeln beigebracht. Wann seine Besuche aufgehört hatten, wusste ich nicht, doch in der Zeit, in der ich auf Ré gelebt hatte, war Paul kein einziges Mal hier gewesen.

Das große Haus meiner Mutter lag außerhalb von Les Portes hinter einer Dünenreihe am Meer. Als habe sie einen Platz am äußersten Rand Europas gesucht, hatte Marianne sich nach dem Tod meines Bruders und meines Vaters dorthin zurückgezogen, in das alte verlassene Gehöft, das ihre Eltern freundlicherweise für sie erworben hatten; sie selbst hätte sich so etwas niemals leisten können. Na schön, ich mir auch nicht.

Ich war drei Jahre alt, als meine Mutter wie aus heiterem Himmel beschlossen hatte, mich zu sich zu holen. Sie war bei Paul und Katharina erschienen, hatte mich eingepackt und hierherverfrachtet, doch an die beiden Jahre, die ich bei ihr in Les Portes verbracht hatte, erinnerte ich mich kaum. Was wahrscheinlich gut war, denn für Marianne war ich offenbar nicht viel mehr als ein umherlaufendes Möbelstück. Ich spielte immer allein am Strand, so viel war mir noch im Gedächtnis, und später, als ich vielleicht fünf war, lief ich allein in den Ort. Die Einheimischen von Les Portes kannten mich als »das arme deutsche Kind« und wussten, wohin ich gehörte. Wenn ich mich verirrt hatte und irgendwo am Straßenrand saß, brachte einer von ihnen mich zurück. Vielleicht kümmerte sich dann und wann auch einer der anderen Künstler im Haus um mich, zumindest sorgte immer irgendjemand dafür, dass ich angezogen war und etwas zu essen bekam. Ebenso gab es zweifellos Menschen, die mit mir redeten, denn als Jo mich von dort wegholte, sprach ich zwar nicht viel, doch das immerhin auf Französisch und Deutsch. Katharina hatte Jo damals gebeten, sich Mariannes »Verhältnisse« anzuschauen und nach mir zu sehen, nach der Nichte, die er noch nicht kannte, ich war ja zwei Jahre nach seinem Aufbruch in die Welt geboren worden. Nach seinen Reisen hatte er Ré, den Ort, den er schon als Junge über alles geliebt hatte, als seine neue Heimat gewählt. Eines Vormittags erschien er in Les Portes und entdeckte mich auf dem Fußboden schlafend in Mariannes Atelier. Ich kannte die Geschichte nur aus seiner Erzählung. Das Beste war für mich immer die Stelle, an der er mich hochhob und ich nur ein »kleines Knochenbündel« war, und im Übrigen betrunken. Erbrochen hatte ich mich ebenfalls. Wahrscheinlich war ich morgens aufgewacht und hatte vor Durst den Rest aus einer herumstehenden Weinflasche getrunken. Jo flippte aus. Er suchte Marianne, fand sie bei einem ihrer Künstlerfreunde im Bett und machte kurzen Prozess. Ich konnte mir die Szene lebhaft vorstellen. Jo flippte zwar nicht oft aus und machte auch nur selten kurzen Prozess, aber wenn, hatte man nichts zu lachen. An eine Episode konnte ich mich selbst noch erinnern. Es war am selben Abend, als wir in seiner Wohnung im Vents ankamen und Jo versuchte, die verkrusteten Ölfarbflecken auf meinen Armen mit Terpentin zu entfernen. Ich schrie wie am Spieß. Dann sah ich sein Gesicht, hielt inne und fragte erschrocken: »Warum weinst du?« Und Jo antwortete: »Weinst du denn nicht, wenn du traurig bist?« Wenig später telefonierte er, brüllte ins Telefon, und zum Schluss knallte er den Hörer auf. So etwas hatte ich noch nie erlebt. Die wenigen Menschen, die ich kannte – Paul, Katharina, Alma, Marianne und die anderen in ihrem Haus –, brüllten nicht. Als Jo sich beruhigt hatte, führte er mich ins Bad. Ich fragte: »Warum hast du so geschrien?« – »Ich habe mit deinen Großeltern in Deutschland telefoniert«, antwortete er. »Sie haben einen sehr großen Fehler gemacht.« Ich staunte. Zu dem Zeitpunkt waren Paul und Katharina für mich übermächtige Figuren. Sie machten weder Fehler, noch schrie man sie an, sondern tat besser das, was sie wünschten. Allerdings hatten Jo und ich gleich darauf ganz andere Probleme: Ich hielt nicht viel vom Duschen, und Zähneputzen war mir nicht mehr vertraut. Es dauerte eine Weile, bis wir uns verständigt und auf ein paar grundsätzliche Regeln geeinigt hatten, die ersten in einer Reihe von vielen. Wenn ich heute jedoch an jene Anfangszeit bei ihm dachte, wunderte ich mich vor allem über die Selbstverständlichkeit, mit der ich dem mir unbekannten Onkel mit meiner abgewetzten Stoffpuppe und einer Plastiktüte voller Habseligkeiten zu seinem Wagen gefolgt war und ihn kurz darauf als jemanden, der für mich sorgte, akzeptiert hatte. Aber womöglich dachte ich, das müsse so sein und jedes Kind würde in gewissen Abständen von A nach B verladen. Ich kannte ja keine anderen Familien. Für Jo dürfte es dagegen schwieriger gewesen sein, er hatte noch nie ein Kind um sich gehabt, und was meine Erziehung betraf, fing er bei null an. Doch glücklicherweise hielt er durch, und ich fühlte mich bei ihm aufgehoben, immerhin durfte ich in der ersten Zeit nachts in seinem Zimmer schlafen, am Tag in seiner Nähe sein, ihm helfen, wenn er die Hotelzimmer renovierte, und ihn alles, was mir in den Sinn kam, fragen. Und dann war da noch Dylan, der mich vom ersten Tag an wie seinen Augapfel hütete, der mit mir spazieren und Eis essen ging, mit mir am Strand die Möwen, Enten und die winzigen Strandläufer beobachtete, der Bauernhöfe mit mir besuchte, mir das Schwimmen beibrachte und mit mir spielte.

Ein einziges Mal kam meine Mutter zu Besuch, so viel wusste ich ebenfalls noch. Es geschah wenige Wochen nach meiner Ankunft bei Jo. Ich saß mit Dylan in der Küche und aß etwas. Marianne schaute nur ganz kurz zu uns herein und trug ihr rotes Kleid. Jo zog sie zurück und sagte: »Wir gehen in meine Wohnung.« Ich fragte Dylan: »Muss ich wieder zu meiner Mutter?« Dylan schüttelte den Kopf. »Nie mehr, das hat Jo geregelt.« Wenig später ging er mit mir an den Strand. Wir suchten Muscheln. Auf dem Rückweg sah ich meine Mutter in der Ferne in ein Taxi steigen. Jo schaute ihr noch nach, als das Taxi schon lange davongefahren war. »Kommt sie wieder?«, fragte ich Dylan. »Nein«, antwortete er. »Jo möchte das nicht.« Ich war erleichtert. In den Jahren bis zu ihrem Tod sah ich meine Mutter nur noch unregelmäßig und vermisste sie nie. Jo dagegen fuhr einmal im Monat zu ihr. Manchmal brachte er eins ihrer Aquarelle oder eine ihrer Skizzen mit. Eine Zeitlang nahm ich an, das sei ihre Art, sich bei ihm für das Übernehmen der Vaterrolle zu bedanken; später erfuhr ich, dass er ihr jedes einzelne Bild abgekauft hatte.

Ich dachte an die Wiesen, die das alte Bauernhaus umgaben und ebenso verwildert wie das Gebäude selbst waren. Der Gedanke, dass all das jetzt mir gehörte, war mir noch immer nicht ganz geheuer. Auch die Vorstellung, geschäftlich auf eigenen Beinen zu stehen, machte mir zu schaffen, und wenn ich mir das heruntergekommene Anwesen in Erinnerung rief, fragte ich mich ernsthaft, ob aus ihm und mir etwas werden würde. Genau besehen handelte es sich dabei sogar um zwei Häuser, ein großes und ein dahinterliegendes kleineres, die durch einen ummauerten Innenhof verbunden waren. Außen war das Mauerwerk einmal weiß verputzt gewesen, doch mit den Jahren war der Putz abgebröckelt oder grau geworden. Die vier Ateliers in dem kleinen Haus, von denen Marianne eins selbst benutzt und die restlichen anderen Künstlern überlassen hatte, waren nicht mehr als Bruchbuden. In den letzten Tagen war ich jedes Mal in den frühen Morgenstunden aufgewacht und hatte mich gefragt, wie ich aus zwei dermaßen verlotterten Gebäuden jemals ein vernünftiges Hotel machen sollte. In der vergangenen Nacht im Schlafwagen hatte ich überhaupt kein Auge zugetan und mich auf meiner Pritsche hin und her gewälzt.

Ich dachte, vielleicht würde ich das Hotel »Les Dunes« nennen, weil das so schön klang. Die Zimmer würde ich ähnlich denen in Jos Hotel gestalten, schlichte Räume in Blau und Weiß. Den Kultstatus des Vents konnte ich natürlich nicht imitieren, der hing mit Jo zusammen, seiner Art und seinem Charisma. Zu Jo kamen Naturfreunde, Segler und Windsurfer, Menschen – überwiegend männlich –, die sich sämtlich mit Vornamen ansprachen und es überhaupt gern ungezwungen hatten. Eine ungezwungene Atmosphäre wollte ich zwar auch, aber erstens war ich nicht Jo und zweitens wusste ich mit seinen Gästen nie richtig etwas anzufangen. Ich segelte weder, noch surfte ich, und charismatisch war ich schon gar nicht. Deshalb wäre es mir eigentlich lieber, wenn ich mehr weibliche als männliche Gäste hätte, Frauen, ganz gleich welchen Alters, mit oder ohne Kinder, die gesund leben und sich ohne großes Brimborium wohl fühlen wollten, vielleicht Bettwäsche aus Naturfasern und Bio-Mahlzeiten wünschten, denn dazu bot sich Ré mit seiner Ursprünglichkeit geradezu an. Dass ich noch in diesem Jahr eröffnen könnte, war wahrscheinlich ausgeschlossen. Mit ein bisschen Glück wäre die Sommersaison im nächsten Jahr für mich der Beginn. Womit ich bei der Finanzierung angelangt war. Ich würde einen Kredit aufnehmen müssen, denn so großzügig Jean-Pierre und Valérie auch gewesen waren, das Geld auf meinem Konto genügte nicht, um davon ein Jahr lang zu leben, zwei alte Gebäude instand zu setzen und das Ganze zu einem Hotel umzurüsten. Ich brauchte also jede Menge Handwerker, deren Arbeit ich beaufsichtigen musste, obwohl ich davon nichts verstand. Und später müsste ich Personal einstellen. Und Möbel, Geschirr, Bettzeug kaufen, sogar Fahrräder – ein Auto hatte ich auch noch nicht. Ich entschied, dass ich so bald wie möglich mit Jo reden musste, am besten noch heute. Er kannte sich aus, denn als er sein Hotel gekauft hatte, war es ebenfalls ein Bild des Jammers gewesen. Er konnte mir vorrechnen, wie hoch die Summe war, die ich insgesamt mindestens investieren musste, und wie lange es dauern würde, bis ich meine Schulden wieder abgestottert hätte. Vermutlich würde es sich über Jahrzehnte ziehen. Bei dem Gedanken schlang ich die Arme um mich und dachte, o Gott, was tust du dir da an?

# Sechs

Als ich zu Jos Hotel zurückkehrte, war es Nachmittag. An den Tischen draußen saß eine Gruppe von Männern und Frauen, in Kniebundhosen, dicken Pullovern und mit festen Schuhen. Sie starrten vor sich hin und machten einen niedergeschlagenen Eindruck. Ich tippte auf die Schweizer und nahm an, dass sie es zu Fuß vielleicht bis La Couarde geschafft hatten und von dort aus mit dem Bus zurückgekommen waren. Ich nickte ihnen zu und ging in die Küche. Théo, der Koch und ein enger Freund von Dylan und Jo, stand am Herd und schaute in einen Suppentopf. Ich umfing seinen schweren Leib von hinten, legte den Kopf an seinen Rücken und fragte: »Wie sehr hast du mich vermisst?«

»Gar nicht«, antwortete er. »Ich war dir zu lange böse.« Er wandte sich um und nahm mein Gesicht in die Hände. »Ausgerechnet Amerika! Mach so was nie wieder.«

Wie auf Kommando wurden unsere Augen feucht. Wir waren gefühlsbetonte Menschen, Wiedersehensfreude konnten wir beide trockenen Auges nicht verkraften. Théo breitete die Arme aus, und im nächsten Augenblick lag ich an seiner Brust.

»Hört auf zu flennen«, sagte Dylan. Er saß am Tisch, trug ein Stirnband und hatte das halblange Haar im Nacken zusammengesteckt. Er pellte Knoblauchzehen. Vor ihm lagen zwei große Holzbretter voller kleingehackter Küchenkräuter. Aus den Boxen kam eine Frauenstimme, die hoch und gurrend eine Arie sang. Demnach war Théo mit der Musikwahl an der Reihe, bei Dylan gab es nur Rock.

Théo ließ mich los, legte seinen kahlrasierten Kopf in den

fleischigen Nacken und schloss die Augen. »Jetzt stirbt sie«, sagte er.

Dylan lächelte und dirigierte mit dem Messer mit.

Auf leisen Sohlen trat ich an den Tisch und setzte mich.

Als die Arie verklungen war, seufzte Théo schwer, drehte sich zu mir um und fragte: »Möchtest du was essen?«

»Frag nicht«, sagte Dylan. »Stell ihr einfach was hin.«

Auf dem Tisch lagen Baguettes. Ich brach mir ein großes Stück ab. Théo kam und reichte mir einen Löffel und einen Teller Hummersuppe. Ich legte einen Arm um seine Taille und drückte ihn noch mal an mich. Er strahlte mich an und kehrte zum Herd zurück.

Dylan schabte die gepellten Knoblauchzehen in eine Schale, kippte Kirschtomaten aus einem Sieb auf den Tisch und begann, sie mit einem frischen Messer zu halbieren. »Willst du über Amerika reden?«, fragte er.

Ich löffelte die Suppe in mich und schüttelte den Kopf.

»Also wir haben den Typ hier ja erlebt«, fuhr er fort, »und uns gewundert.«

»Dylan«, sagte Théo vom Herd her. »Charlie will nicht darüber reden.«

»Wenn er wenigstens dein Typ gewesen wäre, dann hätte ich es vielleicht noch verstanden. Aber der Kerl war doch so was von durchschnittlich, so einen sieht man doch gar nicht.«

»Merkst du was?«, fragte ich Dylan. »Ich gebe dir keine Antwort.«

»Und nicht ein Wort Französisch hat er gesprochen. Nicht mal *Bonjour* oder so was. Alle mussten mit ihm Englisch reden. Und er hat nur genickt.«

»Stimmt«, sagte Théo. »Der Typ hat oft genickt.«

Ich schwieg.

»Und immer hat er so gewirkt, als würde es ihm hier nicht gefallen.«

»Wir haben ihm nicht gefallen«, sagte Théo.

Ich wusch den leeren Teller ab und stellte ihn in den Geschirrspüler.

»Außerdem hatte er eine Speckrolle auf den Hüften«, sagte Dylan. »He, wohin gehst du?«

Ich verließ die Küche hocherhobenen Hauptes.

»Das mit der Speckrolle war unfair«, hörte ich Théo hinter mir. »Ich bin da empfindlich.«

»Du darfst Speckrollen haben, du bist Koch«, antwortete Dylan. »Das war der Typ nicht.«

Ich warf einen Blick in Jos Arbeitszimmer, aber er war nicht da. Also stieg ich die Treppe hoch in mein Zimmer. Dort holte ich den Rock und den Pulli aus dem Schrank, die ich in Gloucester für Lana gekauft hatte. Der Pulli war blassrosa, der Rock hatte ein Muster aus roten Mohnblüten. Ich faltete die Teile zusammen, suchte ein rotes Samtband aus meiner Schreibtischschublade heraus und wickelte es darum. Dann ging ich ins Bad, zog mich aus und stellte mich unter die Dusche. Ich dachte, dass Théo nicht ganz unrecht hatte, so voreingenommen seine und Dylans Sicht auch gewesen sein mochten, doch alles in allem hatte es Jackson hier nicht gefallen. Ich hatte es bloß nicht wahrhaben wollen, denn als ich ihn nach all den Jahren wiedersah, war ich auf einen Schlag wie von Sinnen. Ich wusste noch genau, wie er hier ankam, an einem Abend im April vor einem Jahr. Wir hatten kaum Gäste, Jo und die anderen waren mit Fahrrädern unterwegs. Ich war allein im Hotel, saß in Jos Arbeitszimmer und las, als ich jemanden »hallo« rufen hörte. Ich trat auf den Flur hinaus, und da stand er: ein großgewachsener, schwergewichtiger Mann im Trenchcoat. »Hallo«, wiederholte er und sah mich ernst an. Mein Blick fiel auf den Gürtel seines Mantels, der sich verdreht hatte. Ein nebensächliches Detail, doch ich starrte darauf, als wäre es ein Zeichen. Über diesen Moment zerbrach ich mir nachher noch lange den Kopf und fragte mich, ob etwas so Banales wie ein verdrehter Mantelgürtel tatsächlich der Auslöser meiner Gefühle gewesen sein konnte? Doch ganz gleich, was es war, ich stand da und konnte nichts sagen. Ich wollte diesen Mann ansehen, weiter nichts. Ich studierte den schweren Körperbau, das kantige Gesicht, die hellbraunen Augen, das blonde Haar, die Nase mit dem Knick, wie wenn sie vor Zeiten gebrochen gewesen wäre; vielleicht hatte ich mich ja nach einem Footballspieler gesehnt, und endlich war er gekommen.

»Charlie«, sagte er. »Erkennst du mich nicht?«

Ich schüttelte den Kopf.

»Ich bin es, Jackson Fye – Jack. Von damals. Ich habe mit deiner Großmutter telefoniert. Sie hat mir deine Adresse gegeben.«

Ich räusperte mich und fragte: »Jack?«

»Ja. Ich bin auf der Durchreise, auf dem Weg nach Paris. Habt ihr ein Zimmer für mich?«

Ich nickte. Dann nahm ich mich zusammen. »Wir haben eine Suite zum Meer hinaus.«

»Großartig«, sagte er. »Ich hole meinen Koffer.«

Ich sah ihm nach und fragte mich, wie man jemanden, den man eigentlich gar nicht kannte, so wundervoll finden und so sehr begehren konnte.

Als er mit dem Koffer zurückkehrte, schwebte ich mit ihm die Treppen hoch, schloss die Tür zu der Suite auf und setzte mich aufs Bett. Und dachte allen Ernstes, wir würden uns wortlos die Kleider vom Leib reißen und übereinander herfallen. Aber Jackson öffnete seinen Koffer, holte ein paar Sachen heraus, räumte sie in den Schrank und erzählte von seiner Reise, irgendetwas über die Strecke von San Sebastián nach Bordeaux. In meinem Wahn bekam ich kaum etwas davon mit. Später, als ich bei ihm in Amerika war, gab er zu, der Gedanke, sich auf mich zu stürzen, sei ihm an jenem Abend ebenfalls gekommen, doch dann habe er sich gesagt, so ginge das ja wohl nicht, wahrscheinlich nicht einmal in Frankreich. Das war wenigstens etwas. Denn womit ich noch immer nicht richtig klarkam, war, dass, als ich schon so viel für ihn empfand und mir sicher war, es könne bei ihm nicht anders sein, er in mir nicht mehr sah als Charlie, das Mädchen aus früheren Tagen, das ihn sexuell reizte – weiter nichts.

Ich stellte die Dusche ab, stieg hinaus und trocknete mich ab.

Ich schlüpfte in den Rock, den ich drüben passend zu dem für Lana gekauft hatte, nur dass die Blüten auf meinem Kornblumen glichen. Dann streifte ich den dazugehörigen blauen Pulli über und fragte mich, wo Lana eigentlich blieb. In diesem Moment klingelte mein Handy, und ich erkannte ihren Namen auf dem Display. »Das wurde aber auch Zeit«, begrüßte ich sie. »Wo bist du, und wann kommst du?«

»Sieh aus dem Fenster«, sagte sie.

Ich trat ans Fenster und schaute nach unten. Lana stand an der Mauer zum Strand. Klein, dünn, enge schwarze Hose, weißes Herrenhemd. Das schwarze Haar war raspelkurz geschnitten. Als sie mich entdeckte, hüpfte sie auf und ab und gestikulierte mit den Händen.

Ich öffnete das Fenster. »Was ist denn? Und was ist mit deinen Locken passiert?«

»Ab. Soll ich hochkommen, oder kommst du runter?«

»Komm hoch«, rief ich.

»Gleich. Ich muss noch mit Jo reden.«

»Der ist nicht da.«

Sie zeigte zum Hoteleingang. »Und wer ist der da?«

Ich beugte mich aus dem Fenster. Jo kam aus dem Hotel, blickte von ihr zu mir und schüttelte den Kopf, ehe er etwas zu Lana sagte, was ich nicht verstand.

Lana sah wieder zu mir hoch, deutete verstohlen auf die Gäste auf dem Vorplatz, holte Luft und rief so laut es ging: »Wir sollen hier nicht so rumbrüllen.«

Jo legte einen Arm um ihre Schultern und führte sie zum Haus. Ich hörte sie vor Begeisterung quietschen und dachte, dass wir eben alle unser Kreuz zu tragen hatten. Für Lana war Jo der Mann, den sie vergebens geliebt hatte oder immer noch liebte. Sie schwor zwar Stein und Bein, längst über ihn hinweg zu sein, aber jedes Mal, wenn ich sah, wie ihr Blick ihm folgte, hatte ich daran so meine Zweifel. Andererseits, wenn ich an mich und Jackson dachte, war ihr eigentlich einiges an Peinlichkeit erspart geblieben, denn Jo hatte sich nie auf sie eingelassen, es nicht einmal für eine Sekunde in Betracht gezogen, schon deshalb nicht, weil er in ihr noch das Kind von früher sah. Ich wusste nicht, wie oft und lange ich mit Lana schon über ihre Gefühle für ihn gesprochen hatte, anfangs über ihre Sehnsucht, später über ihr Darüber-hinweg-Sein, aber es war lange. Und wie oft ich ihre Hand gehalten und tröstend einen Arm um sie gelegt hatte, vor allem, wenn wir an Sommerabenden draußen vor dem Hotel auf der Terrasse saßen und Jo sich aus der Gästeschar an den Tischen eine Frau herauspickte. Lana war vielleicht sechzehn, als sie erkannte, wie sein Blick schweifte, verharrte, weiterwanderte, zurückkehrte, blieb. Wie Jo wenig später in sich hineinlächelte, aufstand, losschlenderte, sich näher an die Auserwählte heransetzte, den Arm auf die Lehne seines Nachbarstuhls legte, die Beine lässig ausstreckte, wie seine Lider sich halb senkten und sein Lächeln sich vertiefte. Ab da kroch Lanas Hand zu mir, und ich umschloss sie fest, während ich fasziniert die Unruhe beobachtete, die die jeweilige Frau erfasste, die roten Flecken auf den Wangen, die sich ausbreiteten, die Stimme, die lauter und höher wurde. Ich hatte über diese Frauen gelacht, aber da hatte ich es ja auch noch nicht besser gewusst. »Was will er denn? Was sucht er eigentlich?«, hatte Lana mich, ich weiß nicht wie oft, gefragt. »Er hat ja nicht mal einen Typ.« Die Antwort hatte ich bis heute nicht gefunden, denn Jo schien tatsächlich keinen besonderen Frauentyp zu bevorzugen. Allerdings hatte er sich nie in eine Beziehung gedrängt, und die deprimierten Ehefrauen waren nur noch auf dem Papier verheiratet. Jo war kein Zerstörer, eher schien er mir wie ein Spaziergänger, der sich bückte, wenn ihm am Wegesrand etwas gefiel, und es in seine Tasche steckte und zu Hause auf den Kaminsims legte, ehe er sich nach zwei oder drei Wochen am Kopf kratzte und fragte: »Was wollte ich überhaupt damit?« Schon deshalb hatte ich seine Frauen nie beneidet oder war auf sie eifersüchtig gewesen, denn auf einer tieferen Ebene wirkte Jo stets unbeteiligt, und der spielerische Auftakt schien mir immer das Beste an diesen Geschichten zu sein. Selbst seine Liebenswürdigkeit, mit der er die Frauen behandelte, hatte etwas Zerstreutes; lediglich zum Schluss war er bemüht, ihnen sehr behutsam die Hoffnungen zu nehmen und sie sehr sanft wieder in ein Leben ohne ihn zu entlassen. Eine Zeitlang hatte Lana darauf beharrt, dass er bei ihr anders sein würde, doch vor ein paar Jahren kam sie zu mir und sprach von ihrer »Erkenntnis«, die darauf hinauslief, dass Jo eine große, tragische Liebe hinter sich haben musste, an der er immer noch litt. Ich gab ihr recht, aus Bequemlichkeit und ohne daran zu glauben, denn seit ich ihn kannte, hatte es so etwas nicht gegeben. Auch jetzt hielt ich den Gedanken, Jo habe seit über zwanzig Jahren an einer verlorenen Liebe genagt, für absurd. Ich versuchte mir vorzustellen, wie es wäre, wenn ich mich im Alter von achtundvierzig Jahren immer noch mit meiner gescheiterten Beziehung zu Jackson herumschlagen würde; es gelang mir nicht.

Ich schnappte mir das Geschenk für Lana und lief nach unten. Am Fußende der Treppe hörte ich, dass sie und Jo in seinem Arbeitszimmer waren.

»Ich trau mich nicht«, sagte Lana. »Mir wäre es lieber, du fängst an.« Ich blieb stehen.

»Mach dir keine Sorgen«, sagte Jo.

»Du hast gut reden«, antwortete Lana. »Du willst ja auch nichts von ihr.« Ich setzte mich auf die unterste Treppenstufe und legte das Päckchen auf meinen Schoß.

»Seit wann kennst du Charlie schon?«, fragte Jo.

»Seit einundzwanzig Jahren«, kam es von Lana. »Und deshalb weiß ich, dass sie sich darüber tierisch aufregen wird.«

»Ist anzunehmen«, sagte Jo. »Also, bringen wir es hinter uns.« Und dann laut: »Charlie, du kannst jetzt reinkommen.«

Lana tauchte im Türrahmen auf und sagte: »Scheiße, seit wann sitzt du da schon?«

Ich stand auf und klemmte mir das Päckchen unter den Arm. Lana winkte mich an sich vorbei und sagte: »Nach dir.«

Ich gab ihr einen Kuss, aber nur einen kleinen, denn mir schwante Schreckliches. Lana traute sich so gut wie alles, und eigentlich verschworen sie und ich uns nicht mit anderen gegeneinander, hatte ich jedenfalls gedacht.

»Setz dich, Charlie.« Jo saß an dem Besuchertisch und deutete auf den Sessel an seiner Seite.

»Du siehst toll aus«, sagte Lana steif und ließ sich mir gegenüber nieder. »Das ist ein sehr schöner Rock. Und der Pulli passt dazu ganz wunderbar. Darf ich die Sachen später mal anprobieren?«

Ich hielt ihr mein Päckchen hin und sagte: »Schau, so bin ich zu dir.«

Sie zögerte, ehe sie es entgegennahm. Dann streifte sie das Band ab und entfaltete Pulli und Rock. »Charlie«, sagte sie leise, während sie mit gesenktem Kopf über den Seidenstoff und den weichen Pulli strich. »Bist du verrückt?«

In dem Augenblick musste ich aufstehen und meine liebste

Freundin innig umarmen. »Also los. Was habt ihr ausgeheckt, und weshalb rege ich mich gleich tierisch auf?«

Lana drückte den Pulli an ihre Wange und zeigte auf Jo. »Du machst den Anfang.«

Jo rückte sich zurecht. »Können wir uns vorab auf etwas einigen, Charlie?«

Als seine Finger nervös auf der Tischplatte trommelten, nahm mein Unbehagen zu. Jo war normalerweise nicht nervös. »Worauf?«

»Du hörst uns beiden zu, bis wir ausgeredet haben, und dann antwortest du, als wärst du ein vernünftiger Mensch, und machst keine Szene.«

Lana sah aus, als hielte sie die Luft an.

Ich ließ meinen Blick zwischen den beiden hin und her schweifen. »Na gut.«

»Es geht um dein Haus«, begann Jo. »Um die Arbeiten, die dort erledigt werden müssen, und die Finanzierung. Weißt du, wie viel du noch hast?«

»Vor einem halben Jahr waren es noch hundertfünfzigtausend.«

»Und wie viel hast du in Amerika ausgegeben?«

Ich betrachtete die Blüten auf meinem Rock, das changierende Blau auf dem Seidenstoff. »Ich war sehr unglücklich«, sagte ich leise und dachte, dass es jetzt ausgesprochen war, vor mir und vor den anderen, die ganze verdammte Wahrheit.

»Frustkäufe«, erklärte Lana verständnisvoll.

Ich warf ihr einen dankbaren Blick zu.

»Wie auch immer«, fuhr Jo fort. »Also sagen wir, knapp hundertvierzigtausend. Die wirst du für die Ausstattung des Hotels brauchen.«

»An dem Punkt bin ich doch noch gar nicht«, erwiderte ich. »Zuerst muss ich es ja wohl instand setzen lassen.« Ich wurde wieder wachsam. »Kommt's jetzt?«

»In gewisser Weise schon«, sagte Jo. »Das Haus ist nämlich schon instand gesetzt. Zumindest im Groben.«

»Seit wann?«

»Seit kurzem. Die Arbeiten haben im letzten Sommer begonnen.«

Ich setzte mich gerade hin. »Davon weiß ich ja gar nichts.« Ich wusste nur, dass Jo nach Mariannes Tod über ein Jahr gebraucht hatte, bis er ihre Freunde, die dort gratis wohnten, und die Mieter, die kaum Miete zahlten, aus dem Haus geschafft hatte.

»Richtig«, sagte Jo. »Ich habe das Anwesen zunächst wie meins behandelt und wollte es nicht weiter verkommen lassen. Und was dich betrifft, schien mir, dass du anderes im Kopf hattest, und dann warst du weg. Ich dachte mir zwar, dass du wiederkommst, aber hundert Prozent sicher war ich mir nicht.«

»Nur Jackson war sich in dem Punkt sicher«, entgegnete ich verdrießlich. »Aber egal – wo ist jetzt die Stelle, an der ich keine Szene machen darf?«

Jo sah mir in die Augen. »Rafi leitet die Arbeiten an dem Haus. Als Bauingenieur. Ich möchte, dass es dabei bleibt.«

Es wurde still. Ich setzte mich auf meine Hände. Dann sagte ich so ruhig wie möglich: »Ich denke, Rafi ist Architekt.«

»Wie war das?« Jo zog die Brauen hoch. »Und seit wann schließt das eine das andere aus?« Er schüttelte den Kopf. »Weiter werde ich auf diesen Einwand nicht eingehen, ich glaube, ich habe ihn gar nicht gehört.«

»Nach seinem Studium hat Rafi auf Belle-Île zwei kleine Hotels konzipiert«, erklärte Lana. »Und ein weiteres in Biscarrosse-Plage. Auch die Bauarbeiten hat er geleitet, er kann das.«

»Phantastisch«, sagte ich. »Was für ein Typ.«

»Du nimmst mir die Worte aus dem Mund«, sagte Jo mit

einem warnenden Unterton. »Er wird dich auch bei der Innenarchitektur beraten.«

»Nein«, entgegnete ich scharf. »Die plane ich selbst, das habe ich schon beschlossen.«

Jo seufzte. »Falls du das vorhast, bist du wahnsinnig. Glaub mir, du brauchst mehr als kleine Möbel und Firlefanz. Du brauchst jemanden, der den Ausbau der Räume mit dir plant, die Elektrik, den Sanitärkram und so weiter.«

»Nabil würde auch gern dabei helfen«, sagte Lana.

»Kein Problem«, antwortete ich. Nabil war Lanas anderer Bruder, der älteste unter den Belloumi-Kindern, und besaß in La Rochelle eine Tischlerei. »Nabil ist in Ordnung.« Ich verschränkte meine Arme. »Dann habe ich also keinen Cent mehr, oder? Mein Geld geht schon an Rafi.«

»Ich habe Rafi bezahlt«, erwiderte Jo. »Und Paul und Katharina steuern weitere Summen bei. Aus dem Elsass wirst du ebenfalls Geld bekommen, also keine Sorge, die Finanzierung steht.« Er beugte sich zu mir vor. »Das sind keine Geschenke, im Gegenteil. Du müsstest Katharina, Paul und mich als stille Teilhaber akzeptieren.«

»Bitte nicht«, sagte ich. »Ich will nicht wie Susanna enden.«

»Langsam, Charlie.« Jo griff nach meiner Hand. »Ich weiß, das ist jetzt alles ein bisschen viel für dich. Denk einfach darüber nach, einverstanden?«

»Wie lange kann ich darüber nachdenken?«

Jo legte den Kopf schief. »Bis morgen früh?« Er ließ meine Hand los und nickte in Lanas Richtung. »Du bist dran.«

»Ich kann nicht noch mehr verkraften«, beschwerte ich mich. »Mir schwirrt der Kopf.«

»Ich mache es kurz«, versprach Lana. Sie straffte die Schultern. »Also gut, ich bitte dich, für die Bauarbeiten zwei oder drei meiner Jugendlichen einzustellen. Zwei könnten schon bald anfangen und würden Nabil und, je nachdem, auch Rafi helfen. Und im Winter, wenn in deinem Hotel nicht viel los ist, würde ich gern ab und zu mit einigen der anderen Jungen und Mädchen übers Wochenende kommen. Ohne für die Unterkunft zu zahlen. – So. Das war's.«

»Geht klar«, sagte ich.

Lana sah mich verblüfft an.

Ich sagte, es sei ehrlich gemeint, denn im Vergleich zu dem, was Jo mir in puncto Rafi eröffnet hatte, waren ihre Wünsche nichts.

»So weit, so gut.« Jo stand auf und wedelte mit den Händen in Richtung Tür. »Verzieht euch, hier geht es gleich rund.«

»Sollen wir helfen?«, erkundigte ich mich liebenswürdig.

Jo betrachtete mich forschend, ehe er mit der Hand mein Kinn anhob und sagte: »Sei nett, Charlie, keiner von uns beiden will dir etwas Böses.«

»Nein, ihr habt nur alles hinter meinem Rücken geplant.«

»Weil du nicht da warst.« Lana glitt von ihrem Sessel, verstaute die Geschenke in ihrer Umhängetasche und zog mich hoch.

Jo klickte den Kalender auf seinem Computer an. »Morgen unterhalten wir uns weiter. Um neun beim Frühstück.«

Lana zog mich aus dem Arbeitszimmer auf den Flur, lief kurz in die Küche und kehrte mit einer dicken Strickjacke zurück. »Sollen wir ein bisschen spazieren gehen?«, fragte sie.

»Auch das noch«, antwortete ich. »Dann kann ich mich schon wieder umziehen.« Ich ging hoch in mein Zimmer, trat meine Pumps ab, tauschte den Rock gegen Jeans, zog einen schweren Pullover über den Pulli, schlüpfte in flache Schuhe und ging wieder nach unten.

Lana stand an der Küchentür, hatte Krümel in den Mundwinkeln und schob sich einen letzten Bissen Blätterteigrolle in den Mund. »Sollen wir in Richtung Saint-Martin laufen?«

»Da war ich schon.«

»Also Richtung Rivedoux.«

»Fein.«

Wir schlugen den Weg am Hafenbecken entlang ein. Inzwischen hatte die Flut eingesetzt und die hellen Yachten gehoben, die von der untergehenden Sonne in einen rosigen Schein gehüllt wurden und leise knarrend auf dem Wasser schaukelten. Vor den umliegenden Restaurants standen Stühle und Tische, aber nur wenige waren besetzt und wenn, dann von Einheimischen, die ein Glas tranken. Erst ab Juni würde es sich hier füllen. Im Sommer konnte man froh sein, wenn man abends überhaupt noch einen Platz bekam.

Wir hatten die Fischerhäuschen schon hinter uns gelassen und näherten uns dem Hotel Grande Plage, als Lana stehen blieb und fragte: »Wir sind doch noch Freundinnen, oder?«

»Natürlich.« Ich zerrte sie weiter. »Wieso denn nicht?«

»Wegen der Sache mit Rafi. Ich weiß, dass ich dir das hätte schreiben müssen, aber bis gestern dachte ich doch, es wäre Jos Haus. Und vorher ... Vorher habe ich mir bei der Sache gar nichts gedacht.«

»War vielleicht besser so.« Ich zuckte mit den Schultern. »Außerdem ist es eine Angelegenheit zwischen Jo und mir. Oder zwischen Rafi, Jo und mir.«

»Lässt du Rafi weitermachen?«

Ich warf die Hände hoch. »Herrgott, wie denn nicht, nachdem Jo mir gegenüber so großzügig war? Glaubst du, da traue ich mich, ihm einen Strich durch die Rechnung zu machen?«

Lana kramte stirnrunzelnd in ihrer Umhängetasche, holte eine Packung Zigaretten hervor, sagte: »Scheiße, ich rauche doch nicht mehr.«, und steckte sie wieder weg. Das war neu, vor meiner Abreise hatte sie geraucht wie ein Schlot. »Rafi hat sich geändert, Charlie, wirklich. Und für dein Hotel kannst du dir keinen Besseren wünschen.«

Als ob es darum gegangen wäre. Sie wusste doch, dass ich mit Rafi nichts mehr zu tun haben wollte. »Ob Rafi sich ändert oder nicht, interessiert mich nicht.«

»Ach, Charlie.« Lana schlang ihren Arm um meine Taille. »Das ist doch schon so lange her.«

»Zehn Jahre.« Ich legte einen Arm um ihre Schultern. »Er war der erste Scheißkerl in meinem Leben, den Rang läuft ihm keiner ab, egal, wie lange es her ist.«

»Stimmt. Damit muss er leben.« Lana stöhnte auf. »O nein, da fällt mir etwas ein – wie peinlich wir mal waren! Weißt du, was ich meine?«

»Bitte, erinnere mich nicht daran.«

»Ich kann heute noch Jos Gesicht vor mir sehen. Ihm ist die Luft weggeblieben.«

Wie von allein steuerten wir »unsere« Bank am Ufer an, ließen uns darauffallen und brachen in lautes Gelächter aus. Vor langen Jahren, als wir beide gerade fünfzehn geworden waren, hatte Lana aus unerfindlichen Gründen beschlossen, dass wir uns als Erste in unserer Klasse entjungfern lassen würden. Zu dem Zweck, so ihr Plan, würden wir die Vorstufen dazu auslassen, mit solchen Dingen sollten die anderen Mädchen sich aufhalten. Ich dachte an unsere nicht vorhandene Erfahrung, außer Küssen und ein bisschen Knutschen hatten wir nämlich noch nichts erlebt, und fühlte mich nicht wohl bei dem Gedanken. Aber Lana ließ nicht mit sich reden, und wenn sie sich etwas in den Kopf gesetzt hatte, konnte man jede Hoffnung, sie umzustimmen, begraben. Am Ende gab ich mich geschlagen. Lana hatte bereits alles durchdacht. In meinem Fall solle Rafi derjenige sein, der habe schon Sex gehabt. Für sich hatte sie Jo auserkoren. »Er kennt sich gut aus«, sagte sie. »Aber wenn ich ihn frage, musst du mit mir kommen.« Wenig später fassten wir uns ein Herz und suchten Jo in seiner Wohnung auf. Eine Weile standen wir nur herum, stießen uns an und kicherten.

»Gibt es irgendetwas?«, fragte Jo schließlich. »Ich habe heute noch was anderes zu tun, als euch beim Kichern zuzusehen.«

»Na ja«, sagte Lana. »Eigentlich schon.«

Wir setzten uns aufs Sofa. Jo betrachtete uns ungeduldig. Lana knetete ihre Finger. »Also, wir dachten ... Nein, ich dachte ... Also – ich möchte keine Jungfrau mehr sein.« Jos Miene wurde starr.

Lana schlang die Arme um sich. »Und dann dachte ich, Sie könnten das machen – das ändern, meine ich. Weil wir uns kennen ... Und weil Sie wissen, wie alles geht. Wir würden es niemandem erzählen, Ehrenwort, das haben Charlie und ich uns geschworen.«

Jo ließ sich uns gegenüber in seinen Ledersessel sinken.

»Das kommt vielleicht ein bisschen plötzlich«, räumte Lana ein. »Aber Charlie und ich haben uns lange und ausführlich darüber unterhalten.«

Jos Miene drohte zu entgleisen.

»Ich mache aber nicht alles«, fuhr Lana fort. »Fellatio und Cunnilingus nicht. So etwas möchte ich nicht.«

Das war der Moment, an dem Jo die Luft wegblieb.

»Ich habe ein Buch«, erklärte sie. »Und alles gelesen.«

Jo schwieg noch immer. Dann räusperte er sich und sagte: »Nein.«

Lana tat, als hätte sie nichts gehört. »Charlie würde so lange in ihr Zimmer gehen.«

»Toll«, sagte Jo und sah mich an. »Hast du dieses Buch auch gelesen?«

In dem Moment begriff ich, dass unser Plan nicht aufging. Doch da ich Lana nicht hängenlassen wollte, nickte ich kleinlaut.

»Wo ist das Buch?«

»Oben in meinem Zimmer.«

»Und wer hat es euch gegeben?«

Lana und ich tauschten einen Blick. Ich zog den Kopf ein. »Ich habe es aus einem Katalog bestellt. Da wird einem absolute Diskretion versprochen.«

»Wie entgegenkommend«, sagte Jo. »Das Buch holst du später und gibst es mir, klar?« Er wandte sich an Lana. »Jetzt zu dir. Für den Moment betrachten wir das Ganze einfach als irrwitzigen Einfall deinerseits, und ich werde mein Bestes tun, ihn schleunigst zu vergessen. Falls mir das nicht gelingt oder du noch einmal damit kommst oder ich erfahre, dass du andere damit behelligst, muss ich mit deiner Mutter darüber sprechen – ich hoffe, das ist ebenfalls klar. Und jetzt schlage ich vor, ihr steht auf und verschwindet.«

Benommen rappelten wir uns auf und schlichen zur Tür.

»Charlie«, rief Jo.

Ich drehte mich um.

»Wir unterhalten uns nach dem Abendessen noch einmal, verstanden?«

»Verstanden«, sagte ich und sah bereits einiges auf mich zukommen.

Lana und ich entschieden, dass es klüger wäre, unser Projekt zu vertagen.

Das Gespräch am Abend führten Jo und Dylan gemeinsam mit mir. Als Jo sich abgeregt und ich ihm mehrfach versprochen hatte, nicht wie Lana durch die Gegend zu laufen und mir bekannte oder auch unbekannte Männer zu bitten, mich zu entjungfern, legte Dylan den Kopf zur Seite und sagte: »Nur mal so für die Akten, ihr hattet euch doch sicher auch jemanden für dich ausgeguckt. Darf man fragen, wer das war?«

»Rafi«, murmelte ich.

»Das dachte ich mir«, erklärte Dylan und drehte sich zu Jo um. »Den Rotzlöffel werden wir im Auge behalten.«

»Den habe ich schon seit einer Weile im Visier«, antwortete Jo, griff nach dem Buch *Der Weg zum perfekten Sex* und erfasste mich mit einem stählernen Blick. »Da ich annehme, dass du dieses … Werk ohnehin schon ausgiebig studiert hast, werde ich es nicht konfiszieren. Allerdings wird es nicht in der Schule kursieren, sind wir uns da einig?«

Ich schwieg.

»Ich habe gefragt, ob wir uns einig sind, Charlotte.«

Ich zuckte mit den Schultern.

»Ich warte, Charlotte.«

»Mann«, sagte ich. »Weißt du eigentlich, wie scheißaltmodisch du bist?«

»Ich warte noch immer.«

»Ja, verdammt, wir sind uns einig.«

»Gut.« Jo packte das Buch mit Daumen und Zeigefinger und hielt es mir hin. »Diesen Schund möchte ich nicht mehr sehen.«

»Charlie«, sagte Dylan versöhnlich. »Das ist ein Ratgeber für Erwachsene. Du fängst doch ganz woanders an.«

Jo stand auf. »Charlie ist gerade fünfzehn geworden und fängt noch nirgendwo an.«

»Spielverderber«, sagte ich großspurig, schnappte mir das Buch und zog ab.

Zwei Jahre später übernahm Lanas Bruder seinen Teil unseres Plans. Rafi war damals neunzehn und einer der begehrtesten Jungen in der Gegend, dass er sich nur mit mir abgab, war offenbar zu viel erwartet gewesen.

»Jo hat damals dichtgehalten«, sagte Lana und lehnte sich an mich. »Das werde ich ihm nie vergessen.«

»Oje.« Ich stöhnte. »Ist es wieder so weit?«

»Quatsch, überhaupt nicht«, erwiderte sie. »Er ist nur der Mann, der alles hat, was ich mir wünsche.«

»Also doch.«

»Wenn er wenigstens nicht so klug und nett und verständnisvoll und attraktiv wäre.«

Aha, dachte ich. Lana war wieder bei ihrem Lieblingsthema angelangt. »Und zu alt, vergiss das nicht«, sagte ich der Form halber und hielt mein Gesicht in den sanften Abendwind. Ich bin wieder zu Hause, ging es mir durch den Sinn, da, wo ich hingehöre, und mit einem Mal wurde mir so leicht, dass ich am Strand hätte Purzelbäume schlagen und Luftsprünge machen können. Ich schaute über die letzten blinkenden Stellen auf den Wellen, zu den verblassenden Lichtstreifen am Horizont und hoch zu den Möwen, die durch die Lüfte segelten.

Lana holte mich wieder zurück. »Richtig. Er ist zu alt.« Sie seufzte. »Viel zu alt.« Sie seufzte erneut. »Aber wenigstens hat er nie was gemerkt, da kann er noch so klug sein.«

Eine Zeitlang sahen wir schweigend auf das grau werdende Meer, das mit leisem Rauschen vor und zurück wogte. Der Strand war nur noch ein schmaler Streifen, auf den die Wellen bräunliche Tangbüschel gelegt hatten, die vom Wasser immer weitergeschoben wurden.

»Sollen wir jetzt vielleicht ein bisschen über dich reden?«, schlug Lana vor.

»Heute nicht.«

»Liebst du ihn noch?«

»Nein, das habe ich dir doch geschrieben.«

»Du hast einiges geschrieben, ich habe nicht immer alles verstanden.«

»Wahrscheinlich habe ich es selbst nicht verstanden.«

»Scheiße.« Sie richtete sich auf. »Was meinst du, sind wir die letzten Loser oder finden wir eines Tages wieder jemanden, den wir so lieben, dass es uns den Verstand raubt?«

Ich löste meinen Blick vom Meer und sah sie von der Seite an. »Wollen wir das denn?«

»Hm«, machte Lana. »Na ja, irgendwie hat es was.«

»Okay, dann gib mir deine Hand.«

Lana reichte mir ihre Hand.

Ich drehte sie um, studierte ihre Handfläche und fuhr mit dem Zeigefinger an ihrer Lebenslinie entlang. »O Gott«, sagte ich. »Ich sehe da was.«

Lana kicherte. »Nicht was, sondern einen.«

»Ja, genau, ich sehe da einen.«

»Wie denn?«, fragte sie. »Es wird doch schon dämmrig.«

»Ich spüre ihn. Warte, ja doch, ich kann ihn förmlich vor mir sehen. Männlich, dunkles Haar und – blaue Augen. Er sitzt auf einem glänzenden Schimmel und …«

»Das ist sein weißer Jaguar«, fiel Lana ein. »Und er sitzt drin. Guck richtig hin.«

»Ach ja, gut, dass du es sagst.«

»Ist er klug, interessant und attraktiv?«

»Hm, ich weiß nicht, er ist noch ziemlich jung.«

»Wie alt?«

»Ich bin mir nicht sicher, könnte fünf sein oder sechs.«

Lana riss die Hand weg und lachte. »Du bist gemein.« Sie stand auf. »Komm, lass uns zurückgehen, mein Hintern wird kalt.«

Auf dem Rückweg begutachtete ich sie immer mal wieder von der Seite, aber außer der Frisur und dem fehlenden Zigarettenkonsum hatte sie sich in meiner Abwesenheit nicht verändert. Sie glich ihrem Bruder, dennoch hatten die beiden immer etwas Unterschiedliches ausgestrahlt. Rafis schwere Lider und die langen dunklen Wimpern verliehen ihm oft etwas In-sich-Gekehrtes, als sei er irgendwo bei sich, in einer Welt, die interessanter war als die, in der der Rest der Menschheit sich tummelte. Das war bei Lana nie der Fall, sie war immer ganz da, laut und übersprudelnd, den schönen Mund ständig in Bewegung, redend, lachend, schmollend oder wütend zusammengekniffen, die Augen weit geöffnet, funkelnd oder voller

Wärme. Ruhe war Lana nicht gegeben, weder innerlich noch äußerlich.

»Du hast mir gefehlt«, sagte sie.

»Und du mir erst.«

»Bist du froh, dass du wieder bei uns bist?«

Ich überlegte. »Ganz genau weiß ich das noch nicht. Aber eigentlich bin ich schon ziemlich nah dran.«

»Warte noch ein paar Tage, dann merkst du, wie froh du bist.« Sie stieß mir in die Rippen. »Schau, wer da kommt. Ach, ist das süß, wie früher. Gleich fragt er, wo wir gesteckt haben.«

Auf der Höhe der Fischerhäuser stand Dylan und ruderte mit den Armen. Als wir bei ihm waren, fragte er: »Wo habt ihr die ganze Zeit gesteckt?«

Lana zeigte hinter sich. »Auf einer der Bänke da. Aber wir haben uns nur unterhalten, ohne Sex oder so.«

Dylan seufzte. »Ihr zwei seid noch mein Untergang.«

Wir hakten uns bei ihm unter und kehrten zu dritt ins Vents zurück.

Der Vorplatz vor dem Hotel war menschenleer. Lana gab mir einen Kuss und verabschiedete sich: »Ich muss morgen früh raus. Sehen wir uns am Wochenende?«

»Deine Haare«, sagte Dylan und betastete ihren Kopf. »Wo sind deine Locken?«

»Zu Hause in meiner Wohnung«, entgegnete Lana und wandte sich zum Gehen. »Die stecke ich nur an Feiertagen an.«

»Lass sie bloß wieder wachsen.« Dylan verschwand im Hotel.

Ich hielt Lana fest. »Fährst du am Wochenende mit mir nach Les Portes? Nur um uns alles anzuschauen.«

»Was denn, hast du Angst, du kriegst das Ganze nicht hin?«

»Und wie.«

»Sei kein Waschlappen, Charlie, das schaffst du.«

»Trotzdem, lass uns am Wochenende zusammen hinfahren.«

»Okay, Schlappschwanz.« Sie lief ein paar Schritte rückwärts und warf mir Kusshände zu. Dann drehte sie sich um, bog um die Ecke und war weg.

Ich ging ins Hotel. In der Küche war Théo bei der Arbeit. Inzwischen war auch Robbie, der Küchenjunge, eingetroffen, einer von Lanas früheren Schutzbefohlenen, über den ich vor meiner Abreise gewacht hatte wie eine Glucke über ihr Küken. Als ich ihn begrüßen wollte, winkte der Junge ab und zeigte auf Théos hochroten Kopf. »Pass bloß auf, Théo ist ziemlich krass drauf.«

Théo schleuderte ihm einen mörderischen Blick zu.

»Noch so ein Blick«, sagte Robbie, »und ich falle tot um.«

Théo hielt ihm eine Schüssel hin. »So was nennst du einen Zitronenschaum?«

Robbie ließ den Kopf hängen.

Ich verzog mich, doch als künftige Geschäftsfrau und Hotelbesitzerin notierte ich mir im Geist, Robbie von Théo zu befreien und für die übernächste Saison abzuwerben. Théo war ein wunderbarer Mensch und großartiger Koch, doch für seine Küchenjungen war die Arbeit bei ihm kein Zuckerschlecken. Was das Kochen anbelangte, kamen sie nicht richtig zum Zug, und wenn sie einmal etwas zubereiten durften, war es für Théo nie gut genug. Trotzdem fiel er aus allen Wolken, wenn sie kündigten, und sagte ein ums andere Mal, sie seien doch beinahe schon Souschef gewesen.

Auf dem Weg über den Flur warf ich einen Blick in den Speisesaal, dessen Tür wie immer offen stand. Fast alle Stühle waren besetzt. Am Kopfende saß Nathalie, eine füllige Blondine Mitte vierzig, die in dem Haus nebenan ein Einrichtungsgeschäft besaß. Vor Jahren war sie mal eine Zeitlang mit Jo zusammen gewesen und anschließend für längere Zeit mit Dylan. Dann war auch das zu Ende gegangen, hatte später wieder begonnen, irgendwann wieder aufgehört und wieder begonnen, noch so eine On-off-Beziehung, im Winter eher on, im Sommer eher off.

Dylan stand hinter ihr und pickte sich mit der Gabel irgendetwas von ihrem Teller. Mir schien, dass sie wieder ein Paar waren. Ich hatte nie durchschaut, was die beiden zusammen- und auseinandertrieb, am rätselhaftesten war mir jedoch Nathalies Rolle in diesem Spiel geblieben. Für Dylan und Jo war sie seit langem nicht mehr als ein guter Kumpel, ganz gleich, wie oft Dylan noch mit ihr ins Bett steigen würde. Bei einem Gespräch unter Frauen hatte ich sie einmal vorsichtig gefragt, ob die beiden in ihren Augen auch nur gute Freunde seien. Sie zuckte mit den Schultern und sagte: »Was denn sonst?« Ich nahm es ihr nicht ab, ich kannte ihr Gesicht, wenn Jo an Sommerabenden draußen auf der Terrasse seine Show abzog. Und wenn Dylan in warmen Sommernächten mit der Gitarre auf die Terrasse kam, wusste Nathalie, was Sache war. Dann konnte es sein, dass sie aufsprang, in ihren Wagen stürzte und davonraste. Einmal, als sie mich fast über den Haufen gerannt hatte, fragte ich gereizt: »Sag mal, brennt's irgendwo?«

Sie keuchte und deutete nach hinten. »Dein Onkel ist ein aalglatter Wichser und Dylan eine Witzfigur.«

»Dann sag ihnen das doch mal«, schlug ich vor. »Und tu nicht immer so großmütig und verständnisvoll.«

»Bist du tatsächlich so naiv?«, schoss sie zurück und lief weiter.

Sie hatte recht, es hätte nichts gebracht. Während sie abrauschte, stimmte Dylan bereits seine Gitarre. Oder er warf Jo einen verwunderten Blick zu, nach dem Motto: Was hat sie denn?, woraufhin Jo ebenso verwundert die Schultern hob. Gleich darauf hatten die beiden Männer Nathalie vergessen, Dylan, weil er zu singen begann, und Jo, weil er ihm zuhörte. Jeder hörte ihm zu, sollte ich der Gerechtigkeit halber hinzufügen, denn Dylans Stimme war einzigartig, je nach Song rauchig oder samtweich, und sein Repertoire war bezwingend. In der Regel begann er mit »Blue Moon«, das er vortrug, als gäbe es weit und breit keine Frau, die er angepeilt hatte. Danach kamen drei Songs von Bob Dylan. Bei »License to Kill« hatte er Blickkontakt aufgenommen und testete die Reaktion seiner Auserwählten. Wenn sie da noch nicht an seinen Lippen hing, ließ er von seinem Vorhaben ab, tauschte den nächsten Blick mit Jo, diesmal gefolgt von beiderseitigem Schulterzucken, und sang zum allgemeinen Vergnügen Stücke zum Mitsingen wie »The Sound of Silence«, »Dust in the Wind« und »Heart of Gold«. Im anderen Fall, wenn er wusste, dass er gepunktet hatte, klimperte er eine Zeitlang auf der Gitarre, improvisierte ein bisschen und nahm langsam, aber sicher Anlauf zum Finale. Mit fein dosierten Zwischenpausen folgten dann Neil Youngs »Sugar Mountain«, Bob Dylans »One too Many Mornings« und als Höhepunkt und Schluss Paul Simons »The Cool, Cool River«. Wenn er die Gitarre zur Seite legte, strich er sich das Haar aus der Stirn und zielte mit einem Glutblick auf sein Opfer, während der Rest seines Publikums ergriffen seufzte. Sonderbarerweise waren Dylan und Jo sich bei ihren Frauengeschichten nie ins Gehege gekommen, was zum einen vermutlich an ihrer Freundschaft lag, zum anderen daran, dass sie äußerlich grundverschieden und somit Geschmacksache waren. Jo kam nach seiner Mutter, war groß gewachsen, schlank und auf klassische Weise schön, mit einem reizvollen Kontrast von dunklem Haar und hellblauen Augen. Dylan war einen halben Kopf kleiner, hager, braunäugig, das schwarze, volle Haar von silbergrauen Fäden durchsetzt, das

Gesicht eine wilde, zerklüftete Landschaft. Als Typ, fand ich, war er der Interessantere von beiden, trotzdem hätte ich persönlich Jo vorgezogen und wäre ebenso wie all die anderen Frauen mit fliegenden Fahnen untergegangen. So einer war Jo. Mit ihm ließ man sich ein, wenn man fand, es wäre doch lustig, sich mal nach allen Regeln der Kunst die Finger zu verbrennen. Oder wenn man völlig übergeschnappt war, so übergeschnappt wie ich bei Jackson, und glaubte, mit der Zeit könne man ihn bekehren. Dylan war nicht viel besser als Jo, aber wenigstens träumte er in den ersten Wochen mit einer Frau noch von einer Reise ins ewige Glück.

»Charlie, komm mal kurz rein«, rief Jo aus seiner Wohnung, als ich auf dem Weg nach oben war.

»Was ist?«

Er erschien im Türrahmen, deutete auf sein Sofa und sagte: »Setzen.« Dann ließ er sich mir gegenüber im Sessel nieder und sagte: »Bevor du noch länger wütend bist, erklär mir lieber, wie ich mich deiner Meinung nach hätte verhalten sollen.«

Ich schaute an ihm vorbei auf die Bücherwand in seinem Rücken. »Keine Ahnung.«

»Nanu?« Jos Brauen wanderten in die Höhe. »Das ist ziemlich wenig, findest du nicht?« Er stand auf und setzte sich zu mir.

»Ich wünschte, du hättest zuerst mit mir über Rafi gesprochen«, sagte ich.

»Das wünschte ich inzwischen auch.«

Ich betrachtete das Foto von Dylan und Jo in jungen Jahren, das in einem Rahmen zwischen den Büchern stand. Darauf saßen beide tiefgebräunt in einem offenen Jeep, ringsum eine grüne tropische Landschaft. Ich senkte den Kopf. Wenn ich ehrlich war, fand ich das Thema Rafi im Moment gar nicht mehr so wichtig, es stand ja noch etwas anderes im Raum, und

Jo, der mich besser kannte als ich mich selbst, konnte ich ohnehin nichts vormachen. »Ich komme mir so dumm vor.«

Er zog mich an sich. »Geht es immer noch um Rafi?«

»Nein. Aber ich hätte das nicht von mir gedacht.«

»Dass du einem Mann nachläufst?«, sagte Jo.

»Es ist schrecklich, wenn die Liebe verschmäht wird.«

Jo lächelte. »Richtig, davon hat noch keiner geschwärmt.«

Ich griff nach seiner Hand. »Warum, Jo? Warum habe ich diesen Mist gemacht?«

Er runzelte die Stirn. »Die Gründe findest du selbst noch heraus, Charlotte, das heißt, falls du dich nicht davor drückst. Und tu nicht so, als hättest du dich jahrelang in der Gosse gewälzt und nachts in Hauseingängen geschlafen. Du hast dich gefühlsmäßig verheddert, weiter nichts.«

Er sagte es so bestimmt, dass ich annahm, fürs Erste wäre das sein Schlusswort zu diesem Thema gewesen.

Er stand auf und ging in die Küche. Die Kühlschranktür wurde zugeschlagen. Dann knallte ein Korken. Gleich darauf kehrte er mit zwei Sektgläsern und einer Flasche zurück, setzte sich wieder zu mir und schenkte Champagner ein. Er reichte mir ein Glas, stieß mit seinem an und sagte: »Trinken wir lieber auf die künftige Hotelchefin.«

Ich schaute auf mein Glas.

»Na los«, sagte er. »Ein Schlückchen für den lieben Onkel Jo, ein Schlückchen für den guten Onkel Dylan.«

Ich hob den Kopf. Er zwinkerte mir zu und stellte sein Glas auf den Überseekoffer. »Zurück zu unserem ursprünglichen Thema. Morgen früh zeige ich dir die Planzahlen, dann kannst du mir immer noch sagen, ob du stille Teilhaber mit Finanzkraft oder lieber Kredite aufnehmen möchtest. Und was Rafi betrifft, frage ich mich, weshalb du nach all den Jahren noch so sauer auf ihn bist. Er war damals neunzehn oder zwanzig und hatte außer dir noch ein anderes Mädchen oder meinetwegen auch zwei, aber – mein Gott – das ist doch Schnee von gestern. Warum versuchst du nicht, ihn als alten Freund zu sehen? Denn Rafi mag dich sehr.«

»Danke«, sagte ich. »Aber so einen habe ich gerade hinter mir.«

Jo lachte. »Ich glaube nicht, dass man Rafi Belloumi mit Jacky Fye vergleichen kann. Also, was meinst du, wirst du es mit ihm probieren?«

»Ja, werde ich. Aber ich will nicht, dass du und Paul und Katharina mir ständig auf die Finger schauen. Die Hotelführung würde ich gern allein übernehmen.«

Jo wirkte zufrieden. »Natürlich, das war auch nie anders geplant. Wir setzen uns lediglich zwei Mal im Jahr zusammen und werfen zu viert einen Blick auf die Bilanz.«

Mir lag schon »vielleicht« auf den Lippen, doch dann hielt ich inne. »Heißt das, die beiden kommen uns ab sofort zweimal im Jahr besuchen?«

In Jos Augen loderte etwas auf, so glühend, dass es Löcher in die Luft zu brennen schien.

»Was ist los?«, fragte ich erschüttert.

»Was?« Jo griff nach der Flasche und schenkte sich nach.

»Du kochst vor Wut.«

»Das hast du gut erfasst.« Jo nahm einen großen Schluck. »Ich habe an deine Mutter gedacht, an den ganzen Mist, den sie in ihrem Leben angerichtet hat. Und an das Elend, das daraus geworden ist. Wenn ich mir überlege, dass sie ...« Er brach ab. Dann setzte er wieder an. »Dreißig Jahre lang haben Paul und Katharina keinen Fuß auf diese Insel setzen können, und das nur, weil ihre Tochter es ihnen verboten hatte – in ihrer maßlosen Selbstbezogenheit und ihrem grenzenlosen Hass.« Er leerte sein Glas und knallte es auf den Koffer.

Hass?, dachte ich verwundert. Hass war etwas Gewaltiges und eigentlich nichts, was zu meiner Familie passte, weder zu der deutschen noch der französischen. Verachtung, das ja, auch Feindseligkeit, aber ich hatte nie das Gefühl gehabt, dass sie jemanden wirklich hassten, nicht einmal, dass eins meiner beiden Großelternpaare das andere hasste. Auch mir waren solche Gefühle fremd. »Und dieser Hass von Marianne hing mit der berühmten alten Geschichte zusammen, die mir keiner erzählen will?«

»Die ich dir bald erzähle«, sagte Jo gedankenverloren. »Ich verspreche es dir.« Er schüttelte den Kopf. »Paul hat Marianne abgöttisch geliebt, sie war sein Püppchen, seine Prinzessin, konnte nie etwas falsch machen – und leider Gottes hat er ihr jeden Wunsch erfüllt, ganz gleich, ob anderen dadurch geschadet wurde oder nicht.«

Wir schwiegen eine Zeitlang. Dann sagte ich: »Komisch, und ich dachte immer, dass Paul und Katharina unseretwegen nicht kommen, dass wir irgendetwas falsch gemacht haben.«

Jo schnaubte. »Was soll das denn gewesen sein? Dass du als Kind nicht duschen wolltest? Oder dass ich keinen Schlips und Schuhe ohne Socken trage?«

Ich musste lachen. »Nein, ich dachte, es wäre so, weil du mich Marianne weggenommen hast.«

»Hat sie das überhaupt mitgekriegt?«, fragte er verächtlich. »Nein, damit war sogar Paul einverstanden, ebenso wie Katharina. Genau genommen ist den beiden ein Stein vom Herzen gefallen, sie sind ja nicht dumm.«

»Wie seltsam«, sagte ich. »Ich erinnere mich noch an den Tag, als sie hier war. Kurz nachdem du mich bei ihr abgeholt hattest. Sie hatte sich so hübsch gemacht, ich dachte, sie wäre gekommen, um mich wieder mitzunehmen.«

Jo wirkte erstaunt. »Marianne? Deine Mutter war nie hier.« Seine Brauen zogen sich zusammen. »Selbst wenn ich weg gewesen wäre, hätte Dylan mir von ihrem Besuch erzählt.«

»Du warst da. Ich saß mit Dylan in der Küche. Sie hat

nur blitzschnell zu uns hereingeschaut. In ihrem feuerroten Kleid.«

Jo füllte sein Glas auf. »Das musst du geträumt haben.« Doch dann stutzte er, und als sein Blick mich traf, lag etwas Wachsames darin. »Marianne hat sich hier nie sehen lassen.«

»Ich hab's kapiert«, sagte ich und stand auf. »Sie war nie hier.«

Er hielt mir die Hand hin. »Bist du mir noch böse?«

Ich schlug in die Hand ein. »Natürlich nicht.« Ich gab ihm einen Kuss. »Das kann ich doch gar nicht, das weißt du doch.« Ich wollte mich schon abwenden, doch bei dem Gedanken, in meinem Zimmer allein zu sein, schlugen die Demütigungen der vergangenen Monate wieder über mir zusammen, und die Erinnerung an mein armseliges Verhalten holte mich ein. Ich sank zurück. »Verdammt«, sagte ich. »Ich dachte, mir ginge es schon besser.« Ich sah Jo an. »Kann ich doch noch ein bisschen bei dir bleiben?«

Sein Blick war voller Verständnis. »Selbstverständlich.« Er legte einen Arm um mich. »Das sind Schübe. Sie kommen und gehen.«

Ich schmiegte mich an ihn. »Es war eine Riesendummheit, weißt du das?«

»Ja, aber so was kommt vor.«

»Bei dir nicht.«

Jo lächelte. »Wir säßen die ganze Nacht hier, wenn ich dir meine Dummheiten im Leben aufzählen würde.«

Ich seufzte schwer.

»Es wird wieder besser«, sagte er.

»Ich weiß.«

»Na also.«

»Wenn ich bei dir sitze, ist es schon besser.«

Jo gab mir noch einen Kuss. »Ich bin auch froh, dass du wieder bei mir bist.«

Später, als ich in meinem Zimmer war, las ich meine E-Mails und staunte, wie beliebt ich geworden war. Rafi, Katharina, Jean-Pierre und Julie hatten sich gemeldet. Jackson nicht, wahrscheinlich verdrängte er jede Erinnerung an mich, an die Frau, die sich ihm aufgenötigt und selbst dann noch bei ihm herumgegammelt hatte, als ihr Verfallsdatum schon längst überschritten war. Dagegen war Jean-Pierres Nachricht voll liebenswürdiger Fragen nach meinem Befinden, gepaart mit der Ankündigung, falls Valérie sich gut fühle, kämen sie im Mai, um mein Hotel zu besichtigen und meinen Geburtstag mit mir zu feiern. O Gott, dachte ich, denn das Gleiche hatten ja auch Paul und Katharina vor, nur dass sie in Jos Hotel außerdem noch ihren Hochzeitstag feiern wollten. Ich antwortete Jean-Pierre, dass ich mich freuen würde. Über das Problem eines möglichen Aufeinandertreffens der beiden Großelternpaare konnte ich an dem Abend nicht nachdenken, darüber würde ich mir ein anderes Mal den Kopf zerbrechen. Rafis Mail wollte ich eigentlich ungelesen löschen, doch dann überlegte ich es mir anders und öffnete sie.

*Liebe Charlotte*, stand da. *Ich werde in Les Portes übernachten, in Deinem Haus, falls es gestattet ist. Warum kommst Du morgen nicht her? Ich möchte Dir gern alles zeigen. R.*

Ich schaute mir den Text eine Zeitlang an, so noble Einschübe wie *falls es gestattet ist* hätte es früher nicht gegeben. Egal, ich mailte nichts zurück. Vor Julies Mail hatte ich Angst, denn wenn ich Pech hatte, wartete darin die nächste Folge von Jenni und Jay-Jay auf mich. Zögernd klickte ich sie an, und prompt sprang mir der Name Jennifer entgegen. *Charlie, meine liebste und beste Freundin*, schrieb Julie. *Ich bin noch immer traurig, weil Du weg bist, aber Jennifer hat mit mir gesprochen und gesagt, dass Du ja auch sehr nett zu mir warst, und deshalb dürfte ich ruhig noch ein bisschen traurig sein. Sie freut sich mit mir, weil ich Dich bald besuchen kann. Sie kocht jetzt für uns. Dad findet das super. Ich manchmal auch. Ich hab Dich so lieb, Charlie. Bis bald.* Im Anschluss kamen wieder zwei Reihen *XO*.

Ich ging in mich. *Julie, mein Schatz*, schrieb ich dann. *Ich freue mich wie verrückt darauf, dass Du mich besuchen kommst. Auch für Jennifer, denn dann kann sie mit Deinem Dad endlich allein sein ...* Den letzten Satz löschte ich wieder, denn erstens war er kleinlich und zweitens würde er Julie verwirren. Stattdessen berichtete ich ihr, dass ich jetzt ein riesiges altes Haus hatte, aus dem ich ein tolles Hotel machen würde, und fragte, ob sie Lust habe, mir im Sommer dabei zu helfen.

Sie musste an ihrem Computer sitzen, denn ihre Antwort kam nach wenigen Minuten.

*Kann ich so was denn?*, fragte sie.

*Genauso gut wie ich*, antwortete ich. *Aber glücklicherweise werden auch Leute da sein, die wissen, wie es geht. Wir beide können die Möbel für die Zimmer aussuchen.*

*Das kann ich*, schrieb sie. *Darf ich meine Geige mitbringen?*

*Geige, Badeanzug, rote Glitzertasche – alles, was Du willst.*

*Cool. Okay, ich muss aufhören, Dad ist gekommen.* Sie schloss mit zwei kleinen *xo*.

Wie war das? Ich schaute auf die Uhr. Drüben war es nicht einmal vier Uhr nachmittags, in der Zeit glänzte Jackson eigentlich noch durch Abwesenheit. Aber vielleicht lief er jetzt mit Lebensmitteln beladen in die Küche, dicht gefolgt von Jennifer in Bermuda-Shorts, Polohemd und Schürze. Aber was ging mich das an? Nicht das Geringste.

Ich öffnete Katharinas Mail. Wie befreiend es war, ihre Zeilen zu lesen. Kein langes Drumherum, keine Floskeln oder Fragen, nur eine kurze Zielgerade, ein kleiner Schlenker, und schon war alles im Kasten. *Liebe Charlotte, die Sache mit den Bildern machen wir anders. Freddy möchte keins haben, was mich nicht wundert, er mochte Deine Mutter ja nie. Susanna werde ich in diesem Zusammenhang nicht fragen. Die Bilder für uns suchen wir uns im Mai aus. Die anderen sollst Du für Dich und Dein Hotel behalten. Dass Jo sie noch nicht verschickt hatte, setze ich als gegeben voraus. (Jetzt ist die verdammte Schrift hier plötzlich blau geworden, es ist zum Davonlaufen.) Sonntagabend rufen wir an. Alles Liebe von uns. Katharina.*

Ich schrieb: *Bilder sind noch hier. Sonst alles klar. Küsse für Paul und Dich. Deine Charlotte.* Dann schaltete ich den Computer aus, schälte mich aus meiner Kleidung und steuerte das Badezimmer an. Auf dem Weg fiel mein Blick auf die kleinen Ölgemälde meiner Mutter. Ich knipste die Wandlampe darüber an und begutachtete sie noch einmal aus der Nähe. Zwar war ich keine Expertin und konnte zu Komposition und Pinselführung nicht viel sagen, doch mir schien, dass Marianne begabt gewesen war. Trotz ihres Alkoholkonsums hatte sie erstaunlich atmosphärische Bilder geschaffen. Irgendetwas ging von ihnen aus, etwas Düsteres und gleichsam Faszinierendes, und das war nicht nur meine Meinung. Es hatte Gäste gegeben, die Jo regelrecht angefleht hatten, ihnen eins der Aquarelle oder wenigstens eine Skizze zu verkaufen. Er hatte sich nie darauf eingelassen. Stattdessen stand er bisweilen vor der Bilderwand unten im Speisesaal und studierte die Bilder so intensiv, als warte er darauf, mit ihrer Hilfe den Schlüssel zu finden, eine Botschaft, die ihm verriet, was im Kopf seiner Schwester vor sich gegangen war.

# Sieben

In der Nacht hätte man meinen können, in meinem Kopf liefe ein Radio, das die Themen der vergangenen Tage sendete, mal leiser, mal lauter. Eine Taste zum Ausschalten schien es nicht zu geben, und so wurde ich immer wacher, ganz gleich, woran ich dachte oder wohin ich mich drehte. Gegen ein Uhr nachts stand ich auf, schlich durch das stille Haus in die Küche, holte mir eine angebrochene Flasche Rotwein und kroch zurück. In meinem Zimmer schaltete ich das Licht aus, füllte ein Wasserglas mit Wein und stellte mich ans Fenster. Ich schaute auf den verlassenen Strandweg hinunter und die dunkel wogende Wassermasse des Meeres, die an der Mauer hochspritzte. Darüber hing der Himmel wie ein schweres grauschwarzes Federbett. In einer Lücke in der Wolkendecke konnte ich einen einzigen Stern ausmachen, einen winzigen, kraftlos blinkenden Punkt, der kurz darauf verschwand. Ich trat dichter an die Fensterscheibe und konzentrierte mich auf einen großen schwarzen Klecks unten auf der Mauer. Die Laternen entlang des Strandwegs waren ausgeschaltet, und man sah nicht viel, doch womöglich war es ein Mensch. Dylan? Wäre nicht das erste Mal, dass wir uns in einer schlaflosen Nacht begegneten. Als meine Augen es geschafft hatten, das Dunkel zu sortieren, erkannte ich, dass es tatsächlich Dylan war. Er führte etwas zum Mund und legte den Kopf zurück. Demnach war ich nicht als Einzige dabei, einen Teil des alkoholischen Bestands des Hauses zu vernichten. Ich stützte mich auf die Fensterbank. Dylan wandte sich um, betrachtete das Hotel, sah hoch und starrte auf mein Fenster. Sein Gesicht war ein heller Fleck mit unklaren Konturen. Ich kniff die Augen zusammen. Er hob kurz die

Hand zum Gruß. Ich grüßte ebenso knapp zurück. Mehr Austausch gab es bei unserem nächtlichen Sichten nicht, eine unausgesprochene Abmachung, die zur stillen Feierlichkeit unserer schlaflosen Stunden gehörte. Ich wandte mich ab und leerte mein Glas. Gleich darauf war ich todmüde und schleppte mich in mein Bett zurück. Ich drehte mich auf die Seite, fragte mich beim Einnicken noch, wie spät es jetzt bei Jackson war – wahrscheinlich so gegen acht Uhr abends. Die Zeit, in der er im Wohnzimmer auf dem Sofa lag und sich durch die Fernsehsender zappte, ohne auch nur ein einziges Mal den Kopf zu drehen und jemand anderen im Raum zu fragen, ob ihm das recht wäre. Dann zerfiel dieses Bild und verschwamm.

Am Morgen wurde ich Punkt halb neun wach und stellte fest, dass ich mich besser fühlte. Zwar ging es mir noch nicht richtig gut, daran würde ich noch arbeiten müssen, aber es war hundertmal besser als in den letzten Wochen. Ich ging nach unten, zu meinem Zahlentermin mit Jo. Bei meinen nächtlichen Grübeleien hatte ich mir vorgenommen, mich ruhig und anständig zu verhalten und auf alles, was er sagte, wie eine Erwachsene zu reagieren. Selbst mit Rafi wollte ich künftig vernünftig umgehen und tun, als wäre er ein Mensch wie andere auch.

Aus dem Speisesaal drangen Stimmengemurmel und das Klappern von Geschirr. Jos Arbeitszimmer war verwaist, der Computerbildschirm dunkel. In der Küche traf ich nur Robbie. Er schrubbte an einer Herdplatte herum und sah mitgenommen aus. Er deutete auf einen DIN-A4-Umschlag auf dem Tisch. »Das hat Jo für dich hinterlassen und gesagt, es sind irgendwelche Zahlen.« Er schrubbte weiter.

Ich trat zu ihm und drehte sein Gesicht zu mir herum. Seine Augen waren rot gerändert, die Wimperntusche zerlaufen. Ich wischte ihm die verschmierten Stellen unter den Augen weg und fragte: »Hast du vor Wut oder Kummer geweint?«

»Scheiße« war alles, was er herausbrachte, dann sank er an meine Brust.

Ich legte einen Arm um ihn, nahm das Bällchen Stahlwolle aus seiner Hand, führte ihn zum Tisch und drückte ihn auf einen Stuhl. »Sind die anderen weg?«

Er nickte. »Théo ist im Großmarkt. Wo Jo ist, weiß ich nicht. Dylan frühstückt bei Nathalie.«

Ich schenkte mir eine Tasse Kaffee ein, zog den Korb Croissants zu mir heran und setzte mich zu Robbie. »Darf ich was essen, während du mir erzählst, was dich bedrückt?«

»Logisch.« Er grinste andeutungsweise und schniefte. »Kann ich dich mal was fragen, Charlie?«

»Alles, was du willst.«

»Aber es bleibt unter uns.«

Ich trank einen Schluck und nahm mir das erste Croissant vor. »Habe ich dich jemals verpfiffen?«

Robbie sah auf, grinste ein bisschen mehr und schüttelte den Kopf. Doch dann übermannte ihn wieder das Elend, und Tränen schossen in seine Augen. Ich griff nach seiner Hand, doch er verschränkte die Arme auf dem Tisch, sank mit dem Kopf darauf und schluchzte rau und herzzerreißend. Ich ließ ihn gewähren. Ab und zu strich ich ihm über den bebenden Rücken und musste selbst schlucken. Robbie war siebzehn Jahre alt, noch ein Junge, obwohl Lana immer behauptete, »ihre Kinder« seien schon im Kindesalter erwachsen gewesen. Doch wenn man mich fragte, lag sie damit völlig daneben; diese Kinder wurden höchstens frühzeitig in ein Erwachsenenleben hineingeworfen. Vor zwei Jahren hatte sie Jo gebeten, Robbie als Küchenjungen einzustellen, und erklärt, er habe schon allerhand hinter sich und früh gelernt, für sich und seine kleinen Geschwister zu kochen, denn seine Mutter könne man vergessen und einen Vater gebe es nicht. Er war der dritte Junge, den sie anschleppte, und Jo alles andere als angetan. Die beiden ersten waren nur selten erschienen, ich erinnerte mich kaum noch an sie. Doch was Robbie betraf, hatte Lana sich noch einmal ins Zeug gelegt und sich mit ihrer typischen Sturheit durchgesetzt. Hinterher sagte sie, Jo habe »den Deutschen rausgekehrt« und gepredigt und ihr hundertmal gesagt, er sei von Beruf weder Menschenfreund noch Erzieher und falls Robbie ihn, wie die beiden Vorgänger, mit »Arschloch« oder »Psycho« anrede, sei er raus und sie könne sich jeden weiteren Versuch sparen. Doch dann kam Robbie, mickrig und unbeholfen und so scheu, dass das erste schräge Grinsen Jo wie eine Eiche fällte. Ich hatte es mit eigenen Augen gesehen. Jo hatte in der Küche gestanden, Robbie lächelnd über den Kopf gestrichen und gesagt: »Im Grunde deines Herzens bist du ein ganz windiger kleiner Bursche, stimmt's?« Robbie hatte den Kopf in seine Hand geschmiegt, Jo unter den langen Wimpern hervor angesehen und genickt. Seitdem war Jo Robbies Gott, ohne Théo wäre er vermutlich im Paradies gewesen.

»Schätzchen«, sagte ich. »Komm, erzähl mir, wer dich so aufgeregt hat.« Robbie hob sein mit Tränen und Rotz verschmiertes Gesicht. »Théo«, flüsterte er.

Ich reichte ihm die Küchenrolle. Er riss einen halben Meter ab, putzte sich die Nase und wischte über sein Gesicht. Dann gab er sich einen Ruck und setzte sich gerade hin. »Bleibt unter uns, okay?«

Ich nickte.

Robbie faltete sein Stück Küchenrolle, bis es ein winziges Viereck geworden war. »Théo ist ein Arsch.«

Ich schwieg.

»Ich kann nicht mehr. Alles, was ich mache, ist verkehrt. ›Soll das ein Zitronenschaum sein, nennst du das eine Mousse, ein Soufflé, ein verkacktes Omelette?‹ Ich werde noch verrückt, Charlie, wirklich. Deshalb ...« Er verstummte.

Ich wartete noch, aber es kam nichts mehr. »Und deshalb möchtest du in meinem Hotel arbeiten?« Wie sich das anhörte, in meinem Hotel. Was für eine Aufschneiderin ich war, ich wusste ja kaum noch, wie das Haus aussah, geschweige denn, in welchem Zustand es inzwischen war.

»Bitte«, sagte Robbie. »Ginge das?«

»Warum denn nicht?« Ich nahm ihm das Papierviereck aus der Hand, leckte es an und rubbelte die schwarzen Tuscheschlieren von seinen Wangen. »Aber vorher müssen wir Jo fragen. Außerdem wird bis dahin noch mindestens ein Jahr vergehen. Hältst du so lange durch?«

Robbie trank einen Schluck aus meiner Tasse und zupfte sein Stirnband zurecht. »Wieso denn ein Jahr? Rafi sagt, in einem halben Jahr kannst du eröffnen. Spätestens.«

»Na wunderbar«, sagte ich. »Wenn Rafi das sagt, muss es ja stimmen.«

»Rafi ist cool.« Robbie warf mir einen Seitenblick zu. »Er mag dich.«

»Klar, Rafi mag mich. Gib mir einen Moment, und ich tanze vor Glück.« Ich tätschelte Robbies Hand. »Ist es jetzt besser?«

»Ja.« Er stand auf. »Willst du mich wirklich in deinem Hotel haben? Als Küchenjunge?«

»Oder vielleicht als Koch?«

»Krass.« Robbie strahlte. »Ist das auch wirklich wahr?«

»Ich schwöre.«

Er zog eine Tischschublade auf, holte einen Tortenheber heraus und beäugte sich in dem stählernen Dreieck. »Mann, wenn ich wirklich so aussehe, häng ich mich auf.« Er flitzte zur Tür. Dort blieb er noch einmal stehen und sah mich mit gefurchter Stirn an. »Meinst du, ich schaffe das bei dir? Ganz ohne Jo?«

»Locker. Außerdem bin ich ja noch da.«

»Und zwischendurch besuche ich Jo, oder er kommt zu uns.«

»Du siehst ihn, sooft du willst.«

»Gut.« Robbie nickte vor sich hin. Dann lächelte er mich an und stürzte davon, wahrscheinlich in Richtung Herrentoilette und Spiegel.

Ich schenkte mir eine zweite Tasse Kaffee ein und aß noch ein Croissant. Anschließend raffte ich den Umschlag vom Tisch, verließ die Küche und nahm die Treppen hoch in mein Zimmer. Mein Entschluss stand fest. Noch heute würde ich mit dem Bus nach Les Portes fahren und mir mein Haus anschauen, und zwar bevor Rafi alles umgebaut und eingerichtet hatte und dabei war, die ersten Gäste zu begrüßen. Die Zahlen würde ich mir später ansehen; dazu fehlte mir im Moment der Mut.

Als ich die Fenster öffnete, schlug mir kalte, feuchte Luft entgegen. Das Meer hatte sich zurückgezogen, ein schmaler, eintönig grauer Wasserstreifen unter dicken dunklen Wolken, durch die eine rastlose Schar Möwen stob. Andere flatterten über den mattglänzenden Schlick, der Rest hockte dicht an dicht unten auf der Mauer. Doch gerade, als ich mich abwenden wollte, öffnete sich die Wolkendecke an einer Stelle und legte ein bläuliches Stück Himmel frei, das sich langsam ausdehnte. Die Öffnung zog eine Handvoll Möwen an, die aufstiegen, in die Bläue hineintauchten und hinter den Wolken verschwanden. Danach schloss sich der Himmel wieder wie ein Vorhang über einer Bühne.

Ich zog einen weiten Rollkragenpullover über T-Shirt und Jeans, band meine Haare zusammen, streifte die Segeltuchjacke über, steckte Geld ein und machte mich auf die Socken.

Auf dem Weg zur Bushaltestelle kam Dylan mir mit gesenktem Kopf entgegen. Er hatte die Hände tief in den Taschen und war offenbar in eine innere Unterhaltung vertieft, denn beim Gehen schüttelte er den Kopf und bewegte die Lippen. Ich rief seinen Namen. Er brach sein Selbstgespräch ab und legte einen Schritt zu. Aus der Nähe besehen, machte er einen ramponierten Eindruck. Anscheinend fühlte er sich auch so, denn er sagte: »Mit dem Trinken ist jetzt Schluss. In meinem Alter geht das nicht mehr.« An der Haltestelle ließ er sich auf die Wartebank fallen. »Früher«, fuhr er fort. »Da war das alles kein Problem. Ganze Tage und Nächte haben Jo und ich durchzecht. Dann hat man sich einfach aufs Ohr gehauen, egal wo, und den Rausch ausgeschlafen, und man war wieder topfit. Weißt du, einmal, da waren wir in Texas und warteten auf unseren Flug nach Mexico-City ...«

Ich blendete seine Stimme aus und studierte den Fahrplan, der an einer Seitenwand der Haltestelle hinter einer beschlagenen Scheibe Plexiglas hing. Dylans Story kannte ich in- und auswendig. Wie er und Jo am Flughafen von Houston ein paar Frauen kennengelernt und eine Flasche Bourbon geköpft und den Flug vergessen hatten, zu irgendeinem Bus getorkelt waren, die Nacht an einem Ort verbracht hatten, dessen Name ihnen entfallen war, per Anhalter ...

»Irgendwann sind wir per Anhalter weitergefahren, weil wir kaum noch Geld hatten und Jo gesagt hat, in einen Greyhound steigt er nur unter vorgehaltener Pistole. Plötzlich waren wir in New Mexico ...«

Der nächste Bus fuhr in einer Viertelstunde. Ich setzte mich zu Dylan und griff den Faden auf. »Und da habt ihr ein paar Frauen kennengelernt und mit denen Southern Comfort getrunken, bis er euch zu den Ohren rauskam. Plötzlich wart ihr in San Diego. Da habt ihr ein paar Frauen kennengelernt und mit denen so viel Kaktusschnaps getrunken, dass es nicht mehr feierlich war. Ein paar Tage später wart ihr in Tijuana, kein Mensch weiß, wie ihr über die Grenze gekommen seid, aber auf der Fahrt nach Mexico-City wart ihr schon wieder topfit.«

»Absolut«, sagte Dylan zufrieden. »Topfit.« Er drehte sich zu mir um. »Sitzt du hier, um dich über mich lustig zu machen, oder willst du irgendwohin?«

»Ich will irgendwohin.«

»Nach Les Portes, nehme ich an.«

»Richtig.«

»Hast du noch Zeit, einen Espresso zu trinken?«

»Nein, ich muss mich darauf einstellen, das Haus dort zu sehen. Und mir überlegen, was ich Rafi sage, damit er nicht noch selbstherrlicher wird.«

»Was du alles so von dir gibst.« Dylan stemmte sich ächzend hoch. »Wenn du das Haus siehst, wirst du dich schämen. Der Junge hat sich ein Bein ausgerissen.«

Ich hielt ihn fest. »Du könntest mit mir fahren.«

Dylan nahm meine Hand und tätschelte sie. »Das kannst du allein.«

Ich sah ihm nach. Er ging am Hafen entlang, überquerte die Straße und verschwand in der schmalen Gasse, die den alten Ortskern von La Flotte teilte.

Klar konnte ich das allein, mir wäre nur lieber gewesen, jemand böte einen Puffer zwischen Rafi und mir. Ich betrachtete die Häuser auf der anderen Straßenseite. Nur die Post und die Bank hatten geöffnete Fensterläden; alle anderen erweckten den Eindruck, als hätten sich die Bewohner verkrochen. Es waren kaum Menschen unterwegs, die Stühle vor den Hafencafés leer. Dann kam der Bus um die Ecke getuckert und hielt an. Ich stieg ein, kaufte meine Fahrkarte und setzte mich nach hinten auf den letzten freien Platz am Fenster. Auf dem Weg dorthin ließ ich meinen Blick über die anderen Fahrgäste wandern. Ich kannte keinen von ihnen, musste niemanden begrüßen, mich mit niemandem unterhalten, niemandem erzählen, wie es in Amerika gewesen war. Als der Bus anfuhr, setzte Musik ein. Hinten bei mir kamen nur verzerrte Banjo-Töne und ein blechern jaulendes Männerstimmchen an, aber ich mochte Musik im Bus. Country-Rock war am besten. Dann hatte ich das Gefühl, in der Welt unterwegs zu sein, auf einer schnurgeraden Straße durch leeres Land, bis zu einem einsamen Motel in der Nacht, mit einem blinkenden Coors-Schild als einziger Beleuchtung. Verdammt. Wahrscheinlich waren es genau solche Filmphantasien gewesen, die mich im letzten Jahr zu Jackson geführt hatten, und was für ein Mist war daraus geworden.

Kurz vor Saint-Martin stieg ein Großteil der Fahrgäste aus und steuerte den Platz mit den Mammut-Supermärkten an. Wir umfuhren den Ort, ich konnte mich weiter schaukeln lassen, vorbei an Kiefernwäldern, Salzgärten, Kanälen mit kleinen Booten, an braunen Feldern und gelbgrünen Wiesen, die von Sträuchern und den schiefen Pfosten langgezogener Drahtzäune durchbrochen wurden.

In Saint-Clément wurde ich nervös, und als wir den Wald von Lizay passierten, starrte ich beklommen auf die Bäume. Zehn Minuten später stieg ich in Les Portes aus. Endstation. Von dort aus hatte ich eine Fußstrecke vor mir, entweder einen Marsch durch den Ort und dann über einen Pfad durch die Dünen, oder man folgte einem langen Feldweg zum Meer und lief weiter am Ufer entlang. Ich entschied mich für ein soldatengleiches Anschleichen über den Feld- und Uferweg, denn auf dem letzten Stück der Strecke sah man das alte Gehöft hinter Bäumen auftauchen und konnte die inneren Truppen sammeln.

Schon bei den ersten Schritten querfeldein wurde ich so aufgeregt, dass ich stehen blieb und mir zuredete, nicht enttäuscht zu sein, ganz gleich, wie das Haus jetzt aussah. Ich lief weiter und fröstelte trotz meiner dicken Kleidung, denn mittlerweile war ein scharfer Wind aufgekommen. Er schnitt Fetzen aus der Wolkendecke und hinterließ Löcher, durch die man die Sonne erkennen konnte, einen blassen zitronengelben Fleck, der immer wieder im grauen Himmel verschwand. Ich blieb erneut stehen. Diesmal, weil ich hinter mir einen Wagen hörte. Er wurde langsamer, rumpelte an mir vorbei, hielt an. Ein schlammbespritzter olivgrüner Jeep. Eine Hand stieß die Beifahrertür auf.

Ich ging darauf zu, ich wusste ja, dass Rafi drinsaß. Sein markantes Profil und der schwarze Lockenkopf waren unverkennbar. Ich kletterte auf den Beifahrersitz.

»Ich wollte dich vom Bus abholen, aber da habe ich dich verpasst«, sagte er. »Anschließend bin ich durch den Ort gelaufen und habe dich gesucht. Musstest du über den Feldweg tippeln? Kannst du nicht vorher anrufen, wenn du kommst?«

»Doch, kann ich. Wer hat dir gesagt, dass ich komme? Dylan?«

Er fuhr los. »Ja.«

Ich sah ihn von der Seite an. »Was hat er noch gesagt?«

»Nichts.«

Eine Windbö drückte gegen den Jeep. Die Tür an meiner Seite klapperte. »In deinem Wagen zieht's.«

Rafi bremste. »Möchtest du zu Fuß weiterlaufen?«

»Ich wollte den ganzen Weg zu Fuß laufen, aber auch da hast du dich ja eingemischt.«

Er hielt den Wagen an, legte beide Arme aufs Steuer und schaute geradeaus. Dann atmete er tief durch und drehte sich halb zu mir um. »So wird das nichts, Charlotte. Ich schlage vor, dass wir uns beide zusammenreißen, was hältst du davon?«

Ich zuckte mit den Schultern. Die ersten Regentropfen waren auf der Windschutzscheibe gelandet, der Himmel, die ganze Landschaft wirkten jetzt trübe, die Farben ausgewaschen. Ich war mir nicht sicher, ob ich immer noch laufen wollte, und ließ mich zu einem »Meinetwegen« herab.

Rafi spähte durch die Windschutzscheibe zum Himmel und fuhr wieder los. »Gleich klart es auf.«

»Sehe ich selber.« Wunderbar, ich hörte mich an wie ein bockiges Kind. Als ich wusste, dass jetzt jeden Moment das Haus auftauchen würde, schloss ich die Augen. Wenig später spürte ich, dass der Wagen über Erdbuckel ratterte, Rafi einen anderen Gang einlegte, eine Steigung nahm, den Motor ausschaltete, den Wagen im Leerlauf ausrollen ließ und die Handbremse anzog. Dann standen wir. Bis auf den Wind war alles still.

»Es regnet nicht mehr.« Rafi tippte mich an. »Charlotte, bitte mach die Augen auf.«

Ich tat es. Als ich ihn ansah, war sein Gesicht blass. Vielleicht war auch er nervös. Womöglich würde er es als Kränkung empfinden, wenn mir das, was er geschaffen hatte, nicht gefiel. Ich wandte mich ab, schaute mit klopfendem Herz nach vorn – und dachte, ich träume. Wo war das verwahrloste Gebäude? Wo die graue, halb eingefallene Mauer? Das war kein heruntergekommenes Gehöft, sondern ein großes Landhaus, umgeben von alten Bäumen. Es war ganz anders als die Häuser auf Ré, eher mehr wie die in der Provence. Wie auf Bestellung brach in dem Augenblick die Sonne hervor: Ihr Licht ergoss sich über die Mauern und flirrte durch das zarte Laub der Bäume. Überwältigt stieß ich die Wagentür auf, ging langsam auf das Haus zu und versuchte, so viel wie möglich aufzunehmen – das große, langgestreckte Gebäude, das kleinere, das sich direkt daranschmiegte, beide aus ockerfarbenem Naturstein, mit ausgebleichtem roten Satteldach, Sprossenfenstern und weit geöffneten Fensterläden. Und woher kamen überhaupt die hohen Zypressen? Ich konnte mich nur an verhutzelte Apfelbäume erinnern. Ich drehte mich zu Rafi um. Er stand ein paar Schritte hinter mir, die Hände in den Hosentaschen, und betrachtete das Haus wie gelangweilt. Wie typisch das für ihn war. Wie viele Male ich ihn schon so gesehen hatte, wenn ihm früher als Junge irgendetwas zu schaffen gemacht hatte, was er jedoch um nichts in der Welt offenbart hätte. »Mensch, Rafi«, sagte ich und hielt ihm meine Hand hin. »Das ist phantastisch, ich kann nicht fassen, wie schön es geworden ist. Ich danke dir. Sehr.« Zögernd nahm er meine Hand und deutete ein Lächeln an. Ich beugte mich zu ihm vor und flüsterte ihm ins Ohr: »Du bist trotzdem ein Pisser.«

Er lachte schallend auf. »Danke, Charlie, ich wusste, dass da noch was kommt.« Gut gelaunt nahm er meinen Arm. »Komm, wir schauen es uns von vorn an. Leider ist es noch nicht wieder verputzt, und innen sieht alles aus wie Kraut und Rüben, aber ...«

»Wieso denn wieder verputzt?«, unterbrach ich ihn. »Es ist doch perfekt, so wie es ist.«

Rafi blieb stehen und machte ausholende Armbewegungen. »Wie es jetzt ist, braucht es ringsum eine trockene Hügellandschaft, Lavendelfelder, Weinberge und Olivenhaine. Hier am Atlantik, in einer Dünenlandschaft, haben die Häuser weiß zu sein. Die Häuser auf Ré sind immer weiß, Charlotte, alles andere wäre ein Stilbruch.«

»Dann ist es eben ein Stilbruch, das ist mir ...« Ich brach ab, denn wir hatten das Haus umrundet, und ich starrte hingerissen auf die Vorderfront, die Mauern mit ihren unregelmäßigen Bruchsteinen, das grüne, verwitterte Hauptportal, die schmale rote Tür in dem kleineren Teil, die asymmetrisch angeordneten Fenster, die trotzdem wunderbar harmonisch wirkten. Wo früher eine Wiese voller Gestrüpp und Unkraut war, gab es jetzt einen großen Vorhof, ein rechteckiges Stück braune Erde. Sofort stellte ich mir dort eine Terrasse vor, die ich mit hellen Steinplatten auslegen lassen würde. An dem großen Eingang würde ich eine Steinbank und Blumenkübel aus Terrakotta aufstellen und meinetwegen Lavendel und Olivenbäume in die Kübel pflanzen, aber verputzt, gekalkt oder getüncht würde hier gar nichts. Es war, wie es sein sollte, schlicht und großzügig zugleich. »Bitte, Rafi, es bleibt so, ja? Es hat eine ganz eigene Atmosphäre, und die möchte ich erhalten, da kann es hundertmal wie ein Gutshaus am Mittelmeer wirken. Und innen belassen wir es bei den Farben, die außen zu sehen sind, mit Ausnahme der Tür dahinten, die bleibt als kleine Irritation, als einziger roter Fleck, was meinst du?«

Ich lief an der Fassade entlang. Vor dem kleineren Gebäudeteil hielt ich inne und strich über die ockerfarbenen Mauersteine, die an schönen Tagen aprikosenfarben in der Sonne leuchten und in klaren Nächten blassgelb in der Dunkelheit schimmern würden. Einen Kräutergarten würde ich auch anlegen, und wenn meine Gäste im Sommer draußen auf der Terrasse säßen, würden die Aromen zu ihnen aufsteigen, sich mit dem Geruch von dem noch warmen Holz und Harz der Bäume verbinden, sie würden das Rauschen des Meeres hören ... »Sag mal, wo werde ich eigentlich wohnen? Und wie ist das alte Atelierhaus überhaupt bis an das Hauptgebäude gekommen?«

Rafi trat zu mir. »Ich habe je eine Wand einreißen und einen Verbindungsteil errichten lassen. So wie es ursprünglich einmal war. Jo hat mir den alten Grundriss besorgt. Vor langer Zeit muss am Ende auch mal ein Turm gewesen sein. Ich weiß nur nicht so recht, ob man den jetzt schon nachbauen soll. Das würde zwar weitere vier bis fünf Zimmer bedeuten, doch bis zur Eröffnung müsstest du noch ein ganzes Jahr warten. Wenn du auf den Turm verzichtest und in den nächsten Monaten alles wie am Schnürchen läuft, könntest du im Herbst eröffnen – aber, na ja, eigentlich gehört der Turm dazu.«

Solche Dinge konnte ich im Moment nicht entscheiden, ich war zu berauscht, um konkret denken zu können.

Rafi fragte: »Sollen wir uns das Ganze mal von innen ansehen?«

»Gleich.« Ich wandte mich um und blickte in die Richtung des Meeres, das hinter den Dünen lag. Im Moment konnte man dort jedoch nur Dunstschleier erkennen. Im Geist sah ich den Pfad aus Holzlatten, der durch die Dünen hindurch zu dem breiten Sandstrand führte, und Menschen mit Badetaschen und Luftmatratzen unter dem Arm, die unter der heißen Sommersonne darauf hin und her wanderten. Meine Gäste. Selbst Jackson sah ich plötzlich dort; er kam auf mich zu, staunend. Er sprach von Reue und wünschte, ich würde ihm seine vielen hässlichen Worte verzeihen und eines Tages vielleicht bereit sein, ihn wenigstens als Freund zu akzeptieren. Abends saß er hier am Rand der Steinterrasse an einem einsamen Tisch und wartete auf mein Erscheinen. Aber ich hatte anderes zu tun. Tut mir leid, würde ich sagen, wenn er mich bat, bei ihm zu sitzen, aber ich muss mich um die Gäste kümmern, muss glockenhell über ihre Witze lachen, muss Geistreiches von mir geben, muss Rafi, meinem Bauingenieur, etwas ins Ohr flüstern und ...

»Mit wem sprichst du?«, rief Rafi.

Ich wachte auf. Rafi stand am Haupteingang und winkte mich zu sich. Ich ließ Jackson auf der Terrasse schmachten und folgte Rafi ins Haus.

»Ich habe mir überlegt, dass wir deine Wohnung am besten unter dem Dach einplanen«, sagte er. »Falls dir die Decke da nicht zu niedrig hängt, höher als zwei Meter zwanzig können die Zimmer dort nämlich nicht sein, und unter den Schrägen wären sie ja noch niedriger. Es sei denn, wir heben das Dach an.«

»Zwei Meter zwanzig reichen aus«, antwortete ich zerstreut und schaute mich um, obwohl es außer einer Baustelle kaum etwas zu sehen gab. In den ersten Stock führte eine Leiter. Doch glücklicherweise war mein Bauingenieur da, der von allem bereits sehr klare Vorstellungen hatte. Ich lauschte ihm und erfuhr, dass ich den Empfangsbereich vor mir sah. Die Leiter würde einer offenen Treppe weichen, die Stufen gemauert und weiß getüncht werden, mit einer Trittfläche aus hellem oder dunkelbraunem Holz. Ich stieg über Schuttberge und drehte mich mal hierhin, mal dorthin, doch meine Phantasie war nicht imstande, aus den herumstehenden Säcken, Eimern, Schubkarren, Kabeltrommeln und Werkzeugkästen etwas wie einen Empfangsbereich zusammenzuschustern.

»Wo sind die Arbeiter?«, fragte ich, denn für mich sah es hier aus, als hätten ein paar Leute mit Volldampf angefangen, wären dann aber mutlos geworden und hätten im Davonlaufen alles stehen und liegen lassen.

»Der Trupp für die Außenarbeiten ist fürs Erste durch. Am Montag geht's weiter. Du hast Glück gehabt.« Rafi winkte mich mit sich. »Die Grundsubstanz ist in Ordnung. Als ich mir das Haus zum ersten Mal angesehen habe, hätte ich auf Schwamm gewettet. Auch am Dach mussten nur wenige Stellen ausgebessert werden. Jo hat mir erzählt, dass deine Großeltern hier vor Jahrzehnten einiges investiert haben, das hat sich bezahlt gemacht.« Er deutete in den großen Raum. »Dort stelle ich mir die Lounge in Form einer lockeren Sitzgruppe vor und anschließend den Speisesaal. Ich würde alles offen lassen, ohne jeden Schnörkel, eine lichtdurchflutete Halle, in der man frei atmen kann. Die Steinplatten für den Fußboden können wir in den nächsten Tagen zusammen aussuchen. Die Küche kann Gott sei Dank bleiben, wo sie ist. Komm.« Er drückte die Tür zur Küche auf, die über den Steinfußboden schrammte. »Die Tür hat sich verzogen, aber das kriegt mein Bruder hin.«

In die Küche warf ich nur einen kurzen Blick. Bis auf einen Wasserhahn über einem grauen Steintrog war sie leer. Im Putz klafften riesengroße Löcher. Durch die verdreckten Fenster sah man auf kahle, knorrige Bäume mit wedelnden Ästen.

»Wenn du magst, schauen wir uns heute Abend ein paar Kataloge an«, sagte Rafi. Er zog mich weiter.

Wir durchquerten den neu eingesetzten Zwischenteil. Noch mehr Schutt und Baukram, eine verdreckte Schießscharte auf jeder Seite. Rafi erzählte irgendetwas über eine funktionierende Zirkulationspumpe, Heizkörper, Warmwasserversorgung und Duschen. Dann waren wir in dem Raum, der Mariannes Atelier gewesen war, und mir wurde merkwürdig zumute. Zuerst wusste ich nicht einmal, warum. Erst während ich mich umschaute, dämmerte es mir langsam. Ich hatte den früheren Raum nämlich besser als gedacht in Erinnerung: das durchgesessene dunkelrote Samtsofa, auf dem meine Mutter zu liegen pflegte, ob sie in Gedanken war oder sich nicht mehr auf den Beinen halten konnte; den buntgemusterten marokkanischen Wandteppich dahinter, die mit Schnitzereien verzierten dunklen Holztischchen, die Staffelei und zahllosen Bilder, die an den Wänden lehnten. Selbst den Geruch von Farben, Terpentin und Räucherstäbchen hatte ich mit einem Mal wieder in der Nase, ebenso glaubte ich, die drückende, ungesunde Atmosphäre von damals zu spüren.

»Das werden die besten Zimmer«, erklärte Rafi und breitete die Arme aus. »Zwei große zu den Dünen hin und zwei nach hinten hinaus zu den Wiesen und Bäumen. Die Holzdielen in den Zimmern schleift Nabil ab.«

Ich schlang meine Arme um mich.

»Ist dir kalt?«, fragte Rafi. »Ich habe eine Kochplatte und kann dir einen Kaffee kochen.«

»Mir ist nicht kalt«, entgegnete ich. »Ich habe nur das Gefühl, dass meine Mutter hier noch herumspukt.«

»Du hast wirklich eine blühende Phantasie.« Rafi musterte mich. »Du mochtest sie doch nie.«

»Sie geistert ja auch nicht nett herum, sondern hockt irgendwo, um Unheil und Düsternis zu verbreiten.«

Rafi legte den Kopf schräg und wirkte nachdenklich. »Ich weiß nicht, Charlie. Ich habe ihre Bilder hier zusammengepackt und sie alle angeschaut. Wenn du meine Meinung hören willst, hat sie eher an einem Unheil gelitten und versucht, es sich aus dem System zu malen. Jedenfalls sind diese Bilder anders als diejenigen, die in Jos Speisesaal hängen – schwermütiger und wilder, mit Gestalten, die sich voneinander entfernen oder untergehen. Als gäbe es etwas, das deine Mutter immer wieder aufs Neue hat erzählen wollen. Die Bilder stehen oben unter dem Dach in Kisten. Wenn du magst, kann ich sie dir zeigen.«

Ich winkte ab. »Ein andermal vielleicht, im Moment habe ich genug damit zu tun, mir hier Zimmer vorzustellen.«

Rafi ließ seinen Blick schweifen. »Na ja, für einen Laien ist das wahrscheinlich schwierig. Aber in drei Wochen wird es dir schon viel leichter fallen.«

Auch das überstieg meine Vorstellungskraft. Durch die restlichen Zimmer trottete ich Rafi schweigend hinterher. Dann kehrten wir in den sogenannten Empfangsbereich zurück, stiegen die Leiter hoch und wanderten durch die Räume im ersten Stock, die noch unverändert waren, schmuddelig und deprimierend. Der nächsten Leiter folgten die nächsten trostlosen Räume. Ich fing an nachzuzählen. »Insgesamt sind es vierzehn Gästezimmer, oder?«

Rafi lächelte. »Achtzehn oder neunzehn, wenn du den Turm bauen lässt.«

»Okay, du willst den Turm. Ich hab's verstanden.«

Wir warfen einen Blick in den niedrigen, langen Raum unter dem Dach, durch dessen Mauerritzen der Wind pfiff. In einer Ecke erkannte ich unter einer Plane mehrere Kisten.

»Sollen wir die Kisten mit den Bildern ins Auto laden?«, fragte Rafi. »Dann kannst du sie dir im Vents in Ruhe ansehen.«

Ich schüttelte den Kopf. »Heute nicht. Auf die Alpträume meiner Mutter kann ich verzichten.« Wir kletterten wieder nach unten.

»Lass den Kopf nicht hängen«, sagte Rafi, legte einen Arm um mich und drückte mich aufmunternd an sich. »Am Montag kommt Nabil mit seinen Leuten. Anfang Mai sieht es hier schon ganz anders aus.« Er trat ans Fenster und schaute hinaus. »Gegen meinen Bruder scheinst du ja nichts zu haben.«

Er gab ein schönes Bild ab, wie er da so schlank und hochgewachsen stand, mit dunklem Lockenkopf, abgewetzter Lederjacke, Jeans und schweren, halb geschnürten Bauarbeiterstiefeln, und wie ich Rafi kannte, war er ebenfalls dieser Ansicht. »Ich habe mit Lana telefoniert«, fuhr er fort und zuckte mit den Schultern. »Sie war sich nicht sicher, ob ich dieses Projekt weiterbetreuen werde. Jo wollte, dass ich als Generalübernehmer tätig werde, aber wenn dir das nicht recht ist ...«

Ich drehte einen Eimer um, setzte mich darauf, schlug die Beine übereinander und ließ ihn zappeln. Es dauerte eine Weile, bis er sich langsam umwandte, mein Gesicht studierte und anfing zu grinsen. »Gib es auf, Charlotte. Ich lese in dir wie in einem Buch. Und das schon seit dem Tag, als du zum ersten Mal bei uns erschienen bist. Damals, in dem Loch, in dem wir gehaust haben, weißt du noch? Ich sehe dich heute noch vor mir. Du wolltest alles gut und richtig finden, aber du warst schockiert. Eine ärmliche Wohnung wie unsere hattest du noch nie gesehen.«

Ich staunte. Rafi lag dermaßen falsch, dass ich kaum wusste, wo ich anfangen sollte. »Damals war ich sieben Jahre alt, Rafi. In dem Alter ist man beim Anblick einer Wohnung noch nicht schockiert. Das nur mal so am Rand. Abgesehen davon hatte ich da erst seit zwei Jahren bei Jo gelebt, dessen Hotel gerade fertig geworden war, und vorher zwei Jahre lang in den versifften Räumen hier. Wenn ich mir bei dem Besuch bei euch etwas gedacht habe, dann höchstens, dass ich froh war, mal von jemandem eingeladen worden zu sein. Was zeigt, wie falsch du vom ersten Tag an gelegen hast.«

Rafi starrte mich an.

Ich lächelte, war die Liebenswürdigkeit in Person. »Aber tu dir keinen Zwang an, lies ruhig weiter.«

Es hatte einmal Zeiten gegeben, da hätte er sich jetzt auf mich gestürzt, und wir hätten uns die Lippen wund geküsst, denn unsere Liebe war stürmisch gewesen, ein ständiges Auf und Ab. Selbst jetzt flackerte so etwas wieder auf, ich sah es in seinen Augen und er es offenbar in meinen, denn er sagte: »Oh, ich glaube, ein paar Dinge verstehe ich ganz gut.«

»Könnten ziemlich unwichtige sein.« Ich stand auf und klopfte mir den Staub vom Hosenboden. »Wie dem auch sei, natürlich machst du weiter. Ich weiß zwar nicht genau, was ein Generalübernehmer tut, aber wenn ich mir vorstelle, dass ich das hier alles allein bewältigen müsste, wird mir schlecht.«

Rafi schürzte die Lippen und schien sich meine Worte durch den Kopf gehenzulassen. »Also gut«, sagte er schließlich. »Dann weiter im Text. Soll ich dir die Pläne zeigen? Sie sind draußen in meinem Wagen.«

»Können wir das vielleicht beim Essen machen? Ich habe kaum etwas im Magen.«

»Gut, dann fahren wir in den Ort. Ich lade dich ein.«

»Nein, ich lade dich ein.« Ich lief an ihm vorbei zu seinem Jeep.

Als ich einstieg, hatte er mich eingeholt. »Ich habe es zuerst gesagt, und deshalb lade ich dich ein.«

»Rafi, bitte, nerv nicht.«

Er schwang sich hinter das Steuer und startete den Motor.

»Noch nicht.« Ich beugte mich vor. »Warte einen Moment.« Der Himmel hatte sich etwas aufgehellt, eine weiße

Wolkenlandschaft mit träge kreisenden Feldern, durch die Sonnenstreifen auf das Haus fielen und den ockergelben Mauern einen Glanz wie von poliertem Messing verliehen. Dieser Anblick machte mir Mut, und ich hätte mich noch lange darin vertiefen und von meiner Zukunft hier träumen können. Aber für so etwas musste man allein sein, den Gedanken, dass zwei Menschen sich lange in das Gleiche vertiefen wollten, konnte man streichen.

Rafi räusperte sich. »Können wir? Oder soll ich dir einen Eimer zum Sitzen rausholen, und du hältst deine Andacht, während ich uns was zum Essen besorge?«

Ich seufzte, lehnte mich zurück und schnallte mich an. »Wir können.«

Rafi wendete den Jeep, trat aufs Gas und bretterte über den Feldweg zurück. Kurz vor dem Ortseingang von Les Portes stieg er hart auf die Bremse, holperte neben einem flachen weißen Häuschen auf eine ausgefahrene Wiese und hielt an. Ich nahm an, dass das Häuschen ein Restaurant war, wenn auch ein namenloses. »Hast du Lust auf Couscous?«, fragte er und stieg aus. Ich blieb sitzen. Er drehte sich zu mir um. »Was ist?« Bei solchen Gelegenheiten hatten wir uns früher hoffnungslos in die Wolle gekriegt, und auch jetzt kam mir wieder die Galle hoch. Zuerst die verrückte Raserei, dann das kindische Bremsen und schließlich diese einsame Entscheidung. Ginge es nach Rafi, wäre ich ihm jetzt nachgezockelt, er hätte gerade noch daran gedacht, mir an dem Häuschen die Eingangstür aufzuhalten. Im Haus wäre irgendein Typ gewesen, den er kannte, die beiden hätten sich fünf gegeben, sich umarmt und angefangen zu lachen und zu reden, während ich wie ein Depp dabeigestanden hätte. Rafi kam zurück. »Entschuldige, Charlotte. Also noch mal von vorn. Wie wär's mit Couscous?«

»Couscous ist in Ordnung, aber wenn es da drin nach gekochtem Hammel riecht, bin ich weg.«

»Ich auch.« Er umrundete den Jeep und riss mit großer Geste die Beifahrertür auf. »Soll ich dich tragen?«

»Blödmann.« Ich rauschte an ihm vorbei und betrat das Restaurant als Erste. Es war niemand da, doch es war ein schöner Raum, weiße Wände, schwarzgelacktes Mobiliar, Messingleuchten, nirgendwo eine Aufdringlichkeit. Aus den Stereoboxen hörte man gedämpft Gitarrenklänge.

Rafi trat zu mir. »Das Restaurant gibt es seit einem Vierteljahr, aber es hat immer noch keinen Namen. Setz dich irgendwohin.« Er verschwand über einen schmalen Gang nach hinten. Ich streifte Jacke und Pullover ab, packte sie auf einen Stuhl und setzte mich. Gleich darauf ertönte aus der Richtung des Gangs herzhaftes Männerlachen. Wenig später kehrte Rafi mit einem sympathisch aussehenden Mann in unserem Alter zurück und sagte: »Charlotte, das ist Sandro. Ein Freund von Lana und mir.« Ich schüttelte Sandros Hand und musterte ihn. Das also war der Mann, dessen Namen Lana in den letzten Monaten hier und da in ihre E-Mails gestreut hatte. Sandro begutachtete mich ebenfalls. Wahrscheinlich hatte auch er dies und jenes gehört und dachte, das also ist die arme Frau, die sich in Amerika zum Narren gemacht hat. »Tja«, sagte er. »Ich habe Rafi schon erklärt, dass ich heute erst um sechs öffne. Ihr könnt was trinken. Wenn ihr wollt, mache ich euch auch ein paar Häppchen, aber mehr ist nicht drin.«

»Mit Couscous.« Rafi legte seine Lederjacke auf meinen Kleiderstapel und setzte sich mir gegenüber. »Was möchtest du trinken?«

»Einen leichten Rosé und Mineralwasser.«

»Das bestellt Lana auch immer«, sagte Sandro strahlend.

»Rafi heute auch.« Rafi boxte Sandro in die Seite. »Du kranker Hund. Ausgerechnet Lana.«

Sandros Miene verdüsterte sich. »Noch ein Wort, und du fliegst raus.«

Rafi lachte. »Mach, Alter, Charlie und ich sind kurz vorm Verhungern.«

»Lass dich lieber nicht mit diesem Schwachkopf ein«, sagte Sandro zu mir, ehe er nach einem letzten verächtlichen Blick auf Rafi nach hinten stolzierte.

Ich sah ihm nach und wunderte mich. Sandro war das ganze Gegenteil von Jo, nicht sehr groß und gedrungen mit dunklem Haar, rundem Gesicht und seelenvollen braunen Augen. Sehr viel mehr hatte ich auf den ersten Blick nicht mitbekommen, doch wenn er es schaffen wollte, Jo aus Lanas Herz zu verbannen, hatte er noch einiges vor sich.

»Sandro betet Lana an«, sagte Rafi leise. »Ich kann es nicht mit ansehen. Diese Verirrung und Hoffnungslosigkeit.« Er stand auf, holte Besteck und Servietten von der Anrichte an der Wand und setzte sich wieder. »Dabei wäre er gar nicht schlecht für sie. Er ist warmherzig, intelligent und packt die Dinge an. Das hier ist sein viertes Restaurant, die anderen sind in La Rochelle, eins unten in Lacanau.« Er beugte sich zu mir vor. »Aber da gibt es nun mal Jo, fürchte ich. Die nächste Verirrung, ebenfalls hoffnungslos.«

Ich erstarrte und dachte, nicht richtig gehört zu haben. Lanas Gefühle für Jo waren ihr und mein Geheimnis. »Wie kommst du auf Jo?«, fragte ich so beiläufig wie möglich. »Jo ist zweiundfünfzig und außerdem …« Ich brach ab und schüttelte den Kopf, als sei es zu albern, darüber noch ein Wort zu verlieren.

»Das ist Lana egal, sie liebt ihn. Doch, Charlie, ich weiß es, da kannst du die Augen verdrehen, wie du willst. Jo weiß es übrigens auch.«

Ich zuckte zusammen. Doch in dem Augenblick kam meine Rettung in Form von Sandro. Er trug ein großes Tablett vor sich her, das er auf dem Nachbartisch absetzte. »Alles klar?«, fragte er mich. Sein Blick flog zwischen Rafi und mir hin und her.

»Ja«, sagte ich matt. »Alles klar.«

Sandro räumte die Sachen auf unseren Tisch, Flaschen, Brotkorb, Teller, Vorspeisenplatte, Gläser. All das nahm ich irgendwie wahr, während es in mir arbeitete. »Ruft mich, wenn ihr noch was braucht.« Sandro trat ab.

»Du müsstest dich sehen.« Rafi lachte. »Lots Weib war wahrscheinlich nichts dagegen.« Er schenkte mir ein Glas Rosé ein. »Trink.«

Ich nahm einen Schluck und blickte weiß der Teufel wohin, nur nicht in sein Gesicht. Dann tat ich, als lauschte ich der Musik.

»Herrgott«, sagte Rafi. »Ist das, was ich gesagt habe, denn so katastrophal? Selbst der größte Trottel würde erkennen, dass Lana hinter Jo her ist. Dylan war der Erste, der mich darauf angesprochen hat. Er wollte, dass ich mit Lana rede. Aber wer kann Lana schon zur Vernunft bringen, wenn sie sich in etwas verrannt hat?« Er nahm sich ein angeschnittenes Stück Baguette, klappte es auf, beäugte die Häppchenplatte und murmelte stirnrunzelnd »kein Couscous«. Dann spießte er mit der Gabel Salamischeiben auf und steckte sich eine Olive in den Mund. »Na schön«, fuhr er kauend fort. »Wir tun einfach, als wärst du weder taub noch stumm geworden, ja? Meine Mutter möchte, dass Lana endlich heiratet. Selbst Sandro wäre ihr recht, obwohl seine Familie aus dem Libanon und nicht wie die unsere seit zig Generationen aus Algerien stammt.«

Ich räusperte mich. »Der Mutter zuliebe heiraten, warum nicht? Es gibt Leute, die heiraten, weil sie gerade nichts Besseres vorhaben.«

»Auch nicht schlecht.« Rafi bereitete sich den nächsten Bissen zu. »Ich könnte dir heute noch erzählen, was Jo vor Jahren anhatte, was er gesagt, wie er geguckt hat, denn Lana konnte ja nie aufhören, über ihn zu reden. Jedes Thema war ihr recht, Hauptsache, es drehte sich um ihn. Dabei ist sie eigentlich nicht dumm, doch in dem Punkt steht ihr offenbar einer auf der Leitung.«

»Sie konnte nicht anders.« Ich hatte mich wieder gefasst, lud mir einen Löffel voll Garnelen auf den Teller und aß langsam eine nach der anderen. Ärgerlicherweise hatte ich mein Handy irgendwo in Jos Hotel liegen lassen, denn sonst hätte ich Lana eine Nachricht geschickt und mich mit ihr verabredet. Wir hätten über die vielen Leiden gesprochen, die ein Mensch ertragen musste, der einen anderen für nichts und wieder nichts liebte. So war es doch, oder? Da suchte man jede Gelegenheit, nur um den geliebten Namen auszusprechen, und wusste nicht, dass man ins Leere funkte, denn vom anderen Ende würde nie etwas kommen, nicht einmal der kleinste Ton oder die Spur eines Interesses. Wahrscheinlich konnte Lana mir heute noch beschreiben, was Jo an irgendeinem Tag getragen, was er gesagt, wie er geguckt hatte. Mit geröteten Wangen und glänzenden Augen würde sie es tun. Würde ich Jo dagegen fragen, was Lana vor fünf Minuten getragen habe, würde er die Stirn in Falten legen und, falls er mir überhaupt eine Antwort geben würde, sagen: »Woher soll ich das wissen?« An das, was sie gesagt hatte, würde er sich vielleicht noch schwach erinnern, aber wie sie geguckt hatte? Fehlanzeige.

»Glaubst du, Jo denkt oft daran?«, fragte ich. »Dass Lana ihn liebt?«

Rafi spülte seinen letzten Happen mit einem großen Schluck Wein hinunter. »Ich schätze mal, so gut wie nie.«

Das schätzte ich auch. »Also dann«, sagte ich mit schwerem Herz. »Wie geht es jetzt weiter? Ich meine, wohin fährst du nach dem Essen?«

»Nach La Flotte, falls du nichts dagegen hast. Willst du mitkommen?«

»Übernachtest du im Vents?«

»Ja, ich dachte, vielleicht setzen wir uns später mit Jo zusammen und gehen meine Pläne durch.«

Unter einem tiefschwarzen Himmel und im strömenden Regen fuhren wir zurück.

Im Hotelflur des Vents fing Dylan mich ab und sagte, er wolle etwas mit mir besprechen. Ich seufzte und dachte, nicht schon wieder. Seit einer Woche hatte ich ständig irgendwo gesessen und jemandem zugehört, der mit mir reden wollte. Darüber hinaus hatte ich mittlerweile den Eindruck, etwas mit mir zu »besprechen« bedeutete, mir zu verkünden, was andere sich vorstellten oder bereits entschieden hatten. Nicht, dass ich mich darüber beklagen wollte, schließlich waren es überwiegend schöne Vorstellungen und Entscheidungen gewesen, aber trotzdem.

Rafi verschwand in die Küche, kehrte mit einer Flasche Kronenbourg und einem Glas zurück, hatte unter den einen Arm den *Sud-Ouest* und unter den anderen seine zusammengerollten Pläne geklemmt. Er lief zur Lounge. An der Tür drehte er sich noch einmal um und sagte: »Wenn du und Jo so weit seid, gebt ihr mir Bescheid, ja?«

Ich folgte Dylan in seine Wohnung. »Ist Jo nicht da?«, fragte ich. Dylan schüttelte den Kopf. Ich hob Kleidungsstücke von einem Hocker, legte sie zu anderen auf einen zweiten Hocker und ließ mich nieder. Dylan besaß zwar einen wunderbaren antiken Kleiderschrank, den er vor Jahren irgendwo ersteigert hatte, doch darin befanden sich nur seine Unterwäsche, Schuhe, Socken und Anzüge. Den Rest verteilte er auf seinen zahlreichen Sitzmöbeln und dem Klavier an der Wand. Hier und da kaufte er sich einen neuen Hocker oder Stuhl, so wie andere Leute vielleicht einen zweiten Kleiderschrank oder eine Kommode erstanden. Auch sonst war seine Wohnung in etwa so ordentlich wie die Räume meiner Großeltern im Elsass, ganz anders als bei Jo, der ein manischer Aufräumer war und es nicht ertrug, wenn irgendwo etwas herumflog.

»Möchtest du was trinken?«, fragte Dylan.

»Nein.«

Dylan schenkte sich ein Glas Wasser ein, das er vor dem ersten Schluck angeekelt betrachtete, schaufelte sich einen Sessel frei und ließ sich dicht vor mir nieder. »Du sitzt auf dem Hocker für meine Füße«, sagte er.

Ich rutschte mit dem Hocker zurück.

Dylan trank einen zweiten Schluck und schnitt eine Grimasse. »Und? Wie hat dir dein Haus gefallen?«

»Gut.«

»Schön«, sagte er, doch er wirkte abwesend. »Ich bin ja nicht blind«, fuhr er fort. »Théo ist es auch nicht.«

»Nein.« Ich übte mich in Geduld. Dylan schien tatsächlich etwas auf dem Herzen zu haben, aber mitunter brauchte er ein paar Umwege, bis er zur Sache kam.

»Jo und ich sind seit dreißig Jahren Freunde, zwischen uns ist nie etwas vorgefallen, nichts Ernsthaftes jedenfalls. Das muss uns erst mal einer nachmachen.«

»Richtig.«

Er stand auf, holte eine Flasche Pineau und schenkte sich einen Schluck ein. »Wir erzählen uns alles, was uns bewegt. Nicht die Kinkerlitzchen, aber das, was zählt.«

»Dylan, bitte. Warum sagst du mir nicht, worum es geht?«

Er sah mich irritiert an. Anscheinend mochte er nicht gehetzt werden, aber ich wollte hoch in mein Zimmer und mit Lana telefonieren.

Er hob die Schultern, breitete die Arme aus und ließ sie wieder sinken. »Ich frage dich nur, weil er mir nichts sagt, obwohl ich doch sehe, dass ihn etwas beschäftigt. Sehr beschäftigt. Ich mache mir Sorgen. Du weißt, dass ich ihn wie einen Bruder liebe – nein, wie einen geliebten Bruder.«

Ich stöhnte. »Dylan, bitte, komm zum Punkt.«

Seine Miene bewölkte sich. »Wenn es so einfach wäre, hätte ich es ja wohl schon gesagt, Charlie. Das Problem ist, ich fühle mich wie ein beschissener Verräter.« Er stürzte den Schnaps hinunter. »Also gut, hat er dir zufällig irgendwas von einer Frau erzählt?«

»Von einer Frau? Was für einer Frau?«, fragte ich, auf das Thema wäre ich nun wirklich nicht gekommen. Jo redete so gut wie nie über seine Frauen, warum auch, wenn es nach spätestens drei Wochen nichts mehr zu reden gab?

»Ah«, sagte Dylan, als wäre er erleichtert. »Dann hat er sich dir also auch nicht anvertraut.«

»Seit wann gibt es da etwas anzuvertrauen? Seine Frauen spielen ja nicht gerade eine entscheidende Rolle in seinem Leben.«

»Diese eine vielleicht schon.« Dylan beugte sich zu mir vor. »Deinen Onkel hat es erwischt, Charlotte, so sehr, dass er niemandem etwas sagt und sich mit ihr nur heimlich trifft.«

Das überstieg mein Fassungsvermögen. Doch dann fiel mir etwas ein, ich beugte mich ebenfalls vor, so dass wir wie zwei Verschwörer voreinanderhockten. »Was meinst du, könnte es Lana sein?«, fragte ich, denn der Gedanke hatte mich wie ein Hoffnungsstrahl durchzuckt. Ein alberner Hoffnungsstrahl, natürlich, Lana hätte sich mir gegenüber niemals verstellen und so etwas für sich behalten können.

Dylan lehnte sich zurück und wirkte verärgert. »Das sollte ein Witz sein, oder?«

Irgendwo meldete sich Dylans Handy mit den ersten Klängen von »Lay Lady Lay«. Er stand auf, kramte auf seinen zugemüllten Möbelstücken herum, fand es und schaltete es aus, doch danach hing die Melodie immer noch im Raum, fraß sich in mein Gehirn und würde mir wahrscheinlich bis zum Einschlafen durch den Kopf gehen. Dylan zuckte mit den

Schultern. »Dann weißt du also auch nichts.« Er steckte sein Handy in die Hosentasche. »Wie gefällt dir denn Rafi mittlerweile so?«

Falls er mit einer Antwort rechnete, hatte er sich leider geschnitten. Ich stand ebenfalls auf. »Ciao, Dylan, ich muss noch mit ein paar Leuten telefonieren und mir Pläne ansehen. Bis später.«

# Acht

Am Tag darauf borgte ich mir Dylans Citroën, einen uralten DS mit Rosträndern am Chassis, und machte mich erneut auf den Weg nach Les Portes, um mir mein Haus in Ruhe anzuschauen. Aber vorher wollte ich noch etwas anderes erledigen, nämlich über mich und meine unsinnige Tour nach Amerika nachdenken, ohne dass mir jemand dazwischenfunkte. Zwar litt ich nicht an der Aufräumwut meines Onkels, trotzdem mochte ich es nicht, wenn mir pausenlos Unausgegorenes im Kopf herumschwirrte und Faulheit oder Feigheit mich davon abhielt, es zu durchdenken. Das hatte ich jetzt lange genug vor mir hergeschoben.

In Saint-Martin stellte ich den Wagen ab und lief durch den Ort zu der alten Festungsanlage, die für ein gutes Stück Weg am Meer entlangführte. In einem der Durchbrüche setzte ich mich auf eine Bank und schaute vorsorglich nach rechts und links, als könnte jeder Spaziergänger meine Gedanken lesen. Doch außer einem gebeugten alten Mann in einer abgetragenen Seemannsjacke, der in den Abfallkörben wühlte, war niemand zu sehen. Ich schaute ihm zu und dachte, gegen seine Geschichte war meine vermutlich gar nichts; mich hatte kein hartes Schicksal zu Jackson getrieben, ich war allein dem Ruf meiner Idiotie gefolgt, so viel war schon mal klar, das brauchte ich gar nicht mehr mit mir zu diskutieren. Ich schloss die Augen, ließ mich von der schwachen Sonne bescheinen und lauschte den Wellen, die sich klatschend auf den Strand warfen und mit lautem Zischen zurückglitten, als kündigte sich ein Unwetter an, das weit draußen über dem Meer schon begonnen hatte.

Idiotie oder Irrtum, egal, jedenfalls waren meine Gefühle für Jackson einmal so stark gewesen, dass ich alles stehen- und liegengelassen hatte – Job, Freunde, meine Wohnung in Paris, mein ganzes verdammtes Leben –, nur um bei ihm zu sein, als wäre ich achtzehn gewesen statt achtundzwanzig. Dabei war ich nicht einmal unglücklich gewesen, rastlos vielleicht, mit dem Eindruck, tagaus, tagein das Gleiche zu tun, aber wer dachte das denn nicht von Zeit zu Zeit? Trotzdem, irgendeinen Nährboden musste es für meine Entscheidung gegeben haben, allein die Liebe konnte es nicht gewesen sein. Oder doch? Suchte ich die Erklärungen etwa woanders, weil nichts daraus geworden war, wollte die ganze Gefühlsblamage wegerklären, insbesondere vor mir selbst, so dass nicht Charlotte blöd war, sondern die Umstände es gewesen waren?

Ich öffnete die Augen und sah dem Mann nach, der zum nächsten Abfallkorb schlurfte. Aber hatte ich Jackson tatsächlich geliebt? Wahrscheinlich hatte der erste Eindruck an dem Tag, als er wieder vor mir gestanden hatte, mir den Sinn verwirrt. Womöglich hatte ich das mit Liebe verwechselt. Aber deshalb ließ man doch nicht alles fallen und rannte jemandem nach, zumal er mich nie dazu aufgefordert hatte, nicht einmal andeutungsweise. Ich versuchte, den Jackson aus dem April vor einem Jahr noch einmal vor mir auferstehen zu lassen, ohne sein späteres Stirnrunzeln und den ärgerlich verkniffenen Mund, versuchte, ganz und gar unparteiisch zu sein – und doch, ich konnte es drehen und wenden, wie ich wollte, der Mann selbst konnte es nicht gewesen sein, Jackson war kein Magnet, dem eine Frau wie ein Eisenspan folgte, ich hatte ihn höchstens dazu gemacht.

Ich erinnerte mich an einen Tag in meiner Wohnung in Paris, ein winziges Apartment, nicht weit von dem Hotel entfernt, in dem ich damals arbeitete. Ich kam von der Abendschicht, todmüde, meine Füße taten weh, meine Schultern, mein Nacken waren so verspannt, dass ich Kopfschmerzen hatte. Mein Blick fiel auf den Korb im Bad, auf die Wäsche darin, die ich an jenem Abend waschen, auf den Fußboden, den ich wischen musste, und mit einem Mal wurde mir alles zu viel. Ich setzte mich aufs Bett und dachte, wie mir alles zum Hals raushing. Ich sah die unzähligen Male vor mir, die ich abends nach Hause kommen, die Wohnung säubern und die Wäsche waschen würde, abends und morgens die Zähne putzen, mich schminken, abschminken, vor dem Einschlafen drei Seiten lesen, am nächsten Tag nicht mehr wissen, was ich gelesen hatte – und fand es sinnlos und unerträglich. Auch in den nächsten Tagen ging das noch so, wochenlang hielt meine Unzufriedenheit an. Irgendetwas fehlte, irgendetwas, das mich mehr erfüllte als mein Leben als Empfangschefin in einem Pariser Hotel, ein Job, den ich Jos Empfehlung verdankte, ebenso wie ich zuvor dank Katharinas Empfehlung in London gelandet war. Bis zu jenem Moment hatte ich beides zwar durchaus zu schätzen gewusst, im Rückblick sogar die Zeit in London, doch mit einem Mal passte mir auch das nicht mehr. Ich wollte etwas Eigenes schaffen, etwas aufbauen, fernab meiner Familien, ihrer Geheimnisse, ihres Einflusses und letztlich auch ihrer Erwartungen, ich wollte raus aus alldem, endlich einmal frei und selbständig sein, der Himmel mochte wissen, was ich mir darunter vorgestellt hatte. Und dann kam Jackson und mit ihm die Idee, in Amerika ein neues Leben zu beginnen und Erfüllung in der Liebe zu finden, nicht allein, sondern als Paar etwas aufzubauen, was, würde sich dann noch ergeben. Das war meine Emanzipation. Ich hatte den Verstand verloren, ganz ohne Zweifel.

Gut – was passiert war, war passiert und Einsicht angeblich der erste Schritt zur Besserung. Blieb nur noch die Frage, warum ich so lange bei ihm ausgeharrt hatte, obwohl ich doch unglücklich war. Sicher, Julie war ein Grund gewesen, der Rest vermutlich reine Trägheit. Hinzu war der Unwille gekommen, mir einzugestehen, dass ich mit allem falschgelegen hatte, mit Jackson, seinen Gefühlen für mich, meinen Plänen für uns, so vage sie auch gewesen waren, und mit der Geringschätzung meines vorherigen Lebens, das, so viel wusste ich im Nachhinein, völlig in Ordnung gewesen war.

Wie aus dem Nichts kam ein heftiger Wind auf, der auf dem Strandstreifen Sand aufwehte und in die Brandung fuhr. Es würde tatsächlich ein Unwetter geben; das Meer hatte bereits angefangen zu schäumen und ergoss sich in überschwappenden Wellen auf den Strand. Zum Horizont hin schillerte das Wasser in den letzten Sonnenstrahlen graugrün, als sende die Natur eine ernstzunehmende Warnung. Als schwere Regentropfen in den Sandboden vor mir Löcher schlugen, beschloss ich, meine Betrachtungen fürs Erste einzustellen, und lief zurück zu Dylans Wagen.

Auf dem Weg nach Les Portes schüttete es wie aus Eimern, und die Autos, die an mir vorbeirasten, wirbelten auf der schwarzglänzenden Straße Wasserfontänen auf. Erst nach einer Weile ließ der Regen nach und ging in Nieseln über.

Die Frau, die vor einem Jahr ihren Sinn für Realität verloren und einem Mann, der sie in keiner Weise ermutigt hatte, ihre Liebe aufgedrängt hatte, wollte mir einfach nicht aus dem Sinn. *Natürlich kannst du mich besuchen*, hatte Jackson mir gemailt, nachdem ich mich selbst eingeladen hatte. *Ich freue mich*. Wie war daraus in meinem Kopf *Ich liebe dich, ich kann es kaum erwarten, dich zu sehen!* geworden?

Aber sei's drum, wenigstens war ich jetzt meine irregeleitete Liebe los und im Grunde meines Herzens eigentlich nur noch beleidigt, weil ausgerechnet einer wie Jackson mich abgewiesen hatte.

Dann hatte ich Les Portes erreicht und bog auf den Weg zu dem Haus ein, meinem Haus, wie ich mir immer wieder aufs Neue sagen musste.

Ich stieg aus und sah mich um. Rafis Jeep war nicht da. Als ich am Eingang die Türklinke herunterdrückte, war sie abgeschlossen. Ich lief zu dem kleineren Gebäudeteil und versuchte mein Glück an den Türen zu den alten Ateliers – verriegelt. Dasselbe hinten an der Tür zur Küche. Dort lagen eine Schubkarre und ein Stapel Bretter, und der Wind trieb Fetzen eines Papiersacks vor sich her. Ich blickte durch die verdreckten Fensterscheiben ins Haus, wo nichts außer Schutt zu erkennen war. So viel also zu meinem Plan, sich alles noch mal in Ruhe anzuschauen. Ich wanderte zu den Dünen, besah mir die gesamte Anlage von dort und versuchte, die Räume im Geist wenigstens in groben Zügen einzurichten, den Empfang, die früheren Ateliers, die kleinen Zimmer im ersten und zweiten Stock. Aber ich war noch zu sehr mit meinen Fehlern der Vergangenheit beschäftigt und nicht richtig bei der Sache. Ich wandte mich zum Meer um. Über dem Horizont hatte das Grau sich gelichtet. Hier und da schimmerten perlmuttweiße Adern auf, die sich bläulich färbten, bevor sie erneut grau wurden. Ich stapfte noch einmal um das Haus herum, kletterte auf einen Schuttberg, schaute zu der Teerstraße hinüber und wünschte, Rafis Jeep würde dort jeden Augenblick erscheinen und auf mich zugerast kommen. Doch Rafi hatte offenbar anderes vor. Ich hatte seine Arbeit gelobt, und nun konnte er nach Lust und Laune weitermachen. Nicht einmal die Pläne und Kataloge hatte er mir am vergangenen Abend gezeigt. Als ich ihn gesucht hatte, war er nirgends zu finden gewesen.

Auf dem Rückweg nach La Flotte ging ein wahrer Wolkenbruch nieder und hüllte den Wagen in Wasserbäche ein. Ich verfluchte Dylans steinalte Scheibenwischer und versuchte, durch die Regenvorhänge die Straße vor mir zu erkennen. Es war erst früher Nachmittag, aber der Himmel so dunkel, als wäre es Nacht. Ich wollte auf mein Zimmer, die ersten Kalkulationen für mein Hotel aufstellen und sie nachher mit Jo durchgehen. Außerdem hatte ich Küchendienst. Später am Abend würde ich mich mit Lana treffen, zum zigsten Mal über sie und meinen Onkel reden und ihr behutsam beibringen, dass er ihre Gefühle erstens kannte und zweitens nie für erwähnenswert gehalten hatte – ein Gespräch, auf das ich mich nicht gerade freute.

Bei Jos Hotel angekommen, stellte ich Dylans Rostlaube ab und betrat das Haus durch den Hintereingang. Oben an der Tür zu meinem Zimmer lehnte ein schmaler Karton mit einem Klebezettel daran, auf dem stand: *Liebe Charlotte, hier findest Du alte Briefe von Deiner Mutter. Der Karton war unter den Bildern in Les Portes. Bis später. R.* Ich legte den Karton auf meinen Schreibtisch, zog mich für den Küchendienst um und lief wieder nach unten. Jo war immer noch nicht da, sein Arbeitszimmer lag verlassen im trüben Nachmittagslicht. Allmählich begann ich mir Gedanken um ihn zu machen. Ich beschloss, Dylan oder Théo nach seinem Verbleib zu fragen, und ging in die Küche. Niemand. Auf dem Tisch Berge von Gemüse. Es war halb vier, um die Zeit war Théo sonst längst dabei, das Abendessen vorzubereiten. Ich warf einen Blick in die Lounge und den Speisesaal. Keine Menschenseele. Ich fragte mich, was das sollte, doch als ich wieder im unteren Flur stand, hörte ich aus Dylans Wohnung laute Stimmen. Ich schlich näher heran, die Ohren wie zwei Radarschirme. Im nächsten Augenblick flog die Tür auf, und Théo stürzte mit feuerrotem Kopf heraus. »Aus dem Weg«, brüllte er bei meinem Anblick und stürmte an mir vorbei. »Oder es passiert was.«

Fassungslos sah ich zu, wie er in die Küche verschwand und die Tür zuknallte, dass sie im Rahmen vibrierte. Dylan lehnte am Pfosten seiner Wohnungstür, tippte an seine Schläfe und zog sich kopfschüttelnd zurück.

Ich betrat die Küche wie auf Samtpfötchen. Théo stand am Tisch, hackte Selleriestangen klein und keuchte vor Wut. »Blutsauger hat der mich genannt.« Er zeigte auf das Gemüse und schob mir ein Holzbrett und eine Raspel zu. Ich setzte mich, griff nach einer Möhre und der Raspel und sah Théo fragend an. Er nickte unwirsch. »Wie stehe ich denn jetzt da?«, stieß er hervor. »Seit wann ist meine Küche eine Folterkammer? Seit wann bin ich ein Seelenmörder und Leuteschinder? Als hätte Dylan von irgendetwas eine Ahnung. Aber er weiß natürlich alles besser.« Er rammte das Messer in die Holzplatte des Tischs und sah sich zornig um. »Ohne mich würde der Junge nicht mal ein Spiegelei hinkriegen.«

»Was suchst du?«, fragte ich vorsichtig.

Er schnaubte.

»Möchtest du ein Schlückchen trinken?«

Wenn mich nicht alles täuschte, nahm Théo mich erst in diesem Augenblick richtig wahr. Er sank auf einen Stuhl und deutete auf den Cognac, den er zum Kochen verwendete.

»Nein, kein Fusel. Warte.« Wie der Wind war ich an Dylans Tür und klopfte. Als er öffnete, zischte ich: »Gib mir den Pineau.«

»Nicht für Théo.«

»Doch für Théo. Du hast ihn verletzt.«

»Herrgott.« Dylan kam mit der Flasche. »Verdammter Mist. Gut, ich bring ihm was.«

In der Küche stellte er die Flasche und ein Glas vor Théo und setzte sich ihm gegenüber.

»Raus«, sagte Théo. »Verschwinde.«

Ich schenkte ihm ein Glas ein.

Théo drehte das Glas mit beleidigter Miene zwischen den Fingern und sah mich von der Seite an. »Hat er sich bei dir auch ausgeheult?« Er leerte das Glas in einem Zug. »Alles habe ich ihm beigebracht. Alles. Als er hier ankam, kannte er die Gerichte, die er jetzt kochen kann, nicht mal dem Namen nach.«

»Also kann er jetzt kochen«, wagte ich mich vor.

Théo schmollte.

»Du könntest ihn ab und zu loben«, schlug Dylan vor.

»Schnauze«, antwortete Théo giftig.

»Wo ist Robbie überhaupt?«, fragte ich.

Théo zuckte mit den Schultern. »Hat heute frei.« Er riss das Messer aus der Tischplatte. Die nächste Stange Sellerie musste dran glauben. »Und wem verdankt er, dass er servieren – dass er sich überhaupt richtig benehmen kann?«

»Letzteres verdankt er Jo«, antwortete ich. »Apropos, wo steckt der eigentlich?«

Die beiden schwiegen.

»Wenn ihr es mir nicht sagt, helfe ich nicht.«

Dylan lachte. »Wie oft ich diesen Satz schon gehört habe. Jo trifft sich mit einer Dame. Mehr wissen wir auch nicht.«

Ich fing an zu raspeln. »Mit der Geheimnisvollen?«

Die beiden tauschten einen Blick. »Eins der Zimmermädchen hat sie gesehen«, sagte Dylan. »An einem Wochenende Anfang Januar, als Jo allein im Hotel war. Seitdem ist er entweder extrem gut gelaunt oder sitzt da und zieht die Brauen zusammen.«

»Vielleicht will sie ihn nicht«, warf Théo ein. »Wäre doch mal was Neues.«

»Die möchte ich sehen.« Dylan beugte sich zu Théo vor. »Bist du mir noch böse?«

Théo presste die Lippen zusammen, um sein Lächeln zu verbergen, doch an den Mundwinkeln kam es hervor. Er deutete auf die Gemüseberge. »Red nicht, fang an zu schnippeln.«

Eine Weile später war ich wieder in meinem Zimmer. Mein Blick fiel auf den Karton. Ich setzte mich an meinen Schreibtisch und betrachtete ihn. Wollte ich alte Briefe meiner Mutter lesen? Nicht unbedingt, mein Interesse an ihrem Leben entsprach dem, das sie meinem entgegengebracht hatte. In meiner Jugend war das für kurze Zeit anders gewesen, aber irgendwann hatte ich die Versuche, mich ihr zu nähern, aufgegeben. Ihre Gleichgültigkeit war wie eine Mauer, an der ich abprallte, bis ich begriffen hatte, dass jedes Anlaufen dagegen sinnlos war.

Ich klappte den Karton auf. Innen lag ein großer weißer Umschlag, den ich herausholte. Die Handschrift, in der Name und Adresse meiner Mutter geschrieben waren, kam mir bekannt vor, ich wusste nur nicht, woher. Von Jean-Pierre vielleicht oder auch von Valérie. Dann dachte ich mir, was soll's?, öffnete ihn, und ein Schwung kleiner Briefumschläge ergoss sich über den Tisch, hellblaue, rosafarbene, weiße. Feines Papier, die Umschläge allesamt aufgeschlitzt. Als ich den ersten in die Hand nahm, wurde ich unsicher. Selbst wenn es alte Briefe von meiner Mutter an meinen Vater waren – darum musste es sich wohl handeln, immerhin standen auf jedem der Umschläge in ihrer Handschrift sein Name und eine Straßburger Adresse –, schien es mir falsch, sie einfach zu lesen. Andererseits, warum hatte Marianne sie bis zum Schluss aufgehoben? Wenn sie nicht gewollt hätte, dass sie jemand las, hätte sie die Briefe entsorgen können. Sie war nach langem Leiden an Nierenversagen gestorben, und ich erinnerte mich noch gut an den Tag, als Jo und ich sie nach La Rochelle ins Krankenhaus gefahren hatten. Marianne war körperlich am Ende, doch geistig ziemlich klar. Sie wusste, was sie erwartete. Wenn sie es selbst nicht mehr gekonnt hätte, hätte sie einen ihrer Mitbewohner bitten können, die Briefe zu vernichten. Und dennoch – würde ich wollen, dass jemand nach meinem Tod alte Liebesbriefe von mir las? Ich dachte an den Schwulst, den ich Rafi vor zehn Jahren geschrieben hatte, daran, wie ernst er mir gewesen war und wie andere – mich eingeschlossen – heute darüber lachen würden. Doch dann kam mir ein Gedanke. Vielleicht hatte sie etwas geschrieben oder wenigstens angedeutet, das mit dem Zerwürfnis zwischen meinen Familien zusammenhing. Ich zog den ersten Brief heraus, er war nur eine Seite lang.

*Ich wundere mich über Deine Fragen, Richard, ob ich Dich liebe, ob Du mir fehlst, ich Dir verzeihe. Wie kommst Du auf solche Ideen? Du hast Dich entschieden, willst aber alles wieder so haben, wie es vorher war. Brauchst Du jemanden, der Dir sagt, dass nichts mehr ist, wie es war, und es nie wieder so sein wird? Du benimmst Dich wie ein Kind, und – nein, ich möchte nicht, dass Du mich besuchst. Ich will nicht mehr reden, will Dich nicht mehr sehen, nicht mit Dir telefonieren, nicht erinnert werden, nicht daran denken, wie schwach Du bist. Lass mich in Ruhe, Richard.*

*Marianne*

Ich las die Zeilen noch mal. Harte, unbarmherzige Zeilen und ganz typisch für meine Mutter. Über den Familienzwist verrieten sie mir jedoch nichts. Laut Datum hatte sie den Brief im Juli 1977 geschrieben, wenige Monate nach dem Tod meines Bruders. Ich war im darauffolgenden Mai geboren worden. Demnach hatte sie meinen Vater doch noch einmal gesehen. Ich stand auf und trat ans Fenster. Der Regen hatte aufgehört und die Wolkendecke sich so weit gelockert, dass das Meer silbergrau glänzte. Ein paar Möwen trippelten um die Regenpfützen unten auf dem Weg herum, andere ließen sich im Wind treiben. Dann entdeckte ich Jo. Er kam von Saint-Martin, mit lockerem Schritt und entspannter als jede Möwe am Himmel. Vor dem Hotel blieb er stehen, schaute lange aufs wogende Meer hinaus. Als er sich zum Hoteleingang umwandte, öffnete ich das Fenster und rief seinen Namen. Er blickte auf. Ich winkte ihm, zu mir zu kommen. Er zögerte kurz, bevor er nickte. Gleich darauf hörte ich ihn pfeifend die Treppe hochsteigen.

»Na, mein Schatz«, begrüßte er mich händereibend. »Wie geht's, wie steht's?«

»Um Gottes willen«, entgegnete ich. »Hast du was getrunken?«

»Warum?« Er setzte sich auf meine Bettkante. »Na, wie gefällt dir, was Rafi mit deinem Haus gemacht hat? Du warst doch schon in Les Portes, oder?« Sein Blick streifte die Flut der Briefe auf meinem Schreibtisch.

»Ja. Ich finde, er hat seine Sache gut gemacht.«

»Ein vielversprechender Junge, war er früher schon.« Er betrachtete mich, sein Blick kehrte zu den Briefen zurück, wanderte wieder zu mir. Plötzlich schien in seinem Gehirn etwas einzurasten. »Was sind das für Briefe?« Er schnappte sich einen und las die Anschrift. Im nächsten Moment griff er an mir vorbei und fegte die Briefe mit beiden Händen in den Karton. »Woher hast du die?«

Ich langte nach dem Karton, doch er wischte meine Hand fort.

»He«, sagte ich erschrocken. »Das sind meine Briefe.«

»Nein.« Jo drückte den Deckel auf den Karton und setzte sich wieder, den Karton zwischen seinen Füßen eingeklemmt. Sein Gesicht hatte sich gerötet, das untrügliche Zeichen eines heraufziehenden Sturms, aber dann schien er sich zu besinnen und sagte heiser: »Gib mir eine Sekunde.«

»Bitte, Jo«, sagte ich. »Bitte, reg dich nicht auf. Ich habe doch nur einen einzigen gelesen.«

»Woher hast du die Briefe?«, fragte er erneut.

»Rafi hat sie in Les Portes gefunden.«

»Und was stand in dem einen, den du gelesen hast?«

»Dass Marianne Richard nicht mehr sehen will.«

Jo runzelte die Stirn. »Jetzt reicht es wirklich«, sagte er wie für sich. Mit einem Mal wirkte er wieder gefasst. »Weißt du, ob Théo und Dylan unten arbeiten?«

»Ja, sie sind in der Küche und bereiten das Abendessen zu.«

»Gut«, sagte er. »Das geht auch ohne mich.« Er holte Luft. »Jetzt mache ich reinen Tisch. Ich muss nur noch mit deiner französischen Familie reden, aber danach ist Schluss.«

»Und dann?«

»Dann erzähle ich dir, was vor Jahren passiert ist, und du wirst begreifen, warum die eine Seite nicht mehr mit der anderen spricht. Gib mir noch ein paar Tage.«

Ich überlegte. »Es geht um den Autounfall, durch den Louis ums Leben gekommen ist, nicht? Den hat Marianne Richard nie verziehen.«

»Unter anderem.« Er hob den Karton auf seinen Schoß und starrte ihn an. Dann sagte er: »Ich hätte dir die Geschichte schon vor Jahren erzählen sollen.«

»Wie spannend du es machst.«

»Das ist nicht meine Absicht.« Jo stand auf und schob den Karton unter seinen Arm. »Die Briefe gebe ich dir wieder – falls du sie danach noch lesen willst.«

»Ich wollte sie nicht lesen«, verteidigte ich mich. »Ich wünschte, ich hätte auch den einen nicht gelesen. Warum hat sie mich denn noch gekriegt, wenn sie ihren Mann nicht mehr sehen wollte?«

Jo war schon an der Tür. »Erstens, sei froh, dass sie es getan hat und du da bist. Zweitens, sie hat Richard geliebt, ganz gleich, was sie darüber geschrieben hat.« Ich hörte ihn die Treppe hinunterlaufen.

Ich sah, dass auf dem Tisch ein gefalteter Papierbogen übrig geblieben war, den Jo bei dem hektischen Zusammenraffen übersehen hatte. Eine Weile schaute ich ihn unschlüssig an, dann faltete ich ihn auf.

*Mein liebes Kind*, stand dort. *Wie Du es gewünscht hast, schicke ich Dir die Briefe, die in Richards Nachlass waren. Ich möchte Dir sagen, dass wir Dich besser verstehen, als Du vielleicht denkst. Und wir glauben auch nicht, dass die Zeit Wunden heilt, unsere wird sie jedenfalls nicht heilen. Aber diese Wut und dieser Hass, Marianne, die tun niemandem gut, Dir am wenigsten. Deshalb bitte ich Dich noch einmal inständig, lass uns Charlotte sehen, zumindest ab und zu. Du musst doch wissen, wie sehr wir uns danach sehnen und wie wenig uns geblieben ist. Wir hoffen so sehr, dass Du Deine Meinung änderst.*

*Deine Dich liebende Valérie*

Der Brief war auf September 1978 datiert. Da war mein Vater seit acht Monaten tot und ich vier Monate alt.

Bestürzt faltete ich den Brief wieder zusammen und legte ihn in die Schreibtischschublade. Marianne hatte ihre Meinung nicht geändert. Erst Jahre später hatten Jean-Pierre und Valérie mich zum ersten Mal gesehen, als Jo mit der Faust auf den Tisch gehauen und mich ins Elsass gefahren hatte. Wie viel Kummer und Leid er gemildert hatte, und wie grausam Marianne gewesen war. Ich sah sie wieder vor mir, die fahrigen Gesten, das verlebte Gesicht, den flackernden Blick, der unablässig etwas suchte, der Himmel mochte wissen, was. Wie all das zur Ruhe kam, wenn sie malte. Und gnade Gott demjenigen, der sie in solchen Momenten störte. Im letzten Schuljahr, als Lana anfing, sich für Psychologie zu interessieren und Bücher über die kindliche Seele zu lesen, wollte sie mir die Liebe zu meiner Mutter einreden, sprach von der natürlichen Bindung und Sehnsucht, die mich immer wieder zu ihr treiben würden. Sie hatte mich so verunsichert, dass ich begann, Marianne häufiger zu besuchen, aber da war nichts zu machen, meine Mutter und ich hielten nichts voneinander, und zu sagen hatten wir uns erst recht nichts. Wenn ich bei ihr war, ignorierte sie mich, und ich zählte die Minuten, bis ich wieder gehen konnte; oder Marianne brach die Sache ab und fragte: »War noch was, Charlotte?« Trotzdem hatte ich eine Zeitlang gehofft, sie würde einmal mich oder etwas für mich malen, aber auf den Gedanken kam sie nie. Und soweit ich mich erinnerte, schenkte ich ihr auch nie etwas, dieser Gedanke kam wiederum mir nie. Selbst wenn wir in der Schule für den Muttertag bastelten, machte ich nichts für sie, sondern für Jo.

Als ich am Abend nach unten ging, traf ich meinen Bauingenieur, oder vielmehr Generalübernehmer, im Flur. »Na, ich habe vielleicht was hinter mir«, begrüßte er mich. »Hast du Lust, einen Schluck mit mir zu trinken?«

»Wenn wir uns dabei die Pläne anschauen.«

»Natürlich, Charlotte«, sagte er. »Nichts anderes habe ich gemeint, wie käme ich auch dazu?«

Ich trat in die Küche, wo Théo inzwischen am Herd stand und wieder ganz der Alte war. Er hörte »Fidelio« und schwenkte dazu den Kochlöffel. Ich besah die Flaschen im Weinregal an der Wand, wählte einen roten Landwein, schnappte mir dazu eine Flasche Wasser und kehrte zu Rafi zurück. In bewundernswerter Weitsicht hatte er aus dem Speisesaal zwei Gläser und einen Korkenzieher organisiert. »Wohin sollen wir uns setzen?«, fragte er.

»Ins Fernsehzimmer«, schlug ich vor. »Da ist nie einer.«

»Wir könnten auch hoch in meine Kammer gehen, da ist auch keiner.«

»Träum weiter«, sagte ich.

»Na, na, na«, sagte Rafi. »Was sind denn das für voreilige Unterstellungen?« Er beugte sich vor und raunte: »Glaubst du wirklich, ich hätte nichts Besseres zu tun, als bei dir den Witwentröster zu geben?«

Der Blick, den er dabei aufsetzte, verschlug mir kurz den Atem, doch dann fragte ich in liebevollem Ton: »Rafi, willst du, dass ich dir den Hals umdrehe?«

Er trat einen Schritt näher, lächelnd – doch in diesem Moment kam Dylan herein, im Gefolge mehrere Deutsche auf dem Weg zu ihren Zimmern, die einander berichteten, wie nass sie geworden waren. Als ihr Palaver verklang, musterte Dylan Rafi und mich und sagte: »*Just put some bleachers out in the sun.*«, und marschierte an uns vorbei zu seiner Wohnung.

»*Highway 61*«, rief Rafi ihm nach.

Über die Schulter zeigte Dylan ihm den gereckten Daumen.

Rafi betrachtete mich noch einen Moment, dann wandte er sich ab. Wir gingen ins Fernsehzimmer. Er rannte noch einmal hoch und kam kurz darauf mit seinen Plänen zurück. In der Zwischenzeit hatte ich das Sofa in Beschlag genommen und jedem von uns ein Glas Wein eingeschenkt. Rafi deponierte seine Unterlagen auf dem Tisch, zog für sich einen Sessel heran und erklärte: »Bevor ich es vergesse, meine Schwester hat ein Rad ab.«

»Sag das nicht«, bat ich. »Ich möchte mich heute nicht mehr aufregen.«

Das Handy in meiner Hosentasche summte. Ich holte es hervor und sah auf das Display. *Lana.* »Hallo, Süße«, meldete ich mich überschwänglich und hoffte, die gute Laune meinerseits würde ihr den ersten Wind aus den Segeln nehmen, denn irgendetwas war offenbar vorgefallen.

»Hallo, Charlie«, piepste sie. »Können wir uns morgen sehen? Ich muss mit dir reden.« Ihre Stimme wurde fester. »Rafi war vorhin da. Weißt du, mein Bruder ist ein sehr grober, gefühlloser Mensch, ich an deiner Stelle würde mich nicht wieder mit ihm einlassen.«

»Warum, was war denn?«, fragte ich.

Rafi setzte eine fragende Miene auf, formte »Lana« mit den Lippen und machte mit dem Zeigefinger an seiner Schläfe kreisende Bewegungen.

»Kann ich jetzt nicht erzählen, er hat mir schreckliche Dinge gesagt«, antwortete Lana. »Ich muss mich hinlegen, mir ist nicht gut. Kommst du morgen zu mir? So gegen elf?«

»Ja, sicher, aber wolltest du nicht morgen mit mir nach Les Portes fahren?«

»Das müssen wir ein andermal machen.«

»Lana«, sagte ich ergeben. »Warum sagst du mir nicht, was mit dir ist?«

»Ich kann nicht. Bis morgen.« Sie legte auf.

Ich steckte das Handy zurück und fixierte Rafi. »Was hast du Lana angetan?«

Rafi beschäftigte sich mit seinen Planrollen und schien sich die Antwort noch zurechtzulegen. Dann sagte er: »Ich habe nur bei ihr vorbeigeschaut. Das darf ich ja wohl noch, schließlich ist ihre Wohnung auch meine. Ich wollte etwas abholen.« Er trank und zuckte mit den Schultern. »Ich war kaum über die Schwelle, da ging es schon los: Jo, Jo, Jo. Jo hat dies gesagt, Jo hat jenes gemeint, Jo hat den Kopf geschüttelt, Jo hat genickt, hat gelacht … Ich konnte es nicht mehr hören. Ich finde, auch die größte Idiotie sollte irgendwann mal ein Ende haben.«

»Also hast du sie beendet.«

»Ich habe nur gesagt, sie soll endlich mal von ihrem gottverdammten Trip herunterkommen, bevor sie sich vor Jo und dem Rest der Welt völlig zum Affen macht.« Er zog eine Rolle heraus und warf die anderen auf den freien Platz an meiner Seite. »Da hättest du sie sehen sollen. Sie ist abgegangen wie eine Rakete. Ich glaube, ›Arschloch‹ war noch das Netteste, was sie zu mir gesagt hat.«

»Na, du warst ja auch nicht gerade nett.«

Rafi zog die Brauen zusammen. »Ach, Scheiße. Soll sie doch machen, was sie will.« Er rollte die erste Bauzeichnung auf. »Ach so, willst du die Pläne vielleicht lieber auf meinem Laptop sehen?«

»Nein, lieber auf dem Papier.«

»Gut, dann schau her, das hier ist der Grundriss, da siehst du das Erdgeschoss.«

Schon beim ersten Blick wusste ich, dass ich nicht viel davon verstehen würde. Lediglich die kleinen Laub- und Nadelbäume, die Rafi am Rand der Zeichnung angedeutet hatte, ergaben für mich einen Sinn. Aber ich ließ ihn reden und mit dem Finger mal hierhin, mal dahin zeigen. Ab und zu nickte ich und gab Laute des Interesses von mir, doch mit den Gedanken war ich woanders. Ich sah Lana und mich selbst vor mir, beide vor den Scherbenhaufen unseres Liebeswahns, ein gezacktes Stück nach dem anderen ans Licht haltend und wehmütig betrachtend, ehe wir es wieder fallen ließen. Selbst für Lana war es so gekommen, obwohl sie zigmal klüger als ich war, es von jeher gewesen war. Wir hatten uns beide in unseren Gefühlen verstrickt. Ich dachte an unsere früheren Liebesgeschichten. Mit Ausnahme von Rafi und Jackson hatte ich nur flüchtige Begegnungen zu verzeichnen, ein kurzes sexuelles Auflodern, weiter nichts. Bei Lana war es ähnlich gewesen. Auch sie konnte für jemanden entflammen, doch sobald sie anfing, denjenigen mit Jo zu vergleichen, begann sie, ihn im Geist schon abzuhaken. Während ich noch überlegte, seit wann das so war, tauchte aus den Nebelschwaden alter Erinnerungen die an unseren ersten Schultag auf. Da waren Lana und ich uns zum ersten Mal begegnet, beide so unsicher, dass wir kein Wort über die Lippen brachten. Ich hatte zu große Jeans an, und mein T-Shirt reichte über meine Schenkel. Lana war von ihrer Mutter ausstaffiert worden: glänzendes Kleid, lange Zöpfe mit großen Schleifen, Lackschuhe und Kniestrümpfe. Wir setzten uns in der Klasse zusammen; wir wussten, dass unser Französisch einen leichten Akzent hatte, unsere Kleidung nicht stimmte und wir die Außenseiterinnen waren. Ich hing verkrampft und unglücklich auf meinem Stuhl, Lana saß wie ausgestopft da. Erst in der letzten Pause richtete sie ihre großen dunkelbraunen Augen auf mich und sagte mit schriller Stimme: »Ich heiße Lana, ich kann schon lesen und schreiben. Mein Bruder hat es mir beigebracht. Er heißt Rafaël, aber er nennt sich Rafi. Er ist sehr klug.« Ich sagte: »Ich heiße Charlie«, mehr hatte ich nicht zu bieten. Doch in den Tagen danach taute Lana auf, und in der zweiten oder dritten Woche fragte sie schüchtern: »Darf ich nach der Schule mit zu dir gehen? Bei uns ist niemand zu Hause.« Auch diesen ersten Besuch hatte ich noch gut vor Augen. Jo kam uns unten im Hotelflur entgegen, gab mir einen Kuss und fragte: »Wen hast du denn da Schönes mitgebracht?« Dann wandte er sich an Lana, sagte lächelnd »*bonjour*, mein hübsches Fräulein« und deutete eine Verneigung an. Lana starrte ihn wie gebannt an. Vielleicht hatte es da schon bei ihr angefangen. Nach jenem Tag begleitete sie mich jedenfalls so oft wie möglich nach Hause.

Rafi hatte eine neue Zeichnung ausgebreitet. »Hier war mal ein offener Kamin«, sagte er. »Den würde ich gern wieder aufbauen, aber einen verglasten Heizkamin daraus machen.« Er saß vorgebeugt und malte mit dem Finger um etwas herum. Der Finger verharrte. »Hörst du mir überhaupt zu?«

»Ja.«

Rafi richtete sich auf. »Und was habe ich gerade gesagt?«

»Dass da mal ein offener Kamin war.«

»Hm.«

»Weißt du, was ich gern hätte?«

»Was?«

»Einen kleinen Pool.«

Rafi schob die Zeichnung von sich fort. »Wozu das denn? Du hast den Atlantik vor der Tür.«

»Weiß ich, aber ich denke an einen kleinen beheizten Pool hinter dem Turm. Und unten im Turm soll ein kleiner Wellnessbereich sein. Eine Sauna, Massageliegen und so weiter. Etwas, das hauptsächlich auf Frauen ausgerichtet ist. Da sollen sie zusammen sitzen und sich alles, was sie bewegt, erzählen.«

Ich sah es genau vor mir. »Den Pool und den Wellnessbereich halten wir in sanften, beruhigenden Farben.«

»Herrgott, Charlie«, sagte Rafi. »Wir sind gerade mal bei der Küche und dem Speisesaal.« Er zog die Zeichnung wieder zu sich heran. »Siehst du hier einen Turm?«

»Ja.« Ich tippte auf einen freien Fleck.

»Das ist der Parkplatz.«

»Ach so.«

»Ja, ach so.« Er sah mich misstrauisch an. »Du hast mir nicht zugehört.«

»Doch, aber zwischendurch habe ich an Lana gedacht. Ich wünschte, ich könnte zu Jo sagen: ›jetzt lieb sie doch endlich‹, und alle wären glücklich.«

Rafi zog die Brauen hoch. »Das ist nicht dein Ernst.«

»Ich habe gesagt, dass ich es wünschte, nicht dass ich das tun werde.«

»Wünsch dir was anderes, Charlotte.« Rafi rollte die nächste Zeichnung auf. »Ich habe die Frau gesehen, mit der Jo seit ein paar Monaten zusammen ist. So gern ich meine Schwester manchmal auch habe – aber da kann sie nicht mithalten. Nicht mal in ihren kühnsten Träumen.«

Ich blieb ganz ruhig, ließ mir nichts anmerken, schenkte ihm Wein nach und sagte achselzuckend: »Ach na ja, wer weiß, wie lang das hält.«

»Bis an sein Grab, wenn du mich fragst.« Er drehte die Zeichnung zu mir herum. »Schau, das ist das Erdgeschoss in größerem Maßstab. Hier hast du die Küche. Da sind die Wasser- und Elektroanschlüsse und da, an der Stelle, würde ich gern eine neue Außentür einsetzen ...«

»Vielleicht verwechselst du sie ja mit jemandem«, sagte ich wie nebenbei. »Wie sah denn die aus, die du meinst?«

Rafis Finger auf dem Plan hielt inne, dann fing sein Oberkörper an zu zucken, und er prustete los. »Entschuldige«, sagte er und wischte sich die Augen. »Ich dachte, du atmest überhaupt nicht mehr aus. Glaubst du wirklich, du kannst mich reinlegen?« Er lachte weiter, ein Ausbund an Heiterkeit.

Ich wollte ihn mit einem mitleidigen Blick bedenken, so wie es sich bei einem Irren gehörte, doch sein Lachen war zu ansteckend, und ich musste grinsen. Als er sich wieder gefasst hatte, beugte ich mich zu ihm vor und zischte: »Wie sah diese verdammte Frau aus?«

Rafi stellte unsere Gläser und die Flaschen auf die Ecken der Zeichnung und lehnte sich zurück. »Schön, doch, das muss man sagen. In Jos Alter oder etwas jünger. Dunkles, volles Haar, schwerer Nackenknoten. Elegant. Sinnlicher Mund. Die Augen leicht mandelförmig. Kein Wunder, dass Jo in sie vernarrt ist. Wenn du mich fragst, ist sie die erste Frau, die tatsächlich zu ihm passt. Was ich ihm gönne, auf so eine musste er ja lange genug warten.« Er hielt inne, blickte sich um. »Hier war's – ja genau. Abends habe ich sie hier sitzen sehen. Sie hat die Nachrichten im Fernsehen geschaut. Ich habe sie gefragt, ob ich mich dazusetzen kann. Als die Nachrichtensendung vorbei war, haben wir uns kurz über eins der Themen unterhalten, aber frag mich jetzt bitte nicht, worüber.«

»Wie hat sie gesprochen?«, fragte ich, denn mit einem Mal hatte ich einen ganz seltsamen Verdacht.

»Französisch, falls du die Sprache meinst. Mit einem leichten regionalen Akzent, aber den konnte ich nicht richtig einordnen.«

»Vielleicht ein bisschen Elsässisch?«

Rafi überlegte. »Ja, könnte hinhauen.« Er runzelte die Stirn. »Dann kennst du sie ja doch.«

»Na ja«, sagte ich. »Wenn man es nicht besser wüsste, könnte man annehmen, es wäre eine Frau namens Sophie gewesen.«

»Tja, zumindest hat Jo sie so genannt. Also weiter.« Rafi räumte die Zeichnung frei und legte wieder los.

Ich bekam mit, dass er sich durch die oberen Räume meines Hotels ackerte und sich ausgiebig über Holzsorten ausließ, aber ich befand mich gedanklich meilenweit davon entfernt.

# Neun

Als wir das Fernsehzimmer verließen, begegneten wir Dylan auf dem Flur, der mit einem Tablett voller Snacks aus der Küche kam. Er nickte zu neu angekommenen Gästen in der Lounge hinüber und verdrehte die Augen himmelwärts. Ich fragte Rafi, ob ich die Pläne mit in mein Zimmer nehmen könne. Ich wollte sie in Ruhe studieren. Rafi zuckte mit den Schultern, gab sie mir und verschwand wortlos nach draußen. Aber bitte, Rafaël Belloumi war ja schon immer gern eigene Wege gegangen. Ich brütete bis nachts über den Zeichnungen. Als ich ins Bett ging, hatte ich nur noch Striche und Rechtecke vor Augen. Rafi war da immer noch nicht zurück.

Jo sah ich am Sonntagmorgen, zuerst als er und Théo mit den Vorbereitungen für das Frühstück zugange waren, dann als ich die Zutaten in den Speisesaal trug und ihn fragte, ob ich den Zimmerdienst mit übernehmen solle. Er erklärte, das würden die Mädchen ohne mich schaffen, ich könne ruhig etwas anderes machen, er brauche mich nur ab nachmittags in der Küche und am Abend für den Speisesaal. Eine Gelegenheit, mit ihm allein zu sprechen, ergab sich nicht. Doch was hätte ich auch sagen sollen? Stimmt es, dass du mit Sophie zusammen bist, mit meiner Tante? Wieso das denn? Nein, das musste ich geschickter anfangen, ich wusste nur noch nicht, wie.

Rafi sah ich wieder, als ich zu Lana aufbrach und das Hotel kurz vor zehn bei strahlendem Sonnenschein verließ. Am Hintereingang parkte der Lieferwagen der Wäscherei, der zweimal in der Woche kam, um die schmutzige Wäsche des Hotels abzuholen und die frische zurückzubringen. Sonntags hatte ich den Wagen allerdings noch nie bei uns gesehen. An seiner Seite lehnte Thérèse, die Tochter des Wäschereibesitzers, die auf etwas oder jemanden zu warten schien. Wir begrüßten uns kurz und wechselten ein paar Worte. Als ich mich zum Weitergehen anschickte, musterte sie mich mit schräggelegtem Kopf, doch falls sie sich dabei etwas dachte, behielt sie es für sich. Ich lief zur Bushaltestelle. Thérèse war lange mit Lana und mir in eine Klasse gegangen, erst in La Flotte, später in La Rochelle, bis sie im Alter von fünfzehn sitzengeblieben war. Sie hatte andere Interessen als die Schule. Wenn ich sie danach irgendwo sah, den üppigen Körper in hautenge Kleidung gezwängt, auffallend geschminkt, immer umgeben von Jungs und rauchend, hatte ich sie für ihren Mut bewundert, stets gepaart mit einem Gefühl leiser Sorge. Doch bisher hatte sie nicht mehr verbrochen, als zu heiraten und sich scheiden zu lassen und die Wäsche auszufahren. Außerdem sah sie aus wie das blühende Leben, trug hohe schwarze Stiefel und eine schwarze Tunika, unter der der helle Hautstreifen ihrer Schenkel zu sehen war.

Ich setzte mich auf die Bank an der Haltestelle und wartete auf den Bus nach La Rochelle. Nach wenigen Minuten kam Rafi aus dem Hotel. Er sah Thérèse und trat zu ihr. Sie strich an ihrer Tunika entlang, schob ihren Unterleib vor und setzte einen Fuß an der Seitenwand des Lieferwagens auf. Der helle Schenkelstreifen dehnte sich bis kurz vor ihr Schambein. Rafi sagte irgendetwas, worauf sie ihr langes blondes Haar aus dem Gesicht schüttelte, den Kopf in den Nacken legte und lachte. Dann beugte sie sich vor, ließ den Fuß sinken und küsste Rafi hingebungsvoll auf den Mund. In der Nacht hatte ich nicht gut geschlafen und war schon seit dem Wachwerden schlecht gelaunt, der Anblick der beiden gab mir den Rest. Als Nächstes legte sie die Arme um seinen Hals, presste sich an ihn und flüsterte ihm etwas ins Ohr. Rafi löste ihre Arme, schüttelte den Kopf und grinste. Dann schaute er auf seine Uhr, antwortete irgendetwas und wandte sich zum Gehen. Thérèse blickte ihm nach. Als Rafi mich an der Bushaltestelle entdeckte, blieb er stehen. Ich tippte auf meine Lippen.

»Was ist?«, fragte er.

»Lippenstiftreste von dem Zungenkuss gerade. Wahrscheinlich hast du auch welche im Hals.«

»Oh, là, là«, sagte er. »Wie kratzbürstig wir heute Morgen sind.« Er wischte sich über den Mund und zeigte zum Hafen, wo sein Jeep stand. »Soll ich dich irgendwo hinfahren?«

»Danke, ich nehme den Bus.«

»Wie du willst.« Er ging weiter. Nach ein paar Schritten drehte er sich noch einmal um. »Falls du zu Lana fährst, sag ihr, dass sie sich wieder einkriegen soll.«

»Lana hat ein Telefon. Warum sagst du es ihr nicht selbst?«

»Herrgott noch mal«, entgegnete Rafi. »Du und Lana – ihr seid so ... so ... also wirklich.« Er hob die Hände, stocherte in der Luft herum und ließ sie wieder sinken. »Warum rutscht ihr mir nicht einfach den Buckel runter?«

Gleich darauf saß er in seinem Wagen, fuhr mit quietschenden Reifen los und raste an mir vorbei. Thérèse wetzte um ihren Lieferwagen herum und winkte ihm nach. Dabei bedeckte der Saum ihrer Tunika knapp ihren Hintern.

Lanas Wohnung – vielmehr ihre und Rafis Wohnung, in der Rafi bloß nicht wohnte – lag nicht weit vom Bahnhof entfernt in einer der schönen alten Renaissancestraßen von La Rochelle: zwei große Zimmer unterm Dach, Küche und Bad und eine Dachterrasse. Als ich die Räume zuletzt gesehen hatte, waren sie noch spärlich möbliert, denn nach dem Kauf und der Renovierung waren die beiden pleite und ihre Bank am Ende ihrer Kreditbereitschaft gewesen. Allerdings hatte Rafi nie geplant, dort auf Dauer einzuziehen; laut Lana bezeichnete er die Wohnung lediglich als Investition und sein Zimmer als »Notquartier«. Lana hatte sein Zimmer eine Zeitlang leer stehenlassen, doch bei meinem letzten Besuch hatte ich ihr Bett darin gesehen.

Als sie mir mit bleichem, verquollenem Gesicht und noch im Schlafanzug öffnete, schloss ich sie innig in die Arme.

»Ach Charlie«, sagte sie und sah mich tragisch an. »Seit wann sind wir solche Idiotinnen?« Sie befreite sich aus meinen Armen, drehte sich um und machte ein paar Schritte in den Flur. »Wo, meinst du, ist der beste Platz zum Jammern? In der Küche oder auf der Dachterrasse?«

»In der Küche«, sagte ich. »Draußen ist es zu kalt. Kann ich mir die Wohnung vorher noch anschauen? Ich war so lange nicht mehr hier.«

»Ja, sieh dich nur um.«

Ich ging in das Zimmer, das Lana für sich in Anspruch genommen hatte. Es war dasjenige, das zur Dachterrasse führte. Inzwischen standen darin mit Büchern und Schnickschnack vollgestopfte Regale, ein Sofa und ein niedriger Holztisch.

»Hier fehlen noch zwei Sessel, eine Stehlampe und ein Teppich, aber ich bin bankrott.« Lana war mir gefolgt. »Gefällt es dir?«

»Es ist wundervoll«, sagte ich. »Hier zu sitzen und zu leiden, dürfte nicht einfach sein.« Ich kehrte in den Flur zurück, betrat Rafis Zimmer und lachte. Falls Rafi in dieser Wohnung jemals logieren wollte, müsste er sein Lager in der Küche aufschlagen, denn sein Zimmer hatte Lana mittlerweile vollständig in Beschlag genommen und über das Bett hinaus ihren Kleiderschrank, Pflanzen, eine Kommode und ein weiteres Bücherregal dort untergebracht. Eine Wand war übersät von gerahmten Fotos, die ich aus der Nähe ansah. Lana trat neben mich und legte einen Arm um meine Taille. »Was sagst du dazu? Es sind auch deine Lebensstationen.«

Mein Blick glitt von einem Foto zum anderen: Schulausflüge; eine Theateraufführung zu Weihnachten, bei der Lana und ich zwei kniende Hirten an der Seite der Heiligen Familie dargestellt hatten und aussahen, als wären wir eingenickt; ich auf unserer ersten gemeinsamen Italienreise, wie ich in Venedig auf einer Bank schlief, auf dem Boden unter mir eine leere Flasche Wein; Bilder der Familie Belloumi bei ihren Verwandtenbesuchen in Algerien; ein Foto von Rafi und mir als eng umschlungenes Liebespaar. Zu der Zeit hatte er gerade in Bordeaux mit dem Studium begonnen und jobbte an den Wochenenden bei seinem Bruder und in Jos Hotel. Ich klammerte mich wie ein Krake an ihn und himmelte ihn an, als hätte man mir den Verstand ausgeknipst. Er blickte unter seinen Locken in die Kamera, die Lippen leicht geschürzt, die Hände hatte er auf meinem Hintern. »Mensch, Lana«, sagte ich. »Konntest du kein geschmackloseres Foto finden?«

»Doch«, sagte sie. »Da liegt ihr am Strand auf einem Badetuch. Du hast nur eine winzige Bikinihose an, und bei Rafi sieht man die Erektion durch die Badeshorts hindurch. Wenn meine Mutter nicht ständig zu Besuch käme, hätte ich es hier hängen.«

Ich tippte auf ein Foto, das Dylan, Jo, Lana und mich vor dem Vents zeigte. Wir hatten uns bei den Männern untergehakt und grinsten um die Wette. »Wenigstens an der Wand darf er noch existieren«, sagte ich.

»Und in meinem Herzen«, sagte Lana. »Aber es ist jetzt alles ganz anders. Komm, wir gehen in die Küche. Ich glaube, ich bin so weit und kann darüber reden. Seit gestern Abend habe ich nachgedacht. Hat Rafi dir zufällig erzählt, was er zu mir gesagt hat?«

»So in etwa.«

In der Küche befanden sich ein Tisch, zwei Stühle und ein Herd, der von Aktenordnern und Unterlagen bedeckt war, denn Lana kochte nie und die Küche wirkte noch wie neu. Allerdings roch sie an diesem Morgen penetrant nach Zigarettenrauch. Ich ließ mich am Tisch nieder und betrachtete einen Schreibblock, auf den Lana etwas gekrakelt hatte. »Darf man das lesen?«, fragte ich.

Lana holte eine Flasche Orangensaft und eine Flasche Gin aus dem Kühlschrank und knallte sie auf den Tisch. Gläser, eine Schale Knabbereien und vorsorglich eine Schachtel Papiertaschentücher standen bereit. Sie setzte sich und füllte die Gläser mit Saft. »Du darfst es sogar laut vorlesen. Es ist das Ergebnis meiner Denkarbeit.«

Ich zog den Block zu mir heran, führte ihn näher an mein Gesicht, hielt ihn wieder ein Stück von mir weg und kniff die Augen zusammen.

»Was steht da?«, fragte Lana.

»Tja«, sagte ich. »Also, ich kann den Namen ›Jo‹ entziffern. Und das da unten könnte ›alles kaputt‹ heißen. Dann kommt so was wie ›man muss‹, glaube ich jedenfalls. Und da, ganz unten, steht ›nein‹. Daneben hast du was gemalt.«

»Das war meine Erkenntnis.« Lana nahm mir den Block ab und schaute mit gerunzelter Stirn auf die Seite. »Es war wie ein Blitz – auf einmal war alles unglaublich klar, du ahnst es nicht. Ich wollte es aufschreiben, aber da war es schon wieder weg.«

»Ist das der Kringel zum Schluss?«

»Möglich.« Lana seufzte. »Kristallklar. Und jetzt ist alles weg.«

Ich deutete auf die halbleere Flasche Gin. »Könnte es daran gelegen haben? Erinnerst du dich vielleicht noch an was anderes?«

»Ja, dass ich vor der Kloschüssel gekniet und gekotzt habe. Und dass ich für einen Moment auf alles eine Antwort hatte.« Sie drehte den Block zu mir herum und fuhr mit dem Finger an einem Krakel entlang. »Siehst du, hier steht es: ›Alles Antwort‹.«

»Das ist in der Tat gewaltig«, sagte ich. »Mir läuft die Spucke rückwärts. Darf ich mir das auch aufschreiben?«

»Natürlich, du bist doch meine beste Freundin.«

Danach war es um uns geschehen. Wir lachten, bis uns die Tränen kamen. Allerdings wurden bei Lana daraus ziemlich bald Kummertränen. »Entschuldige«, sagte sie unter Schluchzern, zupfte ein Taschentuch aus der Schachtel und putzte sich die Nase. »Ich bin noch nicht ganz nüchtern und habe meine Tage. In mir geht's drunter und drüber.« Sie kippte einen Schuss Gin in ihren Saft. »Gott sei Dank steht im Kühlschrank noch eine volle Flasche.«

»Willst du das ganze Wochenende unter Strom stehen?«

»Worauf du dich verlassen kannst.«

»Wenn du meinst«, sagte ich. »Aber vorher machen wir einen kleinen Spaziergang an der frischen Luft.«

Nach einigem Nachdenken nickte sie und sagte: »Aber wirklich nur einen kleinen.« Anschließend verschwand sie in ihr Schlafzimmer, kehrte kurz darauf in einem schmuddeligen, scheußlich gemusterten Trainingsanzug mit ausgesessenem Hosenboden und ausgebeulten Knien zurück und erklärte, sie sei so weit.

»Lana«, sagte ich. »Stell dir vor, dir stößt was zu. Möchtest du in diesem Aufzug tot auf der Straße liegen?«

Sie zuckte mit den Schultern. »Du kannst ja einen Koffer mit meinen Sachen packen. Den klappst du auf, wenn ich da liege, und sagst zu denen, die herumstehen: ›Jetzt schauen Sie nur, was sie alles hätte anziehen können.‹« Sie griff nach der Flasche Gin und wollte sie in ihre Umhängetasche stecken.

Ich stand auf und nahm sie ihr ab. »Die Flasche brauchst du nicht.«

»O doch.«

»Nein, Lana. Wenn du unterwegs einen Schluck trinken willst, setzen wir uns in ein Restaurant.«

Lana betrachtete mich ungnädig und rang sich ein »Meinetwegen« ab. Ich holte eine große Flasche Wasser aus dem Kühlschrank und klemmte sie mir unter den Arm. Lana schnappte sich die Schachtel Taschentücher.

Wie eine sehr alte und gebrechliche Frau ließ sie sich von mir durch die Straßen bis zum Stadtstrand von La Rochelle führen. Als sie dort die erste Bank erblickte, bestand sie darauf, dass wir uns setzen. Ich reichte ihr die Wasserflasche, aus der sie in langen Zügen trank. Wir ließen uns den Seewind um die Nase wehen und schauten auf die glitzernden Wellen. Außer uns und den Möwen war niemand zu sehen.

Nach einer Weile sagte Lana: »Weißt du, woran ich letzte Nacht denken musste?«

»Nein, nicht so richtig.«

»Ich habe alles von Anfang an aufgerollt. Was Jo mir bedeutet hat und warum. Ich habe mich an die ersten Jahre erinnert, an die Zeiten, als ich bei euch im Vents war. Weißt du, es war alles so hell, so großzügig und leicht, so etwas hatte ich zuvor noch nie erlebt. Du weißt, wie es bei uns zu Hause war. Ich liebe meine Eltern, inzwischen mehr als früher, seit einiger Zeit verstehe ich sogar, warum sie so sind und nicht anders können. Aber als junges Mädchen dachte ich, ich würde zu Hause ersticken.« Sie warf mir einen Blick zu, wie um sich zu vergewissern, dass ich ihr folgen konnte. Sie fuhr fort. »Bei uns wurde hauptsächlich über Geld gesprochen. Und ferngesehen. Und über Krankheiten haben sie geredet, ständig und mit wachsender Begeisterung. Wenn ich darum gebeten habe, ob wir vielleicht mal über was anderes reden können, hat meine Mutter gesagt: ›Arbeite du dich mal krumm und bucklig, arbeite du mal, bis dir der Kopf platzt und die Beine schwellen, und dann sehen wir weiter.‹ Und jedes Mal habe ich gedacht, Jo Brinckmann arbeitet auch, ohne jemals ein Wort darüber zu verlieren. Er kommt nicht mit einer Kiste aus dem Keller, reibt sich den Rücken, jammert und sieht einen triefäugig an.« Sie schraubte die Flasche auf, nahm den nächsten langen Schluck, stieß auf und stellte die Flasche auf den Boden. »Verdammt, der Schnaps letzte Nacht war keine gute Idee … Rafi hat das früher genauso gehasst wie ich, aber er hat vor mir angefangen, es besser zu verstehen. Das ist zwar erstaunlich, aber das blinde Huhn findet ja auch einmal ein Korn. Egal, ich wollte damit nur sagen, dass Jo immer ein Held für mich war, klug, weltgewandt, nie kleinlich, nie …«

»Nie kleinlich?«, fiel ich ihr ins Wort. »Jetzt mach aber mal einen Punkt.«

»Unterbrich mich nicht«, sagte sie ungehalten. »Ich muss mich konzentrieren.« Sie atmete ein paarmal tief durch. »Na gut, vielleicht muss ich das auch nicht, denn eigentlich wollte ich nur sagen, dass ich da etwas verwechselt habe. Ich habe Jo verehrt und dachte, dass ich ihn liebe. Das heißt, ich liebe ihn noch, aber nicht mehr als Mann.«

Ich befahl mir, den Mund zu halten, obwohl ich diese letzten Sätze schon so oft gehört hatte, dass ich es nicht mehr zählen konnte. Selbst Lanas Ausdrucksweise war immer die gleiche, eine überaus wundersame Mischung aus bedeutsamer Nachdenklichkeit und hohlen Phrasen.

Um dem Thema ein Ende zu machen, sagte ich: »Herzlichen Glückwunsch. Du hast tatsächlich etwas verwechselt. Jo ist der Held deiner jungen Jahre gewesen, du hast ihn verehrt, und damit hat es sich.«

»Klar«, entgegnete sie. »Warum denn nicht? Das habe ich dir doch gerade erklärt.«

»Dann glaub auch daran, denn damit hast du den Nagel auf den Kopf getroffen, und hör auf, weiter von ihm zu faseln, sonst drehst du dich nur im Kreis.«

Als sie für längere Zeit keine Antwort gab, riss ich mich vom Anblick der Wellen los und sah sie an. Unter ihrer Sonnenbrille quollen Tränen hervor und rannen über ihre Wangen. Ich holte die Taschentücher aus ihrer Umhängetasche und reichte ihr einen Packen. Lana schob ihn weg, nahm ihre Sonnenbrille ab und verbarg ihr Gesicht in ihren Händen. Ich nahm meine Freundin in die Arme. Seelentumult, Restalkohol im Blut und Menstruation konnten schließlich jede Frau fix und fertig machen.

Als ihre Tränen versiegten und sie sich langsam beruhigte, ließ ich sie los und bot ihr noch einmal die Taschentücher an. Diesmal machte sie davon Gebrauch. »Entschuldige«, sagte sie mit belegter Stimme. »War nur ein kleiner Rückfall.« Sie hob einen Stein vom Boden auf und schleuderte ihn wütend in Richtung Meer. Dann räusperte sie sich. »Rafi hat sich wie ein Elefant im Porzellanladen benommen, und glaub mir, das zahle ich ihm heim. Doppelt und dreifach.« Mit rotgeränderten Augen und verkniffenem Gesicht drehte sie sich zu mir um. »Jo hat eine andere, und diesmal ist es was Ernstes, richtig?«

Hätte in diesem Moment eine Mauer vor mir gestanden, hätte ich meinen Kopf dagegengeschlagen. Ich liebte Lana, sie gehörte zu den wichtigsten Menschen in meinem Leben, zudem hielt ich mich für einen sehr geduldigen Menschen, doch langsam konnte ich nicht mehr. Ich sagte: »Das weiß ich nicht, er hat sich mir nicht anvertraut.«

Aus Lanas Gesicht wich der letzte Rest Farbe. »Verstehe«, sagte sie. »Du willst nett sein, und das rechne ich dir hoch an, aber eine ausweichende Antwort ist auch eine Antwort, außerdem hat Rafi mir das gestern mit Wonne unter die Nase gerieben. Merk dir das, Charlotte, merk dir, wie er ist, bevor du dich wieder von ihm rumkriegen lässt.«

Ich zog sie hoch. »Komm, wir machen noch ein paar Schritte.«

»Zu einem Restaurant«, betonte sie. »Das hast du mir versprochen.«

»Ja, aber vorher spazieren wir über den Strand.«

»Du und deine Wasserliebe«, sagte sie griesgrämig, doch als wir auf dem festen Sand waren und ich meine Schuhe auszog und die Hosenbeine hochkrempelte, tat sie es mir nach und lief wie ich auf bloßen Füßen weiter. Nach einer Weile steckte sie die Sonnenbrille ein, blinzelte mit gelöster Miene in die Sonne und erklärte: »Ach, das tut doch gut.«

Ich ließ ihr Zeit, damit sie und ihr malträtierter Körper zur Ruhe kommen konnten, hob hier und da eine Muschel auf, schaute in den klaren blauen Himmel und wartete, dass Lanas Einsichten sich bei ihr setzten. Bis zum nächsten Schub wegen Jo würden Gott sei Dank Wochen, wenn nicht Monate, vergehen. »Was ist denn mit diesem Sandro?«, fragte ich zwischendurch. Lana zuckte mit den Schultern und sagte: »Im Moment geht das nicht mehr. Aber ich bin nicht am Boden zerstört, falls du das denkst.« Sie drehte sich zu mir um. »Weißt du wirklich nichts über diese Frau? Ich frage aus rein empirischem Interesse.«

Ich las einen Stein auf, der wie ein fetter Goldfisch geformt war, und wischte den Sand davon ab. »Sie heißt Sophie, mehr habe ich noch nicht herausgefunden. Wenn es um die geht, die ich vermute, ist sie meine Tante. Von der französischen Seite. Ein ziemlich kühler Typ. Vielleicht hat Jo zur Abwechslung mal eine Jugendliebe ausgegraben, aber wie es dazu gekommen ist, kann ich dir nicht sagen.«

»Alt ist sie offenbar auch«, sagte Lana geringschätzig.

»Lana!«, warnte ich.

»Ich habe meine Tage«, erwiderte sie. »Ich darf sagen, was ich will.« Sie schaute an sich herunter. »Trotzdem, so hättest du mich nicht gehen lassen dürfen. Die Sachen ziehe ich sonst nur zum Putzen an.«

»Dann zieh sie aus und lauf nur in der Jacke weiter. Vorhin habe ich Thérèse gesehen, die hatte auch nicht mehr an.«

Lana gluckste. »Thérèse Argan? Intelligent wie eine Kartoffel?«

»Um Rafi zu küssen, reicht das aus.«

Lana lachte laut. »Rafi hat die nicht nur geküsst. Der kann dir sogar sagen, wie man es hinten in dem Lieferwagen auf den Wäschepaketen treibt.«

Um nicht grün anzulaufen, bückte ich mich und klaubte eine winzige perlweiße Muschel auf.

Lana zeigte auf das Restaurant am Ende der alten Wehrmauer. »Lass uns da reingehen, die frische Luft hängt mir zum Hals raus.«

Das Restaurant war im Sommer schön, wenn man draußen im Garten sitzen konnte, innen war es ein ziemlich nichtssagender Laden. In einer Ecke saß ein mittelaltes Paar, schweigend und voneinander abgewandt, beide im Mantel.

»Was ist denn mit denen los?«, murmelte Lana.

»Nicht mehr viel«, antwortete ich. »Sollen wir woanders hingehen?«

Lana meinte, ein Glas Wein sei ein Glas Wein und der Rest sei ihr egal. Sie trat an die verlassene Theke und rief: »Hallo!« Ein Typ quälte sich von hinten hervor und sah uns unwillig an. Ich bestellte mir eine Cola, was Lana mit einem Naserümpfen quittierte.

Als wir saßen und sie glücklich an ihrem Glas Rosé nippte und Brotstangen knabberte, sagte ich: »Du kennst doch die alte Geschichte vom Streit meiner Großeltern.«

»Sicher.« Mit den Fingern pickte Lana die Brotkrümel vom Tisch. »Was ist damit?«

»Jo ist kurz davor, mir den Grund zu erzählen.«

»Komisch«, sagte sie. »Am liebsten würde ich das Salzfässchen da leer essen. Und hinterher was Süßes. – Was hast du gesagt?« Sie sah mir in die Augen. »Warum kommst du jetzt wieder mit der alten Geschichte an?«

»Ich will eben wissen, was dahintersteckt, das ist doch wohl normal.«

»Mord.« Lana stand auf und ließ sich an der Theke ein zweites Glas Wein geben. Als sie zurückkam, sagte sie: »Und die Mörderin war Katharina.«

»Lana, bitte.«

Lana zuckte mit den Schultern.

Als wir siebzehn waren, war Lana im Sommer für die letzten Tage meines Aufenthalts am Rhein zu Besuch gekommen und anschließend mit mir weiter ins Elsass gefahren. Zu meinen französischen Großeltern hatte sie immer noch Kontakt und schwärmte von ihrer Güte und Herzlichkeit, doch Katharina hatte sie eingeschüchtert und ihr das Gefühl gegeben, sich immerzu falsch zu benehmen. »Diese deutsche Großmutter«, so ihr Urteil nach drei Tagen, könne sie leider nie mehr wiedersehen, solche herrschsüchtigen Frauen halte sie nicht aus. Auch mit Paul war sie nicht klargekommen und hatte seine Höflichkeit als die eines »Poseurs« abgetan, ganz gleich, wie oft ich ihr widersprochen hatte.

»Du hast keine Lust auf das Thema, oder?«

Lana wirkte plötzlich müde. »Nicht richtig.«

Nach einer Weile begleitete ich sie zurück zu ihrer Wohnung. Sie wollte duschen und schlafen. Als ich mich verabschiedete, entschuldigte sie sich dafür, dass wir immer noch nicht über mich und Jackson gesprochen hatten, und versprach, das bei der nächsten Gelegenheit ausführlich nachzuholen. Sie gähnte wie ein Scheunentor und warnte mich noch ein letztes Mal vor Rafi, denn der sei schlimmer als je zuvor und gehe inzwischen über Leichen.

Rafi musste sich tatsächlich wie eine Pottsau benommen haben, dachte ich auf dem Weg zum Bus. Von einem Bruder, der sich geändert hatte, war jedenfalls keine Rede mehr gewesen.

Besagter Bruder lief mir auf dem Flur im Vents über den

Weg. Er wirkte bestens gelaunt, hatte feuchtes Haar, einen Toilettenbeutel in der Hand und ein Handtuch um den Hals hängen. Anscheinend fühlte er sich hier wie zu Hause. »Ich habe die ersten Bilder deiner Mutter mitgebracht«, sagte er. »Sie stehen bei dir.«

»Du warst in meiner Wohnung?«, fragte ich säuerlich. »Hast du da etwa auch geduscht?«

»Klar«, sagte er. »Und seitdem spaziere ich mit dem Handtuch und dem Toilettenbeutel über die Flure.« Er drehte sich um die eigene Achse. »Wie findest du mich damit?«

»Mensch, bist du ein Komiker.« Ich ging an ihm vorbei. »Warum sagst du nicht einfach, dass du bei Jo geduscht hast.«

Er folgte mir zu meinem Zimmer. »Wenn du dich weiter so aufführst, erzähle ich dir nichts.«

Wir waren an meiner Tür. Eigentlich wollte ich ihn am ausgestreckten Arm verhungern lassen, wegen Thérèse heute früh, wegen Thérèse hinten im Lieferwagen und wegen Lana, doch dann nahm meine Neugier überhand. »Was denn?«, fragte ich.

»Sekunde.« Rafi verschwand in seiner Kammer, kehrte ohne Handtuch und Beutel zurück und drückte die Tür zu meiner Wohnung auf. »Sie gestatten, Madame.« In meinem Zimmer ließ er sich auf der Bettkante nieder, lehnte sich zurück und stützte die Hände hinter sich auf.

»Was soll das werden?«, fragte ich gereizt und setzte mich auf den Stuhl am Schreibtisch. Etwa ein halbes Dutzend Bilder lehnte gegen meinen Kleiderschrank.

»Also«, sagte ich und blickte demonstrativ auf meine Armbanduhr. »Was gibt es zu erzählen?«

»Nichts«, antwortete er mit gewittriger Miene und setzte sich auf. »War nur so dahergesagt.«

Aha, Rafi hatte einen seiner berühmten Stimmungsumschwünge. Außerdem log er, aber ich würde ihn nicht anwinseln, ich kannte dieses Spiel ebenso gut wie er. »Na ja«, sagte ich. »Wird nichts Besonderes gewesen sein.«

»Oder so.« Sein Blick hatte sich weiter bewölkt, die Laune war offenbar auf dem Weg in den Keller.

»Hast du Lana erreicht? Ihr geht es nicht gut.«

»Lana?«, sagte Rafi. »Lana ist eine dumme Nuss und will nicht mit mir reden. Ist mir recht, soll sie sich doch im Selbstmitleid suhlen.«

»Nett, Rafi.«

»Meine Schwester kann mich mal.« Er deutete auf die Bilder. »Wenn du magst, können wir uns die morgen zusammen ansehen. Ich habe da so eine Theorie.« Er erhob sich mit einer einzigen fließenden Bewegung. »Aber jetzt muss ich leider los.« Er steuerte die Tür an.

»Wohin?«, fragte ich, ehe ich mich bremsen konnte.

Und schon war Rafi wieder obenauf. »Weg«, antwortete er und winkte mir zum Abschied.

»Vergiss die Kondome nicht«, rief ich ihm nach.

»Gut, dass du mich daran erinnerst«, rief er zurück. »Du bist ein echter Kumpel.« Die Tür fiel hinter ihm ins Schloss.

Nach dem Duschen und Umziehen begab ich mich in die Küche und sah Dylan und Théo in liebevoller Eintracht zusammen, die Mienen sanft wie ein See im Mondlicht. Musik gab es nicht, aber Dylan summte beim Schneiden vor sich hin, Théo kostete am Herd etwas mit geschlossenen Augen.

Ich setzte mich und wartete, dass Dylan mir etwas zu tun auftrug.

»Du musst nichts mehr machen«, sagte er. »Aber bleib trotzdem.«

Ich holte Luft.

»Ich weiß, was du fragen willst«, kam er mir zuvor. »Jo ist in seiner Wohnung und telefoniert. Er möchte nicht gestört werden.«

»Mit der Dame?«

»Wir wissen schon mehr«, sagte Théo. »Sie heißt Sophie. Das ist Jo vorhin rausgeflutscht.«

Ich druckste noch herum, bevor ich fragte: »Wisst ihr, wohin Rafi wollte?« Um Missverständnisse auszuschließen, ergänzte ich: »Er hatte versprochen, mir Kataloge zu zeigen. Für die Küche und welche mit Fußböden und Badezimmereinrichtungen.«

»Charlie, Charlie«, sagte Dylan kopfschüttelnd. »So viele überflüssige Erklärungen.«

Théo lachte amüsiert. »Rafi besucht seine Eltern. Seine Mutter kocht für ihn. Hast du seine Leichenbittermiene nicht gesehen?«

»Jetzt schau sich einer diese glücklichen Augen an«, sagte Dylan.

Ich klappte die Augen zu. Als ich sie wieder öffnete, sah er mich mit väterlichem Wohlwollen an.

Später, nach meinem Dienst im Speisesaal, kehrte ich mit einer Flasche Wasser und einem Glas Wein in mein Zimmer zurück und entschied, mir einen gemütlichen Abend zu machen, vielleicht ein bisschen zu lesen. Zum Auftakt tauschte ich meine Tageskleidung gegen meinen uralten, ausgefransten Frotteebademantel und löste meinen Nackenknoten. Als Nächstes wollte ich mich meinen E-Mails widmen und schaltete meinen Laptop ein. Julie hatte mir geschrieben. Und Jackson. Ich starrte auf seinen Namen und stellte mir die sonderbarsten Mitteilungen vor, von »Bitte, komm zurück, ich liebe dich doch« bis »Ich vermisse mein *Früchte des Zorns*, das hätte ich gern wieder«, denn dieses Buch hatte ich beim Packen versehentlich mitgegriffen und in einen meiner Koffer geworfen.

Auf das, was nach dem Anklicken der Mail vor mir erschien, wäre ich allerdings nicht so ohne weiteres gekommen. *Liebe*

*Charlotte*, hieß es. *Da ich weiß, wie gern Du meine Tochter hast, ist meine Frage, ob sie schon in zwei Wochen zu Dir kommen kann. Sie ist ihrer Klasse so weit voraus, dass man seitens der Schule bereit ist, sie vor dem offiziellen Beginn der Ferien nach Europa reisen zu lassen, sie wird lediglich Aufgabenhefte mitbekommen, die Ihr vielleicht gemeinsam durcharbeiten könnt. Bitte ruf mich an. Julie ist schon sehr aufgeregt und lässt Dich grüßen. Dem schließe ich mich an. Jackson.*

Ich stand auf, holte mir ein zweites Glas und füllte es mit Wasser. Diese Nachricht wollte ich stocknüchtern verarbeiten.

*Hallo, Jackson*, schrieb ich dann. *Eine schöne Idee. Ich melde mich in den nächsten Tagen telefonisch. Gruß, Charlotte.* So. Bis dahin konnte er sich überlegen, was ich mit *schöne Idee* und *nächsten Tagen* gemeint hatte.

Anschließend las ich Julies Mail. *Charlie, meine liebste, beste Freundin, darf ich jetzt schon zu Dir kommen? Bitte, bitte. Deine Julie. P. S. Ich muss allein nach Paris fliegen. Holst Du mich da ab?* Sofort war ich auf hundertachtzig. Was für ein verkorkster Typ ihr Vater war. Das billige Geschwätz in seiner Mail an mich war eine Sache, aber dass er seine Tochter in eine solche Seelennot versetzt hatte, war so skandalös und grausam, dass ich, sobald ich ihre Mail wieder las, mich jedes Mal neu aufregte. Ich sah die Szene vor mir, als wäre ich dabei gewesen: Julie, die vor Angst, allein in ein fremdes Land reisen zu müssen, völlig aufgelöst war, und Jackson, der sie mit gerunzelter Stirn ansah und kurz angebunden blaffte: »Das kannst du, und jetzt möchte ich davon kein Wort mehr hören.« Ich atmete tief durch, wählte Julies Handynummer und hoffte, dass sie außerhalb der Hörweite ihres Vaters war.

Es klingelte und klingelte. »Hi, hier spricht Julie«, meldete sie sich schließlich mit zaghafter Stimme. Ich hatte kaum »Ich bin's, mein Schatz« gesagt, da hörte ich sie schon schluchzen. »Ich kann das nicht allein«, wimmerte sie, »Charlie, bitte.«

Ich sagte abwechselnd »Schätzchen, ich liebe dich, das weißt du doch« und »Na komm, sei ganz ruhig«. Nach einer Weile schniefte sie nur noch.

»Darf ich zu dir kommen?«, fragte sie zittrig.

»Natürlich«, antwortete ich. »Das hatten wir doch abgemacht.«

»Auch schon in zwei Wochen?«

»Aber sicher, je früher, desto besser.«

»Holst du mich in Paris am Flughafen ab?«

»Natürlich hole ich dich da ab.«

»Findest du mich denn da auch?«

»Ich werde an deinem Gate stehen und auf dich warten. Und du wirst mit einer Stewardess aus dem Flugzeug kommen, die dich zu mir bringt.«

Ein bebender Seufzer. »Meinst du, ich kann das?«

»Ich glaube, es wird dir sogar gefallen. Alle werden furchtbar nett zu dir sein, und ich werde schon eine Stunde vor deiner Ankunft da stehen und die ganze Zeit die Arme ausgebreitet halten.«

Ein winziges Glucksen. »Tust du nicht.«

»Tu ich doch.«

»Sprichst du dann auch Englisch mit mir?«

»Du liebe Zeit«, rief ich verwundert. »Jetzt musst du mir aber mal helfen, was sprechen wir denn gerade?«

Ein vergnügtes Quietschen. »Hör mal, Charlie, ich kann das noch.«

»Was denn?«

»*Je t'aime*«, sagte sie leise, oder zumindest hätte ich wetten können, dass es das war.

»Und ich dich erst. Pass mal auf.« Ich machte die Brinckmann'schen Schmatzer. »Hast du gehört, wie ich dich geküsst habe?«

»Das waren Küsse?«

»Ja, ganz dicke, nasse.«

»Igitt.« In Julies Hintergrund ertönte ein Quäken. »Ich muss Schluss machen, Charlie. Jennifer will was.«

»Okay. Soll ich dich morgen wieder anrufen?«

»O ja, bitte.« Und schon machte dieses unglaubliche Mädchen ein paar Schmatzer.

Ich schmatzte, bis sie kichernd aufgelegt hatte. Anschließend war ein Schluck Wein an der Reihe, ein Toast darauf, dass ich mit Jackson wirklich restlos und für alle Zeiten fertig war. Der Mann wusste ja gar nicht, was für ein gottverdammter Irrtum er gewesen war.

Kurze Zeit später klopfte es an meiner Tür. Dylan steckte den Kopf herein und fragte: »Bist du noch wach? Ich wollte dich etwas fragen.«

Ich klappte den Laptop zu. »Ach herrje«, entgegnete ich. »Seit einer Stunde sitze ich hier und schlafe, aber weil du es bist, frag ruhig.«

Dylan trat zu mir und durchwühlte meine Haare. »Dass du mal so ein Mundwerk kriegst«, sagte er mit gerührtem Blick und deutete auf die Bilder, die Rafi mitgebracht hat. »Rafi hat mir die Aquarelle gezeigt. Eins mag ich ganz besonders.«

Er trat an den Stapel, bückte sich und ging die Bilder durch. »Das da meine ich.« Er kehrte mit einem Bild zurück, setzte sich mir gegenüber und hielt es mir hin. »Schau dir die beiden Frauen an. Sind sie nicht faszinierend?«

Ich nahm es ihm ab und warf einen Blick darauf. Es war eines von denen, auf denen zwei Frauen sich im Meer gegenüberstanden. Auf diesem reichte ihnen das Wasser jedoch bis zu den Achseln, und sie waren nackt, obwohl ihre Körper nur als helle, verschwommene Konturen zu erkennen waren. »Hm«, machte ich. »Schön.«

»Konzentrier dich.« Dylan richtete den Schein meiner Schreibtischlampe auf das Aquarell. »Betrachte die Körperhaltung, und sag mir, was du darin siehst. Und dann achte auf die Köpfe.«

»Viel sehe ich eigentlich nicht. Sie stehen da und schauen sich an.«

Dylan seufzte entnervt. »Wie schauen sie sich an?«

Ich tat ihm den Gefallen und konzentrierte mich. Auf allen drei Bildern der Serie waren die beiden Frauen nahezu gesichtslos oder wandten sich vom Betrachter ab, wobei ihre Haltung auf den beiden anderen, dem unten im Speisesaal und dem anderen in meinem Zimmer am Rhein, starr wirkte. Auf diesem war es anders, Dylan hatte recht, hier wirkten die Frauen lebendiger und fixierten einander. »Ablehnend?«, schlug ich vor.

»Ablehnend«, wiederholte Dylan. »Wie wäre es mit schlangenhaft? Sieh dir die zusammengekniffenen Augen und die wellenförmigen Linien ihrer Körper an. Die Schultern zeigen nach hinten, die Köpfe sind leicht vorgereckt, als wären sie kurz davor, sich gegenseitig anzugreifen.«

Ich lehnte mich zurück, legte den Kopf mal auf die eine, mal auf die andere Seite. »Vielleicht.«

»Die rechts könnte übrigens Marianne selbst sein.«

Ich dachte an das, was Alma vor vielen Jahren einmal entschlüpft war, und betrachtete das Bild erneut. »Wie kommst du darauf? Die beiden haben doch kaum ein Gesicht.«

»Guck dir die Narbe an ihrer Schläfe an.«

Ich hielt das Bild noch näher ans Licht und erkannte die Narbe, eine feine weiße Sichel vom linken Augenwinkel hoch zur Schläfe. »Möglich wäre es«, räumte ich ein. »So eine hatte Marianne aus Kinderzeiten. Aber wenn das meine Mutter darstellen soll, wer ist dann die andere?«

Dylan nahm das Bild wieder an sich. »Ich dachte, das könntest du mir vielleicht verraten, es könnte ja eine Frau aus Mariannes Vergangenheit sein, vielleicht eine deutsche Freundin oder jemand aus deiner Familie.« Er vertiefte sich in den Anblick des Gemäldes.

Ich lachte. »Warum fragst du Jo nicht? Vielleicht weiß er ja, wer die andere ist, und lädt sie demnächst mal ein.«

Dylan sah mich tadelnd an. »Ja, lach nur, über solche Phantasien bist du natürlich erhaben. Ich dagegen hätte gegen eine schöne, anbetungswürdige Frau nichts einzuwenden, es wird höchste Zeit, dass es mich noch mal packt. So oft wird sich das in meinem Leben nämlich nicht mehr abspielen.« Er strich mit dem Finger über das Bild.

Ich fühlte mich zu Recht auf meinen Platz verwiesen und schwieg.

Dylan trank einen Schluck aus meinem Glas. »Schau dir diese Frau lange genug an, und du erkennst das Spöttische in der Haltung ihres Kopfes. Sie hat die Kontrolle. Die andere – sagen wir mal, es wäre tatsächlich Marianne – sieht eher aus, als wäre sie kurz vorm Siedepunkt.«

Aus Angst, er würde mir wieder eins auswischen, wagte ich nichts mehr zu entgegnen, doch ich wunderte mich über das, was er in dem Bild las. Selbst bei gutem Willen erkannte ich nicht mehr als zwei nackte Frauen im Meer, bei denen eine vor der anderen leicht zurückwich.

Dylan seufzte, stellte das Bild zurück und verabschiedete sich mit den Worten, er müsse unten wieder nach dem Rechten sehen, denn Jo sei vorhin noch einmal fortgefahren.

»Was meinst du, warum er diese Sophie nicht hierherbringt?«, fragte ich hintersinnig, denn mein Verdacht war, dass Dylan bei Jo mittlerweile dies und jenes in Erfahrung gebracht hatte. Aber anscheinend war dem nicht so.

»Frag mich was Leichteres«, entgegnete Dylan. »Aber ich nehme an, er möchte nicht, dass wir ihn und sie mit lauernden Blicken verfolgen. Auch nicht, dass wir mit ihr reden. Oder später mit ihm über sie. Er will sie für sich.« Er hatte die Tür schon hinter sich geschlossen, als er sie noch einmal öffnete und mit vorwurfsvollem Blick auf mich deutete. »Wenn ich dächte, dass Rafi vielleicht später noch mal bei mir vorbeischaut, zöge ich was anderes an als dieses verblichene Etwas.« Dann war er fort.

Ich stand auf und schloss die Tür ab. Wenn Rafi später noch einmal bei mir vorbeischauen wollte, käme er gar nicht rein und hätte Pech gehabt.

Rafi kehrte kurz nach Mitternacht zurück. Ich hörte ihn auf der Treppe und dann auf dem Flur. Vor meiner Tür zögerte er nicht einmal, sondern lief mit gleichmäßigem Schritt auf geradem Weg in seine Kammer. Wenn ich mich für so etwas noch mal umgezogen hätte und vielleicht zufällig sogar in mein schönstes Seidennachthemd geschlüpft wäre, hätte ich mich in dem Moment schwarzgeärgert. Trotzdem fingen meine Gedanken an, Blüten zu treiben, bis ich, was Rafi und mich betraf, einen ganzen Blumenstrauß denkbarer Situationen zusammenhatte. Und alle mündeten in die Frage, ob ich jemals wieder bereit sein würde, mich mit ihm einzulassen, was ich, wie ich fand, für mich klären sollte, allein schon, um den diesbezüglichen Anspielungen begegnen zu können, statt jedes Mal zu tun, als hätte ich sie nicht gehört. Doch sobald ich versuchte, mir eine Antwort darauf zu geben, türmten sich vor mir all die Probleme auf, die mit Rafi zusammenhingen. Das war bereits so seit jenem verhängnisvollen Sommertag vor zehn Jahren, als ich in einer versteckten Ecke des Strands von Saint-Clément mit Rafi auf einer Decke lag und ihn, nachdem wir uns dort verstohlen geliebt hatten, fragte, mit wie vielen Mädchen er vor mir schon Sex gehabt hatte. Zwar hatte ich mir zuvor geschworen, ihm diese Frage, schon aus Angst vor der Antwort, nie zu stellen, doch seine routinierten Griffe unter dem kleinen Handtuch hatten mich ins Grübeln gebracht. In meiner Unschuld dachte ich, es könnten schon vier oder sogar fünf Mädchen gewesen sein. Zuerst antwortete Rafi, so etwas zähle man nicht und falls man es doch gezählt habe, spreche man darüber nicht. Da ahnte ich noch nichts Böses, sondern wies ihn darauf hin, dass alle Jungen zählten und darüber sprachen, deshalb solle er nicht tun, als wäre er heilig. Daraufhin ging Rafi eine Zeitlang in sich. »Also schön«, antwortete er zu guter Letzt. »Sechzehn.« Ich fuhr zusammen, die Zahl schrillte förmlich in meinen Ohren und klang für mich in etwa so, als würde mir heute jemand in meinem Alter sagen, er habe so an die hundertsechzig gehabt. Wie immer nach einem Schicksalsschlag wurde mir übel. Aber ich hielt mich noch einigermaßen und sagte in lockerem Tonfall: »Alle Achtung, dagegen sehe ich ja ziemlich blass aus.« Und Rafi, das musste man ihm zugutehalten, nahm mich in die Arme und küsste mich. »Ich bin eben der Erste«, sagte er tröstend. »Außerdem liebe ich dich, Charlotte.« An dem Punkt hätte ich es auf sich beruhen lassen sollen, doch das konnte ich nicht, ich musste noch eins draufsetzen, oder vielleicht brauchte ich auch mehr Sicherheit, zumal ich immer unglücklicher wurde und überlegte, ob Rafi sich womöglich schon zurückzog, denn wenn er sich als »Ersten« bezeichnete, ging er doch davon aus, dass es einen Zweiten, Dritten und mehr geben würde, wohingegen ich mir in diesem Moment nichts sehnlicher wünschte, als dass er der Erste und Letzte war. Und so fragte ich: »Hast du die anderen auch geliebt?« Danach begann alles aus dem Ruder zu laufen, denn Rafi antwortete: »Nicht so wie dich«, was für mich nichts anderes bedeutete, als ihn in wachsender Panik zu bedrängen, mir die einzelnen Gradierungen dieser Lieben detailliert darzulegen, und das ein ums andere Mal. Als wir damit aufhörten, waren wir beide erschöpft. Doch es ging noch weiter, denn als ich mein Elend komplett machte und wissen wollte, ob er auch, seit wir zusammen waren, mit anderen geschlafen habe, dachte er keine

Sekunde lang nach, sondern sagte achselzuckend: »Nur mit einer oder zweien in Bordeaux.« Im ersten Moment nahm ich noch an, er hätte einen Witz gemacht, etwas anderes war für mich gar nicht vorstellbar. Aber als ich seine halb verärgerte, halb beunruhigte Miene sah und begriff, dass es die Wahrheit gewesen war, wollte ich sterben.

Ebenfalls noch im Gedächtnis war mir meine Rückkehr ins Vents. Ich war per Anhalter von Saint-Clément nach La Flotte gefahren, und zwar in einer solchen Verfassung, dass der Fahrer des Wagens mich bis zu Jo brachte, nur um sicherzugehen, dass ich mir nichts antun würde. Jo verhielt sich fabelhaft, Théo und Dylan taten es auch. Zumindest an diesem ersten Tag nahmen sie meine hysterischen Anfälle ernst, und wenn ich mich einem von ihnen schluchzend in die Arme warf, beschwichtigte derjenige mich, so gut er konnte. Doch schon am Tag darauf musste ich Jo Rede und Antwort stehen, ihm erklären, wieso ich entgegen seiner strikten Anordnung per Anhalter gefahren sei, und ihm versprechen, dass es nie wieder vorkommen werde, ganz gleich, wie mir zumute sei. Und keiner der drei schlug sich auf meine Seite, als ich für Rafi Hausverbot erwirken wollte. Aber nachdem ich Rafi klargemacht hatte, dass es mit uns vorbei sei und ich nicht mehr mit ihm sprechen, ihn nicht einmal mehr sehen wolle, kam er für eine Weile ohnehin nicht mehr ins Vents. Ein knappes Jahr später ging ich nach London. Als ich nach drei Jahren zurückkehrte, hatte ich, was Rafi betraf, Abstand gewonnen. Wenig später begann ich, in einem Hotel in Paris zu arbeiten, und war nur von freitags bis sonntags in La Flotte. Wenn ich ihn dann irgendwo sah, schmerzte es zwar noch und mein Herz zuckte aufgeregt, doch nach der Londoner Zeit und später in Paris hatte ich andere Geschichten, Körper und Gesichter, die die Erinnerung an ihn überlagerten, selbst wenn ich da noch immer nicht bei »sechzehn« war. Die hatte ich erst mit Jackson erreicht. Rafi dagegen dürfte inzwischen bei hundert angelangt sein, einschließlich Thérèse hinten im Lieferwagen.

Ausgeschlossen, sagte ich mir auf dem Weg ins Bett. Rafi würde sich nie ändern und ich mich nie wieder mit ihm einlassen. Oder aber, überlegte ich kurz vor dem Einschlafen, ich wärmte die Sache doch noch einmal auf, als kleine Zerstreuung, ohne es wie damals ernst zu nehmen, immerhin hatte ich inzwischen genügend andere Dinge im Kopf, meine Hotelpläne beispielsweise und die mir noch immer unbekannten Zahlen. Obwohl er in dieses Projekt natürlich eingebunden war, zumindest in den kommenden Monaten, weshalb wir uns häufig sehen würden. Mal abgesehen davon, dass er nachts nebenan in der Kammer schlief und wir uns auf diese Weise nahe waren, ob ich es wollte oder nicht. Und dann war da natürlich noch die Frage, ob er sich wieder mit mir einlassen würde, denn dass so etwas nicht allein von mir abhing, hatte ich inzwischen auf die harte Tour gelernt.

# Zehn

Rafi erklärte mir seine Theorie zu den Bildern am Samstag darauf, dem Ostersamstag. Es war ein verregnetes Aprilwochenende, so dass im Vents et Marées nur eine Gruppe von sieben hartgesottenen Radlern logierte, die auf Ré für irgendein Amateurrennen trainierten. Alle anderen, die sich zu diesem Wochenende angemeldet hatten, hatten ihre Buchung am Morgen des Karfreitags storniert. Jo, den Absagen sonst übellaunig machen konnten, hatte diesmal nahezu fröhlich reagiert und war am frühen Freitagabend mit unbekanntem Ziel und den Worten, am Ostersonntag oder -montag sei er zurück, entschwunden. Théo, der eben erst angekommen war, streifte seinen Mantel ab und ließ sich schwerfällig auf einen Stuhl sinken. Dylan und ich setzten uns ebenfalls. Nachdem wir uns eine Zeitlang stumm angesehen hatten, sagte Théo, dass es jetzt wirklich höchste Zeit sei, über diese neue Seite an Jo und die dahintersteckende Frau zu konferieren. Doch dann stellte sich heraus, dass es nichts zu konferieren gab. Die beiden wussten noch immer nicht mehr als den Namen und mutmaßten, dass diese Sophie sich an den Wochenenden mit Jo entweder bei ihr oder in einem Hotel in La Rochelle oder Saint-Martin traf. Ich behielt für mich, dass ich in Sophie meine Tante vermutete, und erklärte, wenn Jo nicht über sie sprechen wolle, müssten wir das wohl oder übel akzeptieren. Dieser Meinung schlossen die beiden sich nur widerstrebend an. Dylan bemerkte mit wehem Blick, wenn wir die Frau nicht sehen dürften, müsse in Jos Herz ja eine wahre Feuersbrunst der Leidenschaft wüten. Théo sagte knurrig, Leidenschaft hin oder her, eine Anstandsfrist von drei Monaten sei mehr als genug, danach stelle man seine Herzensdame doch langsam mal seinen besten Freunden vor.

Am nächsten Tag schienen Dylan und Théo beschlossen zu haben, sich nun ihrerseits mit Soloaktivitäten zu befassen. Dylan kam gegen Mittag mit Büchern beladen vom Einkaufen wieder und sprach davon, endlich einmal das zu lesen, wozu er bisher nie gekommen sei, außerdem wolle er demnächst wieder nach London und Paris zu Konzerten fahren, er verstehe nicht, wie er alles so habe schleifen lassen können. Dann verkrümelte er sich in seine Wohnung. Daraufhin begann Théo, laut Urlaubspläne zu schmieden. Vom Nordkap war die Rede und einer sechswöchigen Reise durch Südostasien, vielleicht auch Lateinamerika, nur Nordamerika komme nicht in Frage, vor den Menschen dort habe er einen heiligen Horror, Hélène auch, in dieses Land würden sie keinen Fuß setzen. Hélène war seine Ehefrau. Normalerweise fuhr er mit ihr im Herbst für zwei Wochen zum Wandern auf die Kanaren oder das spanische Festland, doch am Nachmittag lief er in das Reisebüro um die Ecke und kehrte mit einem Stapel Prospekte zurück. Aber weder der eine noch der andere wirkte besonders enthusiastisch.

Als ich nach dem Abendessen am Samstag den Speisesaal aufgeräumt hatte, die Radler in ihren Zimmern waren und ich den Servierwagen mit dem schmutzigen Geschirr in die Küche schieben wollte, lungerte Rafi im Flur herum. Es war halb zehn, und er sah aus, als wolle er ausgehen oder käme gerade vom Ausgehen zurück, im dunkelgrauen Leinenanzug und hellgrauen Hemd. »Im Fernsehen gibt es nichts«, sagte er. »Wir könnten uns die Bilder deiner Mutter anschauen.« Die berühmten Kataloge hatten wir bereits am Vorabend hinter uns gebracht. Sie hatten mich dermaßen überfordert, dass ich Rafi gebeten hatte, bei Küchen und Bädern jeweils eine Vorauswahl von maximal zehn Alternativen zu treffen und mir nachher nur die Fotos zu zeigen, nicht die Seiten mit den Spezifikationen. Auch was die Fußbodenbeläge anbelangte, wollte ich nicht wissen, wie die Dämmung im Querschnitt aussah, wie sie Nässe forthielt und sonst noch funktionierte, sondern wünschte mir nichts weiter als gut abwaschbare Fliesen aus mattem sandfarbenen Stein.

»Hast du dich deshalb so feingemacht?«, fragte ich.

Die Frage hielt er offenbar für so dämlich, dass er sie keiner Antwort würdigte. Das war auch so etwas an ihm, was mich fuchsig machte. Man sagte etwas, das ihm lachhaft schien, und schon schwang er sich auf sein hohes Ross und strafte einen von oben herab mit Verachtung. Jo konnte das ebenfalls, doch er seufzte dabei wenigstens noch vor sich hin, schüttelte den Kopf und machte nicht auf Denkmal. Ich rollte den Wagen an Rafi vorbei in die Küche. Auch Jackson hatte sich auf dem hohen Ross versucht, das Schweigen jedoch nie durchgehalten, er musste einem zu dringend vermitteln, wie beschränkt man gewesen war.

In der Küche spülte ich das Geschirr kurz ab und stellte es in die Spülmaschine. Als ich mich umdrehte, war von Rafi nichts zu sehen. Ich ging zur Tür und warf einen Blick in den Flur. Da war nur noch der Duft seines Eau Sauvage geblieben. Anscheinend war er wortlos in die Nacht hinausgaloppiert. Nein, er kam die Treppe herunter, hatte Hemd und Anzug gegen Jeans und Rollkragenpullover getauscht und war mit Bildern beladen. Hatte ich gesagt, dass ich sie mir anschauen wollte? Soweit ich mich erinnerte, nicht.

Er trug den Bilderstapel in die Küche. »Ich weiß jetzt, wer die zweite Frau ist«, erklärte er. »Das wollte ich dir neulich abends schon erzählen, aber da hattest du ja keine Zeit.« Er legte den Stapel auf einem Stuhl ab, räumte den Küchentisch frei und wischte ihn gründlich ab. »Setz dich.« Dann ging er die Bilder durch. »Inzwischen habe ich noch mehr mitgebracht. Du wirst dich wundern.«

Ich setzte mich.

»Wir machen das chronologisch«, entschied Rafi und ließ sich an meiner Seite nieder. »Da wird einem einiges klar.« Er legte das erste Gemälde vor mich, ein Aquarell, auf dem zwei Mädchen in lichten, luftigen Kleidern auf einer Bank saßen. Hinter ihnen sah man den Hang, an dem Paul und Katharina wohnten, ein hellgrüner Hügel, durchsetzt von dunkleren Pappeln, zwischen denen ganz oben das Haus meiner Großeltern hervorschimmerte, darüber der blassblaue Himmel. Die beiden Mädchen hatten die Köpfe zusammengesteckt und schienen sich in inniger Zweisamkeit über etwas auszutauschen. Es war ein so hübsches, friedliches Bild, dass es kaum von Marianne zu stammen schien, die, selbst wenn sie die lieblichen Landschaften auf Ré malte, jedes Mal etwas Bedrückendes zum Ausdruck brachte, sei es in Form eines Regenhimmels oder eines dunkel gekleideten Menschen inmitten endloser Felder oder auf einem langen einsamen Strand.

»Ich habe deine Mutter ja nur ein einziges Mal oben in Les Portes getroffen«, sagte Rafi. »Aber ich bin mir sicher, sie sitzt, von uns aus gesehen, rechts auf der Bank. Wenn du genau hinschaust, erkennst du die weiße Narbe an ihrer Schläfe. Die andere ist diese Sophie. Ihr Gesicht ist zwar unscharf, aber die Form der Augen ist die gleiche.«

Er hatte einen guten Blick. Ich hatte zwar auch erfasst, dass es sich um Sophie und meine Mutter handelte, aber ich hatte die beiden ja auch mehr als einmal gesehen. Selbst an die Kleider erinnerte ich mich von einem meiner heimlich eingesammelten Fotos: beigefarbene Ballkleider, mit weiten Röcken und dünnen, mit Strass besetzten Trägern. Sophie und Marianne hatten sich früher offenbar so nahegestanden, dass sie sich zu irgendeinem Anlass die gleichen Kleider gekauft oder anfertigen lassen hatten. »Es ist nicht nur die Form der Augen«, sagte ich. »Man erkennt sie auch am Mund.«

Rafi entgegnete: »Ich freue mich, dass du wieder mit mir sprichst. Ich dachte schon, ich wäre hier der Alleinunterhalter – vor einem ausgesprochen mäkeligen Publikum.«

Ich schwang mich auf das hohe Ross und sagte keinen Ton.

Rafi lachte. »Als ob du das durchhalten würdest.«

»Du bist ein Arsch mit Ohren, weißt du das?«

»Tz-tz-tz«, machte er und schüttelte den Kopf. »Es gab mal Zeiten, da hast du mich ganz anders genannt.«

Bei seinem Blick bekam ich einen Hitzeschub. Aber auch Rafis Wangen hatten sich gerötet. Er wandte sich ab.

»Zur Sache«, sagte er und platzierte die nächsten Bilder nebeneinander auf dem Tisch. Es waren kleine Aquarelle, die erneut die beiden Mädchen zeigten, immer in der gleichen Kleidung, entweder zusammensitzend oder bei Spaziergängen durch heitere, sonnige Landschaften. Auf einem Bild schauten sie den Betrachter mit zusammengezogenen Brauen an, als hätte man sie in ihrer Zweisamkeit gestört. Rafi tippte darauf. »Das erinnert mich an früher – an Lana und dich. Immer unzertrennlich, immer mit geheimen Plänen, immer pampig, wenn man mal was von euch wollte.«

Ich nahm das nächste Aquarell in die Hand und begutachtete es. »Ich wünschte, jemand hätte Lana und mich einmal so gemalt.« Das Bild zeigte wieder Marianne und Sophie, diesmal waren sie jedoch älter, fast schon Frauen. Sie lagen, jede in einem geblümten Kleid, unter einer Birke auf einer grellbunten Decke und schliefen einander zugewandt, vollkommen entspannt, mit leicht angewinkelten Beinen, über denen sich, wie vom Wind bewegt, kaum merklich der Rocksaum hob. Der tiefblaue Himmel füllte den Hintergrund aus. Ich wusste sofort, dieses Bild würde ich mir von Paul und Katharina für mich erbitten.

»Hier fängt es an«, sagte Rafi. »Du siehst es schon an den aggressiven Farben und dem wirren Muster der Decke, auf der sie liegen. Die geblümten Kleider wirken darauf ganz falsch.« Er stapelte die Gemälde am anderen Ende des Tischs und griff nach dem nächsten. »Die Mädchenidylle ist beendet.«

Er hatte recht, nach den harmonischen ersten Bildern war das nächste ein Schock. Zwei Männer hatten sich darauf zwischen den jungen Frauen eingefunden, und die Farben hatten sich getrübt. Einer von ihnen war Jo, der zu den besten Menschen zählte, die ich kannte, und der andere mein Vater, über den ich nie etwas Schlechtes gehört hatte. Doch in Mariannes Darstellung waren sie zu plumpen Eindringlingen geworden, die die Innigkeit der beiden Frauen auf ungeschlachte Weise unterbrachen. Anders konnte ich die überdimensionierten Männergestalten nicht deuten, ebenso wenig die schweren muskulösen Arme, die um die Schultern der Frauen lagen, oder die groben Hände, die nach ihren Brüsten zu tasten schienen. Sie saßen zu viert an einem Tisch mit einer fleckigen Tischdecke, darauf halb gefüllte Gläser, geöffnete Flaschen und ein überquellender Aschenbecher.

Rafi deutete auf Richard, der mit schmalen, zur Seite blickenden Augen einen berechnenden Eindruck machte und um dessen Mund ein heimtückischer Zug lag. »Ist das dein Vater?«

Ich betrachtete das Bild konsterniert. »Ich denke schon. Aber auf den Fotos, die ich von ihm kenne, wirkt er zarter als Marianne und hat warme braune Augen. Ich verstehe diese Darstellung nicht, sie ist geradezu absurd. Warum werden aus den Männern diese abstoßenden Typen, bei deren Anblick sich einem der Magen umdreht?«

Rafi zog das Gemälde zu sich heran und studierte es eine Zeitlang. »Man könnte fast meinen, dass deine Mutter sie gehasst hat.«

»Nein«, sagte ich bestimmt. »Jo war immer ihr Lieblingsbruder, die beiden waren als Kinder ein Herz und eine Seele, sogar später noch, als Jugendliche. Und sie hat Richard geheiratet. Doch wohl nicht aus Hass.«

»Charlotte«, begann Rafi in dem Tonfall, den man sich für geistig Minderbemittelte aufhob. »Deine Mutter hat die Bilder hier auf Ré im Nachhinein gemalt. Und bei dieser Rückschau schienen ihr beide Männer vulgär. Irgendetwas muss also zwischen den vier vorgefallen sein, sonst hätte sie die beiden nicht so entstellt wiedergegeben. Jo erkennt man lediglich an den hellblauen Augen, den Wangenknochen und dem Kinn, aber diesen stechenden Blick und das höhnische Lächeln habe ich bei ihm noch nie gesehen. Er mag manchmal spöttisch sein, manchmal auch sarkastisch oder zynisch, aber Hohn habe ich nun wirklich nie bei ihm erlebt.«

»Im Gegenteil«, murmelte ich fahrig. »Er regt sich auf, wenn jemand höhnisch ist.«

»Auf die Weise geht es jetzt weiter.« Rafi legte die nächsten Bilder in einer Reihe auf den Tisch. Es handelte sich um Szenen, bei denen Sophie und Marianne im Frauenalter am Meer standen oder an einem Strand saßen, entweder voneinander abgewandt oder mit großer Distanz zwischen sich. Wenn sie sich aus der Ferne anschauten, waren die Augen so schmal, dass man nicht wusste, ob sie einander besser erkennen wollten oder sich belauerten. »Die Männer haben die Freundschaft der Frauen zerstört«, sagte Rafi. »Ganz gleich, ob sie stehen oder sitzen, die beiden Frauen meiden sich plötzlich. Oder nimm dieses Bild, da stehen sie im Meer, das Wasser reicht ihnen fast bis zum Hals, und man sieht, dass sie Feindinnen geworden sind.« Es war das Aquarell, das Dylan fasziniert hatte.

Ich schaute die Gemälde an, sortierte sie im Geist anders und fügte die beiden aus meinem Zimmer am Rhein und dem Speisesaal hinzu. Nach einigem Nachdenken kam ich zu dem Schluss, dass selbst in dieser Reihenfolge eine Geschichte erzählt wurde, nach der zwischen den Frauen etwas vorgefallen war, etwas so Gravierendes, dass es ihre Gefühle füreinander zerstört hatte.

Rafi sammelte die Bilder ein und legte sie auf die anderen.

Er nahm das nächste Gemälde, zog eine Obstschale heran und lehnte es dagegen. »Fällt dir dazu etwas ein?«

»Nein«, antwortete ich. »Ein ähnliches hängt oben in meinem Zimmer. Zu dem ist mir auch nie viel eingefallen.« Auch dieses war ein kleines Ölgemälde und zeigte stürmische Wogen, über denen sich ein Unwetter zusammenbraute, wieder mit zwei Schwimmern, die sich in Richtung Horizont aufgemacht hatten, nur dass die Köpfe hier deutlicher und von vorn sichtbar waren, als hätten die beiden innegehalten, um Wasser tretend einen Blick auf den VW zu werfen, der zwischen ihnen und dem schmalen Strandstreifen am Ufer des Meeres versank.

Rafi holte das Bild näher zu uns heran und vertiefte sich in den Anblick. »Egal, wie lange ich darüber nachdenke«, murmelte er. »Ich komme nicht dahinter. Schwimmen sie davon und schauen sich noch einmal um, oder kommen sie von irgendwoher und zögern, bevor sie sich dem untergehenden Wagen nähern?«

»Ich weiß es nicht.« Ich griff nach dem Bild. »Auf dem Gemälde in meinem Zimmer schwimmen sie weiter hinaus, aber darauf sind auch nur das tosende Meer, der Sturmhimmel und die zwei Köpfe von hinten zu sehen.«

»Interessant.« Rafi legte eine Hand auf meinen Nacken und ließ sie dort einen Moment, bevor er mit den Fingern über meine Wange strich. »In Les Portes sind noch mehr Bilder.« Seine Fingerspitzen fuhren an meinem Hals entlang. »Die bringe ich morgen mit. Bei den meisten handelt es sich um Landschaften. Nur auf einem taucht der Wagen wieder auf.« Ein Finger wanderte über mein Schlüsselbein, strich an meinem Hals hoch, näherte sich meinem Mund. Es hätte nicht viel gefehlt, und ich hätte meine Wange in seine Hand geschmiegt.

»Ich nehme an, es geht um den Unfall, bei dem mein Bruder umgekommen ist.« Ich schob seine Hand fort. »Mein Vater saß damals am Steuer. Die anderen hatten nichts damit zu tun.«

Rafi stand auf und holte eine geöffnete Flasche Weißwein von der Fensterbank. »Wie wär's mit einem Schluck Wein?«, fragte er. »Du hast gerade gezittert.«

Ich verkniff mir zu sagen, dass er bei der Wanderung seiner Finger ebenfalls gezittert hatte. Stattdessen tat ich, als betrachte ich noch einmal das Bild mit den Schwimmern. »Ich habe heute sieben Zimmer geputzt und den ganzen Tag Dienst gehabt. Das bin ich nicht mehr gewohnt, ich fühle mich wie gerädert. – Nein, nicht den Weißwein, den nimmt Théo für die Soßen.«

Rafi blickte auf das Etikett, stellte den Wein zurück und sah mich mit gehobenen Brauen an. »Und was ist daran falsch?«

»O Rafi, bitte lass das«, sagte ich gequält. »So warst du schon als Junge.« Ich raffte mich auf und schnappte mir eine Flasche Burgunder aus dem Regal.

Rafi warf einen Blick auf die Flasche, trat zu der Kladde, die an einer Kordel an dem Weinregal hing, und trug mit dem danebenhängenden Stift etwas ein. In der Kladde wurde der Getränkeverzehr der Gäste notiert.

»Schreibst du Jo auf, was ich trinke?«, fragte ich.

Rafi stöhnte. »Bitte, Charlotte, werde nicht seltsam – beziehungsweise noch seltsamer. Ich schreibe auf, was ich trinke.«

»Ich dachte, du hast hier freie Kost und Logis.« Am vergangenen Sonntagabend hatten Jo und ich uns wegen der Finanzplanung meines Hotels zusammengesetzt, und ich kannte den Deal zwischen Rafi und ihm: freie Kost und Logis für Rafi, für die er Jo bei seiner Gehaltsforderung einen Großteil nachgelassen hatte. An den anderen Teil der Kostenkalkulation dachte ich seit dem Gespräch mit Jo nur mit Grauen, denn da hatte ich mich reichlich verschätzt, und was die stillen Teilhaber betraf, war von mir kein Einwand mehr zu hören. Hätte ich für die Summen Kredite aufgenommen, hätte ich in den nächsten zwanzig Jahren keine Nacht mehr durchgeschlafen.

»Erstens«, sagte Rafi, schenkte jedem von uns ein Glas ein und setzte sich mir gegenüber. »Erstens möchte ich, dass Jo weiß, was ich konsumiere. Ich verdanke deinem Onkel sehr viel, schon seit dem Tag, als ich zum ersten Mal hierhergekommen bin und er mit mir gesprochen hat, wie vor ihm noch keiner. Das Letzte, was ich will, ist, dass er denkt, ich nutze ihn aus. Zweitens, was meinst du mit: ›So warst du schon als Junge.‹?« Unsere Blicke trafen sich, blieben aneinander hängen.

Ich riss mich zusammen und sah fort. »Na, so penibel. Du hast mich bestimmt schon eine Million Mal verbessert.«

Rafi wirkte genervt. »Du liebe Zeit, wie du übertreibst.«

»Siehst du, du tust es schon wieder. Aber ein Mann, der sich mit Thérèse Argan abgibt, ist intellektuell natürlich verwöhnt, das sehe ich ein.«

Das ging ihm runter wie Öl, das hätte sogar ein Blinder gesehen. »Ach«, sagte er genüsslich. »Daher weht der Wind.«

»Nein«, erwiderte ich. »Daher weht er nicht, ich nehme es sogar zurück, denn du triffst dich mit ihr ja nicht, um zu diskutieren.«

»Nenn mich ruhig penibel«, sagte Rafi mit siegreichem Lächeln. »Aber der Wind weht zweifellos aus dieser Richtung, ganz gleich ob es ums Diskutieren oder sonst was geht. Aber lassen wir das, es lohnt sich nicht. Hast du am nächsten Wochenende schon etwas vor?«

So wie ich mich in diesem Moment fühlte, musste sich eine Schachspielerin fühlen, die zusah, wie ihr Gegner sich im Geist abrackerte, während sie schon wusste, dass er beim übernächsten Zug schachmatt sein würde. Am kommenden Wochenende würde ich nämlich in Paris sein, um Julie am Flughafen in Empfang zu nehmen. »Am nächsten Wochenende?«, wiederholte ich gedehnt, als läge es Lichtjahre entfernt. »Warum?«

Rafis Augen verengten sich, sein Blick wurde durchdringend.

Na schön, so schnell würde er sich nicht schmachmatt setzen lassen, ich hätte es mir denken können.

»Nur so«, antwortete er.

»Ah, da sind meine kleinen Turteltäubchen«, rief Dylan im Hereinkommen munter. »Ich wollte gar nicht stören, bin nur auf dem Weg, mir noch mal die Beine zu vertreten. Kommt ihr mit?«

Ich warf einen Blick auf die Wanduhr. »Geht allein, ich muss ins Bett.« Ich trank mein Glas aus und bat Rafi, Jo sämtliche Bilder zu übergeben.

Auf dem Weg ins Bett nahm ich mir vor, noch einmal Mariannes Bildmotive zu überdenken und mit Jo darüber zu sprechen, denn irgendetwas war ja offenbar zwischen ihnen vorgefallen, und davon hatte ich bisher nie etwas gehört. Doch ganz gleich, wie ich mich im Bett bemühte, ich konnte mich nicht konzentrieren; dazu hatte Rafi sich zu sehr in meinen Gedanken verhakt.

Als ich in der folgenden Woche mit Lana nach Les Portes fuhr, hatte sich noch keine Gelegenheit ergeben, mit Jo über Sophie, Mariannes Bilder oder auch das Zerwürfnis zwischen meinen Familien zu sprechen. Im April gingen im Hotel die Buchungen für den Sommer und den Herbst ein, so dass Jo tagsüber die meiste Zeit am Telefon und an seinem Computer verbrachte. Abends erklärte er, er brauche Bewegung, setzte sich auf sein Fahrrad und fuhr los. Wenn ich gegen zehn Uhr nach oben in mein Zimmer ging, war er noch nicht zurück.

Am frühen Nachmittag holte Lana mich mit ihrem klapprigen Renault ab. Es war warm und sonnig, wie man es sich im Frühling erhoffte, und Lana hatte sich einen halben Tag freigenommen. Wir hatten La Flotte noch nicht hinter uns, da verkündete sie in entschlossenem Tonfall: »So, jetzt sprechen wir endlich mal über Jackson und dich.«

»Zu spät«, erwiderte ich. »Ich weiß kaum noch, wer er ist.« Der Renault machte einen Satz zur Straßenmitte hinüber. »Lana, bitte schau beim Fahren auf die Straße, sonst kriege ich bis Les Portes einen Anfall.«

Sie lenkte den Wagen zurück. »Dann sag so was nicht. Du weißt, für wie gefährlich ich es halte, wenn man etwas verdrängt, bis zu dem Tag, an dem es mit Macht hervorbricht und detoniert. Danach kannst du lange herumsuchen, bis du deine Einzelteile wieder aufgesammelt und aneinandergekittet hast.«

Ich sah sie von der Seite an. »Interessant«, sagte ich. »Und wer oder was sammelt da?«

»Was soll das denn heißen?«, fragte sie. »Bitte, Charlie, spiel jetzt nicht die Dumme.«

»Ich spiele nicht die Dumme, ich frage mich nur, wer sucht, wenn man nur noch aus Einzelteilen besteht.«

Im ersten Moment sah sie aus, als hätte man ihr den Stecker herausgezogen. »Ach, so ist das«, sagte sie schließlich. »Jetzt weiß ich, wen ich da heraushöre. Dieser Klugscheißer hat es wieder geschafft. So warst du auch in der Zeit, als du damals mit ihm zusammen warst. Plötzlich hast du jedes Wort auf die Goldwaage gelegt, aber glaub mir, du bist anders als Rafi, denn der hat wahrscheinlich schon als Embryo alles besser gewusst.«

Während ich nach einer Antwort suchte, schaute ich auf den klaren Himmel, die durch die Luft tanzenden Vögel, die in der Sonne badende Landschaft, die hellgrüngetupften

Büsche, Sträucher und Bäume, das zarte, im Wind zitternde Laub.

»Charlie«, sagte Lana ungeduldig. »Bitte sag es, wenn du keine Lust hast, mit mir zu reden.« Sie überholte einen Bus und schoss vor dem entgegenkommenden Wagen wild hupend in eine Lücke zwischen dem Bus und dem vor ihm fahrenden Traktor.

»Lana, bist du noch ganz dicht?«, fragte ich ärgerlich. »Bleib auf der rechten Fahrbahn, wenn die Straße Kurven macht, oder lass mich ans Steuer.«

»Gleich, nur den Traktor noch.«

Als sie zum Überholen ansetzte, schloss ich die Augen. »Wenn ich durch deine Schuld sterbe, möchte ich wissen, wie du das Jo erklären willst.«

»Wir wären beide tot«, entschied Lana, als die leere Straße vor uns lag. »Ich müsste nichts mehr erklären. Also was ist jetzt mit dir und Jackson?«

Ich streckte die Waffen, denn Lana würde nicht lockerlassen, bis sie alles, was sie erfahren wollte, aus mir herausgequetscht hätte. »Da ist nichts mehr, ich weiß nicht, wie ich es dir anders erklären soll. Wenn ich jetzt an ihn denke, frage ich mich, was ich jemals von ihm wollte. Ich mag den Mann nicht mehr, vor allem aber mag ich nicht mehr die Frau, die einmal so versessen auf ihn war – sie ist mir geradezu peinlich. Ich hoffe, so etwas passiert mir nie wieder.«

»Na schön«, sagte Lana. »Das Gefühl kenne ich. Aber dass man nach zwei Wochen ein ganzes Jahr in die Tonne tritt, ich weiß nicht, Charlie, das scheint mir doch ein bisschen verdächtig. Ich dachte, du hast ihn geliebt, und um so was loszuwerden, braucht man eigentlich mehr als zwei Wochen.«

»Nicht geliebt«, erwiderte ich lustlos. »Ich war in ihn verknallt. Aber selbst das war, als ich noch nicht bei ihm war, und dann in der ersten Zeit drüben, danach ist es abgeflaut, ich wollte es mir nur nicht eingestehen. Ist das denn so schwierig nachzuvollziehen?«

»Nein«, sagte Lana. »Aber in deinen Mails hat es lange Zeit anders geklungen.«

Ich vertiefte mich in den Anblick der weiten Landschaft, die sich hinter Saint-Martin in lichten Farbtönen öffnete, und wünschte, Lana würde über etwas anderes reden. Ich wusste, nicht mehr lange und Jackson wäre nur noch eine Episode in meinem Leben, und schon bald würde ich sie mir sogar verziehen haben, selbst wenn ich an diesem Punkt noch nicht war.

»Na ja«, sagte Lana. »Am besten, wir reden noch mal darüber, wenn um uns rum keine Landschaft ist. Du weißt, dass du einen Naturtick hast, oder?«

Lana überholte schon wieder wie von allen guten Geistern verlassen. Ich konzentrierte mich auf das wechselnde Patchwork-Muster der Blätter und Zweige der Bäume am Straßenrand.

Kurz vor La Couarde holte sie Luft. »Falls ich deine elegische Stimmung mal unterbrechen darf, hast du in den letzten Tagen zufällig mit deinen Großeltern gesprochen? Ich habe darüber nämlich noch mal nachgedacht, aber weit bin ich nicht gekommen.«

Ich wandte den Blick von den dahinziehenden Bäumen und Sträuchern ab. »Ich habe mit ihnen telefoniert, aber nichts gesagt. Warum auch? Sie antworten mir ja doch nie.«

»Es wird irgendetwas Gewaltiges gewesen sein. Und ich sage dir noch was, die Schuld lag bei den Deutschen.«

»Klar, bei wem sonst.«

Lana sah mich von der Seite an. »Warum sagst du das so komisch? Du bist nicht nett, Charlotte.«

Ich blickte wieder aus dem Fenster. Wir hatten Ars hinter uns gelassen und fuhren an weißen Salzgärten vorbei, die beneidenswert still und friedlich in der Sonne lagen. Ich erinnerte mich an einen späten Sommerabend vor vielen Jahren, als Jo, Dylan und ich mit den Fahrrädern hier vorbeigekommen waren und alle drei wie auf Kommando abstiegen und stehen blieben, um den verwunschenen Anblick aufzunehmen, die weite weißschimmernde Fläche unter dem mitternachtsblauen Himmel, an dem der Vollmond stand, so hell, als wäre er den Salzgärten entstiegen. »Verdammt«, sagte Lana. »Rede mit mir.«

»Nein.«

»Ich fasse nicht, wie gemein du bist.« Sie verstummte beleidigt, hielt es dann aber doch nicht aus. »Gut, anderes Thema, was ist eigentlich mit Rafi und dir?«

Richtig, dieser Punkt hatte noch gefehlt, war wahrscheinlich nur eine Frage der Zeit gewesen. »Nichts.«

Lana hieb mit der Hand auf das Lenkrad. »Ich halte es nicht aus, wirklich, Charlotte. Warum lügst du mich so an? Natürlich ist zwischen euch was, glaubst du, ich bin blind? Meinst du, ich hätte neulich dein Gesicht nicht gesehen, als ich das mit ihm und Thérèse erwähnt habe? Ihr hockt doch schon in den Startlöchern und wartet nur auf den Schuss.«

Auf die Tour ging es weiter, an Saint-Clément vorüber und am Wald von Lizay entlang. Als sie an meinem Haus den Wagen verlassen wollte, hielt ich sie am Arm fest und fragte: »Bist du wegen Jo und meiner Tante so von der Rolle?«

Sie streifte meine Hand ab und öffnete die Wagentür. »Ich möchte dich mal sehen, wenn du jemanden seit zehn Jahren geliebt hättest, ohne das was passiert wäre.« Sie stieg aus und knallte die Tür zu.

»Verehrt«, sagte ich auf dem Weg zum Haus. »Ich dachte, darauf hätten wir uns neulich geeinigt.«

Lana fuhr zu mir herum. »Du wirst es vielleicht nicht glauben, Charlie, aber ich ›verehre‹ ihn immer noch, selbst wenn du dich auf den Kopf stellst und weiß der Geier was tust, um ihn mir auszureden.«

Wir blieben stehen. Lana sah mich hitzig an. Dann stapfte sie davon. Ohne dem Haus auch nur einen Blick zu schenken, betrat sie es durch das Hauptportal. Ich folgte ihr.

Rafi stand im Empfangsbereich, trug einen Overall und war voller Staub. Die Baustelle, die ich zuletzt gesehen hatte, war verschwunden. Stattdessen hatte ich einen riesengroßen, sonnendurchfluteten, leeren Raum vor mir.

»Hey, hallo«, begrüßte er uns aufgeräumt und machte eine große Geste in den Raum. »Na, was sagt ihr dazu? Das sieht doch schon vielversprechend aus, oder?«

Lana schaute sich kurz um. »Falls es hier etwas gibt, zu dem man etwas sagen könnte, wüsste ich nicht, was es sein sollte. Ist aber egal, ich muss sowieso gleich wieder los.«

Ich hatte gedacht, ihre Darbietung an diesem Tag sei nicht mehr zu übertreffen gewesen, doch jetzt glaubte ich wirklich, meinen Ohren nicht zu trauen. Als wir uns am Vortag verabredet hatten, hatte für die Rückfahrt noch ein Schaufensterbummel durch Saint-Martin auf der Tagesordnung gestanden.

Sie wandte sich zu mir um. »Ich nehme an, es macht dir nichts aus, mit dem Bus oder mit Rafi zurückzufahren.« Sie trat ein paar Schritte vor, sah die Leiter hoch und zuckte mit den Schultern.

»Ist noch was, Lana?«, fragte Rafi. »Zur Tür geht's in die andere Richtung.«

Lana lief dunkelrot an und holte Luft, aber Rafi war mit zwei Schritten bei ihr und funkelte sie drohend an. »Warum zischst du nicht ab? Niemand hält dich auf.« Er packte ihren Arm. Sie schüttelte seine Hand ab und schleuderte ihm einen Blick zu, der jeden anderen in die Knie gezwungen hätte. »Ach, natürlich, du bist hier ja der Chef«, fauchte sie. »Entschuldige bitte, dass ich mir etwas ansehen wollte, ohne dich vorher zu fragen.« Dann machte sie auf dem Absatz kehrt und verschwand. Ich war anscheinend Luft geworden. Wenig später heulte draußen ein Motor auf. Rafi und ich horchten dem Wagen nach, bis das letzte Brummen verklungen war.

»Die hat doch einen Knall«, murmelte Rafi.

»Sie fängt sich schon wieder«, gab ich zurück. »Wenn sie nur die Hoffnung auf Jo endlich fallenließe.«

»Dazu ist sie zu dämlich«, sagte Rafi. »Lieber rennt sie ihr Leben lang gegen eine Wand.«

Sein Bruder Nabil erschien am Ende des Riesenraums in der Türöffnung und ersparte uns alle weiteren Mutmaßungen. Bei meinem Anblick strahlte er über das ganze Gesicht. Ich lief auf ihn zu. »Charlotte«, rief er und breitete die Arme aus. »Lang ist es her.« Er schloss mich in die Arme. Wir tauschten Luftküsse. Nabil war eine stämmigere, ältere Version seines Bruders, doch anders als Rafi hatte er von jeher etwas Sonniges und Unbekümmertes gehabt. Das letzte Mal hatte ich ihn vor vielleicht zwei Jahren in seinem Haus in La Rochelle erlebt und zugesehen, wie seine dreijährige Tochter, ein rotgelockter Winzling namens Josi, ihn um den Finger wickelte und dafür pausenlos geherzt und geküsst wurde. Ich fragte, wie es ihm und seiner Familie gehe. Nabil versicherte mir, ihnen gehe es prächtig, abgesehen davon seien sie mittlerweile zu viert, seit einem halben Jahr habe er auch einen Sohn. »Moment«, sagte er, hob den Zeigefinger und strebte Richtung Ausgang.

Rafi stöhnte. »Jetzt holt er die Kamera mit den Fotos.«

Nabil kehrte mit zwei Eimern und einer Digitalkamera zurück.

»Bitte, zeig Charlie nicht alle Bilder«, sagte Rafi. »Zwanzig Aufnahmen von einem zahnlosen Säugling genügen.«

»Er heißt Dani«, antwortete Nabil pikiert und hielt mir die Kamera mit dem ersten Foto hin.

Nach einer Viertelstunde hatte ich seine Kinder in jeder

denkbaren Pose gesehen, und mein Hals war so schief und steif, dass ich beide Hände brauchen würde, um ihn wieder geradezubiegen.

Rafi, der sich irgendwo gewaschen und umgezogen hatte, erlöste mich aus meiner Qual. »Nabil«, sagte er. »Lass es gut sein. Die restlichen hunderttausend Fotos zeigst du Charlotte, wenn sie das nächste Mal kommt.«

»Was bist du für ein beschissener Onkel«, entgegnete sein Bruder, verstaute die Kamera in ihrem Etui und stand auf. »Hüte dich vor dem Typ, Charlotte, der hat einen Stein, wo andere Leute ihr Herz haben.« Er klatschte in die Hände. »Ich muss los.« Er ging zur Leiter und pfiff durch die Finger nach oben. Wie der Blitz kamen zwei Jungen herunter, schielten mich kurz an und stürmten durch den Ausgang davon.

»Auf Wiedersehen, meine Kleinen, bleibt sauber«, rief Rafi ihnen nach. »Morgen früh geht's pünktlich weiter.«

Nabil verabschiedete sich und ging den beiden hinterher.

Rafi sah mich abwartend an, deutete in den Raum und fragte: »Na, kannst du dir jetzt schon etwas mehr vorstellen?«

Ich schaute mich um und sagte höflich, wenn auch ziemlich lahm: »Ich kann nicht fassen, wie weit das Ganze schon gediehen ist. Verausgabst du dich auch nicht?«

Rafi warf mir einen gereizten Blick zu. »Danke, Charlotte, sehr gönnerhaft. Und nein, ich verausgabe mich nicht. Ich mache das, was ich machen wollte, seit ich klar denken kann. Planen und Bauen – davon habe ich schon als Junge geträumt, obwohl ich damals nicht dachte, dass es jemals Wirklichkeit werden könnte. Den Mut dazu verdanke ich übrigens deinem Onkel, denn wenn es nach meinen Eltern gegangen wäre, würde ich mein Leben bestenfalls als Maurer fristen. Deshalb bitte ich dich, diese herablassenden Anwandlungen zu vergessen oder sie zumindest nicht zu zeigen. Es ist kränkend.«

Beim Reden hatte sein Blick sich verdunkelt. Ich beschloss,

den Mund zu halten, sonst hätte er womöglich noch gesagt, dass ich nicht mitreden könne, mir sei ja alles auf dem Silbertablett serviert worden. Was vielleicht sogar stimmte, ich aber nicht hören wollte. Ich hatte auch Kummer und Sorgen gehabt. Weshalb mussten materielle Entbehrungen und soziale Nachteile immer am schwersten wiegen?

»Willst du dich noch umsehen?«, fragte Rafi, noch immer aufgebracht. »Oder soll ich dich zurückfahren?«

Danke, ich war bedient, ich wollte nichts mehr sehen und nichts mehr hören. »Nur zur Bushaltestelle, alles andere ist nicht nötig.«

»Sag mal, geht's noch?«, fuhr er mich an. »Willst du mit mir nichts zu tun haben, oder soll ich hinter dem Bus herfahren und dir dann und wann zuhupen?«

Ich stiefelte an ihm vorbei und hinaus zu seinem Jeep. Jetzt waren es schon zwei Belloumis, die ich an diesem Tag anstrengend fand.

Rafi verriegelte das Haus und kam mir nach. »Also, was ist, willst du mit dem Bus fahren, oder soll ich dich mitnehmen?«

Ich hielt mich am Rahmen seines Wagens fest und schaute ihn an. »Rafi«, begann ich genervt. »Ich habe dir einfach angeboten, dass ich mit dem Bus fahre. Um dir keine Mühe zu machen. Wo bitte ist jetzt dein Problem?«

Rafi sah mir in die Augen. »Mein Problem?«, wiederholte er unfreundlich. »Das kann ich dir sagen, obwohl ich glaube, es ist eher unser Problem.« Er kam auf mich zu und packte meine Arme. Im nächsten Augenblick küsste er mich, so wild, dass mir das Blut in den Adern stockte. Als er mich an sich zog und seine Hand über mein Gesicht, meine Haare und dann über meine Brüste fuhr, glaubte ich, dass meine Beine jeden Moment nachgeben würden, und krallte meine Hände in seinen Rücken. Rafi küsste meinen Hals und schob ein Bein zwischen meine Schenkel. Ich warf den Kopf zurück und stöhnte auf. Mein letzter klarer Gedanke war, dass ich mir sämtliche Überlegungen in Bezug auf ihn hätte sparen können, mein Körper hatte offenbar längst eine eigene Entscheidung getroffen, wahrscheinlich schon vor Tagen. Rafi ließ mich los. »Schaffen wir es noch bis nach La Flotte?«, fragte er heiser. Mehr als ein Kopfschütteln brachte ich nicht zustande. »Dann komm«, sagte er. Wir rannten zurück zum Haus. »Beweg dich nicht vom Fleck«, sagte er am Eingang, entriegelte die Tür und verschwand. Gleich darauf kehrte er mit einer Wolldecke unter dem Arm zurück und zerrte mich um das Haus herum auf die Wiese hinter der Küche. Niemand hatte mich jemals so schnell ausgezogen wie Rafi, nicht einmal ich selbst. Seine Kleidung riss er in der gleichen Rekordzeit von sich. Als er auf mir lag und in mich eindrang, sagte er noch: »Beim nächsten Mal lassen wir uns Zeit, aber diesmal muss es so sein, das siehst du ein, ja?« Ich hätte es sogar eingesehen, wenn Rafi mir vorgeschlagen hätte, es mitten auf dem Marktplatz von La Flotte zu treiben, ich hatte nichts mehr im Kopf, war nur noch Hitze und wollte nichts weiter als das, was gerade geschah. Wie besessen umschlangen wir uns und küssten uns mit einem Hunger, der unstillbar schien, bis wir auf den Höhepunkt zurasten. Anschließend hielten wir uns wie ineinander verkeilte Ringer keuchend in den Armen. Erst nach einer Weile ging das Keuchen in Seufzen über, und unsere Körper erschlafften. Aber selbst, als wir wieder in dieser Welt angekommen waren, liefen noch zig Nachbeben durch uns hindurch.

Eine Zeitlang lagen wir schweigend nebeneinander. Nach einer Weile sagte ich: »Ich hoffe, Monsieur Lejeune war nicht auf seiner Wiese.« Monsieur Lejeune war der Bauer, dem das Nachbargrundstück gehörte.

»Und wenn schon«, erwiderte Rafi träge. »Alain Lejeune ist ein Gentleman.«

»Und hätte weggeschaut?«

»Und weggehört.« Dann drehte er sich zu mir und sagte: »Komm, es wird kalt.«

Wir rappelten uns auf, zogen uns an und wanderten zurück zu seinem Wagen. Rafi öffnete die Beifahrertür, warf die Decke nach hinten und nahm mich wortlos in die Arme. Auch auf der Rückfahrt schwiegen wir mehr oder weniger. Erst auf der Höhe von La Couarde bemerkte er: »Ich hatte schon Angst, du wolltest nicht.« Als wir Saint-Martin erreichten, fragte er: »Was machst du am Wochenende?«

»Da fahre ich nach Paris und hole ein kleines amerikanisches Mädchen vom Flughafen ab.«

Rafi sagte nichts. Dann fragte er: »Und was ist mit dem amerikanischen Vater?«

»Nichts. Zählt nicht mehr.«

»Gut.«

»Was ist mit Thérèse?«

»Hat noch nie gezählt.«

»Und sonst?«

»Sonst ist nichts.«

»Gott sei Dank.«

Rafi nahm meine Hand und küsste die Innenfläche. Als er mit der Zunge unten zwischen meinen Fingern hindurchfuhr, sagte ich: »Tu das nicht, oder wir müssen auf der Stelle rechts ranfahren.« Er biss in meinen Handballen und legte die Hand auf meinen Schoß zurück.

»Was hattest du denn für dieses Wochenende vor?«, fragte ich kurz vor La Flotte und versuchte, allmählich aus meinem Zustand geistiger Umnachtung herauszukommen.

»Ich wollte dir das Hotel zeigen, das ich in Biscarrosse gebaut habe.«

»Hm.«

»Und die Nacht dort mit dir verbringen. Aus den Zimmern blickt man direkt aufs Meer.«

»Ach, und das wolltest du schon am vergangenen Samstag?«

»Das wollte ich schon seit deiner Rückkehr.« Rafi lächelte und wirkte sehr zufrieden mit sich.

Als er den Wagen am Hintereingang des Vents parkte, sagte ich: »Wenn Dylan und Jo uns sehen, wissen sie Bescheid, ganz gleich, welches Gesicht wir machen.«

»Müssen wir denn etwas verbergen?«

»Nein, aber die beiden haben Adleraugen, die sehen sofort, wie es war.«

Rafi lachte. »Das wäre phantastisch, dann können sie es mir wenigstens beschreiben.«

»Du meinst, weil es für uns unbeschreiblich war?«

»So ist es.«

Dylan begegnete uns unten auf dem Hotelflur, warf einen Blick auf uns und sagte: »Na, das wurde aber auch Zeit.«

Am Samstagmorgen machte ich mich nach Paris auf. Rafi und ich hatten einen solchen Sexrausch hinter uns, dass wir beide der Meinung waren, ein Tag Erholung wäre vielleicht nicht schlecht. Dann und wann fuhr mir zwar durch den Kopf, dass ich mich bei Rafi auf einer gefährlichen Gratwanderung befand, doch sobald ich in seinen Armen lag, war das vergessen. Auch die anderen schienen sich um uns keine Sorgen zu machen, denn wenn wir uns unten im Hotel aufhielten, verfolgten Théo und Dylan uns mit dem liebevollen Blick von Vätern, deren Sprösslinge ihnen Einser-Zeugnisse vorgelegt hatten.

Auch Jo lächelte, als er mich kurz vor meinem Aufbruch in sein Arbeitszimmer winkte und auf seine unnachahmliche Art sagte: »Ich will mich da nicht einmischen, Charlotte, du bist schließlich alt genug, aber ich kenne Rafi gut und wünsche mir sehr, dass du diesmal mit Überlegung vorgehst, statt wegen irgendwelcher Nichtigkeiten kopflos zu werden. Denk bitte keine Sekunde lang, dass dir im Leben unendlich viele Menschen über den Weg laufen, die seelisch und körperlich voll und ganz zu dir passen. Das Schlimmste, was dir in dieser Hinsicht passieren kann, ist, mit fünfzig zu erkennen, dass du dich vertändelt hast und denjenigen, der tatsächlich zu dir gepasst hat, vor langen Jahren hast sausen lassen. Habe ich mich klar und deutlich ausgedrückt?«

Ich nickte, ohne ihn zu fragen, wo jetzt das Nicht-Einmischen gewesen sei, oder die Sache mit den »Nichtigkeiten« aufzugreifen. Doch bevor ich abtrat, sagte ich: »Wenn du mal eine ruhige Minute hast, würde ich mit dir gern über die Bilder sprechen, die Marianne hinterlassen hat. Das heißt, über dich, Marianne, Richard und Sophie und das, was zwischen euch vorgefallen ist. Denn da war etwas, oder nicht?«

Die Bilder lehnten unten an seinem Schreibtisch. Jo schaute darauf und seufzte, als trüge er die Last der Welt auf den Schultern. »Das machen wir am nächsten Wochenende. Da kommt Sophie hierher. Sie möchte mit dir sprechen.«

Was Sophie betraf, hatte Jo vor einigen Tagen Dylan, Théo und mich zusammengetrommelt und gesagt, er wolle etwas Persönliches erklären. Wir hatten ihm zugehört, doch als Théo, Dylan und ich hinterher zusammensaßen, waren wir der Ansicht, dass wir eigentlich immer noch nicht viel mehr als vorher wussten. »Na schön«, sagte Théo zum Schluss. »Also waren sie früher schon mal zusammen und treffen sich wieder, aber was daran Besonderes ist und weshalb wir sie nicht sehen dürfen, hat er nicht gesagt, oder habe ich da was verpasst?«

Dylan sagte: »Sie war vor langen Jahren schon mal hier, aber nur ganz kurz. Danach war nichts mehr. Vielleicht holt Jo nur etwas nach, stellt irgendeine Ordnung her, zuzutrauen wäre es ihm.« Das war unser Stand der Dinge.

In Paris brachte ich meine Reisetasche in das Zimmer des Hotels an der Gare Montparnasse, das ich gebucht hatte. Als ich wieder auf der Straße stand, wusste ich zuerst nicht, wohin mit mir. Eigentlich hatte ich vorgehabt, all die Orte abzuklappern, die ich in Paris liebte, aber mit einem Mal stellte ich fest, dass ich mich zu sehr nach Ruhe sehnte und nichts anderes wollte als abschalten. Also lief ich zur Seine, setzte mich dort in die Sonne und träumte vor mich hin. Ich schaute auf das dahinfließende Wasser oder streckte mich auf meiner Bank aus und sah in den blauen Himmel. Am späten Nachmittag wanderte ich eine Zeitlang im Jardin du Luxembourg umher; am frühen Abend zog ich mich in mein Zimmer in der obersten Hoteletage zurück. Dort öffnete ich die Tür zu dem winzigen Balkon, von dem aus man über ein Gewirr Pariser Dächer, Dachterrassen, Schornsteine und Antennen blickte, rückte einen Sessel an die Tür und widmete mich dem Buch, das Dylan mir mitgegeben hatte.

Am nächsten Morgen nahm ich im diesigen Morgenlicht den Bus zum Flughafen Charles-de-Gaulle und konnte es kaum erwarten, Julie in die Arme zu schließen. Mit ihrem Vater hatte ich seit seiner Mail ein einziges Mal telefoniert. Er hatte lediglich erklärt, laut seiner Tochter sei ich mit ihrem Besuch einverstanden, und sich dann damit begnügt, mir ihre Flugnummer und Ankunftszeit durchzugeben. Als ich mich erkundigte, wie lange Julie in Frankreich bleiben dürfe, erwiderte er: »Das müssen wir jetzt noch nicht entscheiden, das lassen wir auf uns zukommen.« Daraufhin war mir die Spucke weggeblieben. Nach einem abschließenden »Ich bin sicher, ihr werdet euch gut amüsieren« hatte er grußlos aufgelegt. Keine Bitte, Julie und ich sollen uns regelmäßig bei ihm melden, kein Interesse an dem, was wir vielleicht vorhaben könnten, nur der offenkundige Wunsch, seine Tochter für ein paar Monate auszulagern. Auch von Julies Mutter war nichts gekommen, aber womöglich rief sie ja wie gehabt am ersten Sonntag eines jeden Monats an, um sich ein vielleicht zehnminütiges Gespräch mit ihrer Tochter abzuringen.

# Elf

Die Maschine der United Airlines, auf die Julie gebucht war, landete pünktlich um viertel nach acht. Sowie ich die Lämpchen für die Landung aufblinken sah, wurde ich kribbelig und schaute zum hundertsten Mal nach, ob Jos und Jacksons Telefonnummern noch in meinem Handy gespeichert waren, nur für den Fall, dass ich ihre Hilfe brauchte, weil Julie, statt in der nächsten halben Stunde durch ihr Gate zu kommen, versehentlich nach Warschau, Amsterdam oder Barcelona weitergeflogen war.

Doch Julie erschien als einer der ersten Passagiere, ein leichenblasses, zerzaustes Mädchen mit einem Geigenkasten in der Hand. Die andere wurde von einer Stewardess gehalten. Um Julies Hals hing am goldbestäubten Gurt die schaurigschöne rote Tasche. Es warteten nur wenige Menschen auf die Passagiere des United-Flugs, trotzdem schien Julie mich nicht zu sehen.

»Julie, hier bin ich«, rief ich, lief zu ihr und breitete die Arme aus. Julie gab keinen Ton von sich, zitterte nur. Ich hielt sie fest an mich gedrückt und wartete, bis sie ruhiger wurde. Dann führte ich sie zur nächsten Bank, hievte sie darauf, setzte mich zu ihr und zog sie an mich. »Jetzt ist alles gut«, sagte ich. »Du hast es geschafft, und wir sind wieder zusammen.« Stumm klammerte sie sich an mich, während ich vor lauter Freude über das Wiedersehen kaum an mich halten konnte. Die Stewardess war verschwunden, um Julies Koffer zu holen. Wie sie den aus allen anderen herausfinden wollte, war mir zwar unerklärlich, aber es war nicht mein Problem, vielleicht hatte diese Frau einen sechsten Sinn für Gepäck. Tatsächlich kehrte sie schon nach kurzer Zeit zurück und stellte einen pinkfarbenen Stoffkoffer vor mich, auf den jemand, wahrscheinlich Julie, mit weißer Wäschetinte und in riesengroßen Druckbuchstaben *Julie Fyes Koffer* geschrieben hatte. Julie gab den ersten Mucks von sich und flüsterte: »Danke, Ellen, auf Wiedersehen.«

Ellen musterte mich mit zusammengezogenen Brauen und sagte in einem Ton, der keinen Widerspruch duldete: »Sie passen auf das Kind bitte auf. Julie hat nicht eine Sekunde geschlafen. Ihr Vater ...« Anscheinend fehlten ihr für den Vater die Worte.

Julie schmiegte sich an mich, schaute zu mir hoch und sagte leise: »Ellen hat mit mir Memory gespielt.«

Ellen strich ihr über den Kopf, nickte mir zu und ging davon.

»Was ist dir lieber?«, fragte ich. »Sollen wir hier noch ein bisschen sitzen oder uns auf die Beine machen?«

»Sitzen«, sagte Julie kaum hörbar. Dann entlud sich der Druck, unter dem sie gestanden hatte, in Tränenbächen.

Als ich in meiner Reisetasche nach einem Päckchen Taschentücher suchte, krallte Julie ihre Hand in meine Jacke. Ich putzte ihr die Nase und tupfte ihre Tränen ab. Sie kletterte auf meinen Schoß und weinte, während ich sie in den Armen hielt. Jackson war einfach ein Drecksack, anders konnte man das nicht nennen. Nicht eine Minute lang hatte er sich darum gekümmert, seine Tochter auf diese Reise vorzubereiten, darauf würde ich mein halbfertiges Hotel verwetten. Ich hatte beinahe täglich mit ihr telefoniert, doch über ihre Angst, ich könnte sie nicht abholen, käme zu spät oder würde sie nicht finden und sie stünde mutterseelenallein in Paris, war sie nicht hinweggekommen.

»Jetzt können wir gehen«, flüsterte sie, als ihre Tränen versiegt waren, und wischte sich mit dem Arm über das Gesicht.

Ich schob sie sanft von mir herunter und nahm ihre Hand. »Dann nichts wie los.« Als ich den Koffer anhob, fragte ich: »Sag mal, wie viele Bleikugeln hast du denn eingepackt?«

Julie kicherte ein bisschen und griff nach ihrem Geigenkasten. »In dem Koffer sind nur Bücher und alle meine neuen Sachen«, flüsterte sie.

»Gut, dass du die ganze Zeit flüsterst«, sagte ich auf dem Weg zum Bus. »Das macht man nämlich in Frankreich so.«

Julie umklammerte meine Hand zwar immer noch wie ein Schraubstock, aber dafür hörte ich sie wenigstens zum zweiten Mal kichern. »Macht man nicht«, sagte sie lauter.

Der Bus zur Gare Montparnasse traf mit uns zusammen an der Haltestelle ein. Während ich Julies Koffer unten in das Gepäckfach bugsierte, hielt sie sich am Schoß meiner Jacke fest, doch als ich beim Fahrer unsere Fahrkarten kaufte, stand sie schon freihändig an meiner Seite. Wir setzten uns auf die Bank in der ersten Reihe. »Wow«, sagte sie und umschlang den Geigenkasten. »Hier können wir alles sehen.« Plötzlich wurde sie hektisch, reichte mir den Geigenkasten, öffnete ihre Tasche und holte ein pinkfarbenes Handy hervor. »Das ist mein neues Handy.« Sie hielt es an ihren gleichfarbigen Jogginganzug. »Jennifer hat mir den Anzug passend zu dem Handy gekauft. Das Handy hat meine Mom mir geschickt. Es ist schon alles bezahlt, damit ich sie aus Frankreich anrufen kann.«

»Das war aber nett von den beiden«, sagte ich. Jennifer musste die gleiche Ader wie Jo früher haben, der Jogginganzug war Julie mindestens zwei Nummern zu groß. Das Prepaid-Handy allerdings war das erste liebenswerte Geschenk ihrer Mutter, das ich mitbekam; in dem halben Jahr, als ich drüben war, hatte sie Julie nur Geld überwiesen.

»Meine Mom hat wieder ein Baby. Sie hat es nach mir Julian genannt.«

Ich streichelte ihre Wange. »Das finde ich wunderbar.«

Julie kramte in ihrer Tasche. »Guck mal, die habe ich ausgedruckt.« Sie fächerte einen kleinen Stapel Fotos auf. »Julian hat noch keine Haare. Peinlich, oder?«

»Superpeinlich.« Wieder sah ich mir Bilder eines zahnlosen Säuglings an.

»Gefällt er dir?«, fragte sie stirnrunzelnd.

»Na ja«, sagte ich. »Er ist ziemlich klein. Zähne hat er auch noch nicht, also ich weiß nicht – sagen wir mal, er ist ganz okay.«

»Ja, der ist ganz okay.« Julie steckte die Fotos zurück in die Tasche. Inzwischen hatte der Bus sich gefüllt, und der Fahrer ließ den Motor an.

»Mann, wir fahren los.« Sie setzte sich erwartungsvoll zurecht. »Jennifer kriegt auch ein Baby, aber sie weiß noch nicht, ob es ein Junge oder ein Mädchen ist.«

Zum Glück fuhr der Bus in diesem Moment an, und ich musste nichts sagen. Julie zappelte herum und rief aufgeregt: »Ich weiß, wohin wir fahren. Zuerst durch ganz Paris und dann zur – wie heißt das noch?«

»Gare Montparnasse«, antwortete ich geistesabwesend und dachte, dieser hundsgemeine Betrüger. Anscheinend hatte er mit Jenni doch nicht nur Golf und Tennis gespielt. Kein Wunder, dass ich drüben von einem Tag auf den anderen hinauskomplimentiert worden war. Wahrscheinlich hatte Jackson da gerade von seinen bevorstehenden Vaterfreuden erfahren. »Weißt du schon, wann Jennifer ihr Baby bekommt?«, fragte ich.

»Irgendwann im September.« Julie zuckte mit den Schultern und schaute aus dem Fenster, das Thema Babys war für sie vom Tisch. Ich sah Jennifer in einem ganz neuen Licht. Jackson nicht, bei ihm erstaunte mich rein gar nichts mehr, doch dass eine piepsige Sportlehrerin namens Jenni mir wochenlang, ohne rot zu werden, in die Augen geschaut hatte, fand ich allerhand. Aber bitte, sollten die beiden doch glücklich werden, lediglich das Baby tat mir jetzt schon von ganzem Herzen leid.

Wenig später stupste Julie mich in die Seite. »Hast du was zu trinken?«

Ich holte eine kleine Flasche Wasser aus meiner Reisetasche und reichte sie ihr.

Julie trank sie leer. Dann begutachtete sie das Etikett und sagte: »Das war mein erstes französisches Wasser.« Erneut stöberte sie in ihrer roten Tasche. Diesmal brachte sie ein winziges englisch-französisches Wörterbuch zum Vorschein. »Das hat Dad mir geschenkt. Er hatte es noch von früher. Ich habe schon ein paar Seiten gelesen.«

Alle Achtung, dachte ich, dein Dad hat sich wirklich nicht lumpen lassen. »Was hast du denn sonst noch an Geschenken bekommen?«

»Viel«, antwortete sie stolz. »Die zeige ich dir, wenn ich meinen Koffer auspacke.«

Danach war sie nicht mehr ansprechbar. Die Sonne kam hervor, wir hatten die Außenbezirke hinter uns gelassen und die ersten ansehnlichen Straßen von Paris erreicht. »Boston ist kleiner als Paris, oder?«

»Viel kleiner.«

»Hier ist es schön. Ah, warte mal, ich muss dir noch mein Geld zeigen. Gib mir die Geige.« Wie ein Mafioso, der sein Maschinengewehr im Geigenkasten transportiert, hatte ihr idiotischer Vater dort ein Geldbündel untergebracht. Sie zog es hervor und erklärte laut und für alle hinter und neben uns Sitzenden vernehmlich: »Das sind zweitausend Dollar, die muss ich deinem Onkel geben.«

Ihr Vater schien inzwischen an Gehirnerweichung zu leiden, denn erstens war Julie unser Gast, und zweitens würde niemand, der seinen Verstand noch beisammen hatte, ein neunjähriges Mädchen mit zweitausend Dollar im Geigenkasten verreisen lassen. Doch gleich darauf erfuhr ich, dass ich Jackson Abbitte leisten musste.

Julie verstaute das Geldbündel wieder im Geigenkasten. »Das Geld hat Daddy O mir geschenkt. Vor einer Woche war er bei uns und hat es mir heimlich gegeben. Er hat gesagt, ich darf meinem Dad nichts verraten, nur dir und deinem Onkel darf ich was davon sagen.«

Daddy O war Jacksons Vater. Sein Name war Oscar beziehungsweise Ozzie oder Daddy O, wie seine Frau ihn nannte. Das hatte sie schon damals getan, als meine Großeltern und ich mit den Fyes eine Woche in Italien verbracht hatten. Mr Fye wiederum hatte seine Frau mit Mommy O – für Orla – angesprochen. Wenn Katharina eines der beiden hörte, hatte sie jedes Mal ausgesehen, als hätte sie auf eine Zitrone gebissen. Doch Daddy O war eine Seele von Mensch, ganz gleich, wie man ihn nannte. »Hat er dir auch geraten, das Geld im Geigenkasten zu verstecken?«, fragte ich.

Julie strahlte und nickte. »Das fand er lustig. Als wäre ich ein Schmuggler. Er hat gesagt, Kinder werden nicht kontrolliert, und wenn ich damit nicht auskomme, soll ich ihn anrufen, dann schickt er mir noch mehr. Er hat mir auch ein bezahltes Handy geschenkt, das ist in meinem Koffer.«

»Soll ich das Geld vielleicht in meine Tasche stecken?«

Julie schüttelte den Kopf und betrachtete die hohen Häuser am Boulevard Haussmann. »Hier ist es schön«, wiederholte sie.

Doch als wir den Bus verlassen hatten und mit unserem Gepäck in dem Lärm und dem Menschengewimmel der Gare Montparnasse angekommen waren, wurde sie erneut ängstlich und hielt sich an meiner Jacke fest.

»Wir bleiben nur kurz«, tröstete ich sie. »Danach steigen wir in unseren Zug nach La Rochelle.«

Julie sah mich kläglich an. »Charlie, ist hier ein Klo?«

In der Damentoilette musste ich mit ihr in die Kabine gehen. Der Geigenkasten passte nicht mehr mit uns hinein, ganz gleich, ob ich ihn quer oder längs hielt. Ich überließ ihn seinem Schicksal, legte ihn vor der Tür oben auf Julies Koffer und dachte an all die Taschendiebe, die sich im und um den Bahnhof herum die Hacken abliefen und hoffentlich nicht ahnten, dass sie hier mit einem Griff ihr Wochensoll erfüllt hätten.

Im Zug nach La Rochelle sagte Julie: »Gleich fahren wir durch ganz Frankreich, stimmt's?«

»Durch ein Stückchen, die Fahrt dauert ja nur gut drei Stunden.« Ich packte die Sandwiches aus, die ich an einem Bahnhofskiosk gekauft hatte. »Möchtest du etwas essen?«

Julie beäugte die Sandwiches skeptisch. »Die sehen komisch aus.«

»Vielleicht, trotzdem bestehen sie nur aus Weißbrot, Butter, Käse und einem Salatblatt.«

»Ich esse später was«, schlug sie vor. »Zuerst muss ich aus dem Fenster schauen.« Doch schon, als der Zug den Bahnhof verließ, kuschelte sie sich an mich, schnaufte noch ein paarmal und schlief ein. Ich legte einen Arm um sie, bewachte den Geigenkasten im Gepäcknetz über mir und spürte den warmen Kinderkörper an meiner Seite. Ich würde sie behutsam in ihr neues französisches Leben einführen und sie dabei sorgfältig beobachten, nahm ich mir vor, denn Julie war ein höfliches Mädchen und daran gewöhnt, mit ihren Gefühlen hinterm Berg zu halten. Sie würde noch sagen »hier ist es schön«, wenn sie sich schon verzweifelt wünschte, woanders zu sein. Ich betrachtete ihren zu großen pinkfarbenen Anzug und tröstete mich mit den zahllosen zu großen Kleidungsstücken, die ich als Kind getragen und – mehr oder weniger unbeschadet – überlebt hatte. Julie fand den Anzug wahrscheinlich cool, und alles andere war unwichtig. Jennifer, diese heimtückische Person, hatte es bei dem Kauf womöglich sogar gut gemeint.

Kurz vor La Rochelle schlug Julie die Augen auf, löste sich von mir und fragte: »Wo sind wir?«

Ich strich ihr über das Haar. »In zehn Minuten sind wir in La Rochelle. Von dort nehmen wir den Bus, und dann sind wir da.«

Julie setzte sich auf und sagte: »Das kann ich.«

Trotzdem wurden ihr das Menschengewirr, die französischen Lautsprecheransagen und Hinweisschilder im Bahnhof von La Rochelle wieder zu viel, das merkte ich spätestens, als ihre Hand sich in meine stahl. »Weißt du was?«, sagte ich auf dem Weg zu unserem letzten Transportmittel des Tages. »In der ersten Zeit hier musst du gar nichts können. Sag dir einfach, ich bin hier in Frankreich und schau mir alles in Ruhe an, okay?«

Sie atmete hörbar aus. »Okay.«

In dem fast leeren Bus kletterten wir wieder auf die Bank in der ersten Reihe. Julie wollte die Fahrkarten in der Hand behalten und sah sie sich an, dann legte sie die Arme auf die Schranke vor uns, ließ die Beine baumeln und schaute nach draußen. Auf dem Weg über die Brücke und das in der Sonne glänzende Meer bewegte sie die Lippen und malte mit der Hand etwas wie Wellen in die Luft. Hinter Rivedoux sagte sie: »Hier gefällt es mir.« Sie seufzte erleichtert, setzte sich zurück und lehnte sich an mich. »Jetzt bist du ja auch wieder bei mir.«

Bei unserer Ankunft in La Flotte war es früher Nachmittag. Ich nahm den kleinen Umweg um die Ecke, denn ich wollte Jos Hotel mit Julie durch den Haupteingang betreten. Als ich ihr das Hotel zeigte und sagte: »Schau, da wohnen wir«, wirkte sie überwältigt. »Echt? Und wir gucken aufs Meer?«

»Natürlich, was denkst du denn? Sollen wir sofort aufs

Zimmer gehen oder den Koffer erst mal abstellen und uns noch ein bisschen umsehen?«

»Aufs Zimmer gehen.«

Ihre Hand schlüpfte wieder in meine. Bis zum Flur schafften wir es Seite an Seite. Doch als Jo am anderen Ende des Flurs mit Dylan aus dessen Wohnung trat, verschwand Julie samt Geigenkasten halb hinter mir. Die beiden kamen auf uns zu.

»Komisch«, sagte Dylan. »Ich hätte geschworen, dass da eben noch ein entzückendes kleines Mädchen war.«

»Falls du Charlie meinst«, entgegnete Jo. »Sie steht vor dir.«

»Nein«, sagte Dylan. »Ein viel hübscheres. Und irgendwie kleiner, glaube ich.«

Julie bohrte ihren Kopf in meinen Rücken und kicherte.

»Hast du das gehört?«, fragte Dylan. »Hat da nicht jemand gekichert?«

»Unsinn«, antwortete Jo. »Das hast du geträumt.«

Ich zog Julie hervor. Sie umklammerte ihren Geigenkasten und schaute zu Boden. »Das ist Julie Fye«, erklärte ich.

Dylan kam näher. »Was sehe ich denn da?«, rief er. »Habe ich jetzt endlich jemand, der mich auf der Geige begleiten kann?«

Julie warf ihm einen vorsichtigen Blick zu, ehe sie den Kopf wieder senkte.

Doch da hatte sie nicht mit Jo, dem großen Frauenkenner, gerechnet. Er beugte sich zu ihr hinab, hob ihr Kinn mit einem Finger an, schaute in ihre Augen und sagte: »Willkommen bei uns in Frankreich und in meinem Hotel, Julie Fye. Ich bin Jo Brinckmann, Charlies Onkel.« Julie lief feuerrot an und schluckte, während sie ihn wie verhext ansah. Ich war fürs Erste abgemeldet. Wortlos öffnete sie ihren Geigenkasten, zerrte ihr Geldbündel hervor und hielt es Jo hin.

Dylan gluckste und sagte: »Das ist allerdings neu.«

Jo beachtete ihn nicht. »Mein lieber Mann«, sagte er. »Ist das dein Taschengeld?«

»Nein«, flüsterte Julie. »Das ist für dich von Daddy O.«

»So, so.« Jo nahm Julies Hand. »Ich glaube, das bringen wir besser in meinem Safe unter, was meinst du? Und dann überlegen wir, wie viel du als Taschengeld in deine schöne rote Tasche steckst, ja?«

Julie nickte, ohne ihn auch nur eine Sekunde aus den Augen zu lassen.

Jo zeigte auf Dylan. »Dieser reizende Gentleman heißt übrigens George Baker, aber nenn ihn ruhig Dylan, das ist ihm lieber.«

Julie gönnte Dylan einen flüchtigen Blick und sagte: »Hi.«

Jo führte sie über den Flur zu seinem Arbeitszimmer, aber wäre er mit ihr durch die Hintertür hinaus bis nach Les Portes spaziert, wäre sie ebenfalls mitgegangen und hätte sich nicht ein einziges Mal nach mir umgedreht.

»Tja«, sagte Dylan belustigt und sah den beiden nach. »Der Junge hat's echt drauf. Gut, dass er und ich nicht schwul sind, er hätte mir das ganze Leben versaut.«

Während ich Julies Koffer die Treppe hochwuchtete, hörte ich, dass Jo in seinem Arbeitszimmer etwas fragte. Gleich darauf sprudelte Julies Stimme wie ein munterer Bergquell. Ich trug den Koffer in Rafis Kammer, er war in eine der Suiten umgezogen, und machte mich ans Auspacken. Einer der Männer, wahrscheinlich Rafi, hatte die Kammer für Julie hergerichtet, denn das hatte ich nicht mehr geschafft, ich hatte die Zeit am Vortag bis auf den letzten Drücker in Rafis Armen verbracht. Sogar eine kleine weiße Vase mit Margeriten hatte er auf die Kommode am Bett gestellt und ein Quadrat aus Pappe daran gelehnt, auf dem in Riesenlettern *Willkommen, Julie* stand. Eine ähnliche Vase, allerdings mit roten Rosen, entdeckte ich, als ich mein Zimmer betrat, auf meinem Schreibtisch, ebenfalls mit einem kleinen Schild versehen, auf dem *Willkommen, Charlie* stand. Ich betrachtete es verblüfft, bis ich mir vorstellte, wie Rafi gegrinst hatte, als er sich mein Gesicht in diesem Moment vorstellte, und gab mir Mühe, wieder normal dreinzuschauen. Dann drehte ich das Pappschild um und las. *Zuerst hast Du dumm aus der Wäsche geguckt, stimmt's? Wann fährst Du mit mir nach Biscarrosse? R.* Ich ließ mich auf mein Bett sinken, hielt das Stück Pappe in der Hand und dachte, sieh an, da reift offenbar der nächste Frauenkenner heran.

Eine Weile später kam Julie mutterseelenallein die Treppe hoch, entdeckte mich durch die geöffnete Tür in meinem Zimmer und winkte mich wie eine kleine Hoheit zu sich. »Jo hat gesagt, du sollst mir mein Zimmer zeigen.«

Ich ging zu ihr und schob sie ein paar Meter weiter in die Kammer. »Wie hast du es denn geschafft, mich hier oben auf Anhieb zu finden?«

Sie lachte sich scheckig. »Du hast doch auf dem Bett gesessen. Und Jo hat mir erklärt, wohin ich gehen muss.« Sie warf einen Blick auf den aufgeklappten leeren Koffer. »Wo sind meine Bücher und die neuen Sachen? Wo ist Sydney?«

Gehorsam deutete ich auf Sydney, Julies braun-weiß getigerte Plüschkatze, die ich aufs Kopfkissen gelegt und zugedeckt hatte, und dann auf die Bücher, die ich auf der Kommode gestapelt hatte. Anschließend öffnete ich den Kleiderschrank und zeigte ihr untertänig, wo ich ihre Sachen verstaut hatte.

Julie kramte in den Schubfächern des Schranks, holte ein blaues Handy hervor und zog das pinkfarbene aus ihrer Tasche heraus. Wie ein Regierungsoberhaupt in Erwartung weltbewegender Anrufe legte sie die beiden nebeneinander auf die Kommode. »Beide bezahlt«, erklärte sie stolz. »Jo hat gesagt, mit dem Anrufen muss ich noch warten, weil die Leute in Amerika eine andere Zeit haben und noch schlafen.« Sie entdeckte den Willkommensgruß und steckte ihr Pappschild lächelnd in die rote Tasche. Dann schaute sie sich vergnügt in der Kammer um, lief zum Fenster und sah hinaus. »Gehst du mit uns am Meer entlang?«

»Wenn ich darf, gern«, antwortete ich. »Aber wer ist ›uns‹?«

»Na, alle«, entgegnete sie. »Jo, Dylan und Robbie. Théo ist noch nicht da.«

»Mann«, sagte ich. »Hast du die Namen der Gäste auch schon auswendig gelernt?« Ich holte eine dicke Strickjacke aus dem Schrank, ebenfalls pink.

»Nein«, erwiderte sie, ohne eine Miene zu verziehen. »Aber ich weiß, dass es neun Franzosen und sechs Engländer sind. Kommst du?«

»Hast du keinen Hunger?«, erkundigte ich mich.

»Nein.« Sie hatte es eilig, schließlich hatte sie Jo, ihren neuen Star, schon ganze zehn Minuten lang entbehren müssen. Doch Julie schien ein wankelmütiger Fan zu sein, denn auf dem Weg die Treppe hinunter drehte sich ihr Geplapper nur um Robbie. »Robbie bringt mir Französisch bei und ich ihm Englisch, denn das kann er noch nicht so gut. Er hat sieben Armreifen an, zwei sind aus Silber, vier aus bunten Gummiperlen und einer aus echtem Gold. Und er hat einen Ohrstecker. Charlie, kann ich den auch haben? Bitte!«

Um ein Haar hätte ich Jo imitiert, der bei ähnlichen Anlässen früher gesagt hatte: »Tut mir leid, Charlotte, aber wir richten uns nicht nach dem Geschmack anderer Eltern und Kinder«, doch so hart wollte ich nicht sein, deshalb versuchte ich es auf die vernünftige Tour. »Weißt du, wie alt Robbie ist?«

Natürlich wusste sie es. »Der ist siebzehn.«

»Und du?«

»Ich werde zehn.«

»Im nächsten Januar, das heißt, in sieben Jahren und neun Monaten kannst du auch anfangen Ohrstecker zu tragen.«

Julie wirkte nicht erfreut. Als ich mir vorstellte, wie die Rädchen in ihrem Kopf rotierten, bekam ich ein schlechtes Gewissen. Ich hatte sie ausgetrickst.

Zum Glück wurde sie gleich darauf abgelenkt, denn ihre Entourage wartete schon draußen vor dem Hauptportal. Robbie hatte einen Fußball unter dem Arm. Julie rannte zu ihnen. Ich folgte ihr und zog ihr die Jacke über. Robbie und Jo nahmen sie in die Mitte und wanderten los. Dylan und ich blieben ein paar Schritte zurück. »Rafi kommt am späten Nachmittag«, sagte Dylan und drückte mich kurz an sich. »Nur, damit du dich nicht fragen musst, wo er bleibt.« Er deutete auf Julie, die zwischen ihren beiden neuen Freunden über den Strandweg hüpfte. »Wie ängstlich die Kleine bei ihrer Ankunft war. Darf man über den Vater schon etwas Abfälliges sagen, oder springst du dann im Achteck?«

»Nein, du kannst sagen, was du willst.«

»Er ist eine Niete, Charlie, das wusste ich schon, als er hier war.« Wieder wurde ich gedrückt. »Wir kriegen das alles hin, keine Sorge, wir haben schon ganz andere Dinge gestemmt. Hat Julie eigentlich nur Zeug, das wie ein Sack um sie hängt?«

»Ich habe früher auch nur Säcke getragen, aber dagegen hast du offenbar nie etwas gehabt.«

Dylan hob eine Hand und wackelte mit dem Zeigefinger. »Oh, da irrst du dich, damals habe ich mir bei Jo den Mund fusselig geredet, er hat es einfach nicht kapiert. Manchmal habe ich dir etwas gekauft, aber das war dann meistens zu klein, und wenn ich mit dir in ein Geschäft gefahren bin und wollte, dass du dir etwas aussuchst, hast du dagestanden wie ein Stock und wolltest in meinem Beisein nichts anprobieren.«

Diesmal drückte ich ihn. »Aber ihr wart großherzig und habt mich behalten.«

Dylan lächelte. »Blieb uns was anderes übrig?«

Vor uns drehte Julie sich um und winkte uns ungeduldig zu sich. »Charlie, darf ich ein Eis essen und eine Cola trinken?«

»Nanu«, sagte Jo erstaunt und wich einen Schritt zurück. »Hatten wir nicht gerade darüber gesprochen?« Er wandte sich zu Robbie. »Hattest du nicht auch den Eindruck, dass wir das getan haben?«

»Na ja«, antwortete Robbie mit seinem typischen Grinsen. »Irgendwie schon.«

Jo hob die Brauen und schaute Julie an. »Hatten wir nicht von deinem leeren Magen gesprochen und wie schlecht dem ein Eis und eine Cola bekommen werden?«

»Doch«, sagte Julie kleinlaut. Aber dann klappte sie ihre Tasche auf, zog einen Zwanzigeuroschein hervor und fragte: »Und was mache ich dann mit dem vielen Taschengeld?«

Jo streichelte ihre Wange. »Unter anderem kannst du dir davon morgen ein Eis und übermorgen eine kleine Cola kaufen, wäre das okay?«

Sofort stand Julie wieder in seinem Bann. »Ist gut«, sagte sie.

»Tja, dann. Robbie und ich müssen wieder zurück und arbeiten. Dylan und Charlie zeigen dir, wo du langgehen musst, wenn du vom Hotel aus in den Ort spazieren möchtest. Ist das auch in Ordnung?«

Julie schob die Unterlippe vor und schwieg. Robbies Schultern sackten herab, doch er sagte: »Ja, klar«, und hielt Dylan den Ball hin.

»Ich vertrete dich in der Küche«, sagte Dylan zu ihm. »Ich muss mit Jo sowieso noch etwas besprechen.«

»Ach ja, richtig«, antwortete Jo entgegenkommend. »Was war das noch gleich?«

»Das erzähle ich dir auf dem Rückweg«, sagte Dylan. »Bis später, Julie.«

Dylan und Jo machten kehrt.

Julie und Robbie strahlten. »Kannst du Fußball spielen?«, fragte Robbie.

»Ein bisschen«, antwortete Julie. »Ich habe gerade erst damit angefangen.«

»Dann komm mit.« Robbie zeigte auf die Steintreppe, die zu dem breiten Streifen festen Sand zu unseren Füßen führte. Julie hoppelte hinunter. Robbie warf den Ball auf den Strand und rutschte das Eisengeländer der Treppe mit ausgebreiteten Armen hinab. »Hast du das gesehen?«, rief er.

»Ja«, erklang von unten Julies Stimme. »Aber das kann ich noch nicht.«

Ich nahm an, dass ich weiterhin geduldet war, setzte mich unten auf den Strand und lehnte mich mit dem Rücken an die Mauer. Robbie dribbelte den Ball und kickte ihn dann behutsam zu Julie hinüber. Sie nahm einen mordsmäßigen Anlauf und trat ein Loch in die Luft. Ich schloss die Augen, wärmte mich an den Sonnenstrahlen und lauschte dem Lachen von Julie und Robbie, in das sich das Geräusch der Wellen mischte, die schmatzend über den Sand strichen. Als jemand sich an meiner Seite niederließ, lehnte ich mich an ihn.

»Lehnst du dich an jeden, der sich neben dich setzt?«, fragte Rafi.

»Immer«, antwortete ich. »Auf die Weise mache ich meine Bekanntschaften.«

Er legte einen Arm um mich und küsste meine Wange. »Mehr wage ich nicht«, sagte er. »Da sind Kinder.«

»Eins von ihnen ist Julie, das kleine Mädchen aus Amerika«, antwortete ich, noch immer mit geschlossenen Augen.

»Das grüne oder das rosafarbene?«

Ich öffnete die Augen. »Das rosafarbene, das grüne muss oben von den Sommerhäusern gekommen sein.«

Sie hatten das Fußballspielen aufgegeben, standen zu dritt

in einem Kreis und warfen sich den Ball zu, begleitet von einem Wortgemenge aus Englisch und Französisch. Julie hatte ihre Sneakers, Socken, die Strickjacke, das Oberteil ihres Anzugs und die rote Tasche abgestreift und alles in den Sand geworfen. Sie spielte im Unterhemd und mit bis zu den Knien hochgekrempelten Hosenbeinen. Wahrscheinlich hatte sie sich ein Beispiel an dem anderen Mädchen genommen, das in ihrem Alter war und einen winzigen Pulli und eine dreiviertellange Strickhose trug. Nach einer Weile ertönte oben von der Mauer ein Pfiff. Ich schaute hoch, es war einer der Pariser, die jeden Sommer nach La Flotte kamen, der Name war mir entfallen, Bertrand de la irgendwas. Das grüne Mädchen hielt inne, trat unwillig in den Sand, sagte etwas zu Robbie und Julie und spielte weiter. Der zweite Pfiff ging selbst mir durch und durch. Die Kleine linste nach oben und schien noch einen Moment zu überlegen, bevor sie mit den Achseln zuckte, sich von ihren beiden Sportfreunden verabschiedete und sich mit Märtyrermiene die Treppe hochschleppte. Julie und Robbie stellten ihr Spiel ein und kamen zu uns rüber.

»Théo wird jetzt da sein, ich muss ins Hotel«, sagte Robbie wenig begeistert.

»Wir kommen gleich nach«, sagte ich. »Wir machen nur noch einen Schlenker durch den Ort.«

Robbie stieg die Treppe hoch, als führte sie zum Schafott. Julie sah ihm nach, als wäre sie als Nächste an der Reihe. Doch dann bemerkte sie Rafi. Ich machte die beiden miteinander bekannt. »Hi«, sagte sie verlegen.

Rafi zwinkerte ihr zu. »Hi, Julie.«

Julie wurde wieder rosig, schaute an sich hinunter, warf mir einen entsetzten Blick zu und flitzte zu ihren Kleidungsstücken. In null Komma nichts saßen Oberteile und Tasche wieder an der richtigen Stelle, und die Hosenbeine fielen herab. Ich stand auf und ging zu ihr. »Die Sneakers ziehen wir oben auf dem Strandweg an«, sagte ich. »Sonst klebt dir der ganze Sand an den Füßen.«

Aus dem Augenwinkel warf sie einen Blick zu Rafi hinüber. »Ist das dein neuer Freund?«, flüsterte sie.

»Nein«, flüsterte ich. »Den kenne ich schon, seit ich sieben Jahre alt war.« Mehr konnte ich dazu nicht sagen, ich wusste ja selbst noch nicht, als was ich Rafi offiziell bezeichnen sollte.

»Der hat schöne Locken, oder?«

»Ziemlich schöne Locken.«

Oben auf dem Strandweg lief sie zwischen uns. Auf ihrem Gesicht spielten sich die widersprüchlichsten Emotionen ab, aber vielleicht waren es einfach zu viele neue Leute auf einmal für sie gewesen. Als ich sie fragte, wer das grüne Mädchen gewesen sei, sagte sie nur: »Ein französisches Kind.«

Erst als wir in die Straße mit den Geschäften einbogen, lebte sie wieder auf und blieb an jedem Schaufenster stehen. Als wir uns einem Eiswagen näherten, startete sie den nächsten Versuch und fragte Rafi, ob sie ein Eis essen dürfe. Er nickte, griff in seine Hosentasche und kramte nach Kleingeld. Ich hielt seinen Arm fest.

»Ich mache dir einen Vorschlag«, sagte ich zu Julie. »Wir gehen ins Hotel, und dort isst du zuerst etwas Richtiges. Danach können wir noch einmal losziehen, und du bekommst hier ein Eis, oder wir schauen, ob Théo eins für dich hat.«

Julie sah Rafi flehend an.

Rafi warf mir einen hilfesuchenden Blick zu, doch ich blieb hart und schüttelte den Kopf.

»Ich glaube, ich weiß etwas Besseres«, sagte er daraufhin zu Julie. »Komm, wir gehen noch mal ein paar Schritte zurück.« Er nahm ihre Hand und führte sie in das Geschäft, an dessen Schaufensterscheibe sie sich vor einigen Minuten die Nase platt gedrückt hatte. Ich wartete draußen. Wenig später kam Julie aus dem Laden gestürzt und rief überglücklich: »Er hat mir eine Möwe gekauft, Charlie.« Sie riss das Papier ab, in das ihr Geschenk eingeschlagen war, und hielt eine der großen weißen Möwen aus Holz hoch, die es in dem Geschäft gab. Die Möwen hatten jeweils eine Uhr an der Seite und weckten ihre Besitzer mit Möwenschreien und Meeresrauschen, falls sie das wollten. »Er hat gesagt, er hat gewusst, dass ich mir die gewünscht habe.« Rafi kam lächelnd aus dem Laden. Sie drehte sich zu ihm um, strahlte ihn an, hielt die Möwe, als wäre sie lebendig, und trug sie bis zum Hotel vor sich her. Am Eingang wandte sie sich zu Rafi um und fragte: »Sie heißt Lily, oder?«

»Zweifellos«, sagte Rafi. »Der Name steht ihr ins Gesicht geschrieben.«

»Sie passt zu dem schönen Esel«, ergänzte Julie. Der Esel war eine Kunststofflampe, die ich vor einigen Tagen für Julie gekauft und auf die Kommode in der Kammer gestellt hatte. Rafi hatte ihn abends mit dem Kopf vom Bett weg gedreht und gesagt, so geschmackvoll und elegant diese Lampe auch sei, die Glotzaugen finde er beim Sex irritierend. Dann jedoch hatte er ihn wieder umgedreht und gesagt, der wegschauende Esel bringe ihn erst recht aus dem Konzept.

Im Hotel lief Julie in die Küche, um die Möwe Robbie zu zeigen. Ich hörte, wie er sie bewunderte und wie Théo Julie begrüßte und fragte, ob sie Hunger habe und etwas essen wolle. »Großen Hunger«, antwortete sie. »Aber vor dem Essen muss ich Lily in mein Zimmer bringen.« Schon kam sie wieder herausgeschossen, erklärte Rafi und mir, sie sei gleich wieder zurück, und nahm auf der Treppe je zwei Stufen auf einmal. Als Nächstes bekam ich mit, dass sie auf dem Weg einem Gast begegnete, der »*bonjour, Mademoiselle*« sagte. Julies Schritte verharrten. Ich kannte den Mann, der anschließend die Treppe herunterstieg, ein äußerst liebenswürdiger älterer Segler, der zu Jos Stammgästen zählte. »Entschuldige, Charlotte«, sagte er auf dem Weg zum Ausgang. »Ich wusste nicht, dass ich wie ein Ungeheuer wirke, aber da oben steht eine Kleine und sieht aus, als hätte ich ihr für den Rest ihres Lebens Alpträume beschert.«

Ich drehte mich zu Rafi. »Ich gehe hoch und bleibe eine Weile bei ihr.«

Rafi zog mich an sich und küsste mich. »Treffen wir uns heute Nacht bei dir oder bei mir?«

»Bei dir. Schließ die Tür nicht ab, ich komme, sobald Julie schläft.«

»Wie aufregend«, raunte er, während seine Hand über meine Brüste strich.

Bevor mir die Sinne schwinden konnten, machte ich mich von ihm los und lief die Treppe hoch. Julie saß auf der Höhe des zweiten Flurs auf einer Treppenstufe, hielt die Möwe in den Armen und schien ihre Batterien jetzt restlos aufgebraucht zu haben. Ich führte sie in ihr Zimmer. Sie setzte sich aufs Bett und beobachtete, wie ich die Möwe zu dem Esel stellte. Ich ließ mich neben ihr nieder und fragte, ob sie sich ein bisschen hinlegen wolle.

Sie schüttelte den Kopf.

Ich nahm ihre Hand. »Du hast eine lange Reise hinter dir, mit einer Menge neuer Eindrücke. Überleg mal, wie viel das auf einen Schlag war. Selbst ein Erwachsener wäre danach erledigt, aber du bist erst neun.«

»Aber im Januar werde ich zehn.«

»Okay, so gut wie zehn, trotzdem. Außerdem hast du fünf neue Leute kennengelernt und – «

»Sechs.«

Ich rechnete nach. »Wer war denn der Sechste? Jo, Dylan, Robbie, Rafi, Théo – und wer noch?«

»Mélanie.«

»Das grüne Mädchen?«

Julie nickte.

Ich schaute auf meine Uhr. »Wenn du magst, kannst du jetzt in Amerika anrufen.«

»Nein.«

Ich ließ sie und sagte nichts mehr.

Nach einer Weile holte sie tief Luft. »Ich möchte auch so eine Hose und so einen kleinen Pulli.«

»Wie Mélanie?«

»Ja. Und einen Armreif mit bunten Gummiperlen.«

»Gut, dann ziehen wir morgen los und schauen, ob wir so etwas finden.«

»Und einen Ohrstecker.«

Ich schaute sie an. Sie hatte sich eindeutig erholt. »Keinen Ohrstecker.«

»Na gut. Gehen wir jetzt was essen?«

In der Küche waren nur Théo und Robbie, die mit dem Abendessen beschäftigt waren. Einer von ihnen hatte für Julie und mich an dem langen Arbeitstisch gedeckt. Julie schwang sich auf einen Stuhl und sah mich fragend an. Ich schenkte ihr ein Glas Wasser ein und mir ein Glas Wein.

»Ich möchte auch Wein«, sagte sie und sah zu Dylan, der gerade hereinkam.

Ich schüttelte den Kopf und tippte auf ihr Wasserglas. Ohne abzusetzen, trank sie es leer und folgte Dylan dabei mit dem Blick. »Noch eins.« Ich stellte ihr die Wasserflasche hin. Dylan nahm uns gegenüber Platz und erkundigte sich nach Julies Essenswünschen. »Was gibt es denn?«, fragte sie und schaute zu mir.

»Fisch, Fleisch oder vegetarisch«, antwortete Dylan.

»Sie kennt sich doch noch nicht aus«, sagte ich. »Woher soll sie wissen, was wir hier essen?«

»Jetzt hört doch mal auf mit dem Gequatsche«, sagte Théo vom Herd her. »Als wüssten wir nicht, was amerikanische

Mädchen essen möchten. Robbie hat alles aus sich rausgeholt und ich weiß nicht wie viele bildschöne Hamburger vorbereitet.«

Dylan sah mich groß an und schürzte die Lippen. Dann flüsterte er mir zu: »Kein Wort, du sagst dazu keinen Pieps.«

»Wo ist Jo?«, fragte Julie, als ein Hamburger und Pommes auf ihrem Teller lagen und Théo ihr mit Todesverachtung eine Flasche Ketchup dazugestellt hatte.

»Er telefoniert mit seiner Freundin«, antwortete Dylan. »Am Samstag kommt sie hierher.«

Julie konzentrierte sich auf den Hamburger und kostete einen Bissen. »Charlie«, flüsterte sie. »Was sind das für Stacheln?«

»Das ist Rosmarin. Magst du das nicht?«

»Doch, es sieht nur komisch aus.«

»Schmeckt es ihr nicht?«, fragte Robbie sorgenvoll.

»Sie findet es hervorragend«, antwortete ich. »Sie muss sich nur noch ein bisschen an den Geschmack gewöhnen.«

»Muss sie nicht«, sagte Julie und grinste Robbie an. »Die Stacheln sind cool.«

Nach dem Abendessen setzten Julie und ich uns noch für eine Weile draußen auf die Mauer ins Licht der untergehenden Sonne und löffelten ein Eis. Danach fing Julie langsam an, zu gähnen und sich die Augen zu reiben. Deshalb redeten wir nicht viel, sondern beobachteten, wie die Flut hereinkam, sich mit langen dünnen Wasserfingern auf uns zutastete und den Sand beim Zurückweichen mit weißen Schaumspitzen garnierte.

Wenig später ging ich mit ihr hoch zu unseren Zimmern. Als sie bei mir unter die Dusche stieg, musste ich die Zimmertür abschließen und durfte sie erst wieder aufschließen, als Julie blank gewienert in ihrem Schlafanzug steckte und ich ihre Haare trockengeföhnt hatte. Als letzte Amtshandlung rief sie ihren Großvater an und erzählte ihm haarklein, was sie seit ihrem Abflug erlebt hatte. Mit ihrem Vater wollte sie ganz offenkundig nicht sprechen, sie bat Daddy O, ihm auszurichten, dass sie gut angekommen sei. Mir ging durch den Kopf, dass, wenn Jackson so weitermachte, ihre Gefühle für ihn eines Tages gänzlich erloschen sein würden. Wenn er Glück hatte, wäre er dann noch in ihrem Adressverzeichnis unter der Rubrik *Wem ich eine Weihnachtskarte schicken muss* zu finden.

»Meine Mom rufe ich morgen an«, sagte Julie nach dem Telefonat, wie um sich bei mir zu entschuldigen, und betrachtete das pinkfarbene Handy widerwillig.

Ich griff danach. »Soll ich sie für dich anrufen?«

»Mir egal.«

»Julie, sie hat dir das Handy geschenkt, damit du sie anrufst.«

»Ich weiß ihre Nummer nicht. Die ist in meiner roten Tasche.«

Ich ging in ihr Zimmer und brachte ihr die Tasche. Julie verzog das Gesicht, aber sie beförderte einen Zettel ans Tageslicht und wählte die Nummer mit leidender Miene. Doch ihre Mutter musste einen guten Tag haben, denn gleich darauf plauderte Julie schon drauflos und konnte kein Ende mehr finden. Als sie schließlich auflegte, wirkte sie zufrieden und sagte: »Julian schreit die ganze Nacht. Kein nettes Baby, oder?«

Ich brachte sie in ihr Zimmer. Sie kroch in ihr Bett. »Lass den Esel an«, sagte sie, doch dabei wurden ihre Lider bereits schwer. Ich saß noch eine Zeitlang bei ihr. Unsere Abmachung war, dass wir die Türen unserer Zimmer halb offen lassen würden und sie, wenn sie nachts wach wurde und nicht mehr einschlafen konnte, zu mir in mein Bett kommen durfte. Normalerweise schlief Julie so fest, dass man das ganze Haus hätte abtragen können, ohne dass sie etwas gemerkt hätte, doch als ich morgens um drei von Rafi kam, dauerte es nicht lang, bis sie herbeitappte, Lily auf das Tischchen an meinem Bett stellte, zusammen mit Sydney unter meine Decke schlüpfte, sich an mich kuschelte und umgehend wieder einschlief.

Als ich am Morgen wach wurde, lag Julie noch immer an meiner Seite und sah mir ins Gesicht. »Endlich«, sagte sie. »Ich warte schon ganz lange darauf, dass du die Augen aufmachst und Lily anstellst. Rafi ist in dein Haus gefahren. Er arbeitet dort.«

Ich gähnte und warf einen Blick auf die Möwenuhr. Viertel nach neun. »Woher weißt du das?«

»Er war hier und hat mir ein Glas Saft gebracht. Aber zuerst hat er geklopft und gefragt, ob er reinkommen darf. Und dann hat er gesagt, wenn wir Lust haben, können wir ihn in deinem Haus besuchen.«

»Hast du denn Lust dazu?«

Julie nickte, doch mit den Gedanken schien sie woanders zu sein. »Charlie«, begann sie nach einer längeren Pause. »Wenn Jennifer und Dad heiraten und Jennifer ihr Baby bekommt, schickt sie mich dann weg?«

Sieh an, dachte ich, geheiratet wird also auch. »Nein«, antwortete ich, »das würde sie nicht tun.« Das war nicht einmal nur dahingesagt. Jennifer war mir zwar auf die Nerven gegangen und hatte sich Jackson hinter meinem Rücken zurückgeholt, doch abgesehen davon war sie mir wie ein gesitteter Mensch erschienen. Sie würde Julie nicht wegschicken, um mit ihrem Baby und Jackson allein zu sein; selbst wenn sie es gern wäre, würde sie nicht die Frau sein wollen, die so etwas tat. Zur Sicherheit fragte ich: »Ihr habt euch doch vertragen, oder nicht?«

Julie griff nach Lily und strich ihr über das weiße Holzgefieder. »Sie hält immer zu Dad, nie zu mir. Du hast immer zu mir gehalten.«

Ich nahm ihr die Möwe ab und stellte den Wecker. Gleich

darauf ertönten vielstimmige Möwenrufe, untermalt von Wellen, die rauschten, schäumten und irgendwo gegenklatschten. Julies Gesicht leuchtete auf. Sie setzte sich auf und betrachtete die Möwe wie das achte Weltwunder.

Ich setzte mich auf die Bettkante. »Und du?«, fragte ich. »Zum wem hältst du, wenn die beiden sich streiten?«

Julies Augen wurden kugelrund. »Die streiten sich nicht. Nur du hast dich mit Dad immer gestritten. Dad hat gesagt, das war, weil du immer recht haben wolltest.«

Ich griff unter die Bettdecke und tastete nach ihren Füßen. »Habe ich denn nicht immer recht?«

Sie kicherte und versuchte, ihre Füße zu verstecken. »Nicht immer.«

Ich schnappte mir einen Fuß und kitzelte die Sohle. Julie trat mit dem freien Bein aus und quiekte: »Hör auf, Charlie.«

Ich kitzelte weiter. »Habe ich immer recht oder nicht?«

Sie strampelte, kringelte sich vor Lachen und japste nach Luft.

»Habe ich immer recht?«

»Ja, ja«, fiepte sie kichernd und prustend. »Du hast immer recht.«

»Gut.« Ich ließ ihren Fuß los. »Dann ziehen wir uns jetzt an und frühstücken.«

Auf dem Weg nach unten entdeckte sie Robbie am Fuß der Treppe, hüpfte freudestrahlend los und rief: »*Bonjour*, Robbie«. Er sagte: »*Bonjour*, Julie«, und marschierte mit ihr in die Küche. Ich sah den beiden nach und wunderte mich, dass er da war, eigentlich hatte er montags bis zum Nachmittag frei. Doch als ich in die Küche kam, hatten die beiden schon alles geklärt, und Julie verkündete, Robbie sei gekommen, um mit uns zu spielen, aber zu meinem Haus würde er auch gern fahren.

Robbie wurde rot und sah mich scheu an. »Darf ich?«

»Klar darfst du«, antwortete ich.

Robbie schaute an mir vorbei zur Tür, wobei sich sein Gesicht gefährlich rötete. »Verdammt, Charlie.«

Ich sah zur Tür, wo Jo stand. Seine Miene sprach Bände, aber er trat zu Julie, stellte Marmeladentöpfe und einen Teller vor sie, legte ein Stück Baguette darauf, Löffel, Messer und Serviette dazu, fragte freundlich, ob sie gut geschlafen habe und was sie trinken wolle.

»Milch«, sagte Julie kaum hörbar, denn feinfühlig wie sie war, spürte sie, dass gerade irgendetwas vor sich ging.

Jo schenkte ihr ein Glas Milch ein und sagte: »Wir werden jetzt eine Zeitlang Französisch sprechen. Charlie erzählt dir nachher, was wir gesagt haben.« Sein Blick richtete sich auf Robbie und mich, die wie zwei ertappte Diebe vor ihm saßen. »Was darf Robbie?«, fragte er. »Und warum heißt es ›verdammt‹, wenn ich hereinkomme?«

Ich öffnete den Mund, um zu antworten, doch Jo winkte ab. »Robbie?«

»Ach nichts«, murmelte Robbie.

Damit würde er nie und nimmer durchkommen, das wusste ich aus leidvoller Erfahrung.

»Ach nichts?«, wiederholte Jo. »›Ach nichts‹, sagst du, obwohl es doch sehr nach etwas geklungen hat. Robbie, was bin ich für dich?«

»Mein Chef«, sagte Robbie leise.

Ich drückte seine Hand unter dem Tisch und kassierte von Jo einen rügenden Blick.

»Und außerdem?«

Robbie schwieg.

Jo wartete.

»Mein Freund?«, flüsterte Robbie.

Julie, die kein Wort verstand, verfolgte das Ganze dennoch mit aufgerissenen Augen und offenem Mund.

»Richtig, ich bin dein Freund«, sagte Jo. »Also raus mit der Sprache.«

Robbie brauchte noch einen Moment, doch dann gab er sich einen Ruck. »Ich wollte mit Julie und Charlie nach Les Portes fahren und habe gefragt, ob ich mitkommen darf. Charlie hat ja gesagt ... Das war alles.«

Jo schnitt Julies Baguettestück auf, butterte die beiden Hälften, strich gemächlich Erdbeermarmelade auf die eine und Aprikosenmarmelade auf die andere Hälfte.

»Ich wollte mir das Hotel anschauen«, ergänzte Robbie. »Weil ... ich dachte ... ich sehe es mir mal an.«

Jo nickte ihm aufmunternd zu. »Weiter, mein Junge. Gleich hast du's geschafft.«

Robbie ächzte und umklammerte meine Hand unter dem Tisch.

»Na komm«, sagte Jo. »Nur noch den einen kleinen Schritt.«

Robbie schloss die Augen und atmete tief durch. »Weil ich dort gern arbeiten würde.«

Jo nickte bedächtig. »Bravo, mein Kleiner, ich weiß, wie schwierig das war.«

Robbie schlug die Hände vors Gesicht. »Es tut mir leid, es ist nur ...«

»Schon gut, Robbie.« Jo stand auf. »Ich nehme an, Charlie ist damit einverstanden?«

»Wir hätten dich vorher gefragt«, versicherte ich ihm eilig.

Jo lachte. »Natürlich hättet ihr das, ihr nichtsnutzigen Schlitzohren.« Er beugte sich über den Tisch und tätschelte Robbies Wange. Dann wandte er sich ab und ging zur Tür.

»Darf ich?«, rief Robbie.

Jo drehte sich um. »Natürlich.«

»Kommen Sie mich denn besuchen?«

»Sicher. Oder du besuchst mich.« Jo zeigte mit dem Finger auf mich. »Aber alle anderen bleiben hier, verstanden?« Dann war er weg.

Ich sprang auf und lief ihm nach. An der Tür zu seinem Arbeitszimmer holte ich ihn ein. »Du bist mir doch nicht böse, oder? Ich habe ihn dir nicht abgeluchst, es ist nur …«

»… besser für ihn, ich weiß«, beendete Jo meinen Satz. »Außerdem bleibt er ja in der Familie.«

Ich schlang meine Arme um seinen Hals und flüsterte: »Weißt du eigentlich, dass ich niemanden so liebe wie dich?«

Jo drückte mich an sich. »Geht mir umgekehrt genauso, mein Schatz.«

Bei meiner Rückkehr in die Küche wirkte Robbie verstört. »Charlie«, begann er. »Soll ich vielleicht doch lieber hierbleiben? Meinst du, ich habe ihn gekränkt?«

Ich setzte mich wieder zu ihm. »Mach dir deswegen keine Gedanken. Wenn Jo gekränkt wäre, hätte er es dir so deutlich gesagt, dass du ihn mindestens ein Jahr lang nicht mehr kränken würdest. Und sonst auch keinen.«

»Stimmt«, sagte Robbie nachdenklich.

Julie nippte an ihrer Milch. Ihre Baguette-Hälften lagen noch unangerührt vor ihr. Sie ließ eine kleine Anstandsfrist verstreichen, dann wollte sie wissen, was wir gesagt hatten.

Ich erklärte es ihr.

»Mann«, sagte Julie und sah Robbie mit neuer Hochachtung an. »Du bist schon ein richtiger Koch?«

Im Bus nach Les Portes saßen die beiden auf der Bank vor mir. Robbie gab den Fremdenführer und erklärte Julie die landschaftlichen Besonderheiten und was es sonst zu sehen gab, bis sie fragte: »Wo hast du die Armreifen mit den Gummiperlen gekauft?«

In Les Portes angekommen, steuerten wir den langen Weg durch die Dünen an, es war ein so schöner, klarer Tag geworden. Schon auf dem Weg durch die Felder hörten wir ein sanftes Rauschen und über uns hinweg die Möwen, die laut krächzend zum Meer flogen. In den Dünen entdeckte ich einen Pfad, der zum Strand hinunterführte. Ich schlug den beiden vor, am Wasser weiterzulaufen. Unten blieb ich stehen und schaute hinaus auf die weite blaue Wasserfläche. Julie und Robbie zogen Schuhe und Strümpfe aus, kletterten auf die geduckt daliegenden, feuchtglänzenden Felsen, sprangen von einem zum andern und platschten durch die Pfützen, die von der Flut geblieben waren. Unterdessen ließ ich meinen Blick über den langen hellen Strand schweifen, bis hin zum Leuchtturm von Saint-Clément, dann über das sacht wogende flache Gewässer zu meinen Füßen, auf das die Schaumschlieren abstrakte Bilder malten, und dann wieder hinaus in das leuchtende Blau und weiter hinaus zu den winzigen weißen Dreiecken der Segelboote, die am Horizont entlangzogen.

»Charlie«, sagte Robbie. Er stand vor mir, die Hände voller Muscheln, und sah mich beunruhigt an. »Was hast du?«

»Nichts«, sagte ich. »Es tut nur so gut, hier zu stehen.«

# Zwölf

In der Woche darauf fuhren Julie und ich täglich für einige Stunden nach Les Portes, packten mit an, wenn es was zum Anpacken gab, und standen den Arbeitern im Weg, aber damit mussten sie fertigwerden. Wenn wir doch zur Seite gescheucht wurden, zückte ich Block und Stift und notierte auf langen Listen, was ich anschaffen musste. Bei schönem Wetter saß Julie draußen und malte, bei schlechtem verzog sie sich unters Dach und las. Manchmal folgte sie Rafi, bis er eine Pause machte, sich einen Ball schnappte und mit ihr zum Strand lief.

Eines Abends sollten wir die Einrichtung der Bäder aussuchen. Rafi zeigte uns seine Vorauswahl in einem Katalog. Doch bevor wir unsere Wahl treffen konnten, lenkte er uns schon zu dem ultramodernen Design, das ihm offenbar am besten gefiel. »Warum fragst du mich denn überhaupt noch?«, erkundigte ich mich.

»Weil ich höflich bin«, antwortete er und sah mich dabei an, als hätte er etwas ganz anderes im Sinn, mir beispielsweise ein sensationelles sexuelles Angebot zu unterbreiten.

Das war das Problem bei Männern wie Rafi oder Jo, man musste höllisch aufpassen, sonst sagte man bei allem, was sie wollten, ja und amen. Ich schaute Julie an, wir saßen alle drei in meinem Zimmer. »Gefällt uns das Bad, was Rafi am schönsten findet?«

Julie schüttelte den Kopf, blätterte in den nicht markierten Seiten des Katalogs zu einem altrosafarben gekachelten Bad zurück und tippte darauf. »Ich mag das am liebsten.«

»Ich glaube, ich auch«, sagte ich, obwohl ich mich bereits

für meerblaue Kacheln entschieden hatte, jedenfalls nicht für das kalte Grau, das Rafi wollte.

Rafi schloss die Augen und machte ein Gesicht, als würde er gefoltert.

Auch bei der Kücheneinrichtung musste er Abstriche machen, denn da hatte ich Robbie ein Mitspracherecht eingeräumt, und Robbie wünschte sich nichts sehnlicher als eine Landhausküche; die futuristische Stahlanlage, die Rafi mit einem Klebezettel gekennzeichnet hatte, löste bei ihm blankes Entsetzen aus. »Da sollen doch Leute gemütlich am Tisch sitzen, Gemüse schneiden und sich unterhalten«, sagte er und sah mich panisch an. »Oder?«

»Genau«, pflichtete Julie ihm bei. »Mein Dad hat so eine Stahlküche für Jennifer ausgesucht.« Damit war die Küche für sie gegessen.

»Und du, was möchtest du?«, wandte Rafi sich an mich.

»Die Landhausküche.«

Rafi klappte den Küchenkatalog zu. »Mit euch rede ich nicht mehr.«

Julie quietschte vor Vergnügen.

Ich wuschelte durch ihre Haare und konnte kaum fassen, wie rasch und gut sie sich eingelebt hatte. Aber wahrscheinlich fiel es ihr leicht, denn angesichts des wenigen, was sie verlangte, wurde ihr bei uns ein Übermaß geboten. Sie hatte Robbie, der in seiner Freizeit mit ihr spielte; Rafi, der sich bereit erklärt hatte, abends die elenden Arbeitshefte mit ihr durchzunehmen; Dylan, der mit ihr spazieren ging und ihr, wie mir damals, am Meer die winzigen Strandläufer, die Möwen und Enten zeigte, der sie mitnahm, wenn er auf den Bauernhöfen der Insel Gemüse kaufte, und ihr beim Geigespielen half. Was Jo für Julie war, hatte ich noch nicht ganz erfasst, doch hier und da suchte sie seine Nähe. Manchmal, wenn ich nach ihr Ausschau hielt, entdeckte ich sie in seinem Arbeitszimmer am Besuchertisch, wo sie entweder malte oder eins ihrer mitgebrachten Kinderbücher las. Jo sagte, er höre sie nie kommen – im Gegensatz zu einer gewissen anderen Person, die früher lauthals bei ihm hereingeplatzt sei –, irgendwann drehe er sich um, weil er jemanden atmen, Seiten umblättern oder einen Stift auf Papier schaben höre, und dann sitze sie da und lese oder male, und irgendwann drehe er sich noch mal um, und sie sei weg. Ich wiederum war Julies Anlaufstelle, wenn sie sich an jemanden kuscheln wollte, diejenige, der sie abends ihren Tag brühwarm erzählte, diejenige, die ganz Saint-Martin auf den Kopf gestellt hatte, bis sie die verdammten Armreifen mit den Gummiperlen entdeckt und einen für sie gekauft hatte.

Abgesehen davon hatte Julie begriffen, dass uns am Samstag mit Sophie hoher Besuch ins Haus stand, weshalb wir uns am späten Freitagvormittag nach Saint-Martin aufmachten, um, dem Anlass entsprechend, für sie eine dreiviertellange grüne Strickhose und einen kleinen grünen Pulli aufzutreiben. Der rosafarbene Jogginganzug lag in ihrem Schrank in der hintersten Ecke, der war »nicht französisch« und somit out.

Ich war mit Lana in Saint-Martin in einem Eiscafé am Hafen verabredet. Seit unserem Ausflug nach Les Portes hatte ich sie nicht mehr gesehen, wir hatten lediglich miteinander telefoniert und uns beide für unser Verhalten an jenem Tag entschuldigt.

Als wir sie gegen zwei Uhr nachmittags trafen, hatte Julie zwar keine grüne, aber wenigstens eine blaue Strickhose am Leib, mir einen zweiten Armreif mit Gummiperlen abgebettelt und sich dafür mit ihrem rosafarbenen T-Shirt und der dazu passenden Strickjacke aus Amerika abgefunden, aber nur, weil ich ihr geschworen hatte, dass sie aussah wie ein französisches Mädchen. Darüber hinaus hatte ich ihr zum Schutz vor der Sonne einen Strohhut gekauft. Sie betastete ihn immer wieder und hielt ihn mit beiden Händen fest, wenn ich sie knuddelte und küsste, weil sie so allerliebst aussah.

Lana kam mit einem Sonntagslächeln in das Café, auf dessen Terrasse Julie und ich in der Sonne saßen, erklärte, sie habe höchstens eine Stunde Zeit und freue sich sehr, Julie kennenzulernen. Als sie mich küsste, roch ich Alkohol, keinen Schnaps, aber irgendetwas hatte sie getrunken. Dabei wollte sie wohl auch bleiben, denn statt eines Eisbechers bestellte sie sich eine Flasche Wasser und eine kleine Karaffe Rosé und sah mich dabei so herausfordernd an, dass ich dazu schwieg. Ihr ging es offensichtlich mies. »Darf ich mit Charlie Französisch sprechen?«, fragte sie Julie mit zuckriger Miene.

Julie musterte sie scheu, nickte und widmete sich ihrem Eis.

»Wir sprechen Englisch«, entschied ich. »Kein Mensch möchte irgendwo sitzen und eine Stunde lang Leuten zuhören, die sich in einer Sprache unterhalten, die er nicht versteht.«

»Wie du meinst«, sagte Lana, doch da kam ihr Rosé, von dem sie das erste Glas in sich reinschüttete, als hätte sie gerade eine Wüstenwanderung hinter sich.

»Bist du mit dem Auto gekommen?«, fragte ich.

»Dann würde ich doch nichts trinken«, antwortete sie. »Ich bin zu Fuß gekommen, zurück schwimme ich.«

Julie ließ den Löffel sinken und starrte Lana an. Dann drehte sie sich um und schaute über das Hafenbecken hinweg zu der Zeile aus schmalen Wohnhäusern und Geschäften. »Wo wohnst du denn?«

Lana wurde verlegen, so viel Anstand hatte sie wenigstens noch. »Entschuldige«, sagte sie. »Das war nur ein Witz. Ich wohne in La Rochelle und fahre mit dem Bus zurück.«

Julie sah sie unsicher an. »Da war ich schon«, sagte sie, aber Lana hatte sie sichtlich verwirrt.

Lana merkte es und riss sich zusammen. »Mir geht es nicht

so gut«, bekannte sie. »Und dann sagt man manchmal etwas Dummes, was einem später leidtut. Vielleicht weißt du schon, wie das ist.«

Julie krauste die Stirn, rührte in ihrem Eis herum und dachte nach. »Vielleicht«, sagte sie und schaute Lana ins Gesicht. »Was hast du denn?«

Lanas Miene wurde weicher. »Hast du schon mal jemanden gerngehabt, der dich nicht so gernhatte wie du ihn?«

»Ja«, sagte Julie. »Suzy und Shelley.«

»Und das hat dich traurig gemacht, nicht?«

»Sehr traurig«, antwortete Julie, hob ihren Eisbecher und ließ den geschmolzenen Rest bis auf den letzten Tropfen in ihren Mund laufen. Anschließend leckte sie sich über die Lippen und schmatzte genüsslich. Ich wischte ihr verschmiertes Gesicht mit einer Papierserviette ab.

Lana beobachtete uns mit wehmütigem Lächeln.

»Iss auch ein Eis«, schlug ich vor. »Ich spendiere es dir sogar. Und hinterher wische ich dir dein trauriges Mündchen ab.«

Lana flüsterte: *»Fuck you.«*

Julie überschlug sich förmlich vor Begeisterung. »Ich darf das noch nicht sagen«, teilte sie Lana mit. »Du aber schon, oder?«

Lana errötete. »Ich benehme mich unmöglich.«

Ich streichelte ihre Hand. »Haben wir alle schon mal getan, sogar Julie.«

»Habe ich nicht.« Julie hielt eine Hand hoch, ließ ihre Armreifen schaukeln und lächelte Lana verschmitzt an. »Soll ich dir zeigen, wo man die kaufen kann?«

Eine halbe Stunde später war sie im Besitz eines dritten Armreifs und so geplättet von ihrem Glück, dass sie, während wir am Hafen entlangschlenderten, nur Augen für ihr geschmücktes Handgelenk hatte.

»Jetzt darf ich ein paar Sätze auf Französisch sagen, oder?«, murmelte Lana an meinem Ohr.

»Aber nur weil du ihr so eine Freude gemacht hast«, antwortete ich, legte einen Arm um sie und drückte sie an mich. »Wie tief unten bist du?«

»So tief, dass ich jeden Abend denke, tiefer kann es nicht mehr gehen oder ich komme in China raus.«

»So schlimm war es schon lange nicht mehr, oder?«

Lana blickte auf die im Sonnenschein funkelnden Yachten im Hafen, die sich in gleichmäßigem Auf und Ab bewegten. »Noch nie.«

Ich blieb stehen. »Ich verstehe das nicht. Was ist denn mit einem Mal über dich gekommen? Du bist eine so starke Frau, und jetzt machst du plötzlich diesen Aufstand. Warum?«

Lana riss sich vom Anblick der Yachten los und sah mich mit gerunzelten Brauen an. »Musst ausgerechnet du das fragen? Und steht irgendwo geschrieben, dass jemand, der stark ist, keine Schwächen haben darf?«

»Der Anfall sieht dir trotzdem nicht ähnlich.«

»Ich weiß.« Sie hielt meinen Arm fest. »Okay, ich verspreche dir was. Es ist das letzte Mal, wenn es jetzt nicht klappt, dann …«

»Dann?«

Sie sah mich hilflos an.

Auf der Rückfahrt schien Julie irgendetwas zu beschäftigen, sie war auffallend still. Erst als wir den Bus in La Flotte verließen, fragte sie: »Charlie, wie lange darf ich hierbleiben?«

»Solange du möchtest – und solange dein Dad es erlaubt.«

»Und wenn ich ganz lange bleiben will, fragst du dann Dad, ob ich das darf?«

»Ja.«

Julie strahlte, sagte: *»Je t'aime, ma petite Mademoiselle.«*, und wurde knallrot.

»So, so. Und woher kommt dieses Sätzchen?«

»Von Robbie.«

»Na, das wird ja immer lustiger mit dir.«

Julie kicherte sich weg.

Am Nachmittag rief Rafi an und wollte wissen, ob ein Männerabend mit Nabil und seinen Jungs genehmigt sei. Sie wollten in Les Portes am Strand ein Lagerfeuer machen, grillen, Bier trinken und im Haus übernachten. An seine Rücksichtnahme war ich noch nicht gewöhnt und so davon beeindruckt, dass ich sagte, wenn Martine es Nabil gestattet habe, wolle ich auf keinen Fall zurückstehen. Martine war Nabils Ehefrau.

»Die Jungs sind schon völlig aus dem Häuschen«, sagte Rafi. »Nabil ebenfalls.«

»Du klingst auch ziemlich fröhlich.«

»Bin ich«, entgegnete er. »Aber wäre ich mit dir im Bett, wäre ich noch fröhlicher. Ich küsse dich, Charlotte, vergiss mich nicht.«

Abends, als Julie eingeschlafen war, ging ich in mein Zimmer. Ich holte den Karton mit den alten Familienfotos aus meiner Schreibtischschublade und mein Lieblingsfoto aus meiner Brieftasche, setzte mich an den Schreibtisch und ging alle in chronologischer Reihenfolge durch. Zwar erwartete ich keine neuen Erkenntnisse, dazu kannte ich die Bilder zu gut. Doch ich wollte mir Sophie und Marianne genauer anschauen, die besondere Beziehung der beiden, die meine Mutter in ihren Bildern dargestellt hatte, war mir auf den Fotos bisher nie aufgefallen. Mein Blick glitt über die beiden im Kindesalter, doch da war nichts zu erkennen, wenn überhaupt, standen oder saßen sie unbeteiligt nebeneinander. Ich betrachtete das Foto, auf dem Marianne und Sophie in den Ballkleidern, wie zum Ausgehen bereit, vor dem Haus meiner deutschen Großeltern standen. Auch da konnte ich weder Freundschaft noch Feindschaft entdecken. Marianne posierte mit selbstsicherem

Lächeln, Sophie schaute unwillig in die Kamera und hatte die Arme vor der Brust verschränkt. Weiter war nichts zu sehen, weder einvernehmliche noch ablehnende Blicke. Ich platzierte die Fotos nebeneinander, auf denen nur Sophie und Marianne abgebildet waren, beugte mich darüber und fuhr zusammen, als sich eine Hand auf meine Schulter legte.

»Kein sehr abgebrühter Detektiv«, sagte Jo. »Wonach suchst du?«

»Nach Indizien.« Missmutig schob ich die Fotos zusammen und warf sie in den Karton.

»Denkst du an was Bestimmtes?«

»Ja, an etwas, das mit Marianne und Sophie zusammenhängt. Zwischen den beiden ist doch was vorgefallen, oder?«

Jo gab mir keine Antwort. »Hier sind sie also«, sagte er gedankenvoll und wühlte in dem Karton herum. »Katharina hat mir mal erzählt, dass du einen Teil der Familienfotos an dich genommen hast.« Er holte einige Fotos heraus und hielt sie nacheinander ans Licht. »Die Jahre der Unschuld«, murmelte er. »Komm, wir gehen an den Strand, Dylan hält unten die Stellung. Rafi hat die restlichen Bilder aus Les Portes herbeigeschafft. Ich habe mir alle angeschaut und komme aus dem Staunen nicht heraus.«

Ich sah zu ihm hoch. »Und was machen wir um diese Zeit am Strand?«

»Da erzähle ich dir die Geschichte, die du schon seit ewigen Zeiten hören möchtest.«

Während ich ihm langsam folgte, dachte ich an einen von Katharinas gern zitierten Sprüchen, nach dem Unwissen manchmal eine Gnade sei, aber wahrscheinlich glaubte man das vorher nie, sondern immer erst hinterher, wenn man etwas erfahren hatte, das man lieber nicht erfahren hätte. Ich sah die vertrauten Gesichter meiner Familien vor mir, der Menschen, die ich liebte, und mir war, als sollte ich gleich eine Schwelle überschreiten und dahinter ständen sie alle mit veränderten Gesichtern, und ich wäre mir nicht mehr sicher, ob es noch die Menschen waren, die ich liebte.

Jo hatte schon alles vorbereitet: einen Korb mit Weinflasche und Gläsern, Liegestühle, Decken und zwei von Mariannes Bildern. Ich nahm den Korb, Jo den Rest.

Als wir die Treppe zum Strand hinuntergestiegen waren und jeder mit einem gefüllten Glas in der Hand auf einem Liegestuhl saß, wappnete ich mich.

Aber Jo sagte nichts. Er lehnte sich zurück, trank und schaute auf die Wellen, in denen der Schein der Laternen am Strandweg sich als helle, zuckende Ovale spiegelte. Weit rechts von uns schimmerten die Lichter der Hafenrestaurants in der Dunkelheit. Auf der anderen Seite waren nur das Meer und der schwarze Schatten der Strandmauer zu erkennen.

»Ich werde es so kurz wie möglich machen«, begann er schließlich. »Du hast die Bilder gesehen, die Rafi mitgebracht hat, diese mir absolut unverständlichen Szenen.« Er wandte den Kopf zu mir. »Sie sind so eigenartig, dass ich mich gefragt habe, ob Marianne und ich überhaupt im selben Universum aufgewachsen sind.«

Arme Marianne, dachte ich. »Sie kommt bei der Geschichte schlecht weg, oder?«

»Wir kommen alle schlecht weg«, antwortete er. »Der eine mehr, der andere weniger.«

Ich hüllte mich in meine Decke, Jo hielt seine gefaltet auf dem Schoß.

»Es ist ein Reigen«, sagte er, »der mit Sophie und Marianne begann und bei ihnen endete, ein ewiger Reigen der zunächst kleinen, dann der großen Gefühle und zum Schluss der übermächtigen. Aber wie dem auch sei – fangen wir mit Mariannes idyllischen Darstellungen der beiden an, du weißt, welche ich meine. In Wahrheit waren sie und Sophie nie befreundet, das ist das Sonderbare an diesen Bildern. Die beiden waren wie Hund und Katze, von Anfang an. Allerdings hatte ich immer den Eindruck, dass es von Marianne ausging, dass sie Sophie so lange gereizt hat, bis diese zurückgeschlagen hat. Später dann – mit achtzehn oder neunzehn – ist Sophie zur Vernunft gekommen, ich glaube, da hat sie Marianne gar nicht mehr ernst genommen.«

»Bist du sicher?«, fragte ich. »Oder hast du Sophie auf einen Sockel gestellt?«

Jo nahm einen Schluck Wein. »Du wolltest jahrelang wissen, warum deine französische und deine deutsche Familie miteinander im Clinch liegen. Ich bin dabei, dir von den Gründen zu erzählen – so wie ich sie sehe. Weil das heimliche Getue darum mir bis sonst wo steht. Ich werde dafür sorgen, dass meine Zuneigung zu Sophie das, was ich sage, nicht beeinflusst.«

»Entschuldige«, antwortete ich kleinlaut.

Jo ging darüber hinweg. »Sie waren beide schön, das dürfte für Marianne schon das erste Problem gewesen sein. Sie war es nicht gewohnt, dass andere ebenso wie sie oder vielleicht noch mehr bewundert wurden. Zumal Sophie die klügere von beiden war und für Dinge gepriesen wurde, bei denen Marianne nicht mithalten konnte – schulische Erfolge, die Fähigkeit, über etwas anderes als Frisuren und Schuhe zu reden.« Er schlug seine Decke auf und legte sie über seine Beine. »Ich habe mich weiß Gott nie für Mariannes Garderobe interessiert, aber als Sophie zu einem Ball im Fürstenhof mit diesem hellen Tanzkleidchen angereist kam, da war was los. Marianne ist so ausgerastet, dass Alma den gleichen Stoff auftreiben und bis in die Nacht hinein genau so einen Fummel nähen musste.« Er glättete die Falten in seiner Decke. »Verrückt. Sogar viele Jahre später, als alles schon geschehen war und Marianne in Les Portes wohnte, waren diese Kleider für sie offenbar immer noch so wichtig, dass sie sich und Sophie darin gemalt hat.«

»Marianne hat sich und Sophie auch auf anderen Bildern in der gleichen Kleidung gemalt«, wandte ich ein. »Vielleicht mochte sie Sophie ja doch.«

»Nein, das war es nicht. Marianne musste alles haben, was Sophie hatte. Und zu ihrem Glück – oder Pech – hatte sie einen Vater, der es ihr immer beschafft hat.«

»Und Katharina?«

»Hat darüber hinweggesehen.« Jo zuckte mit den Schultern. »Mit der Zeit trennten sich die Wege der beiden. Marianne ging nach Florenz, offiziell, um dort Kunst zu studieren. Falls sie die Akademie je von innen gesehen hat, würde es mich allerdings wundern. Sophie zog nach Paris und studierte dort Jura. Trotzdem muss Marianne zu dem Zeitpunkt regelrecht besessen von ihr gewesen sein, denn als Sophie und ich damals – Gott, wann war das, Anfang der siebziger Jahre vielleicht? – zusammen waren, kehrte sie zurück und ...«

»... ließ sich mit Richard ein?«

»Ließ sich wieder mit ihm ein. Und heiratete ihn kurz darauf.« Jo hatte den Kopf zurückgelegt und die Augen geschlossen. Ich hörte Leute über uns auf dem Strandweg laufen, ihre Schritte, das Lachen und Stimmengemurmel.

»Aber ich will ihr nicht Unrecht tun«, fuhr er fort und öffnete die Augen. »Als Kinder waren Marianne und ich unzertrennlich – nur hat diese enge Bindung zwischen uns nicht gehalten, was sie lange nicht begriffen hat. Möglich, dass sie deshalb später auf Sophies Beziehung zu mir eifersüchtig war.« Er nahm die Flasche aus dem Korb, betrachtete sie und stellte sie umständlich wieder zurück. »Ich wünschte, ich hätte deiner Mutter damals gesagt, was mich an ihr gestört hat, oder überhaupt mit ihr gesprochen. Wir haben alle nicht vernünftig miteinander geredet, haben alles laufen lassen. Katharina und Paul, weil sie uns nicht für voll genommen haben, und wir Kinder – meine Güte, wir waren so jung. Wenn man Anfang zwanzig ist, gibt es ständig etwas Neues, dem man nachrennt. Selbst wenn man spürt, dass man innehalten und über etwas reden sollte, verschiebt man es auf später, man hat ja noch so viel Zeit.«

Jo schnippte den Korken von der Flasche und füllte sein Glas. »Und plötzlich kommt eins zum anderen. Auf den Bildern mit den Frauen im und am Meer siehst du ja, wie es in Marianne gearbeitet hat, wie sie sich in Sophie verbissen hat. Da wird aus der angeblich geliebten Jugendfreundin plötzlich die Gegenspielerin und Feindin. Es fehlt nur noch eine Szene, bei der Sophie im Meer untergeht.« Er griff nach einem Stück Plastikfolie, das der Wind an seinen Fuß geweht hatte. »Man könnte geradezu neidisch werden, wenn man sieht, wie perfekt es deiner Mutter gelungen ist, sich die Vergangenheit neu zurechtzulegen.« Er ließ den Folienfetzen in den Korb fallen und stellte die Flasche darauf. »Das tun wir alle zwar gelegentlich, aber in der Regel fällt uns irgendwann wieder ein, wie es wirklich war.«

Jo griff nach einem der beiden Gemälde, die er an seinen Liegestuhl gelehnt hatte, holte eine kleine Taschenlampe aus der Hosentasche hervor und leuchtete auf das Bild.

Ich neigte mich zu ihm hinüber, aber was ich sah, sagte mir wenig, jedenfalls nichts über die Beziehung zwischen Marianne und Sophie. Es war ein kindlich wirkendes Gemälde, eine Explosion von Rot und Schwarz, Farben, die sich zu den Rändern hin in Schlieren und Tropfen verloren. Ich schaute Jo an. Er wirkte abwesend.

Nach einer Weile räusperte er sich und sagte: »Das bezieht sich wohl auf den Autounfall, der deinen Bruder das Leben gekostet hat. Auf der Rückseite stehen das Todesdatum und das Datum, an dem Marianne dieses Werk, falls man es so nennen will, geschaffen hat.« Er lehnte das Bild an den Korb und legte seine Hand auf meine. »Ich musste mit Valérie, Jean-Pierre und Sophie sprechen, um dir das heute Abend erzählen zu können. Versprich mir, dass diese Geschichte, bis auf wenige Ausnahmen, unter uns bleibt.«

Ich sah ihn verwundert an. »Klar«, sagte ich. »Meinetwegen. Aber wo war die Geschichte?«

»Der Unfall ist die Geschichte.« Er hielt mir das zweite Bild hin und ließ den Schein der Taschenlampe darüberwandern. Man sah einen auf dem Kopf stehenden, zerknautschten VW-Käfer, den man jedoch nur in seinem Umriss – wie durch Regen und Nebelschleier hindurch – erkannte, an der Seite eine blutrote Lache. An dem Unfallwagen lehnte Sophie, trug einen Mantel und Pumps und rauchte mit gleichmütiger Miene eine Zigarette.

»Krass«, sagte ich.

»Charlotte«, sagte Jo und sah mich mit dem Blick an, den ich seit meiner Kindheit kannte, einem Blick, der sagte, dass er wartete – darauf, dass man sich konzentrierte, einsichtig wurde, etwas beichtete oder begriff oder ihm etwas versprach –, dass man dahin gelangte, wo er einen haben wollte.

Ich ging in mich. »Also schön«, sagte ich. »Nehmen wir mal an, es war so, wie Marianne es empfunden oder in ihren Gemälden ausgelegt hat. Dann ist aus der Freundin am Ende die Feindin und eine ausgesprochen gefühlskalte Frau geworden.« Ich nahm Jo die Taschenlampe ab und betrachtete das Bild genauer. »Wo ist Richard? Immerhin hat er am Steuer gesessen. Sophie dagegen sieht aus, als sei sie mehr oder weniger zufällig vorbeigekommen und warte darauf, dass es weitergeht, und sonst sei ihr alles egal.«

Im ersten Moment war mir, als hörte ich das Echo meiner Worte, aber natürlich war es Jo, der sagte: »Sophie ist nicht vorbeigekommen und hat gewartet, sie hat den Unfall verschuldet.«

Im ersten Moment begriff ich nicht einmal richtig, was er gesagt hatte. Dann dachte ich: Sophie? Die Frau ohne Fehl und Tadel hatte den Unfall verschuldet? »Ach«, sagte ich schließlich. »Und danach ist die Feindschaft zwischen den Familien ausgebrochen?«

»Nein«, antwortete Jo. »Das kam später, das war erst Mariannes Machenschaften zu verdanken.« Er hielt inne, schüttelte den Kopf. »Nein, das ist nicht fair – sogar falsch. Die Machenschaften haben bei den Elsässern begonnen.« Er stellte das Bild beiseite. »Richard und Sophie saßen beide im Wagen, Sophie hat ihn gefahren. Aber Richard hat offiziell die Schuld an dem Unfall auf sich genommen, weil er nüchtern und Sophie betrunken war. Sie sagten, er sei einem Tier – einem Fuchs, Hasen oder Hund – ausgewichen, habe die Kontrolle über den Wagen verloren und der Wagen sich einen Abhang hinunter überschlagen. In Wahrheit hatte Sophie sich in einer Kurve verschätzt, und Richard saß mit dem schlafenden Louis in den Armen auf dem Beifahrersitz.« Er drehte sich zu mir um. »Der Rest war so, wie sie es immer erzählt haben. Nachweisen konnte man nichts, der Unfall fand ja spätabends auf einer einsamen Landstraße statt. Zeugen gab es keine, und Sophie und Richard hatten außer ein paar Schnitten und Prellungen nichts abbekommen. Das war es ... Ich meine, diese Lüge war es, die nicht mehr gutzumachen war, dass alle vier – zuerst Sophie und Richard und dann auch Jean-Pierre und Valérie – sich zusammengetan haben, um Sophie vor den Folgen zu bewahren, ihr die Gerichtsverhandlung und Verurteilung zu ersparen. Und dass Sophie mitgemacht hat, um ihre Karriere zu schützen, die damals noch nicht einmal begonnen hatte.«

Ich sah ihn an. Mir fehlten die Worte.

Jo fuhr fort. »Uns – ich meine uns auf der deutschen Seite – waren die Tatsachen zunächst gar nicht bekannt, wir hielten es für ein tragisches Unglück. Doch Richard hat die Wahrheit natürlich Marianne anvertraut, was man verstehen kann, wie hätte er es ertragen sollen, dass sie ihn für den Schuldigen hielt? Das hätte wohl niemand gekonnt. Daraufhin ist Marianne bei Paul und Katharina erschienen und hat es ihnen gesagt – was ebenfalls zu erwarten war. Das führte dann zum Eklat. Meine Eltern hatten um ihren Enkel getrauert, doch bis dahin hatten sie auch Richard bedauert. Ich weiß noch, wie Paul immer gesagt hatte: ›Den Tod des eigenen Kindes verursacht zu haben, was für einen Schatten das über ein ganzes Leben wirft.‹«

Er verstummte. Als er für lange Zeit nichts mehr sagte, warf ich ihm einen Blick zu. Er schaute in den Himmel.

Danach wurde es bis auf das Rauschen der Brandung und das Geräusch vereinzelter Schritte über uns wieder still.

Doch im Grunde war es gut, dass er sich und mir Zeit ließ. Ich wollte nichts Dummes von mir geben und suchte immer noch nach den passenden Worten. »Ich habe Richard auch immer bedauert«, bemerkte ich schließlich. »Ich dachte sogar, sein Autounfall ein Jahr später wäre vielleicht Absicht gewesen, dass deshalb nie jemand darüber sprechen wollte.«

Jo richtete seinen Blick auf mich. »Es war Absicht, Charlotte, dessen bin ich mir so sicher, wie man es nur sein kann. Es gab zwar keinen Abschiedsbrief, aber so etwas hätte auch nicht zu Richard gepasst, er hätte sich weder gerechtfertigt noch jemandem Vorwürfe gemacht. Vielleicht geschah es auch aus einem Impuls heraus, auch das ist denkbar. Ich nehme an, er konnte nicht mehr …« Er wandte den Kopf ab. »Dein Vater hatte niemanden mehr. Louis war tot, Marianne hatte ihn verlassen, und ich, sein bester Freund, war damals schon auf meinen verdammten Reisen. Und die Entscheidung, die er getroffen hatte … Was weiß ich, vielleicht hat er sie irgendwann bereut.«

Ich dachte daran, dass Richard seine Eltern gehabt hatte, die aber offenbar nicht genug gewesen waren, nicht genug Trost, nicht der Halt, der ihn hätte retten können. Selbst ihr Leid, das Richard sich bestimmt hatte ausmalen können, hatte ihn nicht anderer Meinung werden lassen. Mich überlief ein Kälteschauer.

»Ich habe mir alles falsch zusammengereimt«, sagte ich nach einer Weile. »Aber wirklich alles.« Früher hatte ich immer angenommen, es wäre um etwas Geschäftliches gegangen, um Geld oder Betrug. Dass es der Unfall gewesen sein könnte, hatte ich mir erst vor ein paar Tagen gedacht. Danach hatte ich überlegt, ob es womöglich mit den Paaren auf Mariannes Bildern zusammenhing, mit Jo, Richard, Marianne und Sophie. »Gut, wie auch immer, jetzt weiß ich es. Jetzt kann ich wenigstens nachvollziehen, weshalb Katharina schon rotsieht, wenn sie nur die Namen der Elsässer hört. Ein solches Komplott zu verzeihen – das kann nicht jeder. Ich jedenfalls hätte es nicht gekonnt.«

Jo sah auf das dunkle Meer hinaus. »Willst du sie jetzt auch abschreiben?«

»Wen? Jean-Pierre und Valérie?« Ich nahm einen Schluck aus meinem Glas. »Nein, das kann ich genauso wenig. Nicht nach all der Zeit. Nicht nach dem, was sie mitgemacht haben. Aber Sophie ist etwas anderes.« Ich fragte mich, wie ich reagieren würde, wenn zum Beispiel Lana vor mir stehen und erklären würde: »Es war meine Schuld, ich war betrunken, trotzdem geht es mir nicht an den Kragen. Meine Eltern, mein Bruder und ich haben einen Ausweg gefunden.« Undenkbar, so etwas hätte sie nie getan, es wäre ihr nicht einmal in den Sinn gekommen. Doch wenn es so gewesen wäre, was dann? Ich hätte mit ihr geredet, hätte versucht, sie umzustimmen. Aber was, wenn sie dabei geblieben wäre? Wäre ich mit einem solchen Betrug zurechtgekommen? Nein, ausgeschlossen, ich hätte nicht resigniert mit den Schultern gezuckt und gedacht: Geschehen ist geschehen, warum soll sie ihr Leben ruinieren und vorbestraft sein? Was wird dann aus ihrer Karriere? Schon die Vorstellung setzte mir zu, und ich trank so hastig, dass Tropfen über mein Kinn liefen. Ich wischte sie ab und sagte: »Wie kann man versuchen, so etwas im Kreis der Familie zu regeln? Es ist so … ich weiß nicht … so unvorstellbar, dass ich es noch immer nicht ganz erfasst habe.« Ich drehte mich zu Jo um und wartete auf einen Kommentar, eine Hilfestellung für meinen Verstand.

Doch als er sich nicht äußerte, lehnte ich mich zurück. Inzwischen war es um uns ruhig geworden, nur das leise Wischen der Wellen über den Sand war noch zu vernehmen.

Dann sagte ich: »Wenn ich länger darüber nachdenke, verstehe ich nicht einmal, wie Jean-Pierre, Valérie und Richard sich so verhalten, so etwas planen konnten. Schließlich war ihr Enkelkind, oder in Richards Fall sein Sohn, durch den Unfall ums Leben gekommen. Wie kann man bei einem solchen Schock noch so kalkulierend denken?«

»Nicht kalkulierend«, entgegnete Jo, »panisch. Und was Sophie angeht, sie war damals dreiundzwanzig. Dass sie seitdem einen frohen Tag gehabt hat, möchte ich bezweifeln. Dafür hat bereits Mariannes Hass auf sie gesorgt. Warum Richard sich so entschieden hat, habe ich offen gestanden auch nie verstanden, der Vorschlag kam schließlich von ihm. Aber vielleicht lag es daran, dass Louis in den ersten Tagen nach dem Unfall noch lebte und es Hoffnung gab. Und dann ist Richard dabei geblieben … So war er, er hätte das nicht mehr zurückgenommen, selbst wenn er es gewollt hätte.« Jo seufzte abgrundtief und fuhr sich mit der Hand über das Gesicht. »Was Jean-Pierre und Valérie betrifft – sicher, sie haben dabei mitgemacht, sie lieben ihre Tochter ja, aber an dieser Geschichte und den Todesfällen wären sie beinahe zerbrochen.«

Jean-Pierre und Valérie. Ich sah sie vor mir, zwei liebevolle, zarte Menschen, die wahrscheinlich nichts anderes gedacht hatten, als dass sie ihre Tochter schützen wollten und es schon zu viel Leid gegeben habe. »Den beiden kann ich die Entscheidung vielleicht nachsehen. Aber Richard? Na gut, ich weiß nichts über meinen Vater.« Mein Blick wanderte auf die dunkle Wasserfläche und zu den hellen Rändern der Gischt, die hier und da wie aus dem Nichts entstand, auf uns zugerollt kam, zurückgesogen wurde und verschwand. »Aber für Sophie geht mir jedes Mitgefühl ab.«

»Charlotte«, sagte Jo eindringlich und geduldig zugleich. »Es war eine Kette falscher Entscheidungen. Zu viel zu trinken, betrunken Auto zu fahren, es zu vertuschen. Ich sage nicht, dass eine dieser Entscheidungen entschuldbar ist, aber frag mich nicht, wie oft Dylan oder ich in jungen Jahren angetrunken ins Auto gestiegen sind, immer mit der Gewissheit: Uns wird schon nichts passieren. Und es ist nie etwas passiert, wir haben Glück gehabt, aber es hätte ebenso gut anders kommen können. Es hätte immer etwas passieren können, etwas ebenso Verhängnisvolles wie das, was ich dir gerade geschildert habe.«

Ich schenkte mir Wein nach. »Aber wenn etwas passiert wäre, hättest du dazu gestanden. Dylan hätte es auch getan.«

»Selbstverständlich.«

»Und wenn ich die Schuldige gewesen wäre, hättest du vielleicht gesagt: ›Wir stehen das gemeinsam durch.‹, aber du hättest nie zugelassen, dass ich mich drücke.«

»Auch richtig.«

Ich ließ einige Zeit verstreichen, bevor ich sagte: »Aber offenbar trägst du es Sophie nicht nach.«

Auch Jo ließ sich mit der Antwort Zeit. »Das weiß ich noch nicht, es kommt und geht. Manchmal denke ich, außer ihren Schuldgefühlen hat sie nichts davon gehabt.«

Ich zog die Brauen hoch. »Sie hat ihre Karriere, das ist nicht nichts.«

Jo schwieg, vielleicht hatte er mir nicht zugehört. Oben über den Strandweg lief jemand mit laut widerhallenden Schritten. Ich lauschte den Schritten, bis sie verklungen waren.

»Nicht nur das«, fuhr ich dann fort. »Sie hat es dreißig Jahre lang geschafft, den Mund zu halten.«

Jo umfasste sein Glas mit beiden Händen, beugte sich vor und stützte die Ellbogen auf die Knie.

»Sag was«, drängte ich. »Denn darum geht es doch, oder? Es geht doch nicht allein um das, was sie angerichtet hat, sondern dass sie es vorgezogen hat, mit ihren Schuldgefühlen zu leben, statt Farbe zu bekennen. Und nie eingeknickt ist.«

Jo antwortete immer noch nicht.

Um ihn wachzurütteln, sagte ich: »Weißt du was? Ich finde, Marianne hat es auf ihrem Bild genau richtig getroffen. In gewisser Weise ist es, als wäre Sophie vorbeigekommen und hätte gewartet, dass es weitergeht. Und sie ist tatsächlich gefühllos und kalt.«

Er schaute mich an. »Sie möchte mit dir darüber sprechen, Charlotte. Bitte, tu mir den Gefallen und hör ihr zu.«

Ich schüttelte den Kopf, doch dann sagte ich: »Nur dir zuliebe.« Nach einer weiteren Pause setzte ich hinzu: »Marianne muss sich von allen im Stich gelassen gefühlt haben.«

»Wir haben sie im Stich gelassen, ich vor allem«, erwiderte Jo. »Bis sie da war, wo man sie nicht mehr erreichen konnte.«

»Sie tut mir leid«, sagte ich. »Zum ersten Mal in meinem Leben.«

»Ja.« Jo streckte seine Hand nach mir aus und schaute wieder aufs Meer hinaus. »Möchtest du noch eine Weile bei mir sitzen bleiben? Es war doch ein bisschen viel. Sehr viel sogar. Mehr, als ich dachte.«

»Ich sitze hier, solange du es möchtest.« Ich griff nach seiner Hand und dachte an die Beteiligten, an das, was in ihnen vorgegangen sein musste, die Verzweiflung, die Trauer, vielleicht auch die Scham. Ich erinnerte mich an das Foto meines Bruders, das im Esszimmer meiner deutschen Großeltern hing, sah den zierlichen Jungen in Shorts und T-Shirt unter dem rötlichen Blätterdach des Ahorns, wie er in sich versunken mit den Matchbox-Autos spielte, und dann lief im Bruchteil einer Sekunde ein anderer Film ab: Ich sah den sich überschlagenden Wagen, den wirbelnden Kinderkörper, dann den Aufprall und den reglosen Körper. »Mein Gott«, murmelte ich, als der Film abbrach und ein Bild von demselben Baum, aber ohne den Jungen erschien ... Einfach so, als hätte Sophie ihn gelöscht.

Danach saß ich wie gelähmt, nur mein Herz klopfte aufgebracht. Ich verlor mein Zeitgefühl, denn als die Glocken der kleinen Kirche im Ort die Stunde schlugen und ich mitzählte, war es Mitternacht geworden. Langsam war ich wieder ruhiger geworden, hielt immer noch Jos Hand und wusste plötzlich, weshalb er mit mir am Meer hatte sitzen wollen, in dieser Weite mit ihrem Rauschen, an einem Ort, wo die Gedanken Platz hatten und nichts im Weg stand, wenn sie sich entfalteten.

»Sicher, Sophie ist und bleibt ein Problem«, sagte er. »Es war eine große Leidenschaft, früher, meine ich – nein, auch heute noch. Als sie nach all den Jahren wieder vor mir stand ... Ich dachte, vielleicht ist es möglich. Aber wahrscheinlich ist es das nicht.«

Diesmal war ich diejenige, die sich der Antwort enthielt. Jo war kein Mann, der Hilfe brauchte, um mit seinen Gefühlen ins Reine zu kommen.

Am Ende war es Dylan, der uns aus unserer Welt herausholte. Wir hörten ihn oben über den Strandweg laufen und unsere Namen rufen.

Ich sah auf. Jo drückte meine Hand noch einmal fest, dann ließ er sie los, deutete ein Lächeln an und legte einen Finger auf die Lippen.

»Was soll ich bloß tun?«, fragte Dylan sich laut und direkt über uns. Ich hörte das Lachen in seiner Stimme. »Ständig ruft diese Sophie an, und ich rede, raune und säusele. Aber nichts da, sie will sich mit mir nicht zufriedengeben.«

Jo antwortete: »Sag ihr, dass ich weggefahren bin.«

Dylan kletterte über die Mauer und kam zu uns. »Das habe ich schon, aber sie geht anscheinend davon aus, dass du wiederkommst.« Er schnappte sich die Flasche Wein. »Wer gibt mir sein Glas?«

Ich reichte ihm meins.

Dylan goss noch einen Schluck hinzu und ließ sich uns gegenüber im Schneidersitz nieder. »Na ja«, sagte er. »Beinahe vier Monate, das will schon was heißen.« Er stieß Jos Bein unter der Decke an. »Geht's wieder los, Brinckmann? ›All along the watchtower‹?«

Jo seufzte. »Nein. Ich möchte lediglich nicht mit ihr telefonieren.«

»So fängt es jedes Mal an.« Dylan schaute sich um. »Gemütlich habt ihr es hier. Feuchte, kalte Luft, feuchter, kalter Sand, kaum noch was zu trinken, wir könnten hier übernachten und uns den Tod holen, wie wär's?« Er musterte uns. »Was habt ihr hier gemacht? Ihr seht aus, als müsstet ihr morgen in die Schlacht ziehen.«

»Ich habe Charlotte eine Familiengeschichte erzählt«, antwortete Jo.

»Etwa die Geschichte?«, fragte Dylan. »Die berühmte Geschichte derer von Brinckmann und derer von Villiers?«

Ich wandte mich zu Jo um. »Kennt er sie?«

»Nein«, entgegnete Jo. »Aber er wird sie noch kennenlernen.«

»Verschone mich«, sagte Dylan. »Da wo ich herkomme, kennt man Familiengeschichten zur Genüge.« Er nippte an seinem Glas und sah uns amüsiert an. »Das ist das Üble an Familien – man wird sie nicht los, all diese schlimmen kleinen Menschen mit ihren schlimmen kleinen Geschichten. Bei jeder Feier kriechen sie aus ihren Löchern heraus und erzählen sich das Zeug, das sie sich seit Jahrzehnten erzählen, und man sitzt da, schlägt die Hände über dem Kopf zusammen und sagt: ›Mein Gott, wirklich? Das darf doch nicht wahr sein, das ist doch nicht möglich.‹«

»So ungefähr«, sagte Jo, klopfte seine Decke aus und stand auf. »Morgen schaffen wir Mariannes Bilder auf den Dachboden, ich möchte sie nicht mehr sehen.« Er klappte seinen Liegestuhl zusammen.

Ich raffte mich auf. »Willst du noch bleiben?«, fragte ich Dylan.

»Und mir den Hintern abfrieren?«

Wir packten alles zusammen und kehrten ins Haus zurück. Auf den letzten Metern fing es an zu regnen. Dylan brachte den Korb in die Küche. Wir stellten die Liegestühle im Flur ab.

Ich folgte Jo zu seinem Arbeitszimmer. »Ich frage mich, warum mir das bisher keiner erzählt hat?«, sagte ich, als er die Tür aufschloss. »Was habt ihr euch denn gedacht? Dass ich loslaufe und den Vorfall irgendeinem Käseblatt im Elsass melde?«

Jo drückte die Tür auf. »Das hat keiner von uns angenommen. Aber Jean-Pierre und Valérie wollten, dass du sie liebst, selbst Sophie hat sich das für sich gewünscht. Ihnen hat der Mut zur Beichte gefehlt, und ich nehme an, sie hatten Angst, dich auch noch zu verlieren. Darauf habe ich Rücksicht genommen, sonst hätte ich es dir schon früher erzählt.« Er betrat den Raum, knipste die Schreibtischlampe an und lehnte die beiden Bilder gegen die anderen unten am Schreibtisch. »Paul und Katharina haben aus Anstand geschwiegen. Ihre Verachtung für die Elsässer und deren Vertuschungsmanöver kannst du dir sicherlich vorstellen. Trotzdem hätten sie Sophie mit keinem Wort verraten, das ist unter ihrer Würde, sie haben lediglich darauf bestanden, dass du mit deinen französischen Verwandten nie etwas zu tun haben sollst. Erst später, als du fünf oder sechs warst und ich mich über diesen ganzen Unsinn hinweggesetzt und dich ins Elsass gebracht habe, haben sie zähneknirschend nachgegeben – aber sie haben nachgegeben, sie sind ja keine Unmenschen.« Jo bückte sich, sortierte die Bilder um und schob sie ordentlich zusammen. »Für Marianne ging die Angelegenheit nur sie und Sophie etwas an, sie sah gar keinen Anlass, dir etwas zu erzählen. Endlich hatte sie das Heft in der Hand und konnte die vermeintliche Freundin nach Herzenslust schikanieren – und erpressen. Endlich hatte sie einen Grund, Sophie ganz offiziell zu hassen.«

»Und dann hat sie die Geschichte ihrer Beziehung neu erfunden?«, sagte ich. »Das übersteigt meinen Horizont.«

Jo zuckte mit den Schultern. »Meinen auch, aber wer weiß, vielleicht hat sie es ja deshalb getan – um uns zu verwirren. So etwas hätte ihr großen Spaß gemacht.« Er trat einen Schritt zurück und beäugte die Bilder, ob sie auch richtig und der Größe nach standen. »Lass uns ein anderes Mal weiterreden, Charlotte, für heute ist es genug. Mit Rafi kannst du übrigens darüber sprechen, wenn du möchtest. Ich habe ihm gegenüber einiges angedeutet.« Er drehte sich zu mir um. »Weißt du eigentlich, wie viel Klasse der Junge hat?«

»Hör auf, dich mit ihm zu verbünden«, sagte ich, froh, dass wir zum Schluss ein leichteres Thema gefunden hatten. »Ich habe niemanden, mit dem ich mich verbünden kann.«

Jo lachte. »Mir kommen die Tränen. Du und Dylan habt hinter meinem Rücken getan, was ihr wolltet. Tut es noch.«

»Nur manchmal.« Ich gab ihm einen Gutenachtkuss und machte mich zu meinem Zimmer auf.

Ich kam gerade noch rechtzeitig oben an, denn Julie war mit Sydney und Lily schon auf dem Weg in mein Bett, so schlaftrunken, dass sie meine Zimmertür aufstieß, die Möwe abstellte, mit Sydney in mein Bett kletterte, sich zusammenrollte und wieder einschlief, ohne mich zur Kenntnis zu nehmen.

Wenig später lag ich an ihrer Seite und spürte, wie sie im Schlaf meine Nähe suchte und zufrieden schnaufte. Ich dagegen blieb noch lange wach und versuchte, Klarheit über meine Empfindungen zu bekommen, über die diffuse Trauer, die mich befallen hatte, weil ich eine Geschichte zerstörter Leben und zerbrochener Freundschaften gehört hatte. Ich dachte daran, welche Wucht falsche Entscheidungen bekommen, mit welcher Kraft sie wirken konnten. Man tat dies, hätte aber jenes tun sollen, und plötzlich war nichts mehr, wie es war, die Welt stand kopf, das Bild, das man sich von seinem Leben gemacht hatte, war nicht mehr zu gebrauchen, und das neue lehnte man ebenso ab wie die Verantwortung für die falsche Entscheidung. Ich dachte an meine Mutter auf dem Foto im Haus meiner Großeltern, an die sorglos strahlende Frau mit dem Glockenhut in der Hand, an das, was sie erlebt hatte und was aus ihr geworden war. Ich erinnerte mich an ihren unruhigen Blick, wenn sie um sich schaute oder durch ihr Haus lief, und wie sie nur bei sich war, wenn sie malte und die Welt ringsum vergaß. Falls sie überhaupt noch gewusst hatte, was Glück war, dürfte sie in solchen Momenten glücklich gewesen sein. Dann lauschte ich dem Nachtregen, der draußen auf den Strandweg fiel.

Am Morgen, als Julie noch schlief, stand ich auf, nahm das kleine Ölgemälde von der Wand, auf dem die zwei Menschen im stürmischen Meer unterwegs waren, und trat mit ihm ans Fenster. Ich betrachtete das Bild zum tausendsten Mal und kam zu dem Schluss, dass der »Reigen«, wie Jo es genannt hatte, doch eher ein Sog gewesen sein musste, der die Schwimmer in den Untergang zog, ganz gleich, wen Marianne damit hatte darstellen wollen – sich selbst, meinen Vater oder vielleicht sogar Sophie. Nach einigem Nachdenken war ich mir auch sicher, dass sie niemanden hatte »verwirren« wollen, Jo täuschte sich in diesem Punkt. In meinen Augen hatte Marianne sich hier eigentlich recht deutlich ausgedrückt, denn auf diesem kleinen Ölgemälde kündigte sich ja schon das Ende der Geschichte an. Wahrscheinlich folgte es dem Bild, auf dem die Schwimmer innehielten, zurückschauten und den versinkenden Wagen betrachteten, bevor sie sich abwandten und zum Schluss, von Mariannes Pinsel geleitet, ihrem Unheil entgegenschwammen. Ich rief mir die harmonischen Aquarelle von meiner Mutter und Sophie in jungen Jahren ins Gedächtnis und überlegte, ob die beiden Mädchen ihr vielleicht nur als symbolische Motive gedient hatten, für eine unbeschwerte Zeit, eine Welt, die noch in Ordnung war. Andererseits – hätte sie dann nicht auch sich und Susanna malen können oder sich und Jo? Warum eine Freundschaft erfinden, die es nie gegeben hatte, und ein anderes Mal Ereignisse abbilden, die es tatsächlich gegeben hatte?

An dem Punkt musste ich mich setzen, die Bilder und ihre Deutungen fingen langsam an, mit mir Karussell zu fahren. Und doch – wenn ich den Faden weiterspann, leuchtete mir eigentlich auch die merkwürdige Darstellung der beiden Männer ein, über die Rafi und ich uns gewundert hatten. Jo und mein Vater hatten Marianne, jeder auf seine Weise, enttäuscht: Richard, weil er sich auf die Seite seiner Schwester geschlagen, Jo, weil er sich Marianne entzogen hatte. »Wir haben alle nicht vernünftig miteinander geredet, haben alles laufen lassen« – das waren Jos Worte gewesen. Ich sah meine Mutter in ihrem Atelier vor mir, jene kalte, wortkarge Frau, die am Ende vielleicht in der einzigen Sprache, in der sie sich noch mitteilen konnte, angefangen hatte zu reden, mit Richard, mit Sophie und mit Jo. Hatte sie gehofft, wenigstens Sophie und Jo auf diese Weise noch zu erreichen? Oder war ihr auch das einerlei gewesen, und alle drei waren nur Partner ihrer Selbstgespräche, die sie immer wieder aufs Neue geführt und malend umgesetzt hatte? Ich ließ das kleine Ölgemälde sinken, mein Gehirn kam nicht mehr mit und schickte sich an zu streiken.

»Charlie, was machst du da?«, fragte Julie in meinem Rücken.

Sie hatte sich im Bett aufgesetzt und fuhrwerkte an Lily herum. Eine Sekunde später ertönten die Möwenrufe und das Wellengetöse. Julie stellte die Möwe auf das Tischchen zurück und lauschte verzückt.

Ich hängte das Ölgemälde wieder an seinen Platz. »Ich habe mir das Bild hier angeschaut.«

»Das habe ich auch schon«, sagte sie. »Darauf sind Leute, die ertrinken. Wenn du magst, male ich dir ein besseres.«

»Natürlich mag ich.« Ich setzte mich zu ihr.

»Warte, ich habe schon welche.« Sie sprang aus dem Bett und sauste in ihr Zimmer. Gleich darauf kehrte sie mit mehreren DIN-A3-großen Papierbogen zurück und verteilte sie auf dem Bett. »Du darfst dir eins aussuchen.«

Gerührt schaute ich auf ihre kindlich heile Welt mit den bunten, breit grinsenden Figuren, die ihre Namen sämtlich auf der Brust trugen, sich entweder am Strand vor einem blitzblauen Meer unter einer quietschgelben Sonne und hellblauen Wattewolken befanden oder sich wie Orgelpfeifen vor einem großen weißen Haus reihten. Über die leuchtend blaue Eingangspforte des Hauses hatte Julie *Das schöne Hotel Wind und Mary* geschrieben. »Welches willst du?«, fragte sie und begutachtete ihre Werke mit kritischem Blick.

Ich entschied mich für eins von Rafi und mir und brachte es auf Julies Wunsch mit Reißzwecken an der Wand unter den beiden Ölgemälden an.

»Für unser Zimmer in deinem Hotel male ich dir noch mehr«, erklärte sie, während sie ihre Bilder zusammenraffte. »Die hier sind für meine anderen Freunde.«

Als wir nach unten kamen, war der Frühstücksbetrieb in vollem Gang, an diesem Wochenende war das Hotel zum ersten Mal in diesem Frühjahr ausgebucht. Dankenswerterweise war Rafi schon von seinem Gelage zurück und half statt meiner aus. Wir trafen ihn auf dem Weg zum Speisesaal. Er schleppte einen hohen Stapel Teller und blies uns Küsse zu. Julie lächelte verschämt und machte ein paar schmatzende Geräusche. »Nimm dir an Julie ein Beispiel«, sagte Rafi und zwinkerte ihr im Vorbeigehen zu. »Sie weiß, was sich gehört.« Julie schmatzte ihm nach, bis er um die Ecke war.

Gegen zehn klarte der Himmel bis auf ein paar vereinzelte Quellwolken auf, und die Sonne kam heraus. Nach dem Frühstück setzten Julie und ich uns draußen auf der Mauer ans Meer und sahen zu, wie die Flut langsam einsetzte. Währenddessen begann Julie, sich das Zimmer unterm Dach meines Hotels auszumalen, das sie schon seit einer Weile als »unseres« bezeichnete. Ich machte ihr zu Gefallen mit, aber eigentlich kreisten meine Gedanken noch um meine Familiengeschichte und ihre Folgen. Ich erinnerte mich an den Abend, als Sophie und ich in dem italienischen Restaurant gesessen hatten. Wahrscheinlich hatte sie es mir da sagen wollen, jedoch dann den Mut verloren. Was vielleicht gut war, wer weiß, wie ich reagiert hätte.

Nach einer Weile, als Julie die Wände in unserem Zimmer in ihrer Phantasie mehrmals neu und in knallbunten Farbtönen gestrichen und das Bett zigmal umgestellt hatte, bekamen wir Besuch von Mélanies Mutter Arielle de la irgendwas und Mélanie selbst. Die beiden waren auf Matrosenart gekleidet und wollten wissen, ob Julie Lust habe, mit ihnen eine kleine Schiffstour nach Oléron zu machen. Julie studierte Mélanies Outfit, schien zu dem Schluss zu kommen, dass sie mit ihrer neuen Strickhose und den drei neuen Armreifen neben ihr bestehen konnte, und erklärte, sie wolle mitkommen. Ich holte ihr die rot-goldene Tasche und die Strickjacke aus ihrem Zimmer. Madame Delacorte – endlich war der Name mir eingefallen – versprach, Julie gegen drei Uhr nachmittags wohlbehalten wieder bei mir abzuliefern. Für alle Fälle ließ ich sie meine Mobilnummer in ihr Handy speichern.

Während ich ihnen noch nachschaute und winkte, sobald Julie sich umdrehte und winkte, kam Rafi aus dem Hotel, setzte sich zu mir und fragte: »Was hast du heute vor?«

»Ich fahre nach Les Portes. Falls ich im Hotel nicht gebraucht werde.«

»Ich springe für dich ein.« Rafi sah mich von der Seite an. »Du möchtest allein fahren, oder?«

»Ja.«

Eine halbe Stunde später begleitete er mich zur Bushaltestelle. »Wann kommst du wieder?«

Ich sah auf meine Uhr. »Gegen drei bin ich wieder da, dann wird Julie zurückgebracht. Und irgendwann am Nachmittag kreuzt meine Tante Sophie hier auf, sie muss ich schon anstandshalber begrüßen. Was danach wird, weiß ich noch nicht.«

»Danach trinken wir etwas im kleinen Kreis«, klärte Rafi mich auf. »Jo hat mich dazu eingeladen.«

»Verdammt«, sagte ich. »Ich hoffe, er will uns nicht mitteilen, dass Sophie jetzt zu uns gehört.«

Rafi kickte auf dem Bürgersteig Steine in ein unsichtbares Tor. »Warum reibst du dich so an ihr? Sie tut dir doch nichts.«

»Manche Menschen müssen einem nichts tun. Man spürt nur, dass sie den Himmel verdunkeln, und möchte mit ihnen nicht zusammen sein. Sag bloß, so jemand ist dir noch nie untergekommen.«

Rafi lachte. »Doch, Lana und meine Mutter.« Er hörte auf zu kicken, zog mich von den anderen Wartenden fort und sagte leise: »Findest du denn wenigstens, dass ich zu dir gehöre? Ich wollte das eigentlich später ansprechen und vielleicht nicht unbedingt an einer Bushaltestelle, aber für mich sind wir etwas Festes. Waren wir vor zehn Jahren schon. Bitte, reiß mir nicht noch einmal das Herz aus dem Leib.«

»Das habe ich nicht vor«, entgegnete ich und wunderte mich über seine Interpretation unserer Vergangenheit, ich hatte das etwas anders in Erinnerung. »Aber du hast doch damals ...«

»Das habe ich nicht vor«, wiederholte er meine Worte und hob die ersten drei Finger seiner Hand. »Ich schwöre.«

Ich betrachtete seine Miene. Es schien ihm ernst zu sein, in seinen Augen war nicht das kleinste Lachen oder Flackern zu erkennen, nichts, was darauf deutete, dass seine Sätze nur dahingesagt waren.

»Warum sagst du nichts?« Rafi legte einen Arm um mich. »Was ist mit dir?«

Ich schmiegte mich an ihn. »Später, Rafi.«

Rafi drehte sich zu mir um und strich über meine Wange. »Willst du mir etwas Schreckliches sagen und traust dich nicht?«

»Nein.«

»Aber du hast doch was.«

»Ja, aber mit uns hat es nichts zu tun.«

# Dreizehn

In Les Portes nahm ich den kurzen Weg durch den Ort und eilte meinem Hotel entgegen. Seit meinem ersten Besuch vor drei Wochen zog es mich jeden Tag stärker zu dem Haus. An diesem Morgen schien es mir sogar eine Zuflucht, ein Ort nur für mich, an dem ich mich ungestört sammeln konnte. Und doch lief ich, als ich da war, zunächst planlos durch die Räume und konnte mich auf nichts konzentrieren. Erst im alten Atelierraum meiner Mutter blieb ich stehen und dachte an die Frau, die sich in diesem Haus, in ihrem Leid und ihrem Hass verkrochen hatte und letztlich ebenso wenig wie ihr Mann einen Ausweg aus ihrer Gefühlswelt gefunden hatte, nur dass ihr Selbstmord länger gedauert hatte als seiner. Ich schaute mich um, und da waren sie plötzlich wieder, die drückende Atmosphäre und die lastende Stille, in der wir zusammengesessen hatten, bevor sie sich aufraffte, an eine Staffelei trat und mir mit oder ohne Worte zu verstehen gab, dass meine Besuchszeit vorbei war. Was hatte sie in mir gesehen, dass sie mit einer solchen Kälte auf mich reagiert hatte? War ich für sie, ähnlich wie für Susanna, nicht mehr als das »französische Kind« gewesen, ungeplant und unerwünscht, etwas, das ihr der Mann, den sie begonnen hatte zu verachten, bei einem seiner letzten Besuche zurückgelassen hatte? Mein Vater, den sie, wie Jo behauptete, trotzdem geliebt hatte, denn sonst wäre ich jetzt nicht da. An dem Punkt brach ich meine Grübeleien ab, meine Mutter würde ich nie enträtseln, ich kannte sie viel zu wenig. Natürlich hätte ich an ihrer Stelle auch gewollt, dass Sophie bestraft wird, und wäre davon nicht abgewichen, aber woher kam diese Rachsucht Jean-Pierre und Valérie gegenüber? Warum hatte sie ihren Eltern verboten, Ré zu besuchen? So etwas hätte ich auf Dauer niemals fertiggebracht. Anderseits, konnte ich in dem Punkt überhaupt mitreden? Ich hatte ja nie Vergleichbares erlebt.

Ich verließ das Atelier und dann auch das Haus und ging dahin, wohin es mich immer zog, wenn es in meinem Kopf drunter und drüber ging. Dummerweise hatte ich die Flut vergessen. In den Dünen stellte ich fest, dass einige der Felsen auf dem Sandstreifen halb unter Wasser lagen und andere schon vollständig überspült waren. Also suchte ich mir eine windgeschützte Ecke in den Dünen, wo ich mich zurücklehnte, die Augen schloss und durch das Rauschen der Brandung das leise im Wind raschelnde Dünengras hörte. Aber entspannen konnte ich mich nicht, meine Gedanken hatten begonnen, sich wieder um Sophie zu drehen. Woher kam diese Anmaßung?, fragte ich mich. Wie kam jemand wie sie dazu, bei so etwas mitzumachen? Ein kleiner Junge war tot, und das durch ihre Schuld, aber die Strafe hatte nicht zu ihren Plänen und ihrem Bild von ihrer Zukunft gepasst. Stattdessen hatte sie es sich leichtgemacht, als hätte sie sich gefragt, wem hilft es denn noch, wenn ich die Wahrheit ... Ich unterbrach meine Überlegungen und lauschte. Zu dem Rauschen des Meeres und dem Flüstern der Dünengräser hatte sich das Geräusch von Schritten im Sand gesellt, nicht weit von mir entfernt. Sie verharrten, kamen näher. Jemand nahm vorsichtig den Platz an meiner Seite ein. Ich hielt die Augen geschlossen, ich kannte nur zwei Personen, die nach Chanel N° 5 rochen, Katharina und Sophie.

»Hallo, Charlotte«, sagte Sophie. »Ich dachte mir, dass du hier irgendwo bist.«

Ich schlug die Augen auf und schaute in den milchig blauen Himmel und die Wolken, die wie Inseln aussahen, helle und dunkle. »Und wer hat dir verraten, dass ich in Les Portes bin?«

»Verraten?«, wiederholte Sophie spöttisch. »Rafi Belloumi war der Verräter.«

Ich setzte mich auf.

»Entschuldige«, sagte sie und blickte zum Himmel hoch, an dem die Wolkeninseln sich hier und da vereinten und zusammenballten. »Schon wieder der falsche Auftakt.«

»Komm, wir laufen ein Stück«, schlug ich vor, denn ich ertrug es nicht, so dicht bei ihr in meiner Sandkuhle zu sitzen.

»Es fängt gleich an zu regnen.«

Ich stand auf. »Bis es so weit ist, wird es noch eine Weile dauern.«

Auf dem Uferweg schlug ich die Richtung nach Saint-Clément ein. Eine Zeitlang lief Sophie schweigend neben mir her. »Das, was ich dir sagen möchte, habe ich mir schon lange zurechtgelegt«, begann sie schließlich. »Satz für Satz. Jetzt ist es so weit, und plötzlich kommt mir alles, was ich sagen könnte, zu klein vor. Es ändert nichts mehr.«

»Nein. Wenn du willst, brauchst du nichts zu sagen.« Ich schaute zum Meer hinüber und dann landeinwärts. Über der Insel hatte der Himmel sich gänzlich zugezogen, nur über dem Meer waren noch blassblaue Flecken und weißliche Sonnenstrahlen zu erkennen. Sie schufen ein fahles Zwielicht über dem grau gewordenen Wasser.

»Nein, brauche ich nicht. Theoretisch.« Sophie zog ihre Schuhe aus und lief auf bloßen Füßen weiter. Als wir die erste Bank erreichten, blieb sie stehen. »Können wir uns setzen?«

Widerstrebend ließ ich mich mit ihr nieder.

»Jetzt sag schon«, drängte ich. Ich wollte, dass wir es hinter uns brachten.

»Es tut mir leid«, sagte sie in Richtung des Meeres. »Das wollte ich sagen. Was ich damals getan habe, war ungeheuerlich. Vom ersten bis zum letzten Schritt. Ich war ... schwach ...«

»Das musst du nicht tun«, unterbrach ich sie schroff. »Ich

meine, dich bezichtigen und anschließend rechtfertigen – denn darauf läuft es doch hinaus, oder?«

»Rechtfertigen?« Sie sah mich entrüstet an. »Wie kommst du denn darauf? Für was für einen Einfaltspinsel hältst du mich eigentlich?« Sie atmete aus und verstummte. »Meinst du, das hier wäre leicht für mich?«, fuhr sie dann fort. »Glaubst du, das macht mir Spaß? Denkst du, es wäre lustig gewesen, so wie ich zu leben und dir jeden Tag aufs Neue vorzuhalten, hätte ich doch dies getan und nicht jenes? Ahnst du überhaupt, was es bedeutet, den Tod eines Kindes auf dem Gewissen zu haben, dir vorzustellen, jetzt wäre er so alt und dann so alt, jetzt ginge er in die Schule, jetzt wäre er ein junger Mann, nur dass du diejenige warst, die sein Leben verhindert hat? Und nicht nur für ihn, sondern auch für all die anderen, die ihn geliebt haben.« In dem böigen Wind, der aufgekommen war, flatterten ihr ein paar Strähnen ins Gesicht. Sie riss die Spange aus ihrem Haar, raffte alles neu zusammen und ließ die Spange wieder zuschnappen. »Entschuldige«, setzte sie ruhiger hinzu. »Ich wollte nicht aufbrausend werden.« Sie zog die Knie an und schlang die Arme darum. »Bemitleidet werden möchte ich übrigens auch nicht, falls du das jetzt glaubst.«

Im Moment glaubte ich gar nichts, ihre Rolle war mir viel zu undurchsichtig. »Ist dir kalt?«, fragte ich und hoffte, sie habe jetzt alles gesagt.

»Ja, mir ist kalt.«

»Sollen wir zurückgehen?«

»Bitte.«

»Nur eins noch«, begann ich auf dem Rückweg. »Ich kann einiges nachvollziehen. Dass du betrunken gefahren bist. Dass du weder aus noch ein wusstest, als es zu dem Unfall gekommen war. Sogar den Impuls, deine Schuld zu vertuschen. Das waren wirre, unbedachte Handlungen. Doch dann bist du dabei geblieben.«

Sophie bückte sich, wischte sich den Sand vom Fuß und schlüpfte in den ersten Schuh. Dann hob sie den Kopf und sah mich ausdruckslos an. »Ja, das bin ich.«

»Warum, Sophie?«

Sie antwortete nicht.

»Es war der einfachste Weg, nicht?«

Sie schlüpfte in den zweiten Schuh. »Anscheinend hast du mir nicht zugehört.«

»Doch. Ich weiß nur nicht, wie du es Jahr für Jahr ausgehalten hast. Du hast sie auch gehasst, es ging nicht nur von ihr aus.«

»Wen? Etwa Marianne?« Sie richtete sich auf und klopfte sich die Hände ab. »Ich bitte dich – warum hätte ich sie hassen sollen?«

»Das weiß ich nicht, aber das, was zwischen euch war, hat eine Rolle gespielt. Du konntest keine Niederlage einstecken. Denn das wäre dein offizielles Schuldbekenntnis in deinen Augen wahrscheinlich gewesen.«

Ihre Wangen röteten sich, und für einen Moment sah es aus, als würde sie wieder auffahren. Doch das tat sie nicht, diesmal hatte sie sich im Griff. »Du täuschst dich, deine Mutter hatte damit nichts zu tun.« Sie blieb stehen. »Ich konnte es aus anderen Gründen nicht, Charlotte. Als es passiert ist, war ich wie von Sinnen. Als der Rettungswagen kam, stand ich mit Richard an der Straße und wartete auf die Polizei ... Und dann hatte er die Idee, sie war wie ein Hoffnungsschimmer, und ich habe mich darangeklammert.«

Also rechtfertigte sie sich doch. Und nicht nur das. Sie versuchte, sich zu entlasten, und machte meinen Vater zur Antriebsfeder. Also noch jemand, der sich die Vergangenheit neu zurechtlegte. »Das verstehe ich alles. Es geht um die Jahre danach, die Zeit bis heute. Da warst du nicht mehr von Sinnen, oder?«

»Nein.«

»War es wirklich nur wegen deiner Karriere?«

»Die war mein Leben, Charlotte.«

Ich drehte mich zu ihr um. »Ich weiß nicht, wie ich mit dir umgehen soll, Sophie.«

Wir liefen weiter. Wir brauchten nicht lange, nach einer Viertelstunde waren wir an meinem Haus und ihrem dahinter parkenden Mercedes angekommen und fuhren los.

»Warum wolltest du mit mir allein sprechen?«, fragte ich, als wir die belebte Durchgangsstraße der Insel erreicht hatten. »Eigentlich ist es doch egal, was ich denke.«

»Ich habe mit jedem aus deiner deutschen Familie gesprochen, mit Paul und Katharina vor langen Jahren. Das musste ich tun. Ich musste jedem gegenübertreten und ins Gesicht schauen. Es ist nie etwas dabei herausgekommen, für niemanden. Susanna und Freddy haben mich nur ausgelacht, ganz gleich, was ich gesagt habe. Damals warst du schon drei, vorher wollten sie mich nicht einmal sehen.«

Ich stellte mir ihr Gespräch mit Paul und Katharina vor, die tadellose Haltung meiner Großeltern, das Unnahbare, die Kälte. Vor meinem inneren Auge tauchten Puzzlestücke auf. Sie kamen aufeinander zu, fügten sich zusammen. Auf einem stand ich im Springbrunnen und wollte das aus dem Tonkrug fließende Wasser trinken. »Ich weiß. Du kamst aus dem Haus. Ich stand im Springbrunnen. Dein Kleid war wie Feuer.«

Sophie blieb so lange stumm, bis ich sie von der Seite ansah. Sie schüttelte den Kopf. »Ich brauche noch einen Moment.«

Ich ließ sie in Ruhe und dachte, dass ich also auch da falschgelegen hatte. Nicht Marianne, sondern Sophie war die Frau in dem roten Kleid gewesen, zuerst am Rhein und später in Jos Hotel.

Sophie lenkte den Wagen in eine Parkbucht. »Wie aufgeregt ich plötzlich wieder bin«, sagte sie. »Ich halte lieber an.« Sie legte eine Hand auf ihre schweratmende Brust. Zu unserer Rechten erstreckte sich der Wald von Lizay, über dem der Himmel blau leuchtete. Auch landeinwärts war er wieder hell geworden. Zu unserer Linken raste ein Auto nach dem anderen vorbei.

»Soll ich fahren?«

»Nicht nötig, ich drehe nicht durch. Damals wollte ich dich zu mir nehmen. Auch das habe ich deinen Großeltern gesagt. Ich wollte es wenigstens ansatzweise gutmachen. Es war absurd, natürlich, jetzt weiß ich das auch. Ich war verrückt. Und dann hat Marianne von meinem Vorschlag erfahren. Wahrscheinlich ist sie wie eine Furie losgefahren und hat dich zu sich geholt. Ich hatte schon wieder etwas Falsches getan.«

War es für sie tatsächlich so einfach?, fragte ich mich. War Louis tot, weil sie etwas Falsches getan hatte, weiter nichts? Nein, so kalt und brutal konnte sie nicht sein. Oder doch? Ich schaffte es einfach nicht, mich in sie hineinzuversetzen, ich hatte keine Erfahrung mit Menschen, deren Lebensmittelpunkt ihre Karriere war. Aber wenigstens hatte ich jetzt ein weiteres Puzzlestück in der Hand und wusste, was meine Mutter dazu getrieben hatte, mich zu sich zu holen. Der Grund war mir bisher immer schleierhaft gewesen.

»Wolltest du mich auch zu dir nehmen, als du zwei Jahre später in Jos Hotel warst?«

Sie bedeckte ihr Gesicht mit den Händen und schwieg. Dann ließ sie die Hände sinken. »Da hatten Marianne und ihre Eltern mir längst jeden Umgang mit dir verboten. Vor allem Marianne. Als ich in Jos Hotel war, wollte ich zu ihm, ich hatte ihn so lange nicht gesehen und dachte, es nicht einen Tag länger ohne ihn auszuhalten.«

»Und er?«

Sophie schaute durch die Windschutzscheibe. »Und er«, wiederholte sie, »er hat es ohne mich ausgehalten.« Wieder drückte sie eine Hand auf ihre Brust, wie um zu testen, ob ihr Herz immer noch so heftig schlug wie zuvor. Was sie fühlte, schien sie zu beruhigen, denn sie startete den Motor, setzte den Blinker und fädelte sich in den Verkehr ein.

Die Fahrt nach La Flotte dauerte eine knappe halbe Stunde, doch auf der restlichen Strecke sagten wir kein Wort mehr.

Im Hotel stand Jo mit mehreren Gästen zusammen und scannte uns mit seinem Blick. Ich versuchte, ihm zu signalisieren, dass ich mit ihm allein sprechen wollte. Er deutete ein Kopfschütteln an. Sophie ging zu Jos Wohnung. Ich zog mich in meinem Zimmer um. Dann atmete ich ein paarmal tief durch und kehrte nach unten zurück. In der Küche saß Julie bereits am Tisch, hatte sich eine von Robbies Schürzen umgebunden und schnitt hochkonzentriert eine Möhre in bucklige Scheiben. Théo herrschte über den Herd. Robbie schälte am Tisch Spargelstangen. Ich setzte mich zu Julie.

»Dylan ist krank«, verkündete sie. »Er geht krumm und stöhnt.«

Théo wandte sich um. »Hexenschuss. Du weißt, wie er sich anstellen kann. Ich war kurz davor, ihn zu erstechen. Rafi musste mit ihm zum Notarzt fahren.«

»Wo ist Jos Freundin?«, erkundigte sich Julie, während sie die nächste Möhre verstümmelte.

»In seiner Wohnung.« Ich strich über ihre vor Eifer glühende Wange. »Wie war's auf dem Schiff?«

»Wir wissen schon alles«, sagte Robbie und zwinkerte mir zu.

»Nicht alles«, betonte Julie, und dann ging es los. Mélanie hier, Mélanie da, Mélanie war schon mal in Florida, konnte freihändig Fahrrad fahren, Austern sammeln, Steine mit Farben bemalen, Handstand und Kopfstand machen, mit den Ohren wackeln, schielen, bis man nur noch das Weiße sah, hatte Ballettunterricht, konnte Englisch sprechen, spielte Klavier.

Als sie nach Luft schnappte, nutzte ich den Moment und fragte: »Und wie war Oléron?«

Julie ließ von ihrer Möhre ab und drehte sich zu mir um. »Oléron?«

»Die Insel, zu der ihr mit dem Schiff gefahren seid«, soufflierte ich. »Größer als Ré.«

Julie schien nachzudenken. »Das war einfach eine Insel«, antwortete sie.

Sophie musste in die Küche gekommen sein, als Julie das hohe Lied von Mélanie sang, denn plötzlich stand sie vor uns, in einem türkisfarbenen Seidenkleid und mit einem Gehänge aus Saphiren an den Ohren. Im Kontrast dazu wirkte ihr Gesicht bleich und angegriffen.

Robbie schien es den Atem verschlagen zu haben, er erhob sich wie in Trance, zog ihr einen Stuhl heran und hauchte: »*Bonsoir, Madame.*«

Théo stand hinter den beiden, verdrehte die Augen, legte eine Hand auf sein Herz und warf seinem Kochlöffel Küsse zu.

»Kennst du hier schon alle?«, fragte ich Sophie.

»Ich kenne Robbie und Théo«, entgegnete sie. »Aber ich weiß nicht, wer dieses hübsche Mädchen ist.«

Julie sah mich fragend an, als wäre sie nicht sicher, ob sie gemeint war. Ich nickte.

Julie schlug die Augen nieder. »Julie Fye.«

»Hallo, Julie«, sagte Sophie. »Ich heiße Sophie Villiers.«

»Hi.« Julie hob den Kopf und starrte Sophie an oder vielleicht auch nur die Ohrringe, genau konnte man das nicht sagen.

Sophie ließ sich nieder und legte ein in Geschenkpapier eingeschlagenes Päckchen vor Julie. »Ich habe dir etwas mitgebracht.«

»Danke«, sagte Julie nach kurzem Zaudern, legte das Messer hin, wischte ihre Hände an der Schürze ab, zog das Päckchen zu sich heran und betrachtete die kompliziert geschlungene Schleife. Offenbar war ihr bewusst, dass sie das Papier nicht abreißen sollte, denn sie begann, an dem Knoten zu knibbeln.

Robbie schien noch immer die Luft anzuhalten, aber wenigstens saß er wieder. Als unsere Blicke sich begegneten, grinste er schön wie nie und tippte verstohlen auf seine Armreifen. Daraufhin entdeckte ich einen neuen, der aus zwei filigranen, umeinandergewundenen Drähten bestand, einer aus Silber, der andere aus Gold. Die Götter mochten wissen, womit Sophie Théo beglückt hatte, vielleicht mit einem Küchenmesser aus Platin.

Julie hatte den Knoten gelöst und streifte das Geschenkpapier von einem kleinen Kistchen. »Charlie«, flüsterte sie. »Klapp du das auf.«

Ich machte mich auf alles gefasst und hob den Deckel hoch. Auf einem Samtbett funkelte eine kleine Goldkette. Ihr Anhänger bestand aus zwei ineinander verschlungenen silbernen Buchstaben, einem J und einem F.

»Ist die für mich?«, flüsterte Julie.

»Tja«, sagte ich. »Lass uns überlegen. Wer hat denn hier sonst noch einen Namen mit einem J und einem F?«

»Jussuf«, sagte Théo. »Der Typ, der freitags die Fische bringt.«

Robbie lachte sich kaputt.

Sophie nahm die Kette heraus und legte sie Julie sacht um den Hals.

»Danke«, sagte Julie noch einmal. Sie betastete den Anhänger und himmelte Sophie an. »Die war bestimmt teuer.«

Sophie nickte. »Gefällt sie dir denn?«

Julie strahlte wie ein Weihnachtsbaum. »Sehr«, sagte sie. »Die ist krass.«

Robbie holte von irgendwoher einen Taschenspiegel und reichte ihn Julie.

»Als Kind hatte ich auch einmal so eine«, sagte ich und sah Sophie an. »Die hatte jemand mir aus dem Elsass geschickt. Nur mit einem anderen Anhänger.«

»Was es für Zufälle gibt«, sagte sie.

»Und wo ist die Kette jetzt?«, fragte Julie, während sie sich im Spiegel bewunderte und den Anhänger befingerte.

»Oben in meinem Zimmer bei meinem Schmuck. Sie ist mir zu eng geworden.«

Julie hielt inne. Sie ließ den Spiegel sinken. Dann hob sie den Kopf, und ihr Blick verlor sich in der Ferne. »Für mich wäre sie nicht zu eng«, sagte sie. »Oder?«

Später war im Hotel so viel los, dass Jo unseren Umtrunk im kleinen Kreis auf den nächsten Abend vertagte. Ich war erleichtert, ich wusste immer noch nicht, wie ich mich Sophie gegenüber verhalten sollte, mir war nur klar, dass ich nicht dastehen und ihr zuprosten wollte, ganz gleich aus welchem Anlass. In der Nacht brachte ich bei Rafi die Rede auf sie und fragte: »Was hat Jo dir eigentlich über die Feindschaft zwischen meiner deutschen und meiner französischen Familie erzählt? Und über Sophie?«

»Nicht viel«, antwortete er mit geschlossenen Augen. »Nur dass Sophie damals den Tod deines Bruders verschuldet hat.«

»›Nur‹ ist gut.«

Rafi öffnete die Augen. »Mit ›nur‹ meinte ich, dass das alles war, was er gesagt hat. Er hat nicht gesagt: ›Ach, sie hat sich nur den Tod eines Kindes zuschulden kommen lassen.‹«

»Weißt du, wie es zu Giftmorden kommen kann?«, fragte ich. »Eines Tages wirst du wieder etwas richtigstellen, und ich werde dir ein Getränk bringen, und während du es trinkst, wirst du dich wundern, warum ich dir die ganze Zeit so aufmunternd zunicke.«

Rafi drehte sich zu mir um. »Aber bis dahin bleiben wir zusammen, ja?« Über mich hinweg nahm er das Glas Wasser von dem Tischchen am Bett und trank es aus. »Möchtest du auch etwas?«

»Oder aber«, sagte ich, »es passiert eines Nachts, wenn du das letzte Glas Wasser an unserem Bett weggegluckert hast.«

»Soll ich dir Wasser holen?«

Ich langte nach der Flasche auf dem Boden. »Sieh mal, wie vorausschauend ich bin. Aber die ist nur für mich.«

»Gib mir einen Schluck.«

»Nein.«

Rafi griff nach der Flasche.

Ich riss sie weg und versteckte sie hinter meinem Rücken.

»Okay«, sagte Rafi. »Ich hab's verstanden. Du willst es nicht anders.« Er umfasste meine Brüste und ließ seine Zunge um die Brustwarzen kreisen. Ich stöhnte. Er sah auf. »Gib mir die Flasche, oder ich höre auf.«

Ich stellte die Flasche hinter mir auf den Boden und wölbte mich ihm entgegen. »Kannst du nicht.«

Sein Blick wurde starr. »O doch.« Seine Hand glitt zwischen meine Schenkel. Ich rieb mich an seiner Hand. Er seufzte. »Na gut, kann ich nicht.« Er legte sich zurück und zog mich auf sich.

Gegen Morgen, als wir uns restlos verausgabt hatten und endlich voneinander lassen konnten, fing ich noch einmal von Sophie an. »Jo kann so strikt sein, wenn es um richtig oder falsch geht. Warum nimmt er es hin, dass Sophie straffrei davongekommen ist?«

»Es wird ihn bestimmt nicht kaltlassen«, erwiderte Rafi schläfrig. »Er wird davon ausgehen, dass sie sich selbst bestraft. Das genügt ihm. Er liebt sie.«

»Nicht mehr richtig.«

»Warum nicht?«

»Ich glaube, das weiß er selbst noch nicht.« Zumindest war das meine Vermutung. Ich verstand zwar, dass Sophie ihn als Frau anzog, mehr als alle deprimierten Ehefrauen zusammen, und dass Erinnerungen an früher hineinspielten, an den Zauber einer Jugendliebe, und dass ihn womöglich die Trauer um die verlorenen Jahre befeuerte, aber dass er über seinen Schatten springen und über ihren moralischen Makel dauerhaft hinwegsehen würde, hielt ich für ausgeschlossen, dazu kannte ich ihn zu gut.

Am Vormittag kam Sophie für lange Zeit nicht zum Vorschein. Im Gegensatz zu Jo, der mit Robbie das Frühstück übernahm. Dylan war außer Gefecht gesetzt. Als ich ihn in seinem Zimmer besuchte, lag er auf dem Bett und sah mich wehleidig an. Er sagte, er fühle sich durchgeprügelt und die Spritze wirke immer noch nicht, der Arzt in der Notaufnahme sei der letzte Metzger gewesen und habe ihm nicht einmal richtig zugehört. Ich könne mir nicht vorstellen, was er gerade durchmache.

Ich überließ ihn seinem Gram und putzte einen Teil der Zimmer.

Jo sah ich am Mittag wieder. Da saß er mit einigen seiner Stammgäste bei einem Aperitif draußen auf der Terrasse. Ohne Sophie. Die anderen um ihn herum sprachen über irgendeine Segelregatta. Jo warf hier und da eine Bemerkung ein, lachte und wirkte entspannt, jedenfalls nicht so, als würde er jemanden vermissen. Ich wunderte mich und fragte mich, was Sophie währenddessen in seiner Wohnung trieb.

Am frühen Sonntagnachmittag trat sie in Erscheinung. Wir trafen uns unten auf dem Flur. Sie sagte, sie wolle sich Les Portes und den Leuchtturm von Saint-Clément anschauen.

Julie war schon am Morgen zu Mélanie aufgebrochen, sie wusste, wo die Familie wohnte, und hatte am Vortag alles arrangiert. Als sie gegen drei Uhr nachmittags zurückkehrte, war sie so überdreht, dass sie wie angestochen durchs Hotel sauste, wild plappernd über Mélanie, deren Vater, was Mélanies Mutter über ihre neue Kette gesagt hatte, was sie selbst schon alles auf Französisch sagen konnte und so weiter und so fort. Bevor die Situation für sie kippen konnte, schaffte ich sie in mein Zimmer. Dort musste ich sie mit viel Geduld zum Duschen überreden, sie hielt sich weder für verschwitzt noch sandig. Doch selbst als sie unter der Brause stand, sprudelten noch Sätze aus ihr heraus. Erst beim Abtrocknen und Föhnen wurde sie langsam ruhiger und schlüpfte anstandslos in die frische Jeans und das Sweatshirt, die ich ihr reichte.

Um sie weiter runterzubringen, setzten wir uns mit Saft und Keksen an den kleinen Tisch in meinem Zimmer und begannen ein Puzzle, das eine Art Morgenlandphantasie ergeben würde, mit bärtigen Männern mit Turban und verschleierten Frauen in leichten Gewändern, die auf einer Kamelkarawane durch eine Sandwüste zogen.

»Die haben alle Nachthemden an«, bemerkte Julie kichernd, als wir die erste halbe Frau auf einem viertel Kamel zusammengesteckt hatten.

Ich setzte den Schwanz an das Kamel. »Ein sehr dünnes Nachthemd für eine Reise durch die Wüste.«

Julie betrachtete ein Stück mit dem Huf eines Kamels. »Jennifer hat auch so eins.« Sie drückte den Huf an das vorhandene Bein. Dann beugte sie sich zu mir vor und wisperte: »Da kann man alles sehen.«

Ich dachte, ich hätte mich verhört; soweit ich mich erinnerte, reagierte Jackson nicht sonderlich auf Reizwäsche, er streifte sie einem einfach ab und schleuderte sie achtlos zu Boden. »Was du nicht sagst.«

»Aber so darf sie nicht mehr herumlaufen. Dad hat gesagt, wenn ich da bin, muss sie sich was anziehen.« Julie entdeckte ein Stück, das zum Oberteil einer der Frauen gehörte. »Jennifer hat gesagt, als du da warst, hätten sie eine schwere Zeit gehabt.«

Ich hörte auf, nach dem Kopf zu suchen. »Wer ›sie‹?«

»Was?« Julies Hand schwebte in der Luft.

»Wen hat sie damit gemeint?«

»Na, sich und Dad.« Sie zuckte mit den Schultern und wühlte einen weiteren Huf hervor. »Weil du ihnen im Weg warst.« Sie warf mir einen gottergebenen Blick zu und seufzte. »Ich war auch schon Leuten im Weg.«

Ich dachte, ich müsste wahrscheinlich bis hundert zählen, um all die Wörter über Jennifer hinunterzuschlucken, bei denen Julie die Ohren abgefallen wären, doch da summte mein Handy. Ich nahm es vom Schreibtisch und erkannte Lanas Namen auf dem Display. »Es ist Lana«, sagte ich. »Ich telefoniere kurz mit ihr, okay?«

Julie knabberte an einem Schokoladenkeks und nickte. »Ich mache das Nachthemd fertig.«

»Charlie«, flüsterte Lana, als ich mich gemeldet hatte. »Bist du allein?«

»Julie und ich puzzeln in meinem Zimmer. Was ist denn, warum flüsterst du?«

»Ich dachte, sie könnte vielleicht in der Nähe sein. Vorhin habe ich nämlich mit Rafi gesprochen, mein Beileid übrigens, mehr sage ich dazu nicht, du wirst wissen, was ich meine. Sind die beiden fest zusammen? Sag mir die Wahrheit.«

»Das kann ich nicht. Nicht, weil ich nicht will, sondern weil ich es nicht weiß.«

Bedeutungsschwangere Stille. Dann: »Sag jetzt nichts, aber bleib dran, ich muss mir das durch den Kopf gehenlassen.«

Ich sagte nichts. Julie sah mich fragend an. Ich hob die Schultern und flüsterte, dass Lana über etwas nachdenken müsse.

Julie tippte auf die gepuzzelte Kamelreiterin. »Da sieht man den Büstenhalter.«

»Ich muss meine Fragen genau formulieren«, erklärte Lana. »Erkennst du bei den beiden etwas, das ohne jeden Zweifel auf eine tiefgehende, langfristige Beziehung schließen lässt?«

»Nein, aber ich habe sie ja auch nur eine Sekunde lang zusammen gesehen.«

Langes Schweigen. Tiefes Luftholen. »Also ignoriert er sie bereits.«

»Nein, das wäre zu viel gesagt«, antwortete ich und stieß einen lautlosen Seufzer aus.

Julie hatte aufgehört zu puzzeln. Sie saß mit gefalteten Händen da, die Ohren auf Empfang gestellt. »Was hat sie?«, flüsterte sie.

»Julie fragt, was du hast«, sagte ich.

»Sag ihr, ich sei noch immer traurig. Hör mal, gerade ist mir eine Idee gekommen. Was hältst du davon, wenn ich wie durch Zufall bei euch vorbeikomme und mir diese Frau einmal ansehe?«

»Bitte, schlag dir das aus dem Kopf«, entgegnete ich müde. »Wie stellst du dir das überhaupt vor? Willst du sie begrüßen und sagen: ›Hallo, ich bin Lana, ich wollte mir mal ein Bild von Ihnen machen, denn, Sie werden es nicht glauben, wir lieben doch tatsächlich denselben Mann.‹?«

»Kriegt Julie das eigentlich alles mit?«, fragte Lana mit gesenkter Stimme. »Erzähl ihr nachher bloß nicht die Wahrheit, in ihrem Alter kann man noch nichts für sich behalten. Aber gut, war eine blöde Idee. Kommt sie zu Jos Fest?« Mitte Mai würde Jo ein Fest geben, mit dem er in jedem Jahr die Sommersaison eröffnete.

»Wenn es bis dahin hält, wird sie das sicherlich tun.« Der Satz war mir so rausgerutscht; das Letzte, was ich wollte, war, Lana Hoffnungen zu machen.

Im Nu war sie im siebten Himmel. »Ich wusste es«, sagte sie. »Sie geht ihm schon auf die Nerven.«

Julie sah mich bittend an und wedelte mit einem Puzzlestück.

»Wir wollen hier weitermachen«, verabschiedete ich mich. »Sobald ich mehr weiß, schicke ich dir eine SMS.«

Lana war vor Glück großmütig geworden. »Na ja, dann drücke ich dir und Rafi mal die Daumen. Vielleicht kriegt ihr es ja diesmal hin.« Sie machte eine Pause. »Entschuldige, Charlie, hör gar nicht auf das, was ich sage. Ich liebe dich doch.«

Julie und ich gruppierten die Puzzlestücke und bildeten Häufchen aus Hufen, Beinen, Schleiern, Turbanen und Ähnlichem. Doch als wir nach einer Stunde immer noch kein vollständiges Kamel geschafft hatten, verlor sie die Lust an dem Spiel und begann, über Suzy und Shelley zu reden, die nicht mehr gut wegkamen, anscheinend hielten sie dem Vergleich mit Mélanie nicht stand. Als Nächstes kam die Schule an die Reihe, doch mit einem Mal war sie bekümmert. »Mélanie geht in Paris zur Schule«, sagte sie. »Meine Schule ist in Medford. Wie kann ich sie denn da sehen?«

»Aber du bleibst noch ganz lange bei uns«, beschwichtigte ich sie. »Und du wirst hier noch viele Kinder kennenlernen, die Sommerferien haben doch noch gar nicht begonnen.«

»Und was ist, wenn wir in dein Hotel ziehen?«

»Dahin ziehe ich frühestens im September.«

Und schon war alles wieder im Lot, und sie plapperte weiter. Nach einer Weile verstummte sie, drehte sich zur Tür hin und fragte: »Wer ist da auf der Treppe?«

Ich hatte das Rumpeln draußen auch schon gehört, ging zur Tür und zog sie auf. Sophie stand im Flur, einen kleinen Stapel von Mariannes Gemälden in den Armen. Drei Stapel türmten sich zu ihren Füßen. »Was hast du vor?«, fragte ich.

Sie trat auf mich zu. »Hallo, Julie«, rief sie ins Zimmer.

Julie gesellte sich zu uns. »Hi, Sophie.« Sie betrachtete die Bilderstapel. »Räumst du auf?«

»Ja«, antwortete Sophie. »Jo möchte die Bilder nicht mehr sehen.«

»Wie bitte?«, sagte ich. »Und dann schaffst du sie umgehend fort?«

Sophie zuckte mit den Schultern. »Ein paar von ihnen wollte ich mir gern mit dir zusammen anschauen. Ich habe den ganzen Vormittag damit verbracht.«

Wir warfen einen Blick nach unten, wo Dylan sich mit mitleidheischender Miene am Geländer hochhangelte. »Ja, ja«, sagte er. »Seht ruhig zu, wie ich leide, eines Tages erwischt es euch auch, und dann werdet ihr an mich denken.«

Ich fragte: »Warum krabbelst du denn in der Gegend herum, wenn du solche Schmerzen hast?«

»Weil ich Julie abholen wollte. Für Mitte Mai müssen wir noch üben.«

»Psst«, machte Julie. »Du darfst nichts sagen, das wird doch unsere Überraschung.« Sie stürzte in ihr Zimmer. Eine Sekunde später kehrte sie mit der Geige zurück und stürmte an Sophie und mir vorbei die Treppe hinunter. Dylan nahm die Stufen nach unten wie ein Hundertjähriger. Wir sahen ihm nach. Gedämpft hörten wir, wie Théo unten im Flur lachte und sagte: »Du Simulant, eben hast du noch gesagt, dass die Spritze gewirkt hat.«

»Verpiss dich«, erwiderte Dylan.

»Darf ich das auch sagen?«, fragte Julie.

»Das hast du davon«, sagte Théo.

Sophie drehte sich zu mir um. »Wie unbeschwert ihr seid«, sagte sie mit dem Anflug eines Lächelns. »Ein enger Kreis, in den niemand mehr hineinpasst.«

Das Thema war mir zu heikel, um es zu kommentieren, denn in Bezug auf ihre und Jos Beziehung sah ich zweifellos schwarz. Es lag nicht mal allein an ihrer Vergangenheit oder daran, was Recht oder Unrecht war, ich konnte mir nur nicht vorstellen, dass Jo sich auf Dauer an sie binden würde; sein Hotel, seine Art zu leben, all das ließ sich mit Sophie nicht vereinen, er hatte ja schon an diesem Wochenende kaum Zeit für sie gehabt.

»Wenn du magst, können wir uns die Bilder vornehmen, die du mir zeigen wolltest«, sagte ich.

»Ich wusste, dass du auf meine Bemerkung nicht eingehen würdest«, erwiderte sie und lief mit ihrem kleinen Stapel an mir vorbei in mein Zimmer.

»Was möchtest du denn hören?«

»Nichts. Ich habe inzwischen begriffen, dass der Kreis geschlossen ist.« Sie lehnte die Bilder, eins nach dem anderen, auf meinem Bett an die Wand. Es waren diejenigen von ihr und Marianne, die ich schon kannte, sowie ein Aquarell, das ich bisher noch nicht gesehen hatte. Darauf saßen sie und meine Mutter als junge Frauen weit voneinander entfernt auf einem Bootssteg am Meer und schauten in dunkles Wasser hinab. Am Ende des Stegs standen zwei Männer mit dem Rücken zu den Frauen, den Blick auf einen gelblichen Horizont gerichtet. Ein schönes, melancholisches Bild, mit einem Hauch Sehnsucht, das gut zur Mitte von Mariannes Geschichte gehören könnte. Hier sah es nämlich aus, als wären die vier schon dabei auseinanderzutreiben und die Männer mit ihren Gedanken ganz woanders. »Natürlich ist er nicht geschlossen«, antwortete ich, zermürbt von Sophies Art, all ihren Erklärungen und Wünschen.

»Wenn Marianne noch lebte und hier wäre, würde sich alles um sie drehen. So war es überall, wo sie war.«

»Ist es das, was du möchtest? Dass sich alles um dich dreht?« Ich griff nach dem sehnsüchtig melancholischen Bild.

»Lass es da stehen«, bat sie. »Ich möchte alle zusammen sehen.« Sie machte einen Schritt zurück und betrachtete die Bilderreihe. »Sie war zwar begabt«, sagte sie. »Aber sie hat nie einen eigenen Stil, nie eine eigene Sprache gefunden. Ich könnte dir die Namen der Maler nennen, die sie imitiert hat, jeden einzelnen, sie war immer eine gute Kopistin.«

»Wie unfreundlich du bist«, entgegnete ich. »Dabei hast du ihr doch offensichtlich einmal etwas bedeutet.« Ja, dachte ich, möglicherweise hatte Sophie meiner Mutter früher einmal etwas bedeutet, die Frage war nur, was? »Auf ihren Bildern taucht niemand so häufig auf wie ihr beide in jungen Jahren. Es ist doch unwichtig, ob sie dazu irgendjemandes Stil kopiert hat oder nicht.«

Sophie setzte sich auf den Stuhl an meinem Schreibtisch und begutachtete die Bilder. »Es war die schlimmste Beziehung, die ich in meinem Leben hatte, und zwar gerade, weil ich ihr etwas bedeutet habe. Sie wollte meine Freundschaft, früher, meine ich, vor dem Unfall. Nur wusste sie nie, was dazugehört, sie wollte meine Nähe, wie sie alles wollte, was ihr irgendwie begehrenswert erschien. Sei meine Freundin, zeig allen, dass du mich liebst, und tu, was ich dir sage, das war die Rolle, die ich für sie einnehmen sollte.«

Ich trat näher an die Bilder heran. »Jo hat eure Beziehung einen ›Reigen‹ genannt, mir kommt sie vielmehr wie eine Reise vor. Die meine Mutter sehr empfindsam dargestellt hat. Nimm doch nur die beiden schlafenden Frauen in ihren geblümten Kleidern oder diese da, die so verloren ins Wasser schauen und von den Männern nicht beachtet werden – Marianne muss sensibel gewesen sein.«

»Nein«, sagte Sophie. »Nur wenn es um sie selbst ging.«

»Hätte dein Bruder sie dann geliebt?«

Sophie machte eine abwehrende Geste. »Mein Bruder war kompliziert, das ist schwer zu erklären.« Doch mit einem Mal sackte sie in sich zusammen und setzte leise hinzu, ihr sei bis heute nicht klar, warum er nach dem Unfall die Schuld auf sich genommen habe. »Wenn ich ihn später danach fragte, meinte er, es sei die beste Lösung gewesen. Für alle. Und wenn ich dann sagte: ›Aber doch nicht für dich, für dich ist es doch eine schreckliche Lösung‹, antwortete er, nein, sei es nicht, er habe mich schließlich fahren lassen. Was wahrscheinlich seine Art war, mir meine Schuld gleich doppelt vor Augen zu halten, denn ich hatte darauf bestanden zu fahren.« Sie schwieg und ließ den Blick über die Möbel in meinem Zimmer gleiten.

Ich setzte mich aufs Bett und nahm das Bild mit dem Bootssteg und den beiden Paaren in die Hand. »Und wie sind er und Marianne miteinander ausgekommen?«

»Gut«, antwortete sie, stand auf und trat an die beiden kleinen Ölgemälde an der Wand. »Nach ihrer Hochzeit hausten sie in Straßburg in einer Bude. Marianne malte, Richard studierte damals noch, und die beiden waren glücklich, das war nicht zu übersehen. Bis zu dem Unfall. – Was für ein eigenartiges Gemälde, sag mal, ertrinken diese Menschen?«

»Könntest du bitte beim Thema bleiben.«

Sophie verharrte noch einen Moment vor den Gemälden, schüttelte den Kopf und wandte sich wieder zu mir um. »Und dann kam der Tag, an dem er ihr die Wahrheit erzählt hat. Danach war es aus. Nein, nicht ganz, sie ist ja noch mit dir schwanger geworden.« Sie griff nach dem Aquarell der beiden Mädchen in den Ballkleidern und warf einen Blick auf das Datum auf der Rückseite. »Ein Rätsel«, murmelte sie. »Das hat sie lange nach Louis' Tod gemalt.« Sie legte das Bild auf den Schreibtisch. »Darf ich es behalten?«

»Nur wenn dein Herz daran hängt.«

Sie stellte das Bild zurück. »Louis' Tod war für beide eine Tragödie, natürlich, sie haben den Jungen ja unglaublich geliebt. Jeder hat ihn geliebt, muss man dazu sagen, er war ein ganz besonderes Kind – zart, anhänglich, verspielt, phantasievoll.« Sie trat ans Fenster, schlang die Arme um sich und schaute hinaus. »Dass Richard den Wagen gefahren hatte, war für Marianne schon kaum zu ertragen, aber sie hat es versucht, sie wollte ihn nicht verlieren. Doch als er ihr schließlich die Wahrheit gesagt hat, war es zu viel, da musste er zwischen ihr und mir wählen. Sie wollte, dass ich büße.«

»Was man nachvollziehen kann«, sagte ich.

Sophie wandte sich um. »Ja, sicher kann man das, ich habe nie behauptet, dass ich Mariannes Reaktion nicht verstanden habe, sogar dann noch, als sie immer extremer wurde und es hieß, wenn du dies tust, bist du dran, wenn du das nicht tust, bist du dran. Wenn du Charlotte noch einmal siehst, bist du dran, wenn du dich noch einmal mit Jo triffst, bist du dran, wenn du irgendetwas tust, was dich glücklich machen könnte, bist du dran, denn ich will nicht, dass du glücklich bist, dazu hast du kein Recht mehr, als hätte ich Mariannes Gebote und Verbote zum Unglücklichsein gebraucht. Aber so war deine Mutter.« Sie ließ die Arme fallen und sah mich stirnrunzelnd an. »Denk doch nur an dich, daran, wie sie dich behandelt hat. Sie ist mit dir schwanger geworden, als ihre Ehe mit Richard zu Ende ging. Als er dann tot war, warst du für sie nicht mal mehr ihr Kind, sondern nur noch eine halbe Villiers.«

»Also geht es doch um euch beide«, sagte ich. »Denn da waren ja auch noch die beiden Männer, die für euch eine Rolle gespielt haben. Warum gibst du nicht zu, dass ihr euch ineinander verheddert hattet?«

Sophie ging nicht darauf ein. Sie nahm das Bild vom Schreibtisch und fragte: »Darf ich das vielleicht doch mitnehmen? Reicht es dir, wenn ich es mag und darüber nachdenken will?«

»Ja, aber gib mir jetzt bitte eine Antwort.«

Sie betrachtete das Aquarell. »Ich hatte mich in Jo verstrickt, aber nicht in seine Schwester.«

Ich wollte sie fragen, wie sie mit dem Selbstmord ihres Bruders zurechtgekommen sei, wie mit all dem Leid, das sich aus dem Unfall und ihrem Entschluss, ihre Schuld zu vertuschen, ergeben hatte, ob es die Karriere wert gewesen sei. Doch dann sah ich ihren gesenkten Kopf, und irgendetwas in mir gab nach, so dass ich ihren Arm berührte und fragte: »Und jetzt?«

Für einen Moment schloss sie die Augen. »Jetzt ist er dabei, mich aus der Verstrickung zu befreien. Das kann er ja, das hat er schon einmal geschafft.« Sie machte ein paar unbestimmte Schritte in den Raum, als wisse sie nicht, wohin, und lehnte sich an den Schreibtisch. »Natürlich befreit er nur sich selbst und glaubt, ich merke es nicht.«

Die Sonne hatte den Punkt erreicht, an dem ihre Strahlen direkt in mein Zimmer fielen. Sophie stand mitten in dem hellen Licht. Ich erkannte Falten auf ihrem Gesicht, die mir zuvor nie aufgefallen waren, in den Augenwinkeln und um den Mund herum. Sie wirkte abgekämpft.

»Und warum bist du zu ihm zurückgekommen? Nach all den Jahren.«

Sophie trat aus dem Sonnenlicht heraus. Meine Frage wischte sie mit einer Geste fort. »Sag es mir, wenn du weißt, warum man jemanden trotz aller Hoffnungslosigkeit liebt, ich bin bislang noch nicht dahintergekommen.«

Ich schwieg, darauf hatte ich auch noch keine richtige Antwort gefunden.

»Vielen Dank für das Bild.« Sie sah es noch einmal an. »Es ist eine Erinnerung.«

Ich musterte sie überrascht und fragte mich, weshalb sie Erinnerungen suchte, nachdem sie doch alles darangesetzt hatte, die Vergangenheit zu verbergen. »An was?«

»An etwas, das hätte sein können.« Sie nahm das Aquarell und strich mit der Hand über meine Wange. »Entschuldige, Charlotte, ich bin ziemlich durcheinander ... Aber ich würde mich sehr freuen, wenn wir uns bei deinen Besuchen im Elsass künftig öfter sehen würden. Vielleicht darf ich dich ja auch einmal in deinem Hotel besuchen.«

»Sophie …« Ich spürte, dass mir Tränen aufstiegen. War es all diese Hoffnungslosigkeit, weil sie und die anderen in ihrer Familie zu viel aufs Spiel gesetzt hatten und jeder auf seine Weise verlor? Weil sie dachten, das Richtige zu tun, ohne zu wissen, wie viel es sie kosten würde, und dass daran nichts, rein gar nichts mehr zu ändern war?

»Lass dir Zeit«, sagte sie. »Eines Tages vielleicht.«

Ich nickte.

»Danke.« An der Tür wandte sie sich noch einmal um. »Du gehörst doch zu uns. Zur Hälfte gehörst du zu uns. Mehr vielleicht noch, du weißt es zwar nicht, aber dein Blick, dein Mienenspiel und deine Gesten sind oft die deines Vaters.«

Ich hörte, wie sie die Tür zum Dachboden öffnete, ein paarmal hin und her lief. Dann fiel die Dachbodentür zu, und ich hörte ihre Schritte auf der Treppe. Es war, als wäre sie bereits auf dem Weg, sich aus unserem Leben zurückzuziehen. Nach einer Weile ging ich ins Bad und duschte. Anschließend zog ich mich für die Cocktailstunde um und machte mich auf den Weg nach unten.

In der Küche saß Théo am Tisch und starrte ein Glas Wein an. Julie hockte ihm gegenüber und sah aus, als könnte sie auch einen Schluck vertragen. Théo drehte sich zu mir um und fragte: »Kapierst du das?«

Julie erklärte: »Théo ist nicht gut drauf, aber er will mir nicht sagen, warum.«

Ich setzte mich zu ihnen. »Vielleicht weiß er nicht, was er zu unserem kleinen Umtrunk anziehen soll.«

Julie rutschte von ihrem Stuhl herunter. »Ich ziehe mein Tüllkleid an.« Sie lief los.

»Kämm dir die Haare«, rief ich ihr nach.

»Irgendein Gen fehlt Jo«, sagte Théo. »Ein normaler Mann lässt so eine Frau nicht den ganzen Tag allein.«

Ich nahm mir ein Glas Wasser und sagte ausweichend: »Jo liebt sein Hotel. Sie hat ihr Leben in Straßburg. Wie soll das mit den beiden denn gehen?«

»Sie ist hier ziellos umhergewandert, mittags eine Stunde lang joggen gegangen und dann weggefahren. Er hat mit ein paar Seglern auf der Terrasse gesessen, getrunken und gelacht.« Théo schüttelte den Kopf. »Wenn ich so etwas jemals gewagt hätte, wäre Hélène an die Decke gegangen und erst wieder runtergekommen, wenn ich Männchen gemacht hätte.«

»Du übertreibst.« Hélène war seit über dreißig Jahren Théos Ehefrau, rundlich wie ihr Mann, gutmütig, verständnisvoll, mütterlich. Die Hälfte des Tages verbrachte sie im Garten des kleinen Hauses, das die beiden sich vor Jahren zugelegt hatten. Hätte Théo seine Frau einen Tag lang ignoriert, wäre es ihr vor lauter Stutzen, Gießen und Jäten gar nicht aufgefallen.

»Ich übertreibe nicht«, sagte Théo. »Als die Kinder noch im Haus waren, hätte sie vielleicht darüber hinweggesehen. Jetzt sind wir allein, jetzt bin ich derjenige, der erzogen wird.«

Ich tätschelte seine Hand. »Und doch liebst du sie und bist ihr treu.«

Théo wuchtete sich hoch. »Natürlich liebe ich sie und bin ihr treu. Hélène und ich sind einfache Menschen, wir springen nicht in anderer Leute Betten herum, nur weil uns der Hafer sticht.«

»Vielleicht hat Jo so etwas auch mal gesucht.«

»Klar«, antwortete Théo. »Und der Papst tanzt im Kettenhemd durch Rom.« Auf dem Weg zur Tür murmelte er: »Ich muss mich noch umziehen, Gott, wie mir vor dem Umtrunk graust.«

Zu Recht, wie sich wenig später herausstellte. Um sechs Uhr abends bat Jo uns zum Cocktail in die Lounge. Für die Getränke waren Dylan und Julie zuständig. Dylan erklärte, aufgrund seines körperlichen Leidens könne er nichts schütteln oder mixen, deshalb habe man nur die Wahl zwischen Champagner und Wein, oder man halte es wie Julie, für die es ein Gläschen alkoholfreien Schokoladenlikör gebe. Julie hatte bereits ein Gläschen intus, das erkannte ich an dem braunen Rand auf ihrer Oberlippe. Sie war auch die Einzige, die vor Begeisterung außer sich war, denn wir mussten unsere Bestellungen bei ihr aufgeben, woraufhin sie jedes Glas von Dylan mit zwei Händen entgegennahm und mit Trippelschrittchen zu dem jeweiligen Empfänger trug. Sophie saß mit übereinandergeschlagenen Beinen auf einem Sessel, hielt ein Glas Wasser in der Hand und lächelte gezwungen. Wir anderen hockten wie Ölgötzen da, jeder – außer Jo – feiner gemacht als sonst, ohne zu wissen, warum wir uns überhaupt versammelt hatten. Den Grund teilte Jo uns mit, als wir steif mit ihm die Gläser hoben. »Auf Julie«, sagte er.

Julies Gesicht nahm die Farbe ihres Tüllkleids an. Sie schlug die Augen nieder und nippte geziert an ihrem Likör.

»Wir möchten dir alle sagen, wie gern wir dich bei uns haben«, fuhr Jo fort. »Und dass wir hoffen, dass es dir bei uns gefällt.«

Ich konnte Sophie gar nicht mehr ansehen. Das dürften die Worte gewesen sein, die sie irgendwann einmal für sich erhofft hatte, aber das war anscheinend gelaufen.

Julie kam zu mir, zwängte sich neben mir auf den Sessel und flüsterte: »Was soll ich denn jetzt sagen?«

Ich legte einen Arm um sie. »Gefällt es dir bei uns?«

Sie war kurz davor, vor Verlegenheit im Erdboden zu versinken, doch dabei linste sie zu Jo hinüber und antwortete: »Hier ist es super.«

»*Merci, Mademoiselle*«, sagte Jo, verneigte sich leicht und prostete ihr zu. Julie kicherte entzückt.

Ich schaute zum Fenster hinaus. Draußen ging die Sonne unter. Ihre letzten Strahlen tauchten die Fotos mit den Inselszenen aus alten Zeiten in die Farbe ausgebleichter Ziegelsteine. Ich deutete mit meinem Glas darauf. »Wie schön das aussieht. Als ginge die Sonne auf den Fotos unter.«

Alle schauten die Fotos an und nickten.

»Doch«, sagte Théo. »Wirklich schön.«

»Trinkt keiner auf mich?«, fragte Dylan, nachdem wir eine Zeitlang die Sonne bewundert und geschwiegen hatten. »Mir tut alles weh, trotzdem sitze ich hier tapfer wie ein Indianer.«

Wir tranken auf Dylans Indianertapferkeit. Théo stand sogar auf und stieß mit ihm gläserklirrend an. »Du hast dem Tod ins Auge geblickt«, sagte er. »Das muss man erst mal schaffen.«

»Danke für den Spott«, sagte Dylan. »Ich dachte, du bist mein Freund.«

Jo lachte und lehnte sich in seinem Sessel zurück. »Erinnerst du dich noch an den Abend in Savannah?«

Dylan antwortete, das wolle er nicht.

Jo ignorierte den Einwand und erzählte, wie Dylan, in einer Bar in Savannah, auf dem Weg zu einer Frau kurz vor dem Ziel die Augen vorgequollen seien, sein Oberkörper vornübergeklappt und er mit verzerrter Miene so geblieben sei, bis Jo ihn aus reiner Barmherzigkeit gepackt und weggeschafft habe. Anschließend lachte er als Einziger.

»Prost«, sagte Théo.

»Ja, prost allerseits«, murmelte Dylan.

Wieder wurde es still. Jo setzte sich zurück. »Morgen früh fahre ich hoch nach Les Portes und schaue mir Charlies Hotel an. Möchte jemand mitkommen?«

Niemand wollte mitkommen.

»Gut«, sagte Jo. »Dann fahre ich allein.« Er wandte sich zu Sophie um. »Wann brichst du auf?«

Sophie wusste es noch nicht.

»Ich komme vielleicht mit nach Les Portes«, sagte Dylan. »Falls ich mich besser fühle.«

Julie stand auf und strebte den Beistelltisch mit den Flaschen an.

»Keinen Likör mehr, Julie«, sagte ich. »So viel Zucker bekommt dir nicht.«

»Bekommt mir doch.« Sie drehte sich zu Rafi um. »Ich darf noch ein Gläschen haben, oder?«

Rafi, der in unserer lustigen Runde hektisch einen Schluck Champagner nach dem anderen getrunken oder die Schaumbläschen in seinem Glas so intensiv beobachtet hatte, dass ich dachte, er würde sie zählen, schraubte sich aus dem Sessel hoch und reichte Julie die Hand. »Komm, wir gehen in die Küche«, sagte er. »Ich mache dir einen Gespritzten.«

»Mit viel Wein«, sagte Julie auf dem Flur. Wir schauten zu der Tür, durch die sie verschwunden waren, und warteten schweigend, bis sie wieder zurück waren.

Théo sah in sein Glas, nahm einen Schluck und sagte, dass er langsam los müsse.

Ich warf Jo einen Blick zu und fragte mich, was er mit dieser Inszenierung bezweckt hatte. Er war kein grausamer Mann, und irrationale Handlungen waren auch nicht seine Sache, weshalb also setzte er Sophie diesem Theater aus?

Jo fing meinen Blick auf. Auf seiner Miene tat sich etwas, als hätte er meine Überlegungen verstanden. Er lächelte matt und hob die Schultern, als bitte er um Nachsicht. Sophie, die neben ihm saß, hatte den Blickwechsel nicht beobachtet, dennoch versteifte sie sich.

»Möchte jemand noch ein Glas Champagner?«, fragte Dylan in die Stille, stemmte sich hoch und fasste sich dramatisch in den Rücken. »Oder etwas anderes?«

»Nichts«, sagten wir im Chor.

Sophie erhob sich. »Ich muss noch packen.« Sie verließ die Lounge.

Jo leerte sein Glas und folgte ihr.

»Spielen wir jetzt was?«, fragte Julie.

»Ich habe eine viel schönere Idee.« Dylan trat zu ihr und streckte die Hand aus. »Ich lade dich zum Essen ein. Hast du Lust? Wir gehen ins Grande Plage.«

»Echt?«, sagte Julie.

»Echt.«

»Charlie auch?«

»Nein, nur du und ich.«

Julie warf mir einen bedauernden Blick zu, sprang auf und rannte los, um ihre Tasche zu holen.

Ich rief ihr nach, sie solle die Strickjacke nicht vergessen.

Théo verabschiedete sich ebenfalls. Dylan folgte ihm nach draußen.

Als Rafi und ich allein waren, sahen wir uns an. Rafi holte eine angebrochene Flasche Champagner von der Anrichte. »Mann, hat das Spaß gemacht«, sagte er. »Ich dachte, es hackt. Möchtest du noch einen Schluck?«

»Einen kleinen.« Ich hielt ihm mein Glas hin.

Rafi schenkte mir nach. Dann ließ er sich schwer in einen Sessel fallen. »Können die nicht miteinander reden, oder was ist los?«

Doch, dachte ich, sie können reden, nur werden sie nach einer Weile immer wieder an den Punkt gelangen, an dem es nicht weitergeht. Jo interessierte sich nicht für Karrieren, er hatte nie eine angestrebt. Selbst sein Hotel, an dem er leidenschaftlich hing, wäre ihm keine Entschuldigung, sich vor einer moralischen Verantwortung zu drücken. Im Grunde wunderte es mich, dass er sich überhaupt noch einmal auf Sophie eingelassen hatte, aber was verstand man als Außenstehender schon von anderen Paaren?

Ich leerte mein Glas und zog Rafi hoch. »Komm, wir machen einen Spaziergang.«

Oben auf dem Strandweg sahen wir Jo und Sophie im blauen Dämmerlicht in Richtung Saint-Martin wandern. Jo hatte die Hände in den Hosentaschen, Sophie ging halb zu ihm gewandt und gestikulierte. Er blieb stehen und legte die Arme um sie.

Rafi deutete auf die beiden. »Ganz gleich, was sie getan hat, irgendetwas ist an ihnen – man sieht sie und denkt, die passen zusammen.«

Ich nahm seine Hand. »Sie haben vielleicht einmal zusammengepasst, jetzt nicht mehr.«

»Warum sagst du das?«

Ich lotste ihn in die entgegengesetzte Richtung von Saint-Martin. »Seit ihrer ersten Liebe ist zu viel vorgefallen. Jetzt ist es für die beiden zu spät, sie können die Vergangenheit weder ändern noch kitten. Außerdem beginnt jetzt die Sommersaison.«

Rafi ließ meine Hand los und legte den Arm um mich. »Schau, wie ich dich liebe«, sagte er. »Ein anderer würde jetzt fragen: War da irgendwo ein Zusammenhang?«

Wir hatten die Mole erreicht und liefen an ihrer Mauer entlang. »Sie war seine Jugendliebe«, erklärte ich. »Dylan hatte recht – eine Jugendliebe, die noch nicht ganz abgeschlossen war.«

Rafi zog mich enger an sich. »Sag, dass es bei uns nicht so ist. Wir sind nicht dabei, den fehlenden letzten Akt zu spielen, oder? Manchmal frage ich mich sogar, ob wir überhaupt aufgehört haben, uns zu lieben.«

»O doch«, sagte ich. »Damals schon. Allerdings habe ich zwischendurch oft an dich gedacht.«

Rafi lachte in sich hinein. »Und wenn wir uns gesehen haben, bist du jedes Mal rot geworden.«

»Und du hast komisch geguckt.«

»Weil mein Herz gestolpert ist. Jetzt sag es schon.«

Ich blieb stehen. »Wie hartnäckig du bist.«

»Sag es.«

Ich seufzte. »Natürlich bringen wir nichts zu Ende, wir fangen noch einmal an.«

Rafi fasste mich an den Armen. »Liebst du mich, Charlie?«

Ich dachte an die Charlotte von früher, die jetzt mit Feuereifer ja gesagt und Leidenschaft mit Liebe verwechselt hätte. Inzwischen war ich vorsichtiger geworden. »Was für eine Frage«, versuchte ich mich herauszuwinden.

»Tust du es nicht?«

»Ach Rafi.«

Er ließ die Hände sinken. »Was, ach Rafi?« Er war blass geworden und wandte den Kopf ab.

Ich sah ihn an, und plötzlich erkannte ich den Jungen von früher vor mir, der übers Meer schaute, als hätte er nichts gefragt, hätte weder Wünsche noch Sehnsüchte und nichts ginge ihn etwas an. Große Zärtlichkeit übermannte mich, die dem erwachsenen Mann ebenso wie dem Jungen von damals galt, und ich griff nach seiner Hand. »Ich bin auf dem Weg dahin. Reicht dir das?«

Rafi drehte sich zu mir um und studierte mein Gesicht. »Ist es noch weit bis dahin? Ich frage das nur, um mich darauf einzustellen.«

Ich hielt seinem Blick stand. »Du gibst keine Ruhe.«

»Nein.«

»Es ist nicht mehr endlos weit, aber lass es uns langsam angehen.«

Rafi lachte. »Das nennst du langsam?«

»Du weißt, was ich meine.«

Rafi sah zu Boden. Schließlich nickte er. »Also gut, wir haben Zeit.« Sein Arm schlang sich wieder um meine Schultern.

Wir liefen weiter. Am Ende der Mole blieben wir stehen und schauten über die Mauerbrüstung auf das ruhige blaugraue Meer hinaus. Die Zahl der bunten Boote und Yachten, die wie aufgepinselt am Horizont standen oder mit eingezogenen Segeln auf dem Wasser lagen, hatte sich bereits vervielfacht. Es war, wie ich es gesagt hatte, die Sommersaison begann.

# Vierzehn

Als Julie und ich am nächsten Morgen gegen neun Uhr nach unten kamen, war Sophie schon abgereist. Ich atmete auf und setzte mich mit Julie zum Frühstück in die Küche. Nach dem Frühstück, so ihre Idee, würden wir weiterpuzzeln. Während wir aßen und Julie mir zum zweiten Mal detailliert erzählte, was sie und Dylan am Abend im Grande Plage gesagt, gegessen und getrunken hatten, die erste Version kannte ich schon vom Vorabend, sah ich mich in der Küche um. Sophie war zwar nicht mehr da, aber es war, als hätte sie etwas hinterlassen, was erst sein Ende fände, wenn Jo sein letztes Wort gesprochen hatte.

Jo kam herein und fragte, ob ich den Telefondienst übernehmen würde. Er und Dylan wollten nach Les Portes fahren und rechneten damit, gegen Mittag wieder im Hotel zu sein. Ich sagte, das sei kein Problem, und taxierte dabei seine Miene. Ich kannte ihn gut genug, um festzustellen, dass er wie immer aussah, vielleicht von einem Hauch Resignation umgeben. Dann war auch er weg.

Wenig später ging ich in sein Arbeitszimmer, setzte mich an seinen Schreibtisch und nahm die Anrufe entgegen. Das Hotel war bereits vom 1. Juni bis zum 31. August ausgebucht, ebenso am kommenden Wochenende und bis auf wenige Tage auch für den ganzen Mai. Im Grunde hatte ich also nichts anderes zu tun, als die Anrufer mit einem Platz auf der Warteliste zu vertrösten – und die letzten beiden freien Suiten am zweiten Maiwochenende für meine beiden Großelternpaare zu reservieren, denn in der Beziehung war etwas gehörig schiefgelaufen. Aber ich wollte ohnehin mit ihnen sprechen, vor allem mit Valérie und Jean-Pierre. Unterdessen saß Julie am Besuchertisch und schrieb die Ansichtskarten, die sie in La Flotte und Saint-Martin ausgesucht hatte.

»Charlie«, begann sie nach einer Weile. »Was soll ich Dad schreiben?«

»Na, wie es dir hier gefällt.«

»Das habe ich schon«, antwortete sie. »Aber da ist noch so viel Platz. Kannst du nicht noch was schreiben?«

Ich setzte mich zu ihr und nahm die Karte auf. Es war tatsächlich noch viel Platz, denn außer *Lieber Dad, hier ist es sehr schön* stand da nichts. Ich fragte: »Weißt du schon, wie lange du bei uns bleiben möchtest?«

»Ganz lange.«

»Dann schreib ihm das und dass du hoffst, es geht ihm gut.« Mein Plan war, Jackson demnächst anzurufen und die Dauer von Julies Aufenthalt mit ihm zu klären, denn, wenn mich nicht alles täuschte, fing die Schule in Massachusetts im August wieder an, und ich wollte vermeiden, dass ihm erst im Oktober auffiel, dass seine Tochter noch nicht zurück war.

Mit riesengroßen Buchstaben schrieb Julie nieder, was ich ihr gesagt hatte. Danach war die Karte voll.

»Glaubst du, du kannst die Karten allein zur Post bringen?«, erkundigte ich mich. »Sie liegt auf der anderen Straßenseite.«

»Weiß ich.« Julie stand auf. »Ich kann schon sehr viel auf Französisch machen und sagen.«

Sie verschwand nach oben, um die geliebte Tasche zu holen. Doch bevor sie das Haus verließ, schaute sie noch einmal bei mir herein. »Charlie?«, fragte sie von der Tür her. »Magst du Sophie nicht?«

Einen Moment lang war ich hin- und hergerissen, doch dann entschied ich, ihr die Wahrheit zu sagen, musste ich ja, schließlich regte ich mich jedes Mal auf, wenn ich mitbekam, dass ein Kind belogen wurde. »Teils ja, teils nein.«

Offenbar war das keine Antwort, nach der man wortlos zur Post lief. Julie kam näher. »Wie meinst du das?«

Na schön, die ganze Wahrheit würde ich ihr nicht sagen. »Weil ich mich mit ihr nicht immer gut verstehe.«

»Warum nicht?«

Ich seufzte. »Weil mich das, was sie sagt, oft verwirrt.«

Julie furchte die Stirn.

Bevor das nächste Warum kommen konnte, verglich ich Sophie mit Julies Vater und erinnerte sie daran, dass er und ich uns auch nicht immer gemocht hatten.

Das schien ihr einzuleuchten, trotzdem war das Thema noch nicht beendet. Julie befingerte den Anhänger ihrer Kette und wirkte plötzlich bedrückt. »Wenn man jemanden nicht so richtig mag, muss man ihm dann sein Geschenk wiedergeben?«

»Nein, das ist nicht nötig«, antwortete ich ihr zuliebe und dachte an ein weiteres Problem in meinem Leben; inzwischen schwante mir nämlich, von wem ein Teil des Geldes auf meinem Konto stammte.

Julies Gesicht erstrahlte, und sie flitzte los.

Jo meldete sich gegen elf Uhr telefonisch, vergewisserte sich, dass das Hotel in seiner Abwesenheit nicht in Flammen aufgegangen war, und erklärte, er und Dylan würden in Saint-Martin noch etwas essen gehen. Aha, dachte ich, er zieht sich mit seinem Berater zurück.

Um die Mittagszeit herum ließen Julie und ich es krachen und machten uns in der Küche einen Snack aus Keksen, Orangensaft, Schokoladenlikör und Vanilleeis. Anschließend puzzelten wir an Jos Besuchertisch, die Telefonate würden erst am frühen Nachmittag wieder beginnen.

Jo und Dylan kehrten am Nachmittag zurück. Jo wirkte angestrengt, als er sein Arbeitszimmer betrat, und sah mich und Julie an, als wüsste er nicht mehr, woher wir gekommen waren.

Julie registrierte es ebenfalls, denn nach einem fragenden Blick zu mir herüber sagte sie kein Wort. Ich hielt es wie sie, obwohl ich gern mit Jo gesprochen hätte. Leise räumten wir unser Puzzle ein, trugen das halbfertige Stück Morgenland auf Zehenspitzen hinaus und legten alles auf dem Tisch in der Küche ab. Dylan stand dort und trank ein Glas Wasser. Den Hexenschuss schien er inzwischen entweder vergessen oder überwunden zu haben, er hielt sich so gerade wie immer. Hinter Julies Rücken formte er »Sophie« mit den Lippen und zeigte mit dem Daumen nach unten.

In der Nacht war das Wetter wieder umgeschlagen, und am Morgen hatte es in Strömen geregnet. Ich überlegte, was Julie und ich unternehmen konnten, ging nach draußen und begutachtete den Himmel. Er sah aus, als hätte man ihn mit dicker hellgrauer Farbe gestrichen, doch der Wind wehte so frisch und ungestüm, dass ich keine weiteren Güsse befürchtete.

Ich erklärte Julie, dass wir unser Mittagessen abtrainieren mussten. Wir zogen uns warm an. Ich kramte meinen Fahrradhelm von früher aus einem Karton auf dem Dachboden heraus und setzte ihn ihr auf. Dann holte ich ein kleines Rad und ein Damenrad aus dem Schuppen zwischen Nathalies Laden und Jos Hotel. Wir radelten am aufgewühlten Meer entlang und spürten die feinen Gischtschleier auf der Haut. Reden konnten wir nicht viel, denn der Wind schnitt uns die Sätze vom Mund ab und blies sie Gott weiß wohin. Aber Julie ließ sich nicht verdrießen, sie strampelte mit roten Wangen neben mir her. Kurz vor Saint-Martin machten wir kehrt und wurden von der anderen Seite besprüht und angeweht. Als wir vor dem Hotel abstiegen, fragte sie: »Wie viele Meilen sind wir gefahren?«

Ich öffnete den Schuppen und stellte die Räder ab. »Was schätzt du denn?«

»Ich glaube, es waren zwanzig.«

»Na ja«, sagte ich, »nicht ganz, eher vier.«

Doch Julie schien sich allmählich zu einer Lebenskünstlerin zu entwickeln, denn als wir im Hotel auf Dylan stießen, erklärte sie: »Wir waren mit dem Rad in Saint-Martin. Und die ganze Zeit hat es gestürmt, es war, als wären wir zwanzig Meilen gefahren.«

Dylan nahm ihr lächelnd den Helm ab, lud sie in sein Zimmer ein und sagte, die Geige sei auch eingeladen. Julie rannte die Treppen hoch. »Diese Sophie ist ein sehr schwacher Mensch«, flüsterte Dylan mir zu. »Nur im Bett scheint sie ihn zu betören.« Er seufzte schwer. »Das ist das Problem.«

Ich fragte: »Ist Jo in seinem Arbeitszimmer?«

»Und räumt auf. Hörst du es nicht?«

»O nein, bitte nicht.« Wenn Jo in Aufräumstimmung war, brachte man sich besser in Sicherheit. Ich beschloss, dennoch zu ihm zu gehen; es gab mehrere Dinge, die ich mit ihm besprechen wollte.

Ich war kaum an seiner Tür, da rief er: »Komm rein, Charlie.«

Ich trat ein. Im Arbeitszimmer bestand eine Wand aus Einbauschränken, die bis unter die Decke reichten. Sämtliche Türen standen offen, auf dem Boden türmten sich Aktenordner und Unterlagen. Daneben lagen zwei Müllsäcke. »Ein einziger Saustall«, sagte er und schmiss einen Papierstapel auf den Boden. »Nie findet man hier was.«

Er war eindeutig schlecht aufgelegt, denn Jo fand in seinen Schränken alles auf den ersten Griff. Ich setzte mich aufs Sofa und sah zu, wie er vor sich hin fluchend Papierberge zerwühlte, die er anschließend packte, wieder zurechtklopfte, in ein Schrankfach legte oder auf den Boden warf. »Ich habe das Haus gesehen«, sagte er. »Rafi ist ein Genie.«

»Ja.« Ich ließ den Blick schweifen. Dabei entdeckte ich unter den gerahmten Inselbildern über seinem Schreibtisch ein neues. Er hatte es in die Mitte gehängt und die anderen darum gruppiert. Ich stand auf und schaute es mir von nahem an. Darauf sah man wieder den Bootssteg und den gelblichen Horizont, nur dass auf diesem keine Frauen waren. Stattdessen standen am Ende des Stegs zwei gebräunte Jungen in Shorts mit dem Rücken zum Betrachter und blickten aufs Meer hinaus, jeder mit einem angewinkelten Arm und der Hand in Höhe der Schläfe, so dass es aussah, als beschirmten sie ihre Augen. Die sehnsüchtige Atmosphäre war noch intensiver als auf dem Bild mit dem Männer- und Frauenpaar. Dieses Bild hatte etwas Reines, denn die Jungen waren noch in dem Alter, in dem Träume unschuldig sind. Genau genommen, fand ich, dass dieses Gemälde zu den schönsten zählte, die Marianne jemals geschaffen hatte.

Jo hatte aufgehört zu räumen. »Das sind Richard und ich«, sagte er, »in einem Sommer auf Ré. Marianne war nicht mal dabei, aber die Atmosphäre hat sie richtig erfasst. Es war eine Zeit, in der wir glücklich waren.«

Ich studierte die schmalen braungebrannten Rücken der Jungen, die zarten Schulterblätter, die staksigen Beine, die kleinen Bizepse, die sich an ihren Oberarmen wölbten. »Und die sie mit sehr viel Liebe wiedergegeben hat. Marianne hat dir nicht nur gegrollt.«

Jos Miene wirkte gepeinigt. »Und alles kommt wieder hoch, all die verdammten Vorwürfe, die ich mir ihretwegen mache.« Er rumorte in seinen Schränken herum, räumte Unterlagen von einem Platz zum anderen, stellte seine Ordnung wieder her. »Bitte, gieß mir einen Cognac ein.«

Im nächsten Moment war er selbst am Schreibtisch, nahm die bereitstehende Flasche und das Glas, schenkte sich einen Schluck ein und kippte ihn hinunter. »Möchtest du auch etwas?«

Ich entschied mich für das Wasser, das er ebenfalls auf dem

Schreibtisch stehen hatte, setzte mich mit einem Glas aufs Sofa zurück und hörte den Wind an den Fenstern rütteln, durchsetzt von schrillen Geigentönen, die aus Dylans Wohnung zu uns drangen. »Kommt Sophie wieder?«, fragte ich. Die Sonne hatte es durch die Wolkendecke hindurchgeschafft und schien mir durch das Fenster so gleißend in die Augen, dass ich wusste, sobald sie verschwinden würde, käme der Regen.

»Weiß ich noch nicht.« Er blätterte in einem Ordner, klappte ihn wieder zu, pfefferte ihn in ein Fach.

»Möchtest du es?«

»Ja und nein.« Jo trat einen Schritt zurück und begutachtete sein Werk.

Wieder fragte ich mich, warum er sie am letzten Wochenende eingeladen hatte. Aber vielleicht hatte sie sich auch selbst eingeladen, sie wollte ja mit mir reden. Wahrscheinlich wollte sie sich auch Klarheit über sich und Jo verschaffen, sie kannte ihn schließlich und war alles andere als dumm. Sie würde gewusst haben, welche Zweifel ihn plagten.

»Kann ich dich noch was fragen?«

»Du kannst mich alles fragen, das weißt du.« Jo knallte die erste Schranktür zu. »Geht es um Gefühle?«

»Nein, um Geld. Um das Geld auf meinem Konto.«

»Ah.« Jo drehte sich zu mir um. »Ich dachte mir schon, dass du irgendwann dahintersteigst.«

»Es war kein schöner Moment, ich möchte nicht wissen, welche Geschenke ich ihr sonst noch verdanke.«

Sein Blick wurde forschend. »Und jetzt?«

»Ich möchte es ihr zurückgeben.«

Jos Brauen wanderten in die Höhe. »Ein erster Impuls, nehme ich an.«

»Ja.«

»Und wenn du länger darüber nachdenkst, möchtest du es behalten?«

»Ja und nein.«

Jo lachte. »Was für Konflikte wir haben.«

»Hör auf zu lachen.«

Er schmiss die nächste Schranktür zu. Dann ließ er sich auf den Drehstuhl an seinem Schreibtisch fallen. »Also gut, ich bin ernst und sage dir, dass ich es sehr hart fände, wenn du ihr das Geld zurücküberweisen würdest. Hart, Sophie gegenüber. Warum willst du sie vor den Kopf stoßen?«

»Das will ich nicht, aber ich komme mit dem, was sie getan hat, nicht zurecht. Und ich möchte nicht, dass sie glaubt, sie könnte sich freikaufen.«

Jo hatte sich nachgeschenkt und drehte das Glas im einfallenden Sonnenlicht, bis in dem Getränk blitzende Tupfer aufsprangen. »Es gibt auch so etwas wie Gnade, Charlotte, vergiss das nicht. Nimm ihr nicht die einzige Form der Wiedergutmachung, die sie kennt.« Er fuhr mit seinem Drehstuhl herum und warf einen missbilligenden Blick auf das Chaos auf dem Fußboden. Dann stellte er das Glas ab und machte sich daran, einen Teil der Papierberge zusammenzuraffen und in den ersten Sack zu stopfen.

»Sie hat mich gefragt, ob sie mich besuchen darf.«

»Und?«

»Natürlich darf sie das, ich bin ja nicht Marianne. Aber für die Gnade brauche ich noch Zeit – falls ich jemals so weit sein werde.«

»Wie streng wir sind.« Jo seufzte und schleuderte einen Packen Briefumschläge auf den Boden. »Es ist unwahrscheinlich, dass sie in nächster Zeit wiederkommt. Reicht das?«

»Und was mache ich mit dem Geld?«

Er hielt inne und warf mir einen ungeduldigen Blick zu. »Herrgott, Charlie, was soll das? Ein Teil der Summe stammt von Jean-Pierre und Valérie, davon hast du einiges in Amerika auf den Kopf gehauen, vorher in den Londoner Jahren und später in Paris verplempert. Willst du das jetzt alles auseinanderklamüsern und Sophies Anteil zurückzahlen, nur um ein hochgesinntes Statement abzugeben und ihr deutlich zu machen, dass du ihr Verhalten nicht schätzt?«

Ich schaute zu Boden. »Du bist ekelhaft.«

»Ja, ich bin ekelhaft.« Jo wühlte in dem Sack herum, zog irgendetwas wieder heraus und warf es in ein Regalfach.

»Da ist noch etwas.«

»Ich höre.«

»Paul, Katharina, Jean-Pierre und Valérie haben sich für dein Fest am 12. Mai angemeldet. Heute Morgen habe ich die beiden letzten freien Suiten für sie reserviert.« Es war alles total schiefgelaufen, denn Paul und Katharina hatten ihre Pläne geändert. Jetzt wollten sie ihren Hochzeitstag in Avignon verbringen, in der Woche darauf in aller Gemütsruhe hierherfahren und meinen Geburtstag bei Jos Fest mit mir nachfeiern. Das hatte ich am vergangenen Abend von Paul per Mail erfahren. Vor einigen Tagen hatte ich jedoch Jean-Pierre und Valérie gebeten, nicht zu meinem Geburtstag am 5., sondern erst zu Jos Fest am 12. Mai zu kommen, denn in der Woche zuvor seien Paul und Katharina hier. Ich mochte die beiden nicht noch einmal verschieben und wieder zu meinem Geburtstag einladen.

»Na, das wird ja eine fidele Runde«, sagte Jo.

»Mann«, sagte ich. »Jetzt fühl doch mal mit und hör auf, das Zeug wie ein Geisteskranker in den Sack zu quetschen.«

Er rüttelte den Inhalt des Sacks durch heftiges Auf- und Abschütteln zusammen, trat zur Abrundung noch einmal dagegen und band ihn zu. Dann bückte er sich nach dem zweiten Sack. »Du solltest auch aufräumen«, sagte er. »Eine sehr empfehlenswerte Therapie. Am besten mit einer Flasche Cognac in Reichweite. Noch vor einer halben Stunde war ich extrem schlecht gelaunt. Jetzt geht es wieder.«

»Jo«, sagte ich warnend.

»Sag es ihnen«, schlug er vor und schaufelte Papiere in den zweiten Sack. »Du wirst doch sowieso mit ihnen sprechen. Lass sie entscheiden, ob sie sich nach all den Jahren ertragen können oder nicht.«

Ich stand auf. »Mit dir ist nicht zu reden.«

»Ist es doch«, sagte er und lachte erneut. Dann zeigte er auf die Wand, hinter der Dylans Wohnung lag. »Da fiedelt das arme Kind. Offenbar soll im Mai ›Mozambique‹ vorgetragen werden.«

Auf dem Weg hinaus trat ich den an den Schrank gelehnten Sack um.

»Wie alt bist du?«, rief er mir nach.

Auf der Treppe hörte ich Dylans Klavier und Julie, die dazu mit heller, reiner Stimme »Bridge over Troubled Water« sang. In meinem Zimmer schrieb ich meinen Großeltern in Deutschland und in Frankreich je eine Mail, erklärte ihnen die Sache mit den sich überschneidenden Besuchen und fragte, ob das Zusammentreffen nach all der Zeit nicht vielleicht doch möglich sei. Ich kündigte für den Abend einen Anruf von mir an. Dann rief ich in Amerika an. Jennifer nahm den Hörer ab und sagte: »Ach, du bist es.«, als ich mich gemeldet hatte. Ich trug ihr mein Anliegen vor und erfuhr, dass sie und Jackson noch keine Zeit gefunden hatten, über Julies Rückkehr nachzudenken, schließlich sei sie gerade erst abgereist. Ich sagte, dem Glücklichen schlage natürlich keine Stunde, trotzdem wüsste ich es gern, um mich darauf einzustellen. Daraufhin piepste sie los, was das Zeug hielt, ob ich überhaupt ahne, was sie in der Zeit, in der ich da war, mitgemacht habe, und dass Jackson noch andere Dinge im Kopf habe, ob ich es glaube oder nicht, dass Julie sich bislang noch kein einziges Mal bei ihrem Vater gemeldet habe, was sie wirklich allerhand finde, so sei sie in Amerika nicht gewesen. Sie denke mit Entsetzen – ja, mit Entsetzen – an die Aufgabe, die ihr nach Julies Rückkehr in puncto Erziehung bevorstände. Ich schlug ihr vor, halblang zu machen, und ließ mir die Telefonnummer von Jacksons Eltern in Kalifornien geben.

Als ich dort anrief, meldete sich Daddy O. Ich erklärte ihm die Lage und musste nichts weiter sagen, er kannte die Marotten seines Sohns. Wie sich herausstellte, wollten er und seine Frau den Sommer in Europa verbringen und Julie auf der Heimreise bei uns abholen. Wir einigten uns auf Mitte bis Ende August, das genaue Datum würden sie mir im Juli mitteilen.

Gleich darauf erhielt ich eine Mail von Paul. *Meine liebe, liebe Charlotte*, schrieb er. *Ich möchte die beiden sehr gern wiedersehen, ich glaube, Du kannst Dir nicht vorstellen, was gerade in mir vorgeht. Aber es wird von Katharina abhängen, und sie braucht noch Zeit zum Nachdenken. Bis später, Dein Großvater Paul.* Im Postskript bat er mich, an den Reservierungen vorerst nichts zu ändern. Ich blieb an meinem Laptop sitzen, denn wie ich Valérie und Jean-Pierre kannte, würde auch ihre Antwort nicht lange auf sich warten lassen. Doch ich hatte mich geirrt, im Elsass blieb es still. Eine Zeitlang saß ich noch da und sah Paul vor meinem geistigen Auge, wie er durch die Räume des Hauses tigerte, und Katharina, die in ihrem Zimmer saß oder im Garten dem Unkraut den Garaus machte. Sie würde wissen, dass Paul sich das Wiedersehen wünschte und sie die Wahl hatte, ihm einen Gefallen zu tun oder stur zu bleiben.

Eine Weile später ging ich in Julies Zimmer, folgte Jos Beispiel und räumte dort auf, denn Julie hielt es wie Dylan. Ihre Sachen lagen auf dem Fußboden und auf sämtlichen Möbelstücken.

Später lief ich in den Ort und betrat den Buchladen, um etwas zu suchen, mit dem ich Julie mehr Französisch als *je t'aime* beibringen konnte. Nach längerem Herumstöbern kaufte ich *Les vacances du petit Nicolas*, davon hatte ich als Kind gar nicht genug kriegen können. Mit dem Buch unter dem Arm schlug ich einen Bogen durch den Ort, nahm die Gasse, die zum Meer hinunterführte, und blieb an der Strandmauer stehen. Bevor ich mit meinen Großeltern im Elsass und in Deutschland sprechen würde, musste ich einen klaren Kopf bekommen. Paul und Katharina waren kein Problem, da war nichts heikel, selbst die Frage, ob sie mit den anderen zusammentreffen wollten, würden sie allein entscheiden, dazu brauchten sie mich nicht. Ich betrachtete den Himmel und das Meer, beides so grau, als wäre es Winter. Der Wind hatte sich gedreht, grub, von Westen kommend, Schneisen in die herandonnernden Wellenkämme. Ich wandte mich fröstelnd ab und lief weiter. Nein, vor dem Gespräch mit Paul und Katharina graute mir nicht, doch vor dem mit meinen französischen Großeltern. Sie würden ihre Tochter in Schutz nehmen, ebenso wie damals, deshalb hatte ich Angst, Sophie könnte wie eine Zündschnur sein, die vor sich hin zischte und glühte, bis irgendetwas zwischen meinen Großeltern und mir explodierte.

Um mich noch eine Zeitlang vor dem Telefonat mit ihnen zu drücken, besuchte ich Nathalie in ihrem Geschäft, denn bei meinem Aufbruch vorhin hatte ich vor ihrer Tür einen Lieferwagen gesehen. Als ich den Laden betrat, war sie dabei, Kisten auszupacken. »Du kommst wie gerufen«, sagte sie. »Schau, was ich hier habe.« Sie hielt ein dickes flauschiges Badetuch hoch, hellblau, mit einem eingestickten dunkelblauen Anker. »Die gibt es auch als Handtücher und in Weiß.«

Ich betrachtete und befühlte das Badetuch. Es war wundervoll und für meine künftigen Hotelbadezimmer genau das Richtige. »Wie teuer?«

Nathalie trat an den auf alt getrimmten Tisch, der ihr als

Tresen diente, und zog eine Liste zu Rate. »Achtundsechzig Euro. Die Handtücher könnte ich dir für achtundvierzig pro Stück lassen.«

Ich sah sie mit hochgezogenen Brauen an. »Nathalie, bitte, ich bin's, deine Nachbarin, die Frau, die du schon seit ewigen Zeiten kennst.«

»Und deshalb soll ich mich berauben lassen?«

»Nein, deshalb sollst du dreißig Badetücher und sechzig Handtücher bestellen, alle in Blau, und sie mir zum Einkaufspreis überlassen. Wie viel ist das? Ich schätze mal, fünfzehn für das Badetuch und acht für die Handtücher.«

»Man merkt, dass du aus einer Familie von Halsabschneidern kommst.« Nathalie strich am Saum des Handtuchs entlang. »Sieh mal, was für eine Qualität das ist. Das ist kein Ramsch, den du im Kaufhaus auf dem Grabbeltisch findest, die Ware kommt aus Dänemark.«

Ich lachte auf. »Das glaubst du doch selbst nicht.«

»Na ja, vielleicht nicht richtig aus Dänemark, aber sie hat dort Station gemacht.« Sie blickte auf. »Wenn du mir sagst, was für eine Frau seit neuestem bei euch herumschleicht, denke ich darüber nach.«

Ich trat an das Regal, in dem ihre schönen Weingläser mit den fein ziselierten Blattmustern standen. »Eine Frau?«

»Zwanzig für das Badetuch, zehn für ein Handtuch.«

»Ach, du meinst sicher meine Tante Sophie.«

Nathalie kam zu mir, packte meinen Arm und rüttelte an ihm. »Hinter wem ist sie her? Spuck es aus, oder ich lege auf jedes Handtuch noch zehn Euro drauf.«

»Herrgott, Nathalie, ist dir denn nichts mehr heilig? Also gut, sie hat es auf Jo abgesehen.«

»Nicht auf Dylan?«

»Nein, verdammt noch mal.«

Nathalie ließ meinen Arm los und zeigte auf die Gläser.

»Mundgeblasene Weingläser aus Italien. Ich lasse sie dir für fünfundzwanzig das Stück.«

»Fünf.«

»Zisch ab, Charlotte, du bist noch geiziger als dein Onkel.« Mit wedelnden Händen scheuchte sie mich aus ihrem Laden hinaus.

Schon im Flur des Hotels hörte ich Julie laut und bitterlich weinen. Ich entdeckte sie in der Küche auf Dylans Schoß, die Arme um seinen Hals geschlungen. Er streichelte ihren Rücken und sah mich zornig an. »Ihr Vater hat angerufen.«

Julie schaute mich mit tränenüberströmtem Gesicht an. »Er hat geschimpft. Weil ich ...« Sie barg ihr Gesicht wieder an Dylans Hals.

»Ich weiß nicht genau, was war«, sagte Dylan und begann, Julie zu wiegen.

»Weil ich mich nicht gemeldet habe«, flüsterte Julie zwischen zwei Schluchzern.

Ich ging in die Vorratskammer am Ende der Küche, holte die Flasche Schokoladenlikör heraus und goss einen Schluck in ein leeres Wasserglas auf dem Tisch. »Komm, Julie«, sagte ich und setzte mich zu den beiden. »Erzähl uns, was passiert ist.«

Julie kletterte von Dylans Schoß auf meinen. Dylan stand auf und trat an das Weinregal. »Nicht ein einziges Mal hat sie bisher bei uns geweint«, sagte er. »Und dann ruft dieser ... dieser sogenannte Vater an, und Julie schwimmt fast weg.« Er kehrte mit einer Flasche zurück und holte sich ein Glas.

Ich drückte Julie an mich. »Was hat er gesagt?«

»Er hat geschimpft, weil ich ihn nicht angerufen habe.« Dieser gottverdammte Heuchler, fuhr es mir durch den Kopf, denn diese Tour war mir nur zu vertraut. Wie oft er mich stundenlang ignoriert hatte, bis er mich irgendwann vorwurfsvoll ansah und beleidigt fragte: »Warum ziehst du ein Gesicht, als hätte ich dir was getan? Warum hast du ständig schlechte Laune?«

»Und dann?«

»Dann habe ich gesagt, dass er mich auch nicht angerufen hat«, flüsterte Julie.

Sehr schön, das dürfte Jackson nicht geschmeckt haben. »Und dann?«

»Dann hat er gesagt, ich soll nicht so frech sein.« Sie wischte ihre Tränen ab, doch die nächsten quollen schon hervor. »Und dass er mich hier wegholt, wenn ich so frech werde wie du.«

Ich strich über ihren Kopf. »Das hat er nur so gesagt, Julie. Er holt dich nicht hier weg.«

»Ich darf noch ganz lange bleiben, oder?«

»Das weißt du doch.«

»Jo hat eben länger mit ihm telefoniert.« Dylan hielt die Flasche hoch und wackelte einladend mit ihr. Ich schüttelte den Kopf. »Wenn ihr mich fragt, sitzt Julies Dad jetzt auch irgendwo und weint.«

»Dylan!«, sagte ich und biss mir auf die Lippe, um nicht zu lachen.

Julie hatte den Likör entdeckt und machte sich daran, sich einen stärkenden Schluck zu genehmigen. Ihre Tränen waren versiegt.

»Nur noch einen kleinen gegen den Kummer«, sagte ich. »Mehr nicht.« Ich wandte mich an Dylan. »Was meinst du, wie es Jo geht?«

»Mach dir keine Sorgen«, antwortete er. »Er hat heute lange mit mir geredet, Schränke aufgeräumt und Julies Dad nach Strich und Faden zusammengefaltet, der ist bald wieder in Ordnung.« Er trank und legte den Kopf schief. »Aber ganz ohne ist es nicht. Ich glaube, es war doch nicht nur was Sexuelles.«

Ich legte einen Finger auf meine Lippen und zeigte auf Julie, die sich die Nase an ihrem T-Shirt abwischte.

Am Abend ging ich in mein Zimmer, legte mein Handy auf den Tisch und schaute es an. Schließlich sagte ich mir, Augen zu und durch, und rief meine Großeltern in Deutschland an.

Katharina meldete sich. »Mein lieber Mann, was für ein Schlag das war. Wir sind noch ein bisschen durcheinander, Charlotte. Aber Paul möchte Jean-Pierre wiedersehen, da führt kein Weg dran vorbei.«

»Und du?«

»Ich? Ich weiß es noch nicht. Das kam ja auch sehr plötzlich. Nach so vielen Jahren.«

Ich setzte mich an den Schreibtisch. »Ich weiß, was damals vorgefallen ist, Jo hat es mir erzählt.«

Stille. »Ja, dann … dann verstehst du mich sicherlich.«

»Sehr gut sogar. Aber …« Ich wusste nicht, wie weit ich gehen sollte. »Ich hänge an Jean-Pierre und Valérie, aber ich bin mir nicht sicher, was ich ihnen sagen soll.«

Katharina lachte. »Dann sitzen wir im selben Boot, ich bin es nämlich auch nicht.«

Ich nahm die Schneekugel aus Salem vom Schreibtisch, schüttelte sie und sah zu, wie die weißen Schnipsel aufstoben und sich taumelnd auf dem Walfänger setzten. »Außerdem muss ich ständig an Marianne und Sophie denken. Wäre nicht alles anders gekommen, wenn die beiden sich nicht so ineinander verbissen hätten?«

»Mein Gott, Charlotte«, sagte Katharina mit ihrer üblichen Ungeduld. »Die Dinge hätten immer anders kommen können, solche Überlegungen führen zu nichts.«

»Glaubst du denn wirklich, sie hat sich nur wegen ihrer Karriere so entschieden?«

»Das war für sie kein ›nur‹«, antwortete Katharina scharf. »Diese Frau war schon als Kind vom Ehrgeiz zerfressen, ich war jedes Mal froh, wenn ihre Eltern ohne sie gekommen sind. Und was Jo mal an ihr gefunden hat, habe ich erst recht nicht begriffen. Als er mir nach Weihnachten erzählt hat, er habe die Sache wieder aufgenommen, dachte ich, ich hätte was an den Ohren.«

Gut, die wieder aufgenommene Liaison verstand ich auch nicht so ganz. »Und was ist mit Valérie und Jean-Pierre? Nimmst du ihnen noch übel, dass sie damals geschwiegen haben?«

Katharina seufzte. »Nein, nicht mehr.«

Ich neigte die Schneekugel und ließ die Schnipsel in den Bug des Schiffes rieseln. »Hast du die beiden denn nie vermisst? Ihr wart doch so enge Freunde.«

»Fragen, Fragen, Fragen.« Katharina seufzte erneut. »Zuerst nicht. Später vielleicht.« Sie schwieg einen Moment. »Für Paul war es schlimmer, du weißt, wie weichherzig er ist.« Sie lachte wieder, aber es klang unfroh. »Herrgott noch mal, Charlotte, was für eine blöde Situation.«

»Ja«, sagte ich. »Aber vielleicht versuchst du trotzdem nachzugeben.«

»Vielleicht«, entgegnete sie. »Aber die beiden wohnen bitte nicht mit uns in Jos Hotel, versprich mir das.«

Ich versprach es.

Vor dem Anruf ins Elsass fürchtete ich mich nach wie vor. Ganz gleich, welche Sätze ich mir zurechtlegte, am Ende liefen sie immer auf Bezichtigungen hinaus, immer stand da zum Schluss: Wie konntet ihr? Und eben das wollte ich nicht. Ich wollte versöhnliche Worte finden, die es den beiden leichter machten, denn wenn ich mir vorstellte, wie sie zusammensaßen und ihrerseits überlegten, was sie mir sagen sollten, verspürte ich nichts als Liebe. Ich wollte sie nicht verletzen.

Nervös wie ich war, konnte ich nicht mehr ruhig sitzen, trat ans Fenster und schaute aufs Meer hinaus. Es war Flut, ein Moment der Stille. Über der Wasserfläche kreiste eine Handvoll Möwen. Andere hatten ein in den Wellen treibendes Holzstück gefunden und schaukelten darauf mit gespreizten Flügeln, wieder andere ließen sich mit geschlossenen Flügeln von der schweren Dünung tragen und sahen aus wie Bälle. Ich wählte die Nummer, den Blick noch aufs Meer gerichtet.

Mein Großvater nahm den Hörer ab. Sofort nach meiner Begrüßung sagte er: »Wir haben mit Jo und Sophie gesprochen, Charlotte, wir sind froh, dass du es weißt, jetzt können wir offen reden.« Ich hörte ein Klicken. Jemand hatte den Hörer des Zweitanschlusses abgenommen.

»Valérie?«, fragte ich. »Bist du auch da?«

Meine Großmutter weinte. »Entschuldige«, sagte sie kaum hörbar.

»Tja, wenn das so ist«, sagte Jean-Pierre. »Dann lasse ich euch besser mal allein.« Das nächste Klicken war zu hören, er hatte aufgelegt.

»Männer«, sagte Valérie fester. »Was für Feiglinge. Warte, ich bin gleich so weit.« Sie putzte sich die Nase. »Ich hatte solche Angst. Ich dachte, jetzt will sie mit uns nie mehr etwas zu tun haben. Du weißt nicht, wie mir zumute war.«

Schon schossen Tränen in meine Augen. »Das hätte ich nicht gekonnt, niemals.«

»Verstehst du, weshalb wir so gehandelt haben, Charlotte? Es ging doch nicht anders, wie hätten wir denn ...«

»Ich verstehe es«, unterbrach ich sie, ich wollte nicht, dass sie sich verteidigte, diese zarte alte Frau, meine Großmutter, die schwarze Tage hatte, an denen sie ihr Bett nicht verließ und, wenn sie hervorkam, wie ein Geist durch ihr Haus schlich.

»Dann bist du uns also nicht böse.«

»Nein, Valérie.«

»Weißt du, eines Tages, wenn du wieder mal bei uns bist,

erzähle ich dir, wie es damals für uns war, für Jean-Pierre und mich, in dieser furchtbaren Zeit.«

Ich hörte sie wieder weinen und fühlte mich hilflos, weil ich nicht wusste, wie ich es ihr leichter machen konnte.

»Da kommt Jean-Pierre«, sagte sie. »Er hat gekniffen. Ja, sieh mal an, jetzt will er mit dir reden. Steht auch wirklich nichts zwischen uns? Weißt du, manchmal sagt man, alles ist gut, aber es ist doch was geblieben.«

»So ist es bei mir nicht.«

»Nein«, sagte sie. »Ich sollte nicht zweifeln, du bist anders als Marianne. Du hast ein Herz. Was hat ihr Hass auf uns ihr denn auch gebracht?«

Nichts Gutes, dachte ich. »Nichts, sie ist im Grunde eine sehr einsame und unglückliche Frau gewesen.«

»Wie Sophie«, sagte Valérie. »Herrje, ich weine und weine. Diese zerstörten und vergeudeten Leben, weißt du, wie schrecklich es ist, so etwas von seinen Kindern denken zu müssen? Warte, ich gebe dir Jean-Pierre.«

»Ich habe nicht gekniffen«, sagte mein Großvater. »Ich wollte nur nicht ...« Seine Stimme brach. Er räusperte sich. »Ich finde nur, dass Frauen manche Dinge besser als Männer können.«

»Alle Dinge«, sagte Valérie im Hintergrund. Ich hörte sie lachen und dabei weinen.

»Kommt ihr?«, fragte ich. »Zur selben Zeit wie Paul und Katharina?«

»Ja«, erwiderte er. »Von unserer Seite aus geht das in Ordnung.«

Ich wischte meine Tränen ab. »Ich danke dir«, sagte ich mit belegter Stimme. »Du glaubst nicht, wie froh mich das macht.«

Von Jean-Pierre war ein Trompetenstoß zu hören, er schnäuzte sich die Nase. »Aber bitte besorg uns ein anderes Hotel, ich kenne Katharina. Warte ...« Er brach kurz ab. »Jetzt ist Valérie weg, jetzt kann ich es sagen. Ich freue mich, wie ich mich schon seit langem nicht mehr gefreut habe, und hoffe von ganzem Herzen, dass es klappt. Aber das bezieht sich vor allem auf Paul. Katharina – oh, Katharina ist jemand, den man mit Vorsicht genießen muss. Das war früher schon so. Aber Paul und ich – das ist das Schlimme, Charlie, das kann ich mir im Nachhinein nicht mehr verzeihen, dass wir so lange gewartet ... Warte, ich bin nicht sehr gefasst, weißt du.«

»Wir müssen doch auch nicht gefasst sein«, sagte ich und putzte mir die Nase wie Julie mit Hilfe meines T-Shirts.

»Ich dummer alter Kerl«, sagte mein Großvater. »Jetzt kann ich kaum noch sprechen. Wenn du magst, reden wir morgen weiter, ja? Und ... ich danke dir, Charlotte.« Er legte auf.

Ich lehnte die Stirn an die Fensterscheibe. Jetzt, zum Abend, hatte das Meer seine Regenfarbe angenommen, Wellen konnte man nicht erkennen, nur eine graue, wühlende Masse. Als ich das Fenster öffnete, drangen schrille Möwenschreie herein. Ich spürte die feuchte Luft auf der Haut und dachte an meine Großeltern und an all den Schmerz, den wir uns im Zorn oder aus Unverständnis gegenseitig zufügen, ohne uns zu fragen, was daraus wird, bis wir viel zu spät begreifen, dass wir das nicht gewollt haben und nichts mehr gutzumachen ist oder erst nach langen, verlorenen Jahren.

In den Wochen darauf kehrte Ruhe ein, und dafür war ich dankbar. Sophie blieb weg, und Jo benahm sich von außen so, als hätte es sie nie gegeben. Julie und ich verbrachten unsere Tage entweder in meinem Haus, wo wir für die Mahlzeiten der Mannschaft sorgen und Handlangerdienste verrichten durften. Wenn wir nichts zu tun hatten, gingen wir zum Strand, an dem wir entlangspazierten oder uns in die Sonne setzten, um »Geschichten von früher zu erzählen«, wie Julie es nannte. Es bedeutete, dass ich ihr Begebenheiten aus meiner Kindheit und Schulzeit erzählen musste, wobei Missgeschicke bei ihr besonders hoch im Kurs standen. Wenn sie an der Reihe war, ging es um kleine Episoden aus unserer gemeinsamen Zeit in Amerika, die in Julies Augen großartig gewesen war. An anderen Tagen blieben wir in Jos Hotel und halfen dort in der Küche oder beim Reinigen der Zimmer. Dann und wann kam Lana abends vorbei. Zwar wirkte sie inzwischen gefasst, doch sie blieb nie lange, und in der ersten Zeit machte sie um Jo einen Riesenbogen. Inzwischen, so mein Eindruck, wurden die Bogen allerdings schon wieder kleiner.

Dann kam mein neunundzwanzigster Geburtstag. Am Morgen riefen meine Großeltern an, Katharina und Paul schon in deutscher Herrgottsfrühe, Jean-Pierre und Valérie zu einer französischen Morgenstunde, nämlich gegen elf. Die Gespräche ähnelten sich. Sie gratulierten mir, wünschten mir von Herzen alles Gute, aber danach drehte es sich nur noch um ihre Reise nach Ré. Alle vier sahen dem Aufeinandertreffen aufgeregt entgegen. Paul sagte, er habe mit Jean-Pierre telefoniert.

»Und?«, fragte ich. »Wie war das?«

Er lachte. »Zwei rührselige alte Knacker, was dachtest du denn? Wir haben kaum einen Ton rausgekriegt und trotzdem zum Schluss gesagt, wie schön es gewesen sei, die Stimme des anderen zu hören.«

Am Nachmittag meines Geburtstags war es so warm und der Himmel so blau und klar, dass wir am Strand vor Jos Hotel feierten. Allerdings war im Vents et Marées an diesem Wochenende der Teufel los, mehr als eine kleine Party am Nachmittag war nicht drin. Von zwei bis halb fünf hatte ich eingeladen, bis zum Eintreffen der Flut. Es würde Kuchen geben und die Fruchtsäfte, die Jo im Angebot hatte. Die Kuchen hatten Robbie und ich gebacken. Ich hatte mich mit einem Aprikosenboden begnügt. Robbie hatte Stunden über einer von ihm kreierten Schokoladentorte geschwitzt.

Im strahlenden Sonnenschein trafen meine ersten Gäste ein, auf die Minute pünktlich, Rafi und ich hatten gerade alles an den Strand geschafft. Julie wartete schon seit einer Weile in ihrem Tüllkleid und mit dem neuen rosafarbenen Haarreifen, den sie Dylan am Vortag bei ihrem Besuch von La Rochelle aus den Rippen geleiert hatte. Auf der Decke neben ihr lag ihr Geigenkasten.

Ich küsste meine Gäste ohne Rücksicht auf Verluste: Lana, Nabil, seine Frau Martine, ihre Kinder Josi und Dani. Dann erschienen Théo, Dylan und Nathalie. Jo würde im Hotel die Stellung halten, aber er begleitete Robbie, als dieser seine Torte brachte, und rief: »Tusch und Vorhang auf.«

»Wenn ich falle, will ich nicht mehr leben«, verkündete Robbie auf dem Weg die Steintreppe herunter.

»Jetzt, Julie«, sagte Dylan, als jeder ein Stück Torte auf dem Teller hatte, und reichte ihr die Geige. Julie schaute in die Runde, schlug die Augen nieder und sagte leise: »Ich trau mich nicht.«

»Soll ich es singen?«, fragte Dylan.

Jo war mit seinem Tortenstück schon wieder auf dem Rückweg, doch er kam noch einmal die Treppe herunter und sagte: »Wir machen das zusammen, Julie, ich singe, du spielst.« Er flüsterte ihr etwas ins Ohr. Julie kicherte, setzte ihre Geige an, schluckte und spielte dann ein schmissiges »Happy Birthday«, zu dem Jo laut und falsch sang.

Als der letzte Ton verklungen war, sah Robbie ihn entgeistert an und sagte: »Echt krass und hammerhart, Mann.« Selbst Dani hatte aufgehört, mit Sand um sich zu werfen, und saß wie vom Donner gerührt auf der Decke. Jo grinste uns an und verschwand unter Applaus. Lana sah aus, als wollte sie ihm nach. Ich hielt sie fest. »Hiergeblieben.«

»Jo hat gesagt, er kann nicht singen«, erklärte Julie.

»Nicht doch«, sagte Théo. »Darauf wären wir nie gekommen.«

Robbies Torte war phantastisch, ein sahniges Kunstwerk aus Limetten, Vanilleschaum und Schokolade. Allerdings erklärte er bei jedem Bissen, was nicht gelungen sei und was er beim nächsten Mal anders machen müsse, bis Théo sagte: »Noch ein Wort, und du putzt die Küche heute Abend mit der Zahnbürste.«

Es war ein schönes Fest, obwohl ich hinterher nicht hätte sagen können, worüber wir gesprochen hatten, die meiste Zeit redeten alle durcheinander. Hier und da hörte ich Julie, wie sie von ihrem Besuch in La Rochelle erzählte und eine Altstadt beschrieb, die anscheinend nur aus Schmuckgeschäften bestanden hatte. Dani verbrachte den Nachmittag schlafend. Erst als die ersten Arme der Flut nach seinem Buggy griffen, wurde er wach und verfolgte die breiten Halbkreise aus Wasser ringsum mit Entrüstung.

Als wir den Strand geräumt hatten, lud Jo uns zu einem abschließenden Glas auf die Hotelterrasse ein. Julie bekam ein Gläschen alkoholfreien Quittenlikör. Sie ließ den Inhalt mit zurückgelegtem Kopf in sich rinnen, leckte das Gläschen aus und sagte: »Jetzt kommt die Überraschung.«

Dylan trat mit der Gitarre neben sie. »Bist du so weit?«

Sie nickte, und die beiden sahen mich an. Dylan zählte leise »eins, zwei«, und dann sangen sie für mich zur Gitarre »Bridge over Troubled Water«. Als sie geendet hatten, wischten Nathalie und ich uns die Augen. Ich konnte mich gerade noch bedanken, bevor mir die Stimme versagte.

Jo schloss Julie in die Arme. »Ich danke dir auch«, sagte er. »So etwas Schönes habe ich schon seit langem nicht mehr gehört.«

Julie schmolz dahin.

»Und wer drückt mich?«, fragte Dylan.

»Ich würde es ja tun«, antwortete ich. »Aber dann ist es um mich geschehen.«

»Komm in meine Arme«, sagte Théo und betupfte sich übertrieben die Augen. »Wer hätte gedacht, dass du den heutigen Tag noch erlebst?«

Hinter Julies Rücken murmelte Dylan: »Fick dich.«

Ich hielt Rafis Hand und betrachtete meine Gäste, Menschen, von denen jeder in seinem Leben schon Licht und Schatten kennengelernt hatte, aber von denen keiner etwas verdunkelte: Julie, die mich mit ihrem likörverschmierten Mund anstrahlte; Lana, die glücklich und zufällig neben Jo saß; Robbie, der begeistert Champagner schlürfte; Théo, der das letzte Stück Torte vernichtete; Dylan und Jo, die mich so zärtlich anlächelten, das alles vor mir verschwamm.

»Gleich fließen Tränen«, sagte Dylan.

»Ich seh's schon«, antwortete Jo, griff in seine Hosentasche und reichte mir ein ordentlich gefaltetes weißes Stofftaschentuch.

Die Ankunft von Paul und Katharina war für Donnerstag, den 10. Mai, vorgesehen. Sie würden in Jos Hotel absteigen. Jean-Pierre und Valérie würden einen Tag später anreisen, jedoch im Grande Plage unterkommen.

Donnerstagmittag war es so weit. Dylan hatte sich eine Stunde vorher mit Julie aus dem Staub gemacht, und die Hotelgäste waren alle unterwegs. Ich saß mit Jo auf der Terrasse in der Sonne und schaute auf den Teller mit meinem Snack, von dem ich vor Nervosität keinen Bissen hinunterbrachte. Stattdessen hielt ich mich an ein Gemisch aus Rosé und Sprudel. Jo verputzte sein Sandwich und fragte: »Warum bist du so aufgeregt?«

»Es sind so viele Gefühle im Spiel, außerdem waren die beiden noch nie hier.«

»Sei froh, dass sie kommen, und iss was«, sagte Jo.

»Kann nicht.«

Jo nahm das Sandwich von meinem Teller und aß es ebenfalls.

»Wie kaltschnäuzig du bist.«

»Nicht kaltschnäuzig, nur hungrig.«

Aber er hatte seine Antennen ausgefahren, denn als ich noch nichts gehört hatte, sagte er: »Sie sind da.«

Gleich darauf standen Paul und Katharina auf der Schwelle, an ihrer Seite zwei große Rollkoffer. »Ihr seid mir ja ein schönes Empfangskomitee«, rief Paul. »Und jede Tür sperrangelweit offen. Wir hätten alles klauen können, Computer, Fernseher und die ganzen Weinflaschen aus der Küche.«

Katharina lief zu Jo und nahm seinen Kopf in die Hände. »Ich muss dich ansehen.« Sie bedeckte sein Gesicht mit Küssen.

Ich stand auf und schloss Paul in die Arme. Als Katharina mit Jo fertig war und er sich hinter ihrem Rücken mit beiden Händen das Gesicht trockenrieb, kam ich an die Reihe. Paul klopfte seinem Sohn auf den Rücken, ließ sich neben ihm nieder und fragte: »Brauchst du mein Taschentuch? Sie hat dich mit Lippenstift vollgeschmiert.«

Katharina deutete auf Pauls Sitzplatz. »Lass mich dahin.« Paul setzte sich zu mir. Katharina wühlte ein Spitzentaschentuch aus ihrer Handtasche, spuckte darauf und wischte Jo den Lippenstift ab.

Jo schnitt Grimassen. »Die bespuckten Taschentücher konnte ich früher schon nicht leiden.«

Ich holte eine frische Karaffe Rosé, Wasser und Gläser aus der Küche. Essen wollten die beiden nichts.

Als ich zurückkam, hatten Paul und Katharina ihre Stühle mit Blick auf das Meer gestellt. Wie immer hatte Katharina auch hinten im Kopf Augen und sagte: »Für mich nur Wasser.« Sie streichelte Jos Hand. »Ein sehr ordentliches Hotel, mein Junge. Wie froh ich bin, dass wir es endlich sehen dürfen.«

Paul nahm ein Glas Rosé, nippte daran, streckte die Beine aus und blinzelte lächelnd zum Meer.

Als nach einer Weile die Kirchturmuhr schlug, erklärte Katharina, sie müssten ein Stündchen ruhen, sie seien schon seit der Früh auf den Beinen. Jo führte sie hoch in ihre Suite.

Kurz nach drei kamen meine Großeltern wieder herunter. Katharina verkündete, sie wolle sich La Flotte anschauen und in einem der Hafencafés eine Kleinigkeit essen. Paul wollte nach Ars, in den Ort, wo er, Jo und Freddy früher Ferien gemacht hatten, und fragte mich mit bittendem Blick, ob ich Lust habe, ihn zu begleiten. Als ich zustimmte, wurde er so hibbelig, dass er das Sandwich, das Jo ihm aufnötigte, mit ein paar Bissen im Stehen verschlang.

Wir nahmen den Bus. Mein Großvater saß am Fenster und schaute in stummer Erregung hinaus. Ich überließ ihn seinen Erinnerungen. Ab und zu sagte er »Wie wenig sich hier verändert hat« oder »Ich hatte schon Angst, hier wäre alles verbaut worden«. In Ars trabte er mit geröteten Wangen durch den Ort auf der Suche nach dem Haus, in dem er vor langer Zeit für sich, Jo und Freddy Jahr für Jahr dieselbe Wohnung gemietet hatte. »Ein schmales weißes Haus in einer kleinen Gasse«, murmelte er, während wir in die nächste kleine Gasse mit schmalen weißen Häusern eintauchten. »Fünf Minuten vom Marktplatz entfernt.« Ich sagte: »Vielleicht gibt es dieses Haus nicht mehr«, aber davon wollte er nichts wissen. Als er es endlich entdeckt hatte, rief er: »Na also, ich wusste doch gleich, dass es hier war.« Er zeigte auf die Fenster im ersten Stock. »Da haben wir gehaust, frag nicht, wie es bei uns ausgesehen hat.« Er lachte in sich hinein. »Katharina war ja nicht da. Wir konnten die Sau rauslassen.« Mit glücklich funkelnden Augen drehte er sich zu mir um. »Komm, darauf trinken wir einen.«

Wir setzten uns in einem Café am Marktplatz unter einen Sonnenschirm. Auch in Ars ging die Saison los, die meisten Tische ringsum waren besetzt. Paul bestellte Biskuitrollen und Crémant, seufzte zufrieden und sah mich an. »Wir bleiben bis zum einundzwanzigsten, wusstest du das schon?«

»Ich wünschte, ihr würdet den ganzen Sommer bleiben.« Ich dachte an etwas, was Jo mir neulich erzählt hatte. Weil Paul und Katharina nicht gewillt waren, Anwälte einzuschalten und Sophie juristisch zu verfolgen, habe Marianne ihre Eltern nicht auf Ré geduldet. Allerdings sei sie dann und wann an den Rhein gefahren. Ich dachte, wahrscheinlich hatte sich bei diesen Besuchen wieder alles um sie gedreht, wie immer und überall, woraufhin Freddy und Susanna vermutlich noch verbitterter geworden waren.

»Wir kommen ja wieder«, tröstete Paul mich. Dann lehnte er sich zurück und begutachtete die alte Kirche Saint-Étienne, als müsse er prüfen, ob daran auch noch alles wie früher war. »Ich hatte Sorge, Sophie könnte am Wochenende hier sein. In dem Fall wäre Katharina nicht gekommen, aber das scheint sich ja in der Zwischenzeit erledigt zu haben.«

»Woher weißt du das alles?«

»Von Jean-Pierre.« Er warf mir einen Blick zu. »Auf dem Weg hierher haben wir bei ihnen Station gemacht.«

Ich legte den Rest meiner Biskuitrolle ab. »Und Katharina war damit einverstanden?«

Paul hatte nichts gegessen und schob mir seinen Teller zu. »Ja.« Er leerte sein Glas und bedeutete dem umherrennenden Kellner mit einem Wink, ihm ein zweites zu bringen. »Für sie ist Sophie das Hauptproblem. Sie hat ihr die Feigheit nie verziehen und wird es auch nie tun. Mir selbst fällt das offen gestanden auch ziemlich schwer.«

»Mir auch.« Ich aß weiter. »Ich habe sie immer so bewundert. Jo ist seine Entscheidung übrigens nicht leichtgefallen.«

»Wo die Liebe hinfällt«, sagte Paul. »Manchmal bin ich froh, dass ich so alt bin.«

»Und wie war es mit euch im Elsass?«

Paul dachte nach. »Wir waren nur zum Kaffee da, mehr wollte Katharina nicht. Wir waren alle etwas befangen, haben uns angeschaut, gesehen, wie alt wir geworden sind. Als wir uns das letzte Mal getroffen hatten, waren wir ja noch nicht mal fünfzig. Ich glaube, jedem von uns war das Herz schwer. All die Jahre ohne einander.« Er schwieg und drehte sein Glas zwischen den Fingern. »Wir hätten früher auf sie zugehen müssen, hätten ihnen beistehen müssen, als sie nach Louis auch Richard verloren hatten. Hätten, hätten, hätten, wie man sich das hinterher so dumm sagt, als könnte man dann noch etwas ändern. Jetzt kann ich nicht fassen, wie verbiestert wir waren. Was haben wir uns bloß dabei gedacht?«

»Wahrscheinlich, dass sie im Unrecht waren.«

»Sicher waren sie das, aber dadurch waren wir noch lange nicht im Recht.« Er trank mehrere Schlucke, schüttelte den Kopf.

»Und wie geht es mit euch weiter?«

»Wir reden wieder miteinander, besuchen uns sicherlich auch mal wieder.«

»Aber die früheren Freunde werdet ihr nicht mehr?«

Paul seufzte. »Jean-Pierre und ich vielleicht schon, aber nicht mehr alle vier, nicht mehr wie früher.« Er beäugte sein leeres Glas. »Ob ich noch ein Gläschen schaffe?« Er hielt nach dem Kellner Ausschau. »Nimm mich bloß mit, falls ich nachher nicht mehr hochkomme.«

»Klar nehme ich dich mit. Kann ich dich noch etwas fragen?«

»Natürlich.«

»Warum hat Marianne Sophie damals nicht angezeigt? Das wäre doch naheliegend gewesen.«

»Wie denn? Es hätte ja Aussage gegen Aussage gestanden, und deine Mutter war damals schon ... instabil. Das hätte sie nicht durchgestanden.« Er nahm meine Hand. »Bitte, Charlie, wenn du mir einen Gefallen tun willst, dann lass uns heute über etwas anderes reden.«

Ich drückte seine Hand. »Nur noch eine Frage, dann halte ich den Mund. Warum haben sie und Sophie sich so gehasst?«

Paul schob sich mit seinem Stuhl tiefer in den Schatten, bat mich, die Gläser festzuhalten, und zog den Tisch nach. Ich rückte hinterher. »Dafür habe ich bis heute keine Erklärung.« Er hob sein leeres Glas und schwenkte es, bis der Kellner ihm entnervt zunickte. »So etwas gibt es. Ich werde zum Beispiel nie vergessen, wie Ozzie Fye mich vor Jahren einem seiner Geschäftspartner vorgestellt hat, irgendwo in Texas. ›Mensch, Paul‹, sagte er, ›wenn du es richtig anstellst, wird das ein Großabnehmer, da geht es um Riesenaufträge.‹ Wir haben den Typ getroffen, und ich hätte ihm sofort die Faust ins Gesicht schlagen können, da hatte der noch keinen Ton von sich gegeben. Dem Typ ging es anscheinend genauso. Das Gespräch war nach zehn Minuten beendet. Ozzie war so perplex, der hat nur noch gefragt: ›Was war das denn jetzt?‹ Auch da weiß ich bis heute nicht, woran es gelegen hat, der Typ sah stinknormal aus.«

Ich wagte mich noch ein Schrittchen vor und beschloss, etwas anzusprechen, das mir schon seit einer Weile durch den Kopf ging. »Aber glaubst du nicht, Sophie und Marianne könnten sich in Wahrheit geliebt haben? Oder dass es so etwas wie Hassliebe war? Man hasst jemanden doch nur, wenn derjenige einem unter die Haut gegangen ist und einen enttäuscht oder verletzt hat.«

Paul sah mich an, als hätte ich den Verstand verloren. »Du meinst, dass sie verkappte Lesbierinnen waren?«

Ich wand mich verlegen. »Nicht ganz, aber könnte nicht etwas in dieser Richtung gewesen sein?«

Als sein nächstes Glas gebracht wurde, tippte Paul mit dem Zeigefinger ausdrücklich auf die Stelle, wo das Glas abzustellen war. Der Kellner stellte es ausdrücklich woanders ab. »Der Hund«, sagte Paul heiter. »Lass mich bloß kein viertes Glas trinken. Ich möchte nicht, dass es zu einem Handgemenge kommt.«

»Nur ein Hauch«, wiederholte ich.

»Nicht mal ein Hauch. Oder denkst du, in Wahrheit hätte ich mit dem Typ aus Texas ins Bett gehen wollen?«

»Wer weiß.«

Er lachte schallend. »Schade, dass es nicht geklappt hat. Dann wäre der arme Ozzie restlos von den Socken gewesen.«

»Also hältst du meine Idee für Quatsch.«

»So will ich es nicht nennen. Aber ungefähr dürfte das hinkommen.« Er schaute sich wieder um. »Gott, wie ich das vermisst habe. Nicht nur Ars, die ganze Insel.«

Noch ein Kummer, dachte ich, noch mehr verlorene Jahre. Aber wie hätte er hierherkommen können, wenn seine Tochter es ihm untersagt hatte? Ich griff nach Pauls Hand, die fest meine umschloss und sie an seine Wange führte.

Als wir am frühen Abend in La Flotte ankamen, war Paul bester Laune und pfiff. »Das wird ein prima Besuch«, erklärte er Jo, dem wir unten im Hotel begegneten.

»Den Eindruck habe ich auch«, antwortete Jo kopfschüttelnd.

Katharina trafen wir in seinem Arbeitszimmer an, wo sie und Julie am Tisch saßen und mit dem Puzzle zugange waren.

»Ich kriege ein neues Kleid«, rief Julie mir freudestrahlend entgegen. »Weil mein Tüllkleid zu eng geworden ist.«

»Weil du zu viel Schokoladenlikör trinkst«, sagte ich.

»Trinke ich nicht.«

Katharina warf einen Blick auf Paul. »Und du? Wovon hast du zu viel getrunken?«

»Von nichts.« Paul begrüßte Julie mit einem glückseligen Lächeln.

»Du machst jetzt ein Nickerchen.« Katharina stand auf. »Ich bringe dich ins Bett.«

Auf dem Flur sagte er zu Katharina: »Weißt du eigentlich, dass ich mein Leben lang schwul war? Charlie hat mich aufgeklärt.«

»Aber sonst geht's dir gut?«, antwortete Katharina.

Am nächsten Vormittag wollten Paul und Katharina sich Mariannes Bilder ansehen und dabei ungestört sein. Nachdem sie die Bilder ausgewählt hatten, die sie mitnehmen wollten, gingen sie gegen Mittag Arm in Arm zum Hafen, um dort etwas zu essen. Die Bilder, die sie für Jo und mich zurückließen, hatte Jo wieder auf den Dachboden verfrachtet, wo ich mir anschaute, was übrig geblieben war, und feststellte, dass sie sich mit Mariannes Landschaften von Ré begnügt und auf die Aquarelle, auf denen Sophie und Marianne zu sehen waren, verzichtet hatten – was eigentlich nur logisch war, wahrscheinlich wollten sie Sophie nicht einmal auf einem Bild vor sich sehen.

Nach dem Essen hatten Paul und Katharina sich hingelegt. Julie übte mit Dylan in dessen Wohnung. Ich wusste nichts mit mir anzufangen, bis Théo gegen vier Uhr eintraf und mich mit einer gebieterischen Geste in die Küche winkte. »Du schnippelst, Robbie hat frei.« Ich schnippelte.

Kurz vor halb fünf steckte Paul den Kopf in die Küche. »Wir gehen zum Grande Plage.«

Hinter ihm rief Katharina: »Wir bleiben nicht lang.« Paul zwinkerte mir zu.

Eine Sekunde später kam Julie in die Küche gestürzt, mit einem Blick, als wäre das Meer ausgelaufen. »Sie sind weg, Charlie!«

»Sie kommen wieder.«

»Wann?«

»Irgendwann am Abend.«

»Und mein Kleid?«

Ich winkte sie mit dem Zeigefinger zu mir. »Es gibt auch noch andere Dinge als dein Kleid.«

Ein böser Blick. »Nein.«

»Julie.«

»Ich habe mich so gefreut.«

»Julie!«

»Sie hat es mir versprochen.«

»Dann wird sie ihr Versprechen auch halten.«

Sie trat gegen mein Stuhlbein. »Wann?«

Ich legte mein Messer ab und stand auf. »Ich glaube, wir gehen jetzt in mein Zimmer und unterhalten uns da weiter.«

Julie stapfte die Treppe mit mir hoch. Ich versuchte, mich an das zu erinnern, was Jo bei solchen Begebenheiten früher losgelassen hatte. Zehn Minuten später hatte ich Julie die Bedeutung von Versprechen und Geschenken vor Augen geführt und erklärt, dass man weder das eine noch das andere durch Wutanfälle erzwingen konnte. Julie saß auf meinem Bett und schmollte. Ich fragte, ob sie etwa Lust habe, jemandem etwas zu schenken, der mit bösem Blick und hochrotem Kopf »Wann? Wann?« schrie. Julie antwortete mit einem trotzigen Ja. Na schön, dachte ich, ihr Stolz kämpfte noch gegen die Einsicht. Ich hielt es wie Jo und wartete. Schließlich hörte ich leise: »Es tut mir leid, Charlie.«

»Richtig leid?« Sie überlegte.

»Ziemlich richtig.«

»Okay«, sagte ich. »Ziemlich richtig reicht fürs Erste.«

»Darf ich wieder zu Dylan gehen?«

»Ja.«

Auf der Treppe nahm sie meine Hand und sagte: »Richtig leid, Charlie.« Ich gab ihr einen Kuss.

Später streifte ich mir eine Jacke über und schlenderte um das Hafenbecken zum Grande Plage. Dort ließ ich meinen Blick über die vollbesetzten Tische auf der Terrasse gleiten. Von meinen Großeltern war nichts zu sehen. Ich erkundigte mich am Empfang nach ihnen und erfuhr, dass Monsieur und Madame Villiers sich mit ihren Gästen unten am Strand befanden. Ich trat an die Mauer und schaute hinunter. Da saßen sie friedlich beisammen in der untergehenden Sonne, jeder auf einem Liegestuhl und in eine Decke gehüllt, und blickten auf das rotviolett glänzende Meer hinaus: Katharina, Jean-Pierre, Paul, Valérie, in dieser Reihenfolge. An Valéries Seite stand ein Tischchen mit einem Weinkübel. Katharina lachte über etwas, das einer der anderen gesagt hatte. Das gab den Ausschlag. Ich kletterte zu ihnen hinunter.

Valérie rief: »Da kommt ja mein kleiner Engel.«, und streckte die Arme nach mir aus. Ich umarmte und küsste sie. Jean-Pierre schälte sich aus seiner Decke heraus und stand auf, um mich zu umarmen. Bevor er mich losließ, flüsterte er: »Ich danke dir, *Chérie*, das hast du gut gemacht.«

»Das wart doch ihr selbst«, flüsterte ich zurück.

Jean-Pierre tätschelte meine Wange und lächelte verklärt.

Ich setzte mich ihnen gegenüber in den Sand. »Ich verschwinde gleich wieder. Ich wollte nur schauen, ob ihr … ob ihr euch auch wirklich vertragt.«

Paul breitete die Arme aus. »Ich vertrage mich mit allen schönen Frauen.« Er ließ die Arme sinken und drehte sich zu Jean-Pierre um. »Und Männern. Ich bin nämlich schwul, musst du wissen.«

»Das wissen wir inzwischen«, antwortete Jean-Pierre.

»Wenn ich es noch mal höre, ertränke ich ihn im Meer«, sagte Katharina.

Valérie lachte in sich hinein.

Ich sah sie der Reihe nach an. »Kann ich euch allein lassen?«

Katharina lehnte sich zurück. »Ja, lass uns noch ein bisschen hier sitzen. Die Sonne geht so schön unter.«

Ich ließ sie allein. Oben an der Mauer schaute ich noch einmal zu ihnen hinunter. Sie saßen in die rosigen letzten Strahlen getaucht und schienen still den Sonnenuntergang zu genießen. Ich dachte an mein Lieblingsfoto, daran, wie die vier in jungen Jahren bei ihrem Picknick im Grünen vor den blühenden Lupinen und dem Rittersporn gesessen hatten, an das, was ihnen genommen worden war, was sie sich selbst genommen hatten, als gäbe es solche Freunde zuhauf. Ich dachte an die Gnade, die Jo erwähnt hatte und mit der ich mich schwertat, obwohl sich in mir schon eine Stimme regte, die sagte: Verlier sie wenigstens nicht aus den Augen.

Der Tag von Jos Fest begann schön und klar mit einem leichten Wind, der vom Meer kam. Am Vormittag brach Paul mit Jean-Pierre zu einem Strandspaziergang auf. Katharina fuhr mit Julie nach Saint-Martin. Bei ihrer Rückkehr war Julie im Besitz eines wadenlangen schwarz-weiß karierten Taftkleids mit weitem gebauschten Rock. Der neue schwarze Haarreifen mit einer kleinen weißen Schleife saß bereits auf ihrem Kopf. Für die dazu passenden neuen Schuhe und ein kleines Täschchen hatte Jo ihr etwas von Daddy Os Geld zugestanden. Julie war von all dem so überwältigt, dass es ihr ausnahmsweise einmal die Sprache verschlagen hatte, und sie verzog sich mit ihren Schätzen in ihr Zimmer. Paul kehrte zurück, als es Zeit für seine und Katharinas Mittagsruhe war. Die beiden würden am Abend mit Jean-Pierre und Valérie am Hafen speisen und später zu dem Fest kommen.

Sonst nahm ich an diesem Tag die Dinge außerhalb des Vents nur am Rande wahr, denn während Jo sich um den normalen Hotelbetrieb kümmerte, bereiteten Rafi, Théo, Robbie und ich das Fest vor. Dylan baute auf der Terrasse die gemietete Musikanlage und anschließend seine Bar auf. Währenddessen durfte man ihn nicht ansprechen, was er tat, waren heilige Handlungen. Robbie und ich räumten die Häppchen, Baguettes und Salate in den Speisesaal. Rafi, der unter dem schmalen Vordach der Terrasse Girlanden aufgehängt hatte, kam und sagte: »Warum pfeffert ihr alles so ohne jedes Farbgefühl auf den Tisch? Ein Büffett muss wie ein Stillleben sein. Lasst mich das machen.« Ich hatte die Anrichte mit üppigen Blumensträußen aus Wicken, Anemonen und Gräsern geschmückt, aber auch das war nicht richtig geworden, laut Rafi hatte ich die Sträuße wie Soldaten in die Vasen gerammt. Robbie und ich tauschten einen vielsagenden Blick, bevor wir ihn seinem künstlerischen Schaffen überließen. Dann duschte ich, zog Rock und Pulli an und schlüpfte in flache Schuhe.

Wenig später begrüßten Rafi und ich die ersten Gäste und winkten sie an die Bar zu Dylan, der wieder bestens gelaunt war und in dunkler Hose, dunklem Hemd, hochgekrempelten Ärmeln und mit wilder Löwenmähne so unwiderstehlich aussah, dass ich zu ihm gehen und ihn umarmen und küssen musste. »Vermassle mir nicht die Tour«, sagte er und schob mich weg. Ich blickte auf die schon zahlreich versammelten Gäste auf der Terrasse.

»Welche ist es?«

»Langes blondes Haar, tiefer Ausschnitt, feuerroter Mund.«

»Und was ist mit Nathalie?«

Dylan sah mich mit hochgezogenen Brauen an. »Vor uns liegt die Sommersaison, Charlie.«

Ich seufzte. Vor meinem geistigen Auge entschwanden Nathalies weiche Handtücher und die schönen Weingläser in unerreichbare Ferne.

Um halb sieben war die Terrasse gefüllt, die Mauer gut besetzt. Nicht mehr lange, und wir würden den Hauptdarsteller des Abends zu sehen bekommen. Und da trat er schon hervor: schwarzer Leinenanzug, weißes Hemd, zurückgekämmtes, noch feuchtes dunkles Haar, leises Lächeln. Es wurde still. »Meine Damen und Herren, herzlich willkommen«, sagte er mit einer leichten Verneigung. Er griff nach dem Glas, das zufällig an der Bar für ihn bereitstand, und erhob es. »Auf den Beginn einer wundervollen Sommersaison.« Ella Fitzgerald stimmte »Summertime« an. Jo ging von Tisch zu Tisch, schüttelte Hände, verteilte Küsschen, Schulterklopfen und sein Lächeln. Dann erklang Eric Claptons »Wonderful Tonight«, und er trat zu Nathalie und führte sie auf die Tanzfläche zwischen Terrasse und Mauer. Nathalie legte die Arme um seinen Hals und schloss die Augen.

Subalterne Menschen wie Robbie, Théo, Rafi und ich konnten nicht tanzen, dazu war zu viel zu tun, aber ich wartete noch einen Moment, um zu sehen, ob Jo für den nächsten Tanz die Partnerin wählte, auf die ich hoffte. Die es selbst auch hoffte, das sah ich ihr an der Nasenspitze an. Er tat es. Ging zu Julie, verneigte sich und hielt ihr eine Hand hin. Sie nahm sie, ohne auch nur eine Sekunde lang zu zaudern, und hüpfte neben ihm zur Tanzfläche. Sie tanzten eine Art Menuett, während Mick Jagger »Under the Boardwalk« sang.

Den restlichen Abend verbrachte ich zwischen Speisesaal, Terrasse und Geschirrspüler oder versuchte, Rafis Stillleben wenigstens ansatzweise wiederherzustellen, bis ich es aufgab. Wenn ich benutzte Teller von der Terrasse holte oder die verbrauchten Teelichte in den Gläsern auf den Tischen durch neue ersetzte, erhaschte ich einen Blick auf Lana, die an Jo geschmiegt tanzte und verträumt lächelte. Oder ich sah Julie, die mit diesem oder jenem Gast herumsprang, Nathalie, die jedes Mal mit einem anderen tanzte. Meine Großeltern waren inzwischen erschienen. Sie saßen zu viert an einem Tisch, tranken Wein und machten einen versonnenen Eindruck. Bei einem langsamen Musikstück erhoben sich die beiden Männer. Als ich sah, wie Paul sich mit Katharina auf der Tanzfläche drehte, steif und mit glänzenden Augen, schaute ich in den Himmel und schluckte meine Tränen hinunter. Dann fiel mein Blick auf Jean-Pierre, der Valérie beim Tanzen an sich drückte und mit ihr verwegene Beinschlenker vollführte. Ich lief ins Haus und hantierte in der Küche herum, sonst hätte ich durch lautes Schluchzen für Aufsehen gesorgt.

Später sah ich Katharina mit Jo tanzen, auf ihrem Gesicht ein Ausdruck reinen Glücks.

Normalerweise endete Jos Fest gegen zehn Uhr, und für gewöhnlich bedankte sich einer der Gäste bei Jo im Namen aller, doch an diesem Abend war es Julie, die mit der Geige in der Hand aufstand, als Dylan mit einem Löffel an ein Glas schlug. Ich hielt die Luft an, griff nach Rafis Arm und machte mich schon auf Kopfschütteln und ein verzagtes »Ich trau mich nicht« gefasst. Doch Julie wandte sich zu Jo um und sagte mit klarer Stimme auf Französisch, zum Dank für die »megacoole Party« gebe es jetzt ein Lied. Dylan stellte sich mit der Gitarre neben sie und nickte ihr zu. Und dann sangen und spielten die beiden Bob Dylans »Mozambique« und hauten uns alle um.

Später, als die Gäste, einschließlich Valérie und Jean-Pierre, sich verabschiedet hatten, Théo, Lana und Robbie gegangen waren und Jo mit Dylan und Rafi klar Schiff machte, saß ich mit der schlafenden Julie in den Armen auf ein letztes Glas mit Paul und Katharina zusammen. »Wie in alten Zeiten«, sagte Paul. »Hast du uns tanzen sehen?«

»Ja. Habt ihr auch mit den beiden getanzt?«, erkundigte ich mich vorsichtig.

»Was denkst du denn?«, antwortete Katharina. »Jean-Pierre legt noch immer eine sehr flotte Sohle aufs Parkett.«

Paul schnaubte. »Er hat vergessen, wie alt er ist.«

Katharina lächelte.

Paul erklärte, am nächsten Tag würden er und Katharina nach Les Portes fahren und sich das Haus anschauen, oder vielmehr mein Hotel.

»Innen sieht man noch nicht viel«, sagte ich. »Aber es wird sehr schön werden, nach Jos Hotel das zweitschönste auf der Insel.«

»Weißt du schon, wie es heißen wird?«, fragte Katharina und tastete nach der Hand ihres Sohns, der sich zu ihr gesetzt hatte.

»Ja«, antwortete ich. »Ich nenne es La Rose des Vents.« Der Name war mir in den letzten Tagen in den Sinn gekommen, eine leise Erinnerung an die schicksalhaften Stürme, die einen Teil meiner Familie mitgerissen und den anderen durchgeschüttelt hatten und sich jetzt langsam wieder legten.

»Die Windrose«, sagte meine Großmutter nachdenklich. »Gar nicht so schlecht.« Ihr Blick wanderte von ihrem Sohn zu mir. »Ich glaube, etwas Besseres wäre selbst mir nicht eingefallen.«

»Egal, woher der Wind weht«, Paul hob sein Glas, lehnte sich zurück und prostete dem hohen, weiten Nachthimmel über der Insel zu, »wir fallen nicht um.«

Jo lachte und sagte: »Hurra.«

Katharina fragte: »Paul, dein wievieltes Glas ist das heute Abend?«

Julie lächelte im Schlaf und schmatzte jemandem im Traum Küsse zu.

# Danksagung

Für ihren unerschütterlichen Zuspruch danke ich Veit Etzold und Jens Weinmann.

Für die Lektüre des Manuskripts, das herzerwärmende Urteil und die sorgfältig durchdachten Vorschläge zur Verbesserung geht ein großes, dickes Dankeschön an Katja Scholtz, Luisa Straub, Angela Troni, Stefanie Werk und Andrea Wildgruber.

Bei Marie-Louise Zisswiller und Caroline Basset bedanke ich mich für die Inspirationen, die mit dem Elsass zusammenhängen, und bei Dominique Banier für die Namen von Jos und Charlottes Hotel.

Ganz innig danke ich Marie-Louise und Dominique für ihre Freundschaft und die fortwährende Großzügigkeit, mit der sie mir ihr Gästehaus auf Ré überlassen. Ohne sie gäbe es diesen Roman nicht.